Die Farben der russischen Seele

Freie Romanbiografie
über den russischen Maler
Ilja Jefimowitsch Repin 1844 – 1930
Band III
Die Erfüllung

„Ich liebe die Kunst mehr als alle Tugenden, mehr als die Menschen, die Freunde und alles Glück. Ich liebe sie insgeheim, eifersüchtig wie ein alter Säufer, unheilbar."
Ilja Repin

ILJA JEFIMOWITSCH REPIN

Band III
Copyright: Hartmut Moreike
Ahrensfelde und St. Petersburg 2016
Herstellung und Verlag: BoD - Books on Demand, Norderstedt
ISBN 978-3-7412-4909-9
Verkaufspreis: 19,50 Euro

DIE FARBEN DER RUSSISCHEN SEELE

Freie Romanbiographie über den russischen Maler
Ilja Jefimowitsch Repin und Vorgänge am Zarenhof und im Kreml

Band III

HARTMUT EBERHARD MARTIN
MOREIKE

FÜR ALLA

I.

Wer bist du, Ilja Jefimowitsch Repin? Das fragt sich der Maler, der auf die Fünfzig zugeht, schon grau geworden ist und von den Gendarmen seines Viertels in St. Petersburg ehrfurchtsvoll mit „Eure Hochwohlgeboren" gegrüßt wird. Die einst so scharfen Augen kneift er zusammen, um besser sehen zu können und die rechte Hand ist morgens oft taub. Und beinahe jeden Tag hinterfragt er sein Können, obwohl er zu den bekanntesten und vor allem best bezahlten Künstlern seines Landes gehört. Für ein Porträt von ihm sitzt die russische Intelligenz gern Modell und das, obwohl der Meister, der seine ärmliche Kindheit in der Militärsiedlung Tschugujew bei Chakow nie vergessen hat, ein horrendes Honorar verlangt, für das man auf dem flachen Lande zwischen Moskau und St. Petersburg ein schmuckes Häuschen mit Banja und einem ansehnlichen Garten erwerben könnte.

Dabei gehen die Porträtierten immer ein gewisses Risiko ein, denn der inzwischen weltweit bekannte Porträtist versteht es nicht nur frappierende äußerliche Ähnlichkeit auf die Leinwand zu bringen, sondern auch die Seele und den Charakter seiner Modelle. Aber sein Bild „Die Saporosher Kosaken schreiben einen Brief an den türkischen Sultan", an dem er bereits in vielen Varianten und nach hunderten Skizzen schon zehn Jahre arbeitet, will sich nicht vollenden lassen.

Das liegt sicher auch an seiner Arbeitsweise, die der mit ihm bekannte Jurist Alexander Shirkewitsch, der unter dem Pseudonym Alexander Niwin als Schriftsteller recht erfolgreich war und der Repin einmal im Atelier an diesem Bild arbeitend antraf, in seinem Tagebuch so beschreibt: *„Repin bringt in seiner Zeichenkunst eine bemerkenswerte Durchdachtheit zum Ausdruck: er radiert und zieht eine Umrisslinie an die zwanzig Male. Dann schaut er in den Spiegel und das Spiegelbild seines Werkes macht jeden Fehler deutlich sichtbar...und es gibt keinen einzigen Gegenstand auf dem Bild, der nicht historisch belegt und wohldurchdacht wäre."*

Später hat Ilja Repin diesen Shirkewitsch porträtiert. Ilja Repin, ohnehin kein Muster an Geduld, ist unruhig. Zar Alexander III., der dem Maler wohl gewogen und an russischer Geschichte interessiert ist, hat schon Interesse an diesem Bild signalisiert und auch Leo Tolstoi ermuntert Repin, dieses so wichtige Gemälde bald der Öffentlichkeit vorzustellen. Der mit ihm befreundete Autor von „Krieg und Frieden" und „Anna Karenina" hat gut reden, von wegen „Всё гениальное просто", gerade das Geniale ist nicht so leicht zu bewerkstelligen, auch wenn das Bild später so aussehen soll, als sei es mit leichter Hand und in einem Rausch gemalt.

Der Maler schreibt an Jelisaweta Swanzewa, die in St. Petersburg eine Kunstschule betreibt, wie ihn die Arbeit an diesem Werk beschäftigt, ja quält: *„Ich habe an der Harmonie des Bildes gearbeitet. Was für einen Arbeit das war! Jeder Farbfleck, jede Linie sollten ja nicht nur die allgemeine Stimmung des Sujets ausdrücken, sie sollten miteinander harmonieren und zudem die dargestellten Persönlichkeiten charakterisieren...Ich arbeite manchmal bis zum Umfallen. Aber ich kann nicht lange arbeiten, nur vier bis fünf Stunden am Tag."*

Ilja Repin steht vor der riesigen aufgespannten Leinwand und steigt ab und an mit seinen langen Pinseln, von denen Freunden sagen, dass er sie wie Degen einsetzt, auf einen Tritt, um Details seiner mannshohen Figuren, die ihn alle um Haupteslänge überragen, wieder und wieder zu verändern. Im November 1890 sind die „Saporosher Kosaken" immer noch nicht fertig und Repin bekennt: *„Was für eine schwierige Sache, ein Bild zu beenden, so dass ich ganz und gar zufrieden bin und es einen künstlerischen Eindruck erzeugt, der den Betrachter bezaubert oder abstößt."*

Aus den „Petersburger Nachrichten" erfährt Repin, dass Pjotr Tschaikowski aus Italien zurückgekehrt ist, wo er in nur 44 Tagen eine Oper nach Alexander Puschkins Erzählung „Pique Dame" komponiert hat. Der Komponist lässt es sich nicht nehmen, bei den letzten Proben anwesend zu sein. Für eine Oper, zu der der jüngere Bruder Tschaikowskis, Modest, das

Libretto geschrieben hat. Am 19. Dezember, so verkündet das Blatt, soll die Premiere im Mariinski-Theater der Stadt sein und Repin beschließt, dieses Ereignis unbedingt wahrzunehmen. Denn schon die Premiere des Balletts „Dornröschen – Spaschtschaja krasawitza" im Juni, das Tschaikowski für seine beste Ballettkomposition hält, hatte durch seine ungeheuren Produktionskosten von 80.000 Rubeln die Neugier des besseren Petersburger Gesellschaft geweckt, die nach der Premiere den Komponisten und den Ballettmeister Marius Petipa mit stürmischen Ovationen feierten.

Aus Moskau schreibt der Schlachtenmaler Wassili Werestschagin, der begonnen hat, an einem Zyklus von Gemälden „Napoleon in Russland" zu arbeiten, an Repin, dass ihr gemeinsamer Freund Wassilij Pukirew für immer Palette und Pinsel aus der Hand gelegt hat. Der Porträtist und Genremaler wurde nur 58 Jahre und das Feuilleton schreibt: *„Er hinterlässt eine glänzende und leider kurze Spur seines Schaffens."*

Ilja Jefimowitsch ist von der Nachricht tief betroffen und er erinnert sich, welch ein gewaltiges Echo Pukirews Gemälde „Die ungleiche Hochzeit" hervorgerufen hatte und über das der mit ihm befreundete weise Kunstkritiker Wladimir Stassow* schrieb: *„Die ganze russische Gesellschaft war ergriffen von diesem Bild und verliebte sich sofort in das Gemälde. Die Akademie war wegen des landesweiten Echos gezwungen, Pukirew schnellstens das Diplom eines Professor zu verleihen."*

Und als Ilja Repin das Bild dann zum ersten Mal gesehen hatte, war auch er erschüttert über die anklagende Kraft dieses Kunstwerkes, das Pukirew wie auch mit dem Gemälde „Die Mitgift" einen Platz in der ersten Reihe der russischen realistischen Genremaler seiner Zeit sicherte. Als Repin dann Pukirew in Moskau bei Pawel Tretjakow in der Galerie traf, stellten beide Künstler fest, dass sie den gleichen Start in ihr Künstlerleben hatten, denn

Wladimir Stassow (1824 - 1906) - Freund Repins, Erzieher der Zarensöhne, Bibliothekar der Kaiserlichen Bibliothek von Alexander II., Kunstkritiker, Mitglied der Akademie der Künste, Publizist, Ehrenmitglied der Russischen Akademie der Wissenschaften

auch Pukirew hat seine Laufbahn in einer Ikonenwerkstatt in Mogiljew begonnen.

Und noch nicht genug der traurigen Nachrichten. Das beliebte Journal „Nowoje Wremja"* bringt eine kurze Meldung, dass der holländische Maler Vincent van Gogh in Auvers-sur-Oise am 29. Juli im Alter von 37 Jahren seinen tödlichen Verletzungen erlegen war, die er sich zwei Tage zuvor mit einem Schuss in die Brust selbst beigebracht hatte.

Über das Motiv wird in den Gazetten viel spekuliert. Denn gerade durchlebte der Künstler einen Schaffensrausch, in dem der Maler in nicht einmal zweieinhalb Monaten über 80 Gemälde und 60 Zeichnungen, darunter die berühmten Kornfelder von Auvers, geschaffen hatte. Da werden Zerwürfnisse mit dem geliebten Bruder Theo angeführt, die fortschreitenden Nervenkrankheit, die Doktor Gachet falsch diagnostiziert haben sollte und die sich anbahnende Liebesbeziehung zwischen der 21jährigen Tochter des Arztes und Vincent van Gogh, gegen die der Mediziner vehement und nicht ganz seinem Eid entsprechend einschritt.

Es ist Herbst und es wird kalt und ungemütlich in St. Petersburg, Regenschauer jagen aus tiefdunklen Wolken durch die Stadt, der Wind reißt das Laub von den Bäumen. Kein Feiertagswetter gerade in dem Moment, als St. Petersburg den Aufstieg zur Millionenstadt feiert. Und Ilja Jefimowitsch fröstelt, auch vor Einsamkeit. Selbst sein einstiger Meisterschüler Walentin Serow, Sohn seiner unerfüllten leidenschaftlichen Liebe, der aufregenden, klugen und musisch so begabten Valentina Serowa, ein Trost nach der Trennung von seiner Frau Vera, lässt sich nicht blicken. Serow hat sich verstärkt der Porträtmalerei zugewandt und es heißt, dass er schonungslos gegenüber seinen Modellen sei. Repin musste schmunzeln, als er das hörte. Es freute ihn, wie viel Serow nicht nur an Fachlichem bei ihm gelernt hat. Mit beinahe väterlicher Sorge stellt Repin fest, dass dieser Teufelskerl Serow, den er trotz seiner Jugend als letzten ernsthaften realistischen Maler seines

*„Nowoje Wremja" - „Neue Zeit" - bekannte politisch-literarische Tageszeitung, die seit 1868 in St. Petersburg erschien

Landes schätzt, neue Wege in seiner Malweise geht, die vielleicht in die Irre führen können.
Zu der schlechten Stimmung trägt auch bei, dass Ilja Repin immer seltener die Zusammenkünfte der Peredwischniki* besucht, da ihm dort Ton und Klima nicht gefallen und er sich seit dem Tode seiner Freunde Perow und später Kramskoi zu niemanden in dem Kreis so recht hingezogen fühlt.

II.

Zar Alexander III. verehrt nicht nur seinen nun 73jährigen einstigen Erzieher Konstantin Pobedonoszew, sondern sieht in ihm seinen ersten Ratgeber und treuen Verfechter der Autokratie und Beschützer des Zarenthrones. Die rechte Hand des Zaren ist ein kalter, nüchterner Charakter, ein Feind jeglicher Reformen in Russland, ein Fanatiker des orthodoxen Glaubens und ein eingefleischter Antisemit. Unter dem Einfluss der grauen Eminenz am Zarenhof hatte sich das Riesenreich in einen Polizeistaat verwandelt, mit dessen Hilfe der Kaiser Liberale und Reformer, insbesondere die Anhänger der Narodniki** jahrelang unbarmherzig verfolgte und hinrichten oder nach Sibirien verschicken ließ. So zog sich Alexander III. allmählich die Feindschaft nicht nur der Bauern und Arbeiter, sondern auch von großen Teilen des Bürgertums zu. Besonders unter den Arbeitern in St. Petersburg gärt es. Am 1. Mai demonstrieren sie erstmals in Russland unter einer roten Fahne. Auch im zu Russisch-Polen gehörenden Lodz kommt es zu einem Aufstand. 60.000 Arbeiter streiken gegen Ausbeutung und nationale Unterdrückung.

*Peredwischniki - deutsch: Wanderer - Gruppe von russischen realistischen Künstlern, die 1870 die Genossenschaft der künstlerischen Wanderausstellungen gründeten und ihre Bilder in Sankt Petersburg, Moskau, Kiew, Charkow, Kasan, Orjol, Riga, Odessa und anderen Städten des russischen Reiches ausstellten.
** Narodniki -, abgeleitet von russ. Wort „narod" – Volk, Volkstümler, sozialrevolutionäre Bewegung, getragen durch Intellektuelle, die das Volk über soziale Missstände aufklärten, die Erneuerung Russlands durch freie Dorfgemeinschaften propagierten.

Fast eine Woche bis zum 6. Mai benötigt das russischem Militär, um diesen Massenprotest blutig niederzuschlagen. Hunderte der Aufrührer werden verhaftet und nach Sibirien deportiert. Überall im Land flackerte Widerstand auf, auch bewaffneter Terror, der durch anhaltende Hungersnöte in vielen Gouvernements noch beflügelt wurde.

Alexander III. war keineswegs liebenswert und wie groß seine Fehler und wie absurd auch sein Regime seiner unglücklichen Herrschaft auch waren, so besaß er dennoch Eigenschaften, die ihn gegenüber seinen Vorgängern auf dem Zarenthron auszeichneten. Er blieb sich stets treu, brach nie ein Versprechen, trug nie eine Maske und wich keinen Fußbreit von seinen Prinzipien ab. Zu denen gehörte es, Konflikte mit anderen Großmächten zu vermeiden. Alexander war ein Mann des Friedens zwar nicht um jeden Preis, aber er folgte der Überzeugung, das beste Mittel, einen Krieg zu vermeiden, sei eine gute militärische Vorbereitung. Noch als Zarewitsch hatte er als Offizier am Russisch-Osmanischen Krieg 1877/78 in Bulgarien teilgenommen und die grauenhafte Sinnlosigkeit von Kriegen und ihre verheerende Wirkung erlebt. Und weil er den Wert des Friedens hoch schätzt und alles dafür unternimmt, bekam er schon zu Lebzeiten den Beinamen „Zar Mirotworjez", der Friedensstiftende.

So missbilligte er nach anfänglichem Zögern auch die Aktion des Kosaken Nikolai Aschinow. Der landete im Januar 1889 mit etwa zweihundert Russen, darunter Priester, Frauen und Kinder, in Sagallo und besetzte dort ein verlassenes Fort mit dem Ziel, am Golf von Tadjoura, nahe des Sueskanals, einen Ausgangspunkt für eine russische Präsenz in Afrika als „Neu-Moskau" zu schaffen.

Privat ist Alexander III. ein guter Ehemann, der im Gegensatz zu allen vor ihm herrschenden Romanows weder Mätressen noch außereheliche Abenteuer hat. Er liebt es, wenn es ihm die Zeit gestattet, mit den Söhnen und Töchtern im Palast herumzutollen, weil für ihn sittsam ruhige Kinder, wie sie die Zarin gern hätte, etwas Widernatürliches seien. Dennoch ist er zu den Kindern, die in bescheidenen und keineswegs fürstlichen Verhältnissen aufwachsen, streng. So schlafen Zarewitsch Nikolaus und sein jüngerer Bruder Georg auf des Zaren Anordnung im Palast in Gatschina in Zimmern, die ursprünglich für die Dienerschaft vorgesehen waren auf Feldbetten und ohne Kissen und müssen morgens ein kaltes Bad nehmen. Ihr Vater, Alexander III., ist eine imposante Gestalt, ein oft zu Jähzorn neigender Hüne mit der Statur eines russischen Bären und berüchtigt für seine Kraft, die er ja bei dem Eisenbahnunglück in Borki unter Beweis gestellt hatte, als er ein Dach des entgleisten Waggons des Zarenzuges so lange in die Höhe stemmte, bis seine Frau und einige Familienmitglieder darunter geborgen waren. Dass das nicht ohne Folgen auf seine Gesundheit blieb, sollte sich bald erweisen.

Sein Sohn Nikolaus hat 1890 seine Studien abgeschlossen, in denen er in Naturwissenschaften, Geografie, und Mathematik unterrichtet worden war und Vorlesungen über Politikwissenschaft und Volkswirtschaftslehre am Institut für Rechtswissenschaften der Universität Sankt Petersburg besucht hatte. Seine Lehrer bezeichneten den Zarewitsch vorsichtig als „fleißig, aber nicht sonderlich begabt", worüber sein Vater recht enttäuscht war. Versagt hatten die Lehrer allerdings darin völlig, den Wortschatz des Zarewitsch zu erweitern. Seit seinem vierzehnten Lebensjahr führte Nikolaus Tagebuch. Dieses Tagebuch und seine Briefe spiegeln jetzt, da er zweiundzwanzig ist, eine fast unglaubliche Armut seiner Muttersprache wider. Besonderes Augenmerk wurde auf die religiöse Unterweisung gerichtet und auf Fremdsprachen. Politik war im Unterricht nicht vorgesehen und interessierte den Zarewitsch auch nicht. Der künftige Zar, der am glücklichsten ist, wenn er reiten und schießen kann, zeigt kaum Interesse an intellektuellen Dingen, lernte aber in seiner Jugend leicht fünf Fremdsprachen, von denen er drei fließend beherrscht, so dass er auch als Engländer oder Franzose gelten konnte.

Im Gegensatz zum strengen Vater, dem es nicht einfällt, nach Dienern zu läuten, um sich die Stiefel ausziehen zu lassen, der einfache russische Speisen liebt und für den Festlichkeiten am Hof ein Gräuel sind, der die Kunst zu fördern nur als seine Pflicht ansieht, ist die Zarin Maria Fjodorowna das genaue Gegenteil. Sie liebt schöne Kleider, wertvollen Schmuck, den sie sich bei den Brüdern Fabergé bestellt und den sie bei prunkvollen Festen gern zeigt. Maria Fjodorowna, die einstige Prinzessin Dagmar aus Dänemark, die ungern den Palast zu Spaziergängen verlässt, beschäftigt ihre Hofdamen und Kammerfrauen ohne Unterlass, während die Kammerdiener des Zaren meistens nicht in ihrem Dahindösen gestört wurden. Alexander, der seine Gattin aufrichtig liebt, weiß um ihre Schwäche für schönen Schmuck und obwohl er Prunk verabscheut, beschenkt seine dänische Gattin, um deren Heimweh zu lindern, zu Ostern mit kostbaren Eiern der Juwelierkunst aus dem Hause Fabergé.

Dazu gehört das Dänische Palast-Ei des Meisters Perchin mit grünrosagoldener Schale von 1890 im Stil Louis der XVI. Mit Diamantrosen und Lorbeerbändern reichlich verziert, liegen im Inneren auf rosa Samtfutter gerahmte Miniaturgemälde auf Perlmutt. Die faltbaren Miniaturen zeigen unter anderem die kaiserlichen Yachten „Polarstern" und „Zarevna", das Schloss Amalienburg in Kopenhagen, den Sommersitz Fredensborg, den Gatschina-Palast und das Landhaus Alexandria aus Peterhof.

Das Ei hat im Russischen Reich, wo der Glaube tief im Volk verwurzelt ist, weshalb viele Maler und auch Repin in ihren Arbeiten auf biblische Motive zurückgreifen, eine beinahe mystische Bedeutung. Nach einer russischen Legende sollen sich bei der Auferstehung des Gekreuzigten die Steine auf der Schädelstätte in rot gefärbte Brocken verwandelt haben. Und es heißt, Maria Magdalena habe Kaiser Tiberius ein Ei mit den Worten überreicht: „*Christ ist auferstanden! Христос воскрес!*" Der Herrscher lachte sie aus und sagte, niemand könne aus dem Reich des Todes zurückkehren, genau so unmöglich sei es, dass sich ein weißes Ei ohne äußeres Zutun rot verfärbe. Kaum aber hatte er seinen Zweifel ausgesprochen, da vollzog sich das Wunder und das Ei in den Händen des Tiberius färbte sich blutrot. Seither färbt und bemalt man zu Ostern Eier und schmückt sie mit den kyrillischen Buchstaben Х für Christus und В für auferstanden.

Der finnische Goldschmied Eric Kollin kam in der Fabergé-Werkstatt auf die Idee, den Osterbrauch für die Goldschmiedekunst auszunutzen und so entstanden die berühmten Fabergé-Eier. Peter Carl Fabergé war zwar ein gebürtiger St. Petersburger, aber seine Vorfahren waren Hugenotten, die aus Frankreich, genauer der Picardie stammten und nach der Aufhebung des Ediktes von Nantes 1685 nach Schwedt an der Oder emigrierten, von wo die Familie 1800 in die russische Provinz nach Pernau im Baltikum übersiedelte. 1842 eröffnete Gustav Fabergé in der Bolschya Morskaya ulitza der russischen Hauptstadt im Haus Nr. 12 eine eigene Goldschmiedewerkstatt. Hier lernte er auch die Tochter des recht bekannten dänischen Malers Jungstedt kennen, der vor der Cholera aus Kopenhagen geflüchtet war. Zwei Jahre später heiratete Gustav Fabergé Charlotte Jungstedt, die ihm im Mai darauf den lang ersehnten Knaben Peter Carl schenkte, der später dem Wunsch des Vaters folgte und Juwelier, ein Meister seines Faches wurde.

Alexander III. hatte 1882 auf der Allrussischen Kunst- und Industrie-Ausstellung im Moskau die Kunstwerke der Goldschmiedekunst bewundert und die Brüder Carl Peter und Agathon Fabergé zu *„Seiner Kaiserlichen Majestät Juwelier und Goldschmied sowie der kaiserlichen Eremitage"* ernannt. Er gab ihnen den Auftrag, die auserlesene Schmucksammlung der Eremitage zu schätzen, zu katalogisieren und zu reparieren. Dabei kamen die Brüder auf die Idee, Schmuck im altrussischen Stil in eigener Werkstatt anzufertigen und einige Kostbarkeiten des Zarenschatzes einfach zu kopieren. Die Damen des Petersburger Adels waren von dem außergewöhnlichen wie zauberhaften Schmuckstücken begeistert, was man angesichts der horrenden Rechnungen von den Ehemännern oder Kavalieren nicht sagen konnte. So wuchsen Ansehen und die Werkstatt der Fabergés, und noch schneller der Brüder Vermögen.

III.

Im Februar folgt Wassili Polenow, der in Moskau an der Hochschule für Malerei, Bildhauerei und Architektur lehrt, Repins Einladung nach St. Petersburg. Der Pädagoge und Landschaftsmaler ist nicht nur genau so alt wie Ilja Jefimowitsch, sondern er gehört auch zur Genossenschaft der Wanderaussteller und was noch wichtiger ist, zum Mamontowkreis. In Abramzewo bei Moskau treffen sich in den Sommermonaten auf Einladung des kunstsinnigen Mäzens Sawwa Mamontow, dessen Vorfahren mit dem Bau von Eisenbahnstrecken in Russland ein unvorstellbares Vermögen gemacht hatten, herausragende Maler und Schauspieler. Sie nutzen die schöpferische Atmosphäre zum Arbeiten an frischer Luft und zum Gedankenaustausch oder sie angeln, sammeln Steinpilze und ganz nebenbei entwerfen sie noch eine märchenhafte Kirche. So avanciert Abramzewo jährlich für einige Monate zu einer bedeutenden Heimstatt des russischen Künstlerlebens.

Mit Polenow verbindet Repin noch ein ganz besonderes Band. Beide haben, jeder auf seine Weise, ein Bild mit dem Thema „Jesus erweckt die Tochter des Jairus" gemalt, für das Repin 1870 eine große Goldmedaille erhalten hatte. Polenow, der mit Repin an der Kaiserlichen Kunstakademie in St. Petersburg studiert hatte, bekam schon ein Jahr zuvor diese Auszeichnung für „Hiob und seine Freunde".

Ihre Gemälde greifen auf eine biblische Legende zurück: Jairus war ein Rabbi in Galiläa. Als seine Tochter schwer erkrankte, schien eine Heilung aussichtslos. Da ging der verzweifelte Vater zu Jesus und bat, seine Tochter zu heilen. Jesus wollte die Tochter sehen, doch schon auf dem Weg begegnete er Diener, die den Tod der Tochter des Jairus berichteten. Am Bett der Toten jammerten die Klageweiber zu denen Jesus sprach: *„Was lärmt und weint ihr? Das Kind ist nicht gestorben, sondern es schläft!"*

Da verlachten die Anwesenden Jesus. Der aber nahm die Hand des toten Mädchens und sagte die Worte: *„Mädchen, ich sage dir, stehe auf!"*

Und die Verstorbene erwachte und die Umstehenden fielen auf die Knie angesichts des Wunders. So steht es jedenfalls in der Bibel.
Viele der Wanderaussteller beschäftigen sich mit biblischen Motiven. Sie wollen so die einfachen Menschen auf dem Lande erreichen, die gottesfürchtig und vertraut mit christlichen Themen sind, jedoch weder lesen noch schreiben können. So beinhalten die Bilder der Künstler Sujets von Selbstlosigkeit und Nächstenliebe sowie immer wieder das leiden Christi für sein Volk. Darin sehen die Maler eine Möglichkeit, mit ihren Mitteln auf die Verbesserung der Lebensumstände für die Massen in Russland hinzuwirken.
Polenow berichtet Repin von der Ikonenausstellung im Staatlichen Historischen Museum in Moskau, auf der Pawel Tretjakow einige kostbare Heiligenbilder für seine Galerie kaufte, deren Sammlung nun alte, wertvolle 62 sakrale Tafelbilder umfasst. Übrigens baut der Kunstsammler schon wieder an, einen Wasnezow-Saal. Und dann erzählt er noch, dass in der Tretjakow-Galerie zahlreiche Maler Bilder kopieren, so dass die Galerie an manchen Tagen einer Malschule gleicht. Nicht nur, dass überall Kopien auftauchen und als Originale angepriesen werden, so in der Stadt Charkow Surikows Werk „Menschikow in Berjosowo" und Repins Porträt von Rubinstein in Moskau. Zu den dreistesten Kopierern gehört ein gewisser Gwostikow. Tretjakow, den dieses Umstände betrüben, verbietet diesem „Maler" das Arbeiten in der Galerie.
Einmal, als Pawel Tretjakow vor der Eröffnung durch die Säle seiner Galerie ging, bemerkte er auf den Bildern gelbe und dunkle Flecke. Aufmerksam betrachtete er weitere Bilder und fand auf den besten Kunstwerken ebenfalls Farbflecke, so dass die Gemälde von Meistern verdorben waren. Verärgert rief er die Aufseher herbei. Sie kamen zu dem Schluss, dass das die Kopierer waren. Und tatsächlich beobachteten sie am nächsten Tag, dass die Kopierer, um den richtigen Farbtor zu treffen, ihre Farben zwar auf der Palette mischten und dann zum vergleich eine Probe auf das Bild setzten. Wenn sie den Farbton getroffen hatten, übertrugen sie ihn auf ihre Leinwand und wischten die noch feuchte Probe auf dem Originalgemälde mit einem

Tuch weg, als wäre nichts geschehen. Aber wie gut solch ein Banause auch seine Farbe vom fremden Bild abzureiben versuchte, es blieb ein Fleck, der den Lack und die Farbe zerfraß. Ab diesem Moment verbot Tretjakow das Kopieren ohne Ansehen der Person. Vergebens versuchten Polenow und die anderen Professoren der Malschulen um die Erlaubnis, aber Tretjakow blieb hart.

Über die Gastfreundschaft Repins ist sein Moskauer Malerfreund begeistert und schreibt an seine Frau: *„Meine Freude hat keine Grenzen. Es ist so wunderbar, in einem großen Atelier mit guten Lichtverhältnissen zu arbeiten und dabei interessante Gespräche und Diskussionen zu führen. Hin und wieder kommt jemand herein...Repin bringt es irgendwie fertig, dass ihn das beim Arbeiten nicht einmal stört..."*

In dem geräumigen Atelier arbeitet Repin an seinen Kosaken, die nun endlich der Vollendung entgegen gehen und Polenow malt ein fast lyrisches und so typisches Bild der russische Landschaft, das er „Erster Schnee" nennt. Die Abende, zu denen oft Freunde kommen, verlaufen recht lustig, obwohl das Essen nicht nach Geschmack von vielen ist, denn Repin ist beeinflusst von Tolstoi inzwischen Vegetarier geworden. Polenow begeistert alle als außerordentlicher Klavierspieler, gibt dabei oft eigene Kompositionen zum Besten und begleitet sich mit einer wohlklingenden Stimme.

Doch viele alte Freunde und Weggefährten sind enttäuscht, weil Ilja Repin aus Protest gegen die neuen Statuten, die besonders junge Künstler bei ihrem Eintritt in ihren Rechten einschränken, die Genossenschaft der Wanderaussteller verlassen hat. Alle Versuche, Repin von seinem Vorhaben abzuhalten, scheitern, denn der Maler bleibt stur. Zudem hat er gerade erfahren, dass die Akademie der Künste zum Jahresende eine Personalausstellung für ihn und Iwan Schischkin plant und da sollen die Saporosher Kosaken als ein Glanzpunkt seines Schaffens erstmals ausgestellt werden.

Polenow kommt eines Nachmittags aufgeregt ins Atelier und schwenkt die „Petersburger Nachrichten". *„Ilja Jefimowitsch, denken Sie nur, die Duse, die italienische Schauspielerin, diese Bühnengöttin ist auf Einladung der Zarin in*

St. Petersburg und wird an unserem Theater gastieren". Repin, der auf dem Newski-Prospekt regelmäßig im Café „Dominique" einkehrt, weil dort immer die neuesten französischen Zeitungen ausliegen, hat von den Triumphen der Duse in Italien und Paris gelesen, die in den Feuilletons als eine der großen Theaterschauspielerinnen ihrer Zeit gewürdigt wird. Und weil ganz St. Petersburg neugierig auf die Mimin ist, strömen sie in die stets ausverkauften Vorstellungen. Vor der Premiere zu Shakespeares „Romeo und Julia", wo sie natürlich die Julia gibt, bestreuen die Petersburger den Weg von ihrem Hotel bis zum Theater mit Rosenblättern. Das hat die Stadt des großen Peters noch nie erlebt.

Selbst Anton Tschechow, der gerade von einer mehrwöchigen Reise durch Italien und Frankreich nach Russland zurückgekommen war, ist von der Diva begeistert. Der Dramatiker schreibt an seine Schwester Maria in Moskau: *„Welch' eine wunderbare Schauspielerin! Ich habe noch nie zuvor etwas Gleichartiges gesehen."* Ihr Spiel sei feinfühlig, ja subtil und wenig theatralisch und dabei verkörpert sie zumeist die schweren Rollen leidender aber starker Frauen. Doch Tschechow ist nicht der einzige mit dem Theater eng Verbundene, der die Duse bewundert. Selbst die großen deutschen Schauspieler Joseph Kainz und Friedrich Mitterwurzer, die zu einem Gastspiel in die Zarenresidenz weilen, sind hingerissen von ihrem Spiel in dem Stück *„La femme de Claude"* von Alexandre Dumas Sohn. Die Duse erschüttert auch Hermann Bahr, einen bedeutenden, klugen Kritiker und geistvollen Bühnenschriftsteller. Sie sitzen zusammen in einer Loge. Kainz klammert sich an Bahrs Arm, Mitterwurzer schluchzt, Bahr schreibt später ein Essay über die Schauspielerin, *„…die dem Publikum ihr Herz entblößte".* Ihr Ruhm hat nun auch Russland erreicht.

Und Ilja Repin ist erstaunt, als eines Tages ein Bote eine Einladung der Diva in ihr Hotel überbringt. Natürlich ist der Maler gespannt auf die Begegnung mit der Zweiunddreißigjährigen, die ganz Petersburg in solch einen ekstatischen Rausch versetzt hat. Doch zuvor will er, der zwar kein Banause der Bühnenkunst ist, aber durch sein Schaffen wenig Zeit für das Theater hat, ein wenig mehr über die Duse erfahren. Die französische Zeitung „LE FI-GARO", für die auch seine ferner Freund Victor Hugo schreibt, mit dem Repin seit der Weltausstellung in Paris freundschaftlich verbunden ist, veröffentlicht anlässlich des russischen Gastspiels der Duse einen kurzen Lebensweg der gefeierten Diva.

Eleonora Giulia Amalia Duse, wie sie mit vollem Namen heißt, wurde die Schauspielerei in die Wiege gelegt. Schon ihr Großvater Luigo Duse war Schauspieler und trat in Padua in einer selbstgebauten Theaterkulisse auf. Sein Sohn, Vincenzo, genannt Alessandro Duse war Impressario einer fahrende Komödiantentruppe, die von Ort zu Ort zog und in der Angelica Cappelletto, seine Frau, die weiblichen Hauptrollen spielte. Sie waren arme, vagabundierende Komödianten, die auf Marktplätzen und in Gasthäusern auftraten und dafür Essen und Quartier bekamen.

Bei einer dieser Tourneen wird Duses Ehefrau Angelica am 3. Oktober 1858 in einem Hotelzimmer in Vigevano bei Mailand von einer Tochter entbunden, die in der Dorfkirche auf den Namen Eleonora getauft wird. Die kleine Eleonora steht, weil das so ist bei den Fahrensleuten, schon als Vierjährige neben ihren Eltern auf den Bühnenbrettern und spielt Kinderrollen wie die Cosette in einer Dramatisierung von Victor Hugos Roman „Les Misérables". Als sie dann zwölf ist, springt sie für ihre Mutter ein, die an Tuberkulose erkrankt war und als Fünfzehnjährige begeistert die kleine Duse in der legendären Arena von Verona in der weibliche Hauptrolle von „Romeo und Julia". Die Aufführung in der Stadt Julias und die gefühlvolle Romanze zwischen den jungen Verliebten der verfeindeten Familien Montague und Capulet rührt die Zuschauer zu Tränen und endlosen Bravorufen.

Mit nur einundzwanzig Jahren wird sie für das Teatro de Fiorentini in Neapel entdeckt, wo sie in den selbst für reife Schauspieler anspruchsvollen Rollen in den Shakespeares Tragödien als Desdemona in „Othello" und als Ophelia im „Hamlet" ihre ersten großen Erfolge feiert. Drei Jahre später, sie hatte bereits ihre Mutter und ihren Erstgeborenen begraben, ist sie mit dem

*LE FIGARO - als Satiremagazin in Paris 1826 gegründet, seit 1866 Tageszeitung

vierzehn Jahre älteren Kollegen Tebaldo Checchi verheiratet und hat ihm ihre Tochter Enrichetta entbunden. Ein Blutsturz zwingt sie zu pausieren und sogar ihre Tochter zeitweise in Pflege zu geben. Ein wenig erholt, erlebt Eleonora Duse einen Auftritt der weltberühmten Schauspielerin Sarah Bernhardt in Turin. Die vierzehn Jahre ältere Französin wird als Star in Europa und Amerika verehrt, ja beinahe vergöttert. Auf der Bühne beeindruckt sie ihr Publikum durch ein eher gekünsteltes Gehabe, das damals zwar Mode ist, jedoch von der aufstrebenden Duse abgelehnt wird.

Die junge Eleonora aus einer bettelarmen Komödianten-Dynastie findet die Allüren der Bernhardt aufgesetzt und abstoßend. Sarah Bernhardt ist eine überspannte, launische Frau, deren exaltierte Temperamentsausbrüche ebenso Platz in den Gazetten finden wie der ständige Wechsel ihrer Liebhaber. Ihre Eskapaden machen Schlagzeilen. So steigt sie in einer Montgolfière in den Himmel über Frankreich oder lässt Fotos verkaufen, auf denen zu sehen ist, wie sie in einem Sarg liegt und ihre Rollen studiert oder schläft. In London führt sie ihren Panther spazieren, der zu einer Menagerie exotischer Tiere gehört, die sie zu Hause in Paris hält. Der junge deutscher Schriftsteller, Theaterkritiker und Journalist Alfred Kerr schreibt über sie: *„Die Frau ist gefallsüchtig bis in die Fingerspitzen."*

Die Bernhardt ist für Eleonora Duse kein künstlerisches Vorbild, viel eher eine Herausforderung. Sie besteht darauf, die Glanzrolle der Bernhardt als „Kameliendame" im gleichnamigen Drama von Alexandre Dumas dem Jüngeren zu übernehmen. Das lehnt ihr Schauspielleiter Rossi zunächst ab, weil er den Vergleich mit der großen französischen Tragödin fürchtet. Dennoch setzt sich Eleonora bewusst über alle Vorbehalte hinweg und schafft es, ihrer Interpretation der Kameliendame, einer Pariser Kurtisane, die an Schwindsucht stirbt, eine bemerkenswert moderne Gestalt zu verleihen. Indem sie die Rolle reduzierter anlegt als ihre berühmte Widersacherin und auf die überzogen und ordinär wirkenden Gestik der Bernhardt verzichtet, feiert sie am 10. Januar 1883 in Turin mit dem ersten Auftritt in der Paraderolle der Bernardt einen berauschenden wie unerwarteten Erfolg.

Repin trifft diese zierlich wirkende, dunkelhaarige italienische Schauspielerin in ihrem Salon. Obwohl er über eine bemerkenswerte, ja übersinnliche Vorstellungskraft verfügt, ist er von der Diva mit ihrem ausdrucksstarken Gesicht und ihrer ungekünstelten Natürlichkeit überrascht. Er geht auf ihr Angebot ein, sie an den spielfreien Tag zu porträtieren. Sie bestimmt selbstbewusst das Motiv. Repin skizziert sie in einem weichen Sessel zurückgelehnt, eine lebendige, etwas erschöpft wirkende Frau. Doch die dunklen Augen sind keineswegs müde, sondern mit kritisch, fragendem Blick auf den Betrachter gerichtet. Ohne Schminke und ohne Pose in einem recht einfachen schwarzen Kleid sitzt sie geduldig Modell. Den Maler fasziniert diese Ungeziertheit der gefeierten Diva ohne Allüren, mit der es sich gut über Kunst streiten lässt, beinahe wie mit Tolstoi, den Repin im Sommer besuchen wird. Sie bezweifelt, dass man über Kunst überhaupt sprechen kann, über ihre Kunst. *„Über Kunst zu sprechen, mein lieber Repin, wäre dasselbe, wie wenn man die Liebe erklären wollte."* Dann schweigt sie, blickt in abschätzend an und denkt nach, vielleicht über ihre oft so unglücklich verlaufenden Beziehungen. Nach einigen Minuten fährt die Schauspielerin fort: *„Es gibt so viele Arten zu lieben und es gibt ebenso viele Offenbarungen in der Kunst. Es gibt die Liebe, die erhebt und zum Guten führt; und es gibt die Liebe, die jeden Willen, jede Kraft, jede Bewegung des Verstandes lähmt. Mir scheint, diese ist die Wahrste, aber sicherlich auch die Verhängnisvollste. Wer vorgibt, Kunst zu lehren zu wollen, und ich meine die Kunst auf der Bühne zu stehen und Rollen ein unvergleichbares Gesicht zu geben und sich selbst in diesem Moment ganz in einer Rollenfigur aufzugehen, mit ihr eins zu sein, der versteht rein gar nichts von ihr...Wissen Sie, Sie russisches Genie, dass tausend Frauen in mir sind und dass jede von ihnen mich auf ihre Art leiden macht? Ich musste immer wähle zwischen Herz und Vernunft und immer gehorche ich dem Herzen."*

Und im Gespräch mit dieser geistreichen und weltgewandten Frau bemerkt Repin, dass die Duse nicht Geld und Ruhm sucht, vielleicht ein wenig, sondern dass es für sie eine Zuflucht ist, in die verschiedensten Rollen zu schlüpfen und auf der Bühne zu stehen. Das scheint ein Geheimnis ihres Erfolges zu sein und die Zuschauer selbst in Russland fühlen das. Sie spüren, dass da nicht nur eine hochbegabte Komödiantin eine Rolle anbietet, sondern dass da im Rampenlicht ein Mensch, ja eine Frau mit dem ganzen Reichtum ihrer Empfindungen ein dramatisches Schicksal enthüllt.

IV.

Alexander III., seit jeher skeptisch gegenüber dem Deutschen Reich, sieht sich bestätigt, als Kaiser Wilhelm II. den geheimen Rückversicherungsvertrag mit Russland nicht verlängert, der beide Mächte zur Neutralität im Kriegsfall verpflichtete. So vollzieht Berlin einen offenen Bruch in den traditionell eher guten Beziehungen beider Staaten. Auch der Ausbau der Flotte, Cousin Wilhelm will sie auf 180 Kriegsschiffe ausweiten, macht den Russen misstrauisch. Die Berater des Zaren empfehlen, sich nun stärker Frankreich zuzuwenden, das Kanzler Bismarck jahrelang versucht, auf der europäischen Bühne zu isolieren. Der Zar, sonst ein strenger Nationalist, sein Credo: *Russland gehört den Russen*, ist Frankreich gegenüber auch privat aufgeschlossen. Er braucht Investoren für die Industrialisierung seines Landes und den Bau der transsibirischen Eisenbahnmagistrale. Alexander, dessen Gesundheit mit seiner stattlichen Erscheinung harmonierte, der niemals die Dienste seines Hofarztes Doktor Botkin* in Anspruch nahm, fühlt sich immer öfter müde.

Deshalb will er den Vorsitz im Komitee der Sibirischen Eisenbahn, das er 1890 einberufen hatte, abgeben. Sergei Witte, der erfolgreiche Unternehmer und Leiter der Abteilung Eisenbahnwesen am Zarenhof, schlägt den Thronfolger Nikolaus vor. Alexander III. sieht seinen Minister ungläubig an:

*Sergei Botkin (1832-1889) - Leibarzt der Zaren Alexander II. und Alexander III. Sein Sohn Jewgeni, Leibarzt von Nikolaus II. wird mit der Zarenfamilie 1918 erschossen.

„Mein lieber Witte, haben Sie jemals ein erstes Gespräch mit ihm geführt? Er ist doch ein Kind und was er sagt, ist kindisch. Er wäre nie imstande, Präsident des Komitees zu sein."
Aber schließlich stimmt der Zar Wittes Vorschlag zu und staunt, weil sein Erstgeborener diese Aufgabe nicht nur begeistert übernimmt, sondern den Bau beschleunigen will. Selbst Sergei Witte, der eher skeptisch wegen der bisherigen Leistungen des Zarewitsch war, zollt dem jungen Romanow Anerkennung und Lob über dessen *„schwere Arbeit"*. Mit Feuereifer betreibt Nikolaus seine Aufgabe, prüft gewissenhaft die Berichte, holt Gutachten ein, beratschlagt sich mit Experten und reist kontrollierend durchs Land. Während er in der Arbeit des Komitees voll und ganz aufgeht, schreibt er in sein Tagebuch, wie langweilig und ermüdend die Sitzungen im Staatsrat sind.

Im Berliner Schloss registriert man argwöhnisch das sich anbahnende Bündnis zwischen Russland und den erst 1871 geschlagenen und gedemütigten Erzfeind Frankreich, wonach sich deren Regierungen verpflichteten, sich im Falle einer Bedrohung für den Frieden zu konsultieren. Die Bismarcksche Außenpolitik ist stets geleitet von der Vorsicht, Deutschland könne von seinen Gegnern eingekreist werden.
Und Alexander hat noch einen anderen Grund, sich mit Frankreich zu verbünden. Er braucht Frieden für sein Land, das gerade ein industrielles Erwachen durchmacht und gleichzeitig von einer todbringenden Hungersnot, die wie der himmlische Schnitter durchs Russland zieht, heimgesucht wird. Der Zar sieht die Anzeichen eines großen Konflikts, der schon in der Regierungszeit seines 1881 ermordeten Vaters seitens Deutschland vorbereitet wurde. Bismarck, der alles andere als ein Friedenskanzler ist, hatte gegen den Widerstand seines Kaisers 1879 den Zweibund mit Österreich-Ungarn durchgesetzt, eine Union, die sich ausdrücklich gegen Russland richtet. Österreich wollte das Osmanische Reich beerben und darunter sich auch jene Länder in seine Doppelmonarchie einverleiben, die Russland mit dem Blutzoll seiner Soldaten befreit hatte.

Die furchtbare Hungersnot, die die Gouvernements Tula, Rjasan und Samara heimsucht, veranlasst den Romancier Lew Tolstoi zu Hilfsaktionen. Obwohl den inzwischen weltbekannten Autor Geldsorgen plagen, richtet er in den Dörfern im Winter Garküchen ein, die aber bald von den örtlichen Behörden ohne Begründung verboten werden.

Die russischen Hungertoten bewegen auch die Amerikaner über dem Pazifik. Die amerikanische Regierung entsendet eine Hilfskommission nach Russland unter Leitung eines Doktor Thomas Talmage. Der Prediger, Reformer und Weltreisende hatte in Amerika die Aktion „Brot für Russland" organisiert. Er war nun über Paris und London, wo er die fast erblindete 70jährige Begründerin der modernen westlichen Krankenpflege und einflussreiche Reformerin des Sanitätswesens und der Gesundheitsfürsorge Florence Nightingale besuchte, in St. Petersburg angekommen und wurde vom Zarewitsch empfangen, den die amerikanische Hilfe tief berührt. Der sozial engagierte Kirchenmann, dessen Predigten in New York und Philadelphia Massen anziehen, ist von Nikolaus beeindruckt und er notiert, der Zarewitsch sei *„...ein außerordentlich liebenswerter junger Mann, kultiviert. ...Weder die Russen noch die Europäer brauchen von ihm irgendwelche Feindseligkeiten oder Unannehmlichkeiten befürchten."*

Diese Aussage ist darauf zurückzuführen, dass er auf seiner Reise in Berlin mit Kaiser Wilhelm II. zusammentraf, der den Amerikaner eindringlich vor Russlands Monarchen und ihrem Expansionsstreben warnte. Dabei bezog sich der deutsche Kaiser auf das so genannte Befriedungsreskript für das russische Großfürstentum Finnland. In Finnland besteht eine starke Unabhängigkeitsbewegung, der Alexander III. mit harter Hand und einer entschiedenen Russifizierungspolitik begegnet. Sie äußert sich in der Zurückdrängung der finnischen Sprache aus dem öffentlichen Leben und der sukzessiven Einschränkung der Autonomie.

Zar Alexander III., der sich jedes Aufsehen um seine Person verbietet und ärztliche Betreuung ablehnt, ist nicht mehr der russische Bär. Auch die Zarin spürt die Veränderung, doch ihr Gemahl versichert ihr, um sie zu beruhigen,

dass er sich nie besser gefühlt habe. Doch eines Tages, als er mit seiner jüngsten Tochter, der neunjährigen Großfürstin Olga im Park von Gatschina spazieren geht, wird er blass und setzt sich von Schmerzen gequält ins Gras. Er befiehlt seiner Tochter, diesen Zwischenfall niemanden, auch ihrer Mutter nicht, zu erzählen. Doch die Anfälle häufen sich und so besteht die Zarin darauf, einen Arzt zu rufen, der der Meinung ist, dass die übermenschliche Anstrengung, als der Zar bei Borki das Wagendach des entgleisten Zuges hochstemmte, bleibende Schäden an den inneren Organen verursacht haben kann. Dennoch beschließt der Mediziner, einen Spezialisten hinzuzuziehen und der stellt schließlich eine akute Nierenentzündung fest. Dadurch wird die geplante Reise des Zarewitsch Nikolaus nach Coburg, wo er der zwanzigjährigen Alix einen Heiratsantrag machen wollte, verschoben. Da ihm der Zar immer wieder versichert, dass es ihm gut ginge, plant Nikolaus erneut nach Deutschland zu reisen. Doch der plötzliche Tod des künftigen Schwiegervaters, des Großherzogs Ludwig IV. von Hessen und bei Rhein lässt den Thronfolger Russlands von seinem Vorhaben Abstand nehmen, um die Trauerzeit der geliebten Alix von Hessen abzuwarten.
Seine Auserwählte muss nun das Regime im Schloss führen, da ihre Mutter, Prinzessin Alice von Großbritannien und Irland, schon lange vor dem Großherzog an Diphtherie gestorben war. Aus dem umschwärmten Backfisch Alix ist inzwischen eine erblühte Prinzessin geworden. Doch Queen Victoria, die hoffte, ihre Enkelinnen dort zu verheiraten, wo es ihrer Pläne entsprach, sagt zu Victoria, der Schwester von Alix: *„Russland würde ich keiner von euch wünschen, hat es doch die Gesundheit fast aller deutschen Prinzessinen, die dort lebten, ruiniert."*

IV.

Im Juni reist Ilja Repin mit recht gemischten Gefühlen nach Jasnaja Poljana zu Tolstoi. Wie würde der berühmte Freund es auffassen, dass Anton

Tschechow Repins Platz in der Malerei mit dem des großen Tolstoi in der Literatur verglichen hatte? Schließlich kannte der Maler Tolstois Einstellung zur Kunst. Bei seinem letzten Besuch hatte der begnadete Romancier gesagt: *„Etwas, das ich schon früher einmal gedacht und notiert habe: Kunst ist eine Fiktion. Es gibt die Verlockung, sich mit Puppen, Bildchen und Liedern, mit dem Spiel und mit Märchen die Zeit zu vertreiben, das ist alles."*
Und er warf den Malern und damit indirekt auch Repin vor, dass sie Künstler für eine Elite seien. Er meinte, sobald die Kunst aufhört, Kunst des ganzen Volkes zu sein, und zur Kunst einer kleinen Klasse von Begüterten wird, ist sie nicht länger notwendig und wichtig, sondern wird leere Unterhaltung.
Natürlich sitzt er Repin dennoch Modell wie viele Mitglieder der Familie, aber er bestimmt nun das Sujet, legt sich ins Moos des gutsnahen Waldes um zu lesen oder nimmt den Bauern beim Pflügen die Zügel aus der Hand und stapft in seinen selbst gefertigten, groben Stiefeln in der Furche dem Pflug hinterher, wobei der die Pferde mit Zurufen ermuntert. Repin rennt von einem Ende des Ackers zum anderen und skizziert, weil er weiß, dass Tolstoi gerade auf dieses Bild Wert legen wird, der große Graf im einfachen Bauernkittel beim Pflügen. Hier verschmilzt Tolstoi mit Russland, dem Land der Mushiks. Als Repin dann Tolstoi in seinem Schreibzimmer malt, erwähnt der so ganz nebenbei, dass er vorhat, einmal ernsthaft der Frage nachzugehen „Was ist Kunst?"
Und er kritisiert das Bemühen der Wanderaussteller, mit ihren Ausstellungen das Volk aufzuklären. *„Mein verehrter Ilja Jefimowitsch, die Kunst kann der großen Masse nicht deswegen unverständlich sein, weil sie gut ist, wie dies die Künstler unserer Zeit gern behaupten. Eher muss man annehmen, die Kunst ist der großen Masse nur deswegen unverständlich, weil diese Kunst eine sehr schlechte oder vielleicht überhaupt keine Kunst ist. Es wird gesagt, die Kunstwerke gefielen dem Volk nicht, weil es nicht fähig sei, Kunst zu begreifen. Wenn aber der Zweck eines Kunstwerks darin besteht, auf andere das Gefühl zu übertragen, das der Künstler empfand, wie kann dann von Nichtbegreifen die Rede sein?"*

Natürlich ist Repin anderer Meinung, doch in Anwesenheit Tolstois ist der sonst so selbstbewusste Künstler irgendwie gehemmt. Gegenüber Malerfreunden, die ihn um die Freundschaft mit Tolstoi beneiden, bekennt er, dass er in dessen hypnotisierender Gegenwart nicht zu widersprechen wagt und nur in Gedanken mit ihm Dispute führt. *„Mal denke ich, dass ich Recht habe, mal scheint es mir, dass seine Thesen unvergleichlich tiefer sind. Vor allem kann ich mich nicht mit seiner Verneinung der Kultur anfreunden."*
Tolstoi fühlt sich krank, sein Magen quält ihn und er denkt immer öfter an den Tod. Ins Tagebuch schreibt er lapidar: *„Repin war hier, ist heute weggefahren."* Indessen planen Regierungskreise, den sich aktiv und mit Hingabe um die Hungernden kümmernden Tolstoi zu verbannen oder als geisteskrank und gefährlich in das Klostergefängnis von Susdal einzuweisen. Aber auf Veranlassung von Alexander III. werden vorerst keine Schritte gegen ihn unternommen. Tolstois Aufsatz „Über den Hunger" erregt auch international die Öffentlichkeit.

Es ist ein kalter Novembermorgen, vom Meer her peitscht der Wind feinen Niesel in die Stadt und dennoch drängt es die Petersburger zur Akademie der Künste, in der Repins Gemälde „Die Saporosher Kosaken schreiben einen Brief an den türkischen Sultan" das Prunkstück seiner fast dreihundert Werke umfassenden Personalausstellung ist. Der junge Kunstkritiker und Maler Igor Grabar spart nicht mit Lob: *„Die Saporosher Kosaken sind ein wahres Meisterwerk, ein besseres historisches Bild habe ich nie zuvor gesehen. Repin ist ein perfekter Gogol in Farben... Wenn das Ziel jeden historischen Bildes, oder, genauer gesagt, des historischen Genres darin besteht, uns in eine längst vergangene Zeit zu versetzen, so weiß ich nicht, wie man dieses Ziel besser erreichen kann, wie es Repin getan hat. Alle Legenden, Erzählungen und Erinnerungen, Taras Bulba* selbst, all dies wurde ins Leben zurückgerufen."*

<small>*Taras Bulba - Erzählung von Nikolai Gogol, die 1835 erschien und vom Aufstand der Saporosher Kosaken gegen polnische Besatzer handelt</small>

Der so gefeierte Maler zeichnet einige Blätter von St. Petersburger Stadtansichten für ein amerikanische Magazin. Die russischen Künstler sind seit Tschaikowskis sensationellem Erfolg bei seiner Tournee durch Amerika gerade en vogue.

Inzwischen werden Teile der Repinschen Ausstellung nach St. Petersburg nun in Moskau gezeigt und Ilja Repin, der oft anwesend ist und seinen Triumph genießt, sieht Tolstois These, dass auch seine Kunst elitär ist, widerlegt. An seinen Freund, den nun schon greisen Kritiker Stassow schreibt er: *„Meine Ausstellung mach hier viel Aufsehen...Viele Leute kommen, Studenten und Studentinnen und sogar Handwerker drängen sich in den Sälen."*

Zar Alexander III. hat Repin für das Bild „Die Saporosher Kosaken schreiben einen Brief an den türkischen Sultan" die wahrhaft fürstliche Summe von 35.000 Rubel geboten, ein Angebot, dass der Künstler nicht ausschlagen kann und darf. Es ist die bisher höchste Summe, die je ein Maler für sein Werk erhalten hat. Was würde wohl Tolstoi dazu sagen? In Moskau besucht der Maler seinen Freund und Mäzen Pawel Tretjakow, dessen Galerie geschlossen ist, weil die stark ramponierten Säle renoviert werden. Der kauft fast die ganze Repinsche Ausstellung, fünfzig Gemälde.

Es ist ein herzliches Wiedersehen mit dem selbstlosen Kaufmann und Förderer junger russischer Maler, der für sein soziales Engagement in der Stadt für eine Ehrenbürgerschaft der Stadt Moskau vorgeschlagen ist. Tretjakow ist trotz seines Reichtums ein bescheidener Mann, trägt einen Anzug so lange, bis an Kragen und Manschetten der Stoff durchgewetzt ist und obwohl er eine Kutsche hat, geht er oft zu Fuß und lässt den Kutscher einfach hinterher fahren. Viele Orden und Medaillen wurden dem Moskauer Kaufmann verliehen, die er nie trägt, sondern die Kinder damit spielen lässt. Hochgestellten Mitgliedern der Zarenfamilie weicht er, wenn es geht, aus. Repin glaubt, Tretjakow mochte Würdenträger einfach nicht, weder weltliche noch geistliche. Als dem Galeristen der Besuch von Johannes von Kronstadt angekündigt wird, einem Popen, dem tausende Gläubige anhängen, die ihn für einen Heiligen halten, packt Tretjakow kurz entschlossen seine

Reisetasche und fährt für zwei Tage nach Kostroma. Er sei geschäftlich abberufen wurden, lässt man den Geistlichen, dessen Besuch wohl eine hohe Ehre ist, ausrichten.

Auch Alexander III. hatte die Galerie besichtigt und 1893 beschlossen, Pawel Tretjakow wegen der Förderung der russischen Kunst und seines sozialen Engagements in den Adelsstand zu erheben. Ein hoher Staatsbeamter überbringt die frohe Botschaft und ist erstaunt über die ablehnende Reaktion des Galeriegründers: *„Ich danke Seiner Majestät sehr für die große Ehre, aber den hohen Titel eines Adligen nehme ich nicht an. Ich bin als Kaufmann geboren und ich werde als Kaufmann sterben."*

Doch die Ehrenbürgerschaft Moskaus, seiner Heimatstadt, die er sehr liebt, nimmt der Großkaufmann bewegt an. Sein Bruder Sergei, der ein Jahr zuvor gestorben war, hatte in seinem Testament verfügt, dass er seinen Teil der Kunstsammlung der Stadt Moskau vererbt. Das ist nun für Pawel Tretjakow Anlass, auch seine Sammlung der Stadt zu schenken und damit den Grundstein für ein der breiten Öffentlichkeit zugängliches Kunstmuseums zu legen. Die gesamte, der Stadt Moskau überlassene Sammlung zählt 1287 Gemälde, 518 Zeichnungen und neun Skulpturen russischer Künstler sowie zusätzlich 75 Gemälde und acht Zeichnungen zeitgenössischer deutscher und französischer Maler. Das neu gegründete Kunstmuseum öffnet im August 1893 unter dem Namen *„Moskauer Städtische Kunstgalerie Pawel und Sergei Michailowitsch Tretjakow"* seine Pforten.

Von Moskau aus reist Repin nach Witebsk weiter, er hat genug vom Trubel. Hier, am Fluss Dwina besichtigt er das zu veräußernde Landgut Sdrawnewo, das er kurz entschlossen kauft, um auf dem flachen Land ungestört zu arbeiten und mit seinen Töchtern ein einfaches Leben führen zu können. Denn inzwischen ist er, sicher auch von dem Asketen Tolstoi beeinflusst, Veganer geworden. Und hier hofft er nicht nur wieder zu Kräften zu kommen, sondern er besinnt er sich auf seine bäuerlichen Wurzeln, bringt das verwahrloste Haus in Ordnung und befestigt das Flussufer mit Hilfe der Bauern, die er auch zeichnet und wie immer wieder auch seine

Lieblingsmotive, die Töchter Vera und Tatjana. Er schildert Stassow im fernen St. Petersburg seine Plackerei auf dem Gut: *„Ich denke oft an Sisyphus, der Steine schleppte und beneide Antaeus. Ach, wenn doch diese Berührung mit der Erde, aus der der Poseidon-Sohn seine unbezwingbare Stärke schöpfte, auch meine Kräfte wieder herstellen könnte, die in Petersburg in letzter Zeit nachzulassen begannen."*
Und auf diesem Gut fernab von Moskau und der Hauptstadt, erreicht Ilja Repin ein Angebot der Akademie. Dem Maler wird nicht nur eine Professur angeboten, sondern er wird auch auf ausdrücklichen Wunsch des Monarchen Alexander III. gleichzeitig in eine Kommission berufen, die die Kaiserliche Akademie der Künste modernisieren soll. Geschmeichelt nimmt Repin an und schreibt an den 70jährigen Stassow: *„Ich betrachte es jetzt als meine Pflicht gegenüber der jungen Generation und der russischen Kunst, in die Akademie einzutreten...Denn wo sonst kann man die jungen Künstler, die in ganz Russland wie Pilze aus dem Boden schießen, malen lehren."*

V.

Das Verhältnis zu Frankreich festigt sich und Alexander III. lässt seinen Botschafter in Paris die geheime Militärkonvention unterschreiben, die gegenseitige Unterstützung im Falle eines Angriffs des Dreierbundes von Österreich-Ungarn, Deutsches Reich und Italien. Weil er selbst immer schwächer wird und einen Vertrauten für wichtige Regierungsgeschäfte braucht, findet er den in Sergei Graf Witte, den er zum Finanz- und Verkehrsminister ernennt. Witte bedankt sich auf seine Weise und lässt einen Goldrubel mit dem Konterfei des Zaren prägen. Durch den Übergang zum Goldstandard stabilisiert der Finanzexperte auch international den Rubel. Seine intensive Industrialisierungs- und Infrastrukturpolitik löst einen regelrechten Wirtschaftsboom in ganz Russland aus.

Der triste Winter in St. Petersburg ist die hohe Zeit der Konzerte und Theater-Premieren. Im Mariinski-Theater erlebt die Familie des Zaren am 18. Dezember die Uraufführung eines romantischen Ballettmärchens zur Weihnachtszeit, das Marius Petipa und Lew Iwanow inszenierten, „Der Nussknacker". Der Direktor des Theaters Iwan Wswoshski ließ es sich nicht nehmen, selbst die prunkvolle Bühnendekoration und die erlesenen Kostüme zu entwerfen.

Es ist die Geschichte vom Nussknacker und dem Mäusekönig von E. T. A. Hoffmann, die Alexander Dumas mit seiner kindgerechten Version in der ganzen Welt bekannt gemacht hatte und für die Pjotr Tschaikowski eine Ballettmusik komponierte. Sein Bruder Modest hatte ihn dazu angeregt, der für die Kinder seiner Schwester Alexandra ein kleines Theaterstück nach diesem Stoff geschrieben hatte. Vor der Premiere gab es heftige Auseinandersetzungen zwischen Petipa, der das Libretto geschrieben hatte und Iwanow, seinem Stellvetreter. Auch Tschaikowski machte Iwanow die Hölle heiß, weil es zwischen ihnen gewaltige Meinungsunterschiede in der Art der Interpretation gab.

Es kam wie es kommen musste, die Premiere des Balletts „Der Nussknacker" ist kein großer Erfolg, weil das erlauchte Publikum die Grotesken nicht verstehen wollte. Aber als die Petersburger mit ihrem Kindern an den nächsten Abenden ins Theater strömen, rast das Publikum nach jedem Akt. Und während die Ballerinen den Tanz der Schneeflocken und die Solistin die Rolle der Zuckerfee tanzen, fallen draußen weiche weiße Flocken vom Nachthimmel, überzuckern die Stadt. Ein Petersburger Wintermärchen.

Zarewitsch Nikolaus träumt von Alix von Hessen und beschließt im Frühjahr endlich nach Deutschland zu reisen. Sein Bruder Georgi schreibt aus Abastumani, dass es ihm besser geht und er so manche Nacht im Observatorium verbringt. Der zweite Sohn von Alexander III. leidet an Tuberkulose und lebt im Kaukasus, wo er in klarer alpiner Hochgebirgsluft Linderung und Heilung erhofft. Dort oben auf dem 1.600 Meter hohen Berg Kanobili wurde extra wegen der Passion des kranken Großfürsten, er beschäftigt sich mit Astronomie, 1892 das erste russische Bergobservatorium eröffnet. Abastumani, einst ein normales, kleines georgisches Bergdorf, ist seit der Anwesenheit des Zarensohnes zu einem Modekurort geworden, den nun viele Adlige besuchen. In der Schlucht am Dorfrand am Fluss Ozche wurde nach dem Entwurf eines Schweizer Architekten für Georgi Romanow ein märchenhafter Winterpalast aus Holz errichtet.

Der jüngere Bruder des Thronfolgers schwärmt über die Schönheit der Natur des von dichten Nadelwäldern umgebenen Ortes mit seinen Heilquellen, auf den alte Wehrtürme herunterblicken. Aber er begeistert sich nicht nur für die Schönheit der Landschaft, sondern auch für die Herzogin Lisa Nijaradze, mit der er oft bei Spaziergängen gesehen wird. Und als Georgi sogar davon träumt, die rassige Georgierin zu heiraten, schreitet Zar Alexander ein und verheiratet die Herzogin zwangsweise mit einem verdienstvollen adligen General. Das wäre für den nationalistischen Herrscher doch zuviel, eine Georgierin in der Familie und vielleicht, sollte Nikolai etwas passieren, auf dem Thron. Sein Sohn ist über dieses erzwungene, tragische Ende seiner ersten Liebe erschüttert und selbst die Zarin Maria Fjodorowna schafft es nicht, ihn aufzuheitern.

Pjotr Tschaikowski ist nach einer Konzertreise aus Paris zurück und wie immer inspiriert ihn das Reisen. Dann wandert er stundenlang herum und lässt die Noten emotional in seinem Kopf tanzen. Er selbst notiert das so: *„Welch unermessliche Seligkeit ergreift mich, wenn der Hauptgedanke empfangen ist und sich zu entwickeln beginnt. Man vergisst alles um sich herum, gebärdet sich wie ein Verrückter. Alles im Innern zittert."* Nun geht er schwanger mit der Idee zu einer sechsten Sinfonie, die er „Pathétique" nennen will. Seinem Freund, dem Großfürsten Konstantin, kündigt er an, *„eine grandiose Sinfonie zu schreiben, die den Schlussstein meines ganzen Schaffens bilden soll"*. Ihm schwebt ein programmatisches Werk vor, das sein Leben und Leiden beinhalten soll und die Idee hat vom Komponisten mit solcher schöpferischen Urgewalt Besitz ergriffen, dass er in weniger als vier Tagen den

ersten Satz komponiert und den Rest schon im Kopf klar umrissen hat. *„Die Musik ist durchaus subjektiv und ich habe nicht selten auf meinen Wanderungen, sie in Gedanken komponierend, bitterlich geweint."*
In nur vier Wochen ist in der Kleinstadt Klin die sechste Sinfonie, die Selbstbiografie in Noten, vollendet. Zum ersten mal in seinem Leben fühlt Tschaikowski, dass er nun seine Aufgaben erfüllt und alles offenbart hat, was er den Menschen mit seiner Musik zusagen vorhatte.
In Moskau und Petersburg grassiert die Cholera, eine Seuche, die russische Soldaten aus Afghanistan eingeschleppt haben. Und während in Moskau die Kanalisation erweitert, saniert und Wasserleitungen angelegt werden, sind die hygienischen Verhältnisse in der Hauptstadt katastrophal, überall tummeln sich Ratten, die Tausende infizieren. Die Zarenfamilie hat sich im Schloss Gatschina eingerichtet und meidet die Stadt. Denn Niemand aus der Herrscherfamilie ist anwesend, als am 28. Oktober 1893 Pjotr Tschaikowski, von Krankheit gezeichnet, die „Pathétique" im Großen Saal der Philharmonie in St. Petersburg dirigiert. Die Uraufführung wird recht verhalten aufgenommen, findet nicht das vom Komponisten erwartete Verständnis.
Einen Tag danach rebelliert der Magen von Tschaikowski und er, der Zeit seines Lebens von Depressionen und Magenleiden gequält wird, denkt an die üblichen Verstimmungen und nimmt wie immer Natron. Er wohnt bei seinem Bruder Modest und wird von dessen Diener Nasar gepflegt. Aber diesmal hilft nichts und weil die Krämpfe zunehmen, wird Doktor Lew Bertenson gerufen, der Tschaikowski gegen 23 Uhr gründlich untersucht und Cholera feststellt. Offensichtlich hatte der Patient zuvor aus Leichtsinn seine Tabletten mit ungekochtem Wasser eingenommen. Nach Mitternacht schreit der Kranke vor Schmerzen und fragt den an seinem Bett wachenden Bruder: *„Ist das am Ende die Cholera?"* Natürlich wird Pjotr Iljitsch die Wahrheit verschwiegen, doch als die Ärzte Vorkehrungen gegen die Ansteckung treffen und er alle Anwesenden in weißen Kitteln sieht, ruft er: *„Das ist also doch Cholera!"* Tschaikowskis Mutter war an Cholera gestorben, als er gerade einmal vierzehn Jahre war.

Doch am nächsten Morgen fühlt sich der Komponist so viel besser, dass er die Krankheit überstanden glaubt und sich für gerettet hielt. Als Doktor Bertenson am Vormittag nach dem Kranken schaut, begrüßt ihn Tschaikowski im Bett sitzend: *„Haben Sie Dank, Sie haben mich den Krallen des Todes entrissen."* Doch Stunden später ist sein Glaube an Genesung geschwunden. In der folgenden Nacht scheint die Situation des Kranken für die Ärzte nicht hoffnungslos, obwohl ihnen ein Nierenversagen Sorgen bereitet. Der Patient schläft zwar mehr, aber schwer und unruhig. Er fantasiert, ruft zornig den Namen von Nadeshda Filaretowna*.

In der Nacht zum 6. November ist alle Hoffnung verschwunden, obwohl die Ärzte nichts unversucht gelassen haben. Sein Bruder Modest beschreibt die letzten Minuten im Leben des großen russischen Komponisten: *„Plötzlich öffnet Pjotr Iljitsch die Augen. Ein unbeschreiblicher Ausdruck klaren Bewusstseins belebten sie. Er ließ seinen Blick über die Umstehenden schweifen und hob ihn dann zum Himmel empor. Einen Augenblick leuchtete etwas in seinen Augen auf und erlosch mit dem letzten Atemzug."* Es ist kurz nach drei Uhr morgens am 6. November 1893. Der kirchenbehördlichen Todesbescheinigung zufolge starb Pjotr Iljitsch Tschaikowski an der asiatischen Cholera, eine Woche, nachdem er seine „Pathétique", sein letztes Werk, dirigiert hatte, mit nur 53 Jahren. Trotz des schlechten Wetters folgt eine unübersehbaren Menge seiner feierlichen Beisetzung im Alexander-Newski-Kloster vor St. Petersburg.

Herman Laroche**, Freund Tschaikowskis seit ihren Studienjahren, ist verzweifelt und schreibt einen bewegenden Nachruf: *„Unmerklich und ohne es zu wollen, milderte er durch seine bloße Gegenwart die Gegensätze, versöhnte die Streitenden und verbreitete überall, wo er hinkam, Licht, Wärme*

*Nadeshda Filaretowna von Meck (1831 - 1894) - Witwe eines reichen baltendeutschen Eisenbahnunternehmers. Über 14 Jahre war sie Mäzenin und Brieffreundin Tschaikowskis und unterstützte auch Claude Debussy und Nikolai Rubinstein.

**Herman Laroche (1845 - 1904) - Lehrer und Freund Tschaikowskis, Musikkritiker und -pädagoge am Moskauer sowie Petersburger Konservatorium.

und Freude. Sein Verlust wiegt schwer für die Kunst. Er wird von uns, seinen Zeitgenossen, vielleicht noch nicht ganz klar empfunden, und dennoch scheint dieser Verlust gering gegenüber dem, was uns mit Tschaikowskis Persönlichkeit entrissen wurde, mit dieser wundervollen Verkörperung der Lichtseiten der Menschheit."

Kurz nach dem Tod des Komponisten tauchen Gerüchte auf, Tschaikowski hätte sich wegen seiner homophilen Neigung das Leben nehmen wollen, als er während der Cholera-Epidemie ungekochtes Wasser trank. Diese sensationslüsternen Spekulationen entbehren jedoch jeder Grundlage. So hatte Pjotr Iljitsch seinem Bruder mitgeteilt, dass er noch den „Opritschnik" umarbeiten wollte. Außerdem hatte der Komponist vor, ein erklärendes Programm zur Sechsten Sinfonie zu schreiben und bereits Konzertreisen nach Australien, Stockholm und Südamerika zugesagt.

Modest Tschaikowski reist nach Erledigung aller Formalitäten nach Klin, um den Nachlass des Bruders zu sichern und zu ordnen. Selbst homosexuell, macht er alle Dokumente unkenntlich, die das Ansehen des geliebten Bruders schaden könnten. Er schwärzt oder schneidet alle freimütigen Berichte über Affären mit käuflichen Liebhabern und Tschaikowskis platonische Zuwendung zu Freunden und Kollegen sowie vulgäre Ausdrücke und taktlose Bemerkungen in den Aufzeichnungen.

Aber die einfachen Menschen bewegt eine andere Tatsache. Um die gewaltigen Mittel für den Bau der Transsibirischen Eisenbahn aufzubringen, hat Witte einen Plan vorgelegt, den Alexander III. billigt. Der Ukas des Zaren beinhaltet nach Zustimmung des Staatsrates die Vormacht für den „staatlichen Verkauf von Getränken", anders ausgedrückt: das Alkoholmonopol. Die Kontrolle über Verkauf und Ausschank von alkoholischen Getränken durch den Staat hatte ja schon sein Vater, Alexander II. begonnen, der 1863 eine Alkoholsteuer einführte. Dessen Ziel war neben der Verbesserung des Staatshaushalts vor allem die Einschränkung der Trunksucht. Doch die Russen tranken weiter wie gehabt und die Einnahmen des Staates stiegen nur unerheblich. Jetzt greift sein Sohn zu einem radikalen Mittel, indem er den

Alkoholverkauf vollends unter staatliche Fittiche nimmt. Zuerst gilt das Monopol nur in den Gouvernements Orenburg, Perm, Samara und Ufa. Nach Anwendung des Erlasses auf das ganze Land machen diesbezügliche Einnahmen ein Viertel des Staatshaushalts aus.

Zarewitsch Nikolaus, selbst als Offizier durchaus ein gemäßigter Alkoholiker, macht sich im Frühjahr mit Gefolge nun endlich nach Coburg auf mit dem festen Vorsatz, Alix von Hessen, in unerschütterlichem Zutrauen zu ihrer Zustimmung, einen Heiratsantrag zu machen. Anlass war die Hochzeit ihres Bruders im Residenzschloss Ehrenburg, weshalb sich der europäische Hochadel in dem kleinen Nest versammelt. Schon am zweiten Tag seiner Ankunft sorgt der russische Thronfolger dafür, dass er mit seiner Angebeteten allein ist und trägt ihr ganze zwei Stunden seine Werbung vor.

Die deutsche Prinzessin liebt ihren Nicky, doch streng puritanisch auch durch Queen Victoria erzogen, erschaudert sie bei dem Gedanken, ihrer Religion zu entsagen. Seinem eindringlichen Zureden entgegnet sie immer nur wieder unter Tränen *„Nein, ich kann nicht!"* An den nächsten Tagen ist Alix bedacht, nicht allein mit Nikolai Romanow zu sein und vergießt weitere Tränen, ist gedrückt und flüchtet sich in Gebete, weil ihre Verwandten sie zu einem Jawort drängen.

Da springt dem russischen Großfürsten ein unerwarteter Brautwerber zur Seite. Eines Abends sucht Kaiser Wilhelm II., den Alix und Nikolaus nur Cousin Willy nennen, die störrische und sich zierende Prinzessin auf und erklärt ihr, dass es *„ihre Pflicht und Schuldigkeit"* wäre, Nikolaus zu heiraten. Der fünfunddreißigjährige deutsche Enkel von Queen Victoria ist nicht um das Wohl seiner Cousine bedacht, sondern verspricht sich mit der Heirat politische Vorteile, indem diese Ehe Russland zwangläufig von Frankreich entfernen und einer Allianz mit Deutschland näher bringen würde.

Am 20. April, der Frühling sendet erste blühende Boten, ist die Festung sturmreif, Alix wartet nur auf einen neuen Antrag. Im Salon, der auf den Schlossgarten hinausgeht, nimmt Nikolaus, den Cousin Willy noch den eigenen Paradesäbel umgeschnallt hatte, einen Strauß aus einer Vase und wiederholt seinen Antrag, dem die junge Prinzessin unter Freudentränen zustimmt und sie tauschen den süßen Kuss, von dem Alix jahrelang geträumt hat, wie sie bekennt.

Nikolaus depeschiert seiner Mutter: *„Der Allmächtige allein weiß, was mit mir geschehen ist. Ich weinte wie ein Kind und sie auch; aber ihr Ausdruck hatte sich gewandelt, ihr Gesicht war von Zuversicht erhellt."* Die Zarin erkundigt sich aus dem fernen St. Petersburg lediglich, welche Steine seine teure Alix denn am liebsten trage, Saphire oder Smaragde. Auch Queen Victoria segnet das Paar auf Schloss Rosenau und ermahnt ihre Enkelin, nun als zukünftige Zarin eines Weltreiches nicht zu stolz zu werden. Gegenüber ihren Freunden jedoch gesteht die Queen, es: *„...laufe ihr eiskalt den Rücken hinunter, wenn sie auch nur an die Zukunft ihrer Enkelin denke."*

Die älteste Schwester von Alix, Prinzessin Victoria von Battenberg, lädt im Juni die Verlobten nach England in ihr Ferienhaus in Walton on Thames ein, wo das Paar eine Art Vorflitterwochen genießt. Sie spazieren, fahren Boot und machen am Ufer Picknick. Und während Alix stickt liest der Zarewitsch und schreibt Tagebuch, in dem sie heimlich schmökert. Er notiert: *„Alles, Natur, Menschen und Orte, alles scheint so schön, kostbar und liebenswert."* Besonders seine Braut, die ihren Nikolaus ekstatisch liebt, mit einem Gefühl, das von einer leidenschaftlichen Sexualität bestimmt wird, die ihr niemand wegen ihres stets steifen Auftretens zugetraut hätte.

Queen Victoria lädt das Paar nach Windsor Castle ein, wo sie Nikolaus anbietet, sie Granny zu nennen. Sie bezeichnet ihn dem Hof gegenüber als lieb, gut und liberal gesinnt. Doch das schließt vor allem das Wunschdenken ein, dass diese Ehe, wenn schon nicht unvermeidlich, nicht in eine Katastrophe für ihre Lieblingsenkelin führen möge.

Aus St. Petersburg sind für Alix die Sprachlehrerin Jekaterina Schneider und der Beichtvater der Familie, Vater Janyschew eingetroffen, um die Prinzessin auf ihr Leben in Russland und im orthodoxen Glauben vorzubereiten. Doch das Glück wird getrübt. Aus St. Petersburg kommt die Nachricht, dass sich der Gesundheitszustand Alexanders III. dramatisch verschlechtert hat.

Der Zar sei sterbenskrank, ausgemergelt, hat ein Nierenleiden, findet kaum noch Schlaf und spuckt Blut.
Nikolaus eilt sofort nach Liwadija auf der Krim, wo die Ärzte hoffen, dass der russische Monarch im milden Klima des Südens genesen würde. Anfangs tut ihm die Ruhe und das herbstlich freundliche Wetter gut. Alix wird aus Darmstadt auf die Krim befohlen und der Zar begrüßt sie freundlich. Er hat extra für die zukünftige Zarin die Gardeuniform angelegt. Sie versichert ihm, dass ihr Übertritt zum orthodoxen Glauben bevorstehe und sie *„...die wahrhaft gläubige Großfürstin Alexandra Fjodorowna"* sein wird.
Der Zustand des Zaren verschlechtert sich von Tag zu Tag, so dass er alle seine Minister ans Schwarze Meer beruft. Am 1. November 1894 besteht er darauf, sein Bett zu verlassen und sich in Uniform in einen großen Lehnstuhl zu setzen. Zur Zarin sagt er: *„Meine Liebe, ich glaube es ist so weit. Mach dir keine Sorgen um mich, ich bin ganz ruhig."*
Seine Frau lässt die Kinder und die Braut des Thronfolgers rufen, um sich zu verabschieden, die Zarin Maria Fjodorowna neben den Lehnstuhl kniend finden. Der Zar sieht sie lächelnd an und flüstert: *„Noch bin ich nicht tot, aber ich habe schon einen Engel getroffen."*
Gegen zwei Uhr nachmittags stirbt Alexander III., der Friedensstifter, den Kopf an die Schulter seiner Frau gelehnt. Maria Fjodorowna, die Zarenwitwe, zieht sich von Trauer übermannt in ihre privaten Gemächer zurück, während Nikolaus vor Kummer überwältigt und sprachlos vor Entsetzen ist angesichts der Aussicht, nun auf dem Zarenthron Platz nehmen zu müssen. *„Mein Gott, mein Gott, was für ein Tag!"*, schreibt er in sein Tagebuch. Und seinen Cousin Sandro fragt er verzweifelt: *„Was wird mit uns geschehen, mit mir, mit dir, mit Xenia, mit Alix und Mutter, mit ganz Russland, ich bin nicht darauf vorbereitet, Zar zu werden. Ich habe nie einer werden wollen. Ich verstehe nichts von Regierungsgeschäften und weiß nicht einmal, wie ich mit den hier versammelten Ministern sprechen soll."*
Und die Befürchtungen teilen alle im Sommerschloss Liwadija Anwesenden, denn Alexander III. hatte Russland ganz allein mit harter Hand zusammen

gehalten und nun beschleicht sie eine große Sorge um die Zukunft des Russischen Reiches. Marie von Griechenland spricht aus, was viele fühlen und denken: *„Ich kann gar nicht beschreiben, wie verloren wir uns alle fühlen. Wir verehrten Alexander und erachteten ihn für unseren besten Freund. Unser einziger Trost in dieser schweren Stunde war der Anblick des Ausdrucks von Frieden und Gelassenheit auf seinem Gesicht."* Als Clemenceau* in Paris die Nachricht vom Tod des Zaren erreicht und dass nun Nikolaus II. die Geschicke des Landes lenken würde, fragt er: *„Wer ist denn Nikolaus II.? Niemand weiß es, wahrscheinlich nicht einmal er selbst."*

VI.

Ilja Repin erreichen diese Nachrichten unterwegs auf seiner Europareise mit seinem Sohn Juri. Über Warschau geht es zunächst nach Kraków, wo er endlich die Einladung des bedeutenden polnischen Malers und Patrioten Matejko** annehmen will und den Mann, der nie eine Kunstschule besuchte, zu porträtieren. Dessen Bilder begeisterten den Russen schon vor Jahren. Über seine Eindrücke schreibt Repin für die „Teatralnaja gaseta" Briefe über die Kunst: *„Wie malerisch Kraków ist! Wie viel herrliche gotische Bauwerke man hier findet. Einen ganzen Basar slawischer Typen mit Lammfellmützen, Kapuzen und langen Oberröcken; die Frauen tragen Kopftücher, sehen aus wie Haubenlerchen."*
Doch die Stadt hat ein Trauerkleid angelegt, überall wehen schwarze Fahnen. An der Domtür liest Repin dann, dass Jan Matejko gestern Nachmittag um drei Uhr gestorben sei. Und es scheint Repin, dass alles um ihn herum trauere, angefangen vom Wetter, denn es nieselt aus grauen, verhangenen

*Georges Clemenceau (1841 - 1929) - französischer Journalist, Politiker und Staatsmann der politischen Linken in der Dritten Republik.
**Jan Matejko (1838 - 1893) - poln. Maler patriotischer Historienbilder. Er ermutigte die Polen, die nationale Identität unter Russlands Herrschaft zu bewahren.

Wolken. So bleibt dem Russen nichts anderes übrig, als dem großen polnischen Patrioten an seinem Sterbebett die letzte Ehre zu erweisen. Er macht sich auf in die Florianstraße. Vor dem Haus ist ein Kommen und Gehen und die Treppe bis in die siebente Etage ist mit Blumen, Trauerflor und Kerzen geschmückt.

„Und dann sah ich den Toten. Die dünnen Finger der blassen Hände waren fest ineinander verschlungen. Trotz des sanften und friedvollen Ausdrucks war das pergamentfarbene Gesicht schrecklich; der Höcker auf der Nase trat noch mehr hervor. Haar und der Bart á la Henri IV. waren leicht ergraut. Matwejko war erst fünfundsechzig Jahre alt. Viel zu früh starb dieser leidenschaftliche Patriot...Ja, in diesem kleinen Körper hatte wirklich eine heroische Seele gelebt."

Repin, Russland und seiner Geschichte tief verbunden, erinnert sich an einen Ausspruch von Matwejko, der ihm aus dem Herzen gesprochen war: *„Kunst ist eine Art Waffe; man darf die Kunst nicht von der Liebe zum Heimatland trennen."*

Recht traurig gestimmt fährt er weiter nach Wien, wo er sich vorgenommen hat, Künstlerateliers zu besuchen und die Unterrichtsmethoden an der dortigen Kunstakademie zu studierten. Obwohl ihm junge Krakówer Künstler erzählten, dass sie lieber in München oder Paris studieren würden, weil die Wiener Akademie noch schlechter als die Krakówer Schule sein würde. Doch die Stadt an der Wien begeistert den Reisenden in Sachen Kunst. Er staunt, wie sauber die Straßen gepflastert sind, kein Vergleich mit St. Petersburg und dem Isaak-Platz, wo sich selbst der Teufel die Beine brechen könnte. Die Schönheit der Boulevards und die kleinen, fast idyllischen Parks verblüffen den Maler, der zu dem Schluss kommt, dass Wien in Schönheit und Eleganz Paris durchaus ebenbürtig sei.

In der Kunstakademie auf dem Schillerplatz besucht er das Museum, das einen reichen Schatz von Gemälden beherbergt, ausgezeichnete Bilder von Paolo Veronese und mittelmäßige Werke, nach Repins Meinung, von Rubens und Van Dyck. Die Lehrmethoden an der Akademie scheinen ihm veraltet, langweilig und konventionell und so verwundert ihn auch die kleine Zahl der Studenten nicht. Die Ateliers der jungen, Hoffnung versprechenden Künstler findet der neu berufene Dozent der Kaiserlichen Akademie der Künste St. Petersburg leer und trist.

In München besucht Repin die Ausstellung des Kunstvereins am Königsplatz. Er ist entsetzt, über den *„Tummelplatz zügelloser Talentlosigkeit, der Anarchisten in der Malerei. Nach dem Vorbild der französischen Impressionisten und der Dekadenten hat sich der Pöbel in der Malerei breit gemacht, eine Legion von Stümpern...Lernen ist überflüssig, Anatomie ist Unsinn."*

Natürlich findet Repin auch in den Galerien Bilder von Malern, für die er sich begeistert, wie Arnold Böcklin, der vieles schlecht malt, aber seine Malerei findet Repin tiefgründig, bezaubernd, die Stimmung stets ausdrucksstark und zauberhaft, voller jugendlicher Naivität und Poesie.

In der Schackschen* Galerie beeindrucken den russischen Künstler besonders die Tiziankopien von Franz von Lehnbach. Dieser hatte im Auftrag von Baron Schack, der seine Sammlung altmeisterlicher Kopien vervollständigen wollte, Lehnbach den Auftrag für siebzehn Kopien erteilt, die dieser meisterlich ausführte. Nun weilt der Maler, den Repin so gern getroffen hätte, leider gerade in Chicago zur Weltausstellung, wo seine Gemälde und Porträts ausgestellt werden. Ilja Jefimowitsch, selbst ein begnadeter Porträtist, ist von den Porträts des deutschen Kanzlers Bismarck und von Papst Leo XIII. beeindruckt und sieht sich mit der Auffassung Lehnbachs bestätigt: *„...das Porträt hat gewissermaßen die Aufgabe, sowohl die dargestellte Person als auch den Künstler zu adeln."*

Zu gern hätte sich der Russe über den Gebrauch der Fotografie in der Malerei unterhalten. Sie kam wohl auch Lehnbachs abnehmende Sehkraft entgegen. In Ateliersitzungen versucht der Künstler, eine lockere Atmosphäre zu schaffen, in der er das Modell inszeniert, von dem dann der Fotograf Carl

Baron Adolf Friedrich von Schack (1815 - 1894) - Dichter, Kunstkritiker und Kunstsammler, Ehrenbürger Münchens.

Hahn eine Reihe Aufnahmen macht. Das eigentliche Porträt malt Lehnbach dann in Abwesenheit des Modells. Kritiker werfen Lehnbach Schnellmalerei vor und auch Repin entdeckt auf so manchem Bild mit geschultem Blick Spuren von Abpauserei. Oft sind es nur ein paar farbige Pinselstriche und Glanzlichter, das musste reichen, damit wieder ein Bild von seiner Hand fertig wurde.

Lehnbach hatte gerade das Präsidium des Kongresses der Deutschen Gesellschaft für rationelle Malverfahren in München übernommen, als ein Skandal die Kunstwelt erschüttert und eine groß angelegte Fälschungsaffäre auffliegt. Während Lehnbach im Münchener Glaspalast vor zahlendem Publikum Demonstrationen in Maltechnik gibt und Vorträge hält, in denen er sich abfällig über den niedrigen Stand der Kunstübung und des Kunstverständnisses und den *„pietätlosen Dünkel"* einer *„dreisten Kunstjugend"* äußert, untersucht der Staatsanwalt seinen Anteil an einem unerhörten Geschehen. Ein untreuer Angestellter hatte verworfenene Skizzen und Pauszeichnungen des Malers veruntreut und an Kunsthändler weitergegeben. Diese ließen die Zeichnungen von mittellosen Kunststudenten ein wenig kolorieren, zum Teil auch falsch signieren, und trieben mit diesen sogenannten echten Lehnbachs einen regen und gewinnbringenden Handel.

Repin weiß, dass sich einige führende Künstler hier in Wien aristokratisch eingerichtet haben. Nicht nur luxuriös ausgestattete Ateliers, in denen sie in eleganter Kleidung Gäste empfangen, sich gegenseitig mit Kutschen besuchen. Ihre Frauen geben den Ton in der eleganten Mode an. Repin trifft eine schöne Dame und ist verblüfft über deren Chic, ganz in Samt, Spitzen und Federn gekleidet, vor der seine Begleiter, der Präsident der Ausstellungsgesellschaft Stiller und sein Sekretär Bauer, beides geachtete Maler, geflissentlich den Hut vom Kopf reißen. Belustigt fragt Repin, der nur mit dem Spazierstock lässig an die Hutkrempe gegrüßt hatte, wer das sei und erfährt, dass gerade Frau von Lehnbach in einer Parfümwolke vorüber ging.

Ungeachtet vieler interessanter Gemälde in der Pinakothek, der prächtigen Boulevards und der schönen Frauen, zieht es wie schon zur Weltausstellung vor zwanzig Jahren, als Repins Bild „Burlaki" eine Bronzemedaille bekam und auch Lehnbach mit Gemälden vertreten war, den Russen weiter nach Paris. Er brennt darauf, die Früchte der neuesten, geheimnisvollen Bewegung in der Kunst, die des Symbolismus, zu sehen.

Hier kommt er gerade recht, um die letzte Personalausstellung von Degas zu besuchen, der sich mehr und mehr der Fotografie verschrieben hat. Und weil seine Sehkraft immer mehr nachlässt, versucht sich Edgar Degas in Plastiken. Repin bestaunt besonders die meisterhaften Pastelle, mit der sein französischer Freund diese Technik bis zur Vollendung entwickelte. Ilja Jefimowitsch ist geradezu verzückt von den kleinen Ballerinen und den ungezwungenen Akten.

Im Mittelpunkt der ungezählten Arbeiten des Spätwerks von Degas stehen neben Porträts weibliche Akte. Aber nicht das Idealbild griechischer Göttinnen ähnelnder nackter Körper, wie es die akademische Malerei lehrt, sondern natürliche Frauen in ungezierten Posen, beim Baden, wenn sie sich waschen oder abtrocknen. Degas sagt zu Repin: „*Bis jetzt ist das Nackte immer in Posen wiedergegeben worden, die eine Zuhörerschaft voraussetzen, aber diese Weiber von mir sind ehrbare, schlichte Menschenkinder, die keine anderen Interessen haben, als die, welche in ihrem physischen Zustand begründet liegen... Es ist, als ob man durch ein Schlüsselloch guckte.*"

Edgar Degas lehnt die von den Impressionisten gern praktizierte Freilichtmalerei ab. Er arbeitet lieber im Atelier mit Hilfe von Modellen oder von Zeichnungen, die er vor Ort gemacht hatte oder auch einem bereits vorhandenen Fundus entnimmt. „*Es hat nie eine weniger spontane Kunst gegeben als die meine*", erklärte er seinem russischen Kollegen. „*Was ich mache, ist das Resultat des Nachdenkens und des Studiums der großen Meister. Von Inspiration, Spontaneität, Temperament ...weiß ich nichts.*"

Dann endlich im Salon Champ de Mars betritt Repin den großen Saal der Malerei und ist entsetzt: „*Allem Anschein nach bin ich in ein Irrenhaus geraten!* " Ihm fallen die gekünstelten Farben einer verunstalteten Natur ins Auge und die in unnatürlich verreckten Posen entblößten Frauenkörper mit unglaublichen Disproportionen und dem Ausdruck von Wahnsinnigen. Auch die Komposition der Bilder findet er unter aller Kritik, denn hier herrscht das blanke Chaos der Widernatürlichkeit, der Gekünsteltheit, der Vergleiche und Auslegungen, Kombinationen und Farben. *„Alle diese Bilder scheinen Werke von Geisteskranken zu sein, Produkte ihrer Fieberträume, ihrer Ohnmacht, ihrer schnell wechselnden Fantasien."* Enttäuscht und verblüfft verlässt der geniale russische Künstler diese Anhäufung dilettantischer, primitiver und geschmackloser Werke.

Weil Ilja Jefimowitsch Repin noch nach Italien will, verzichtet er darauf, seinen alten Freund Claude Monet in Giverny zu besuchen. Der hat nicht nur seine Geliebte Alice Hoschedé nach Jahren der wilden Ehe und nach dem Ableben deren Ehemannes geheiratet, sondern sich ein gehöriges Stück Land um sein Haus dazu gekauft und einen großen Teich angelegt, weshalb er mit dem halben Dorf im Streit liegt. Die Wäscherinnen und Viehzüchter des typisch französischen Ortes an der Senne nordwestlich von Paris bangen nicht nur darum, zu wenig Wasser zu bekommen, sie befürchten auch, dass die exotischen Seerosen, das Lieblingsmotiv des Malers, das Wasser vergiften könnte.

Als Repin vor zehn Jahren in Frankreich war, staunte er, wie der verheiratete Monet in aller Offenheit mit seinem Modell, eben der Alice Hoschedé, auch intim verkehrte und damit nicht nur seine Frau brüskierte, sondern auch seinen Freund Ernest Hoschedé hinterging. Der Pariser Kaufmann, Kunstkritiker und Kunstkenner Hoschedé sammelte und verkaufte die Werke von Claude Monet, Edgar Degas, Camille Pissaro und Alfred Sisley. Für Monet war er wie für viele Impressionisten so etwas wie ein Schutzpatron.

Die skandalträchtige Liaison zwischen seiner Frau Alice und dem Maler ging sogar so weit, dass nicht nur der gehörnte Hoschedé, dessen Vertrauen Claude Monet missbrauchte, glaubte, dass der jüngste Sohn der Hoschedés, Jean-Pierre, von Claude Monet gezeugt worden sei. Nun aber ist die Sache im Reinen und Alice ist ganz legitim Frau Hoschedé-Monet. Und als Repin erfährt, dass Claude Monet Geld sammelt, um der Witwe seines

Freundes Manet das Gemälde „Olympia"* abzukaufen und dem Louvre zu schenken, überweist ihm der Russe einen honorigen Betrag und muss schmunzelnd daran denken, welchen Skandal das Bild bei seinem Erscheinen auslöste.

Der Zug bringt Ilja Repin, wie er findet, beklemmend schnell nach Italien, das er 1873 das erste Mal besuchte, mit angegriffenen Nerven und kurz vor der Beendigung der Kunstakademie. In seinen Erinnerungen wurde Italien immer schöner, fand er, dass seine Natur, seine Kultur und Kunst und die Denkmäler das Land zu einem der schönsten auf dem Planeten machte.

Seine Aufzeichnungen sind nun immer noch schwärmerisch, aber auch kritischer. In der Basilika des heiligen Paulus in Rom bewundert er Mosaiken aus dem 13. Jahrhundert: *„...Werke einer ganz primitiven Kunst, lächerlich falsch, aber schon beim ersten Blick spürt man die Kraft des Geistes, den tiefen Ernst und den Zauber der Darstellung."*

Der Petersdom hingegen, der als repräsentatives Bauwerk für die Renaissance steht, macht auf den Russen einen geringen Eindruck. Mit seinen kolossalen Ausmaßen wirkt er dennoch klein. Obwohl die Proportionen stimmen, fehle jede Originalität, alles scheint schablonenhaft. Und im Dom von Sienna bemerkt Repin erschrocken, dass die Darstellung vieler Engel am Hauptaltar eindeutig pornografischen Charakter tragen. Und um das zu unterstreichen spielt der Organist, als sich Repin in die Gemälde und Schnitzereien vertieft, die ganze Zeit bacchanalische Tanzmusik.

Der genaue Beobachter schreibt der „Teatralnaja gaseta": *„In den Museen, Kirchen, in den alten und neuen Palästen, überall wo sich Werke der glücklicheren Zeit der Renaissance, der Zeit von Raffael, befinden, drängen sich elegante Gentlemen, affektierte Ladies, sparsame, ernste Deutsche, dicke deutsche Frauen, die Ferien vom Haushalt machen und immer nur auf ihre Männer gaffen. Sie alle haben rote Büchlein, gehen mit roten, begeisterten Gesichtern gewissenhaft alle Winkel ab, machen sich Notizen, sitzen ihre*

*Olympia - Das Gemälde, ein weiblicher Akt, löste im Pariser Salon 1865 einen der größten Skandale der Kunstgeschichte aus. Heute in französischem Staatsbesitz.

Zeit ab, schenken geduldig allen Sternchen im Beadecker Aufmerksamkeit, geben Ausrufe und Seufzer von sich, um mitunter ihr Bedürfnis zum Gähnen und die Langeweile zu vertuschen oder mit ihrem Geschmack und Feingefühl zu prahlen."

Der üppige Sommer Italiens vergeht, es kommt die Zeit des wunderbaren warmen, gelborangen Lichts am Nachmittag, das den Landschaftsbildern und Akten seinen eigenartigen zurückhaltenden warmen Glanz verleiht. Eine gute Zeit zum Malen, doch der Russe wird in St. Petersburg gebraucht, wo er als Leiter der Werkstatt der Kunsthochschule an der Akademie erwartet wird. Er bekennt in einem Schreiben an seine einstige Meisterschülerin und ehemalige Geliebte Marianne Werjowkina, die zur Freilichtmalerei gewechselt ist und nun einen osteuropäischen Impressionismus kreiert: *„Mir wird jetzt manchmal ganz Angst bei dem Gedanken an die neue, offizielle Lehrtätigkeit. Ich befürchte, dass ich es nicht aushalte, alles hinwerfe und davon laufe."*

VII.

Russland trauert. Der verstorbene Zar Alexander III. wird in Liwadija aufgebahrt, um den herbeieilenden Verwandten an den europäischen Höfen die Möglichkeit des Abschieds zu geben. Nikolaus, der nach der Ansicht seiner Braut eher umherschleicht, da wo er doch als Thronfolger stolz schreiten sollte, hadert mit sich selbst und spielt mit den Gedanken, seinen Anspruch als Thronerbe auf seinen Bruder, den Großfürsten Michael, der noch ein Knabe ist, zu übertragen. Zwar ist Georgi der ältere von beiden, doch der ist so schwer tuberkulös erkrankt, dass er seinen Vater wohl nicht lange überleben wird. Aber Alix, seine Braut, besteht energisch darauf, dass ihr lieber Nicky, den sie in seinen Fähigkeiten überschätzt, das Erbe antritt, wenn er auch ein *„schweres Kreuz trägt, weil er niemanden hat, auf den er sich wirklich verlassen kann."* Und weil sie glaubt, dass es an echten Männern in

Russland fehle, die den jungen Zaren hilfreich zur Seite stehen, will sie ihm „*Frau und Mann zugleich*" sein.
Dann wird der Leichnam des Toten nach Moskau überführt und entlang der Strecke, die der langsam dahin fahrende und mit schwarzen Fahnen geschmückte Zug durchfährt, werfen sich die Mushiks* in ihrer Sonntagskleidung in den Staub des Bahndamms. In Moskau wird wieder Würdenträgern und Verwanden die Möglichkeit gegeben, am offenen Sarg dem Verstorbenen die letzte Ehre zu erweisen, wobei dem Toten nach orthodoxen Brauch die Stirn zu küssen ist. Und es entgeht trotz Weihrauch, der die Kathedrale im Kreml schwängert, den am Aufgebahrten Stehenden nicht, dass aus den Kissen ein übler Geruch aufsteigt.
In St. Petersburg wird der tote Monarch, zwei Wochen nach seinem Ableben, in der Peter-und-Pauls-Kathedrale, seit Peter I. die Grabkirche der Romanows, aufgebahrt. Zweimal am Tag lesen Popen eine Messe für das Seelenheil von Alexander III. und es ist Pflicht aller Familienmitglieder, anwesend zu sein. Dabei ist beim Betreten und beim Verlassen des Gotteshauses dem Dahingeschiedenen das schon recht zerfallende und entstellte Gesicht zu küssen. Die Generalin Bogdanowitsch schreibt: „*Man hat Alexander III. miserabel einbalsamiert, man erkennt ihn gar nicht mehr: Sein Gesicht ist ganz blau und mit einer dicken Puderschicht bedeckt. Seine Hände sind so klein wie die eines Kindes, der ganze Körper scheint geschrumpft.*"
Nikolaus organisiert nicht nur die Trauerfeierlichkeiten, sondern bereitet auf Wunsch seiner Familie und seiner Mutter, der Zarenwitwe Maria Fjodorowna, seine eigene Hochzeit vor, ohne die orthodoxe Trauerzeit von vierzig Tagen abzuwarten. Der junge Zar wollte seine Braut schon in Liwadija heiraten, doch der Beichtvater und die Brüder des Verstorbenen bestanden darauf, erst den Toten in allen Ehren zu Grabe zu tragen.
Am 26. November, dem Geburtstag der Zarenwitwe, schließen Alix, die nun Alexandra Fjodorowna ist, und Nikolaus Romanow in der Kapelle des Winterpalastes den Bund für das Leben, während von der gegenüber liegenden

*Mushik - Bezeichnung für arme Bauern, oft verächtlich verwendet

Peter-und-Pauls-Festung einundzwanzig Salutschüsse abgefeuert werden. Nikolaus in der Uniform eines Husarenobersten und Alexandra in einem mit silbernen Blumen bestickten Seidenkleid, worüber sie einen Mantel aus Goldbrokat trägt. In ihrem goldblonden Haar funkelt das diamantverzierte kaiserliche Diadem. Mit Rücksicht auf die Trauerzeit gibt es kein übliches, opulentes Hochzeitsfrühstück, keinen Empfang, ja nicht einmal eine Reise in die Flitterwochen. Nach der Zeremonie fährt das Brautpaar, begeistert bejubelt von den Petersburgern, über den Newski-Prospekt in die Isaak-Kathedrale, wo ein Te Deum* gesungen wird. Und Alexandra schreibt nach Darmstadt: *„Meine Hochzeit erschien mir wie die bloße Fortsetzung der Totenmesse."*

Als die jung Vermählten in den Anitschkow-Palast zurückkehren, empfängt sie die Zarenwitwe nach altem Brauch mit Brot und Salz. Das junge Glück, von dem die beiden in ihren Tagebüchern schwelgen, wird nur dadurch getrübt, dass Nikolaus sich nun endlich um die Regierungsgeschäfte kümmern muss. Und der Vertraute des verstorbenen Zaren, Sergei Witte, hofft auf ein gedeihliches Zusammenwirken, denn *„...der junge Kaiser trägt in diesen Tagen den Keim der besten Kräfte in sich, die Geist und Herz des Menschen besitzen können."*

Seine Pflichten als Zar in einem Reich von über einhundert Millionen Menschen, die Vorträge der Minister, das Lesen der Depeschen aus dem Ausland, die Besuche von Botschaftern und die offiziellen Empfänge empfindet Nikolaus als schwere Last, weil er ihnen kaum gewachsen ist und weil sie ihn von seiner Frau entfernen.

Außerdem gärt es im von Hungersnöten und Epidemien heimgesuchten Land, machen sich liberale Ideen breit. Die Opposition glaubt, dass der sechsundzwanzigjährige Zar nicht in die zu großen Fußstapfen seines autoritären Vaters treten wird und nun Wünsche und auch Forderungen des Volkes großzügig erfüllen würde. Die Umgebung von Nikolaus sieht, dass

*Te Deum - vom lateinischen Te Deum laudamus, „Dich, Gott, loben wir" ist der Anfang eines Lob-, Dank- und Bittgesangs der christlichen Kirche

der Zar überfordert ist, sich nur zögernd bewegt und überhaupt kein Regierungsprogramm hat und sie beschließen, ihm als Ratgeber zur Seite zu stehen. Dazu gehören der jüngere Bruder des verstorbenen Zaren, Onkel Michael. Großfürst Michael Nikolajewitsch ist zudem Vorsitzender des Reichsrats. Ein anderer Onkel, Großherzog Alexei Alexandrowitsch ist Flottenadmiral und Großfürst Sergei Alexandrowitsch, eine weiterer Bruder von Alexander III., ist Generalgouverneur von Moskau und mit der Schwester der jungen Zarin verheiratet. Sie und noch weitere Onkel, Cousins und Tanten fühlen sich Nikolaus überlegen, sind eifersüchtig aufeinander, haben Standesdünkel und halten die autokratische Herrschaft für die einzig richtige Regierungsform in Russland. Nikolaus hat Angst vor diesen furchtbaren Gestalten, die in Anwesenheit von Zeugen seine Befehle und Anordnungen ergeben entgegen nehmen, doch wenn sie mit ihm allein sind, stellen sie Forderungen, drohen und spielen sich auf.

Die Zarenwitwe, erst siebenundvierzig, könnte der jungen Zarin ältere Schwester und vertraute Ratgeberin sein. Doch die sieht in der kleinen Deutschen, die nichts von Russland, seinen Sitten und Bräuchen versteht, nur die Gespielin ihres Sohnes. Hinzu kommt, dass sie als Mutter von Nikolaus im Protokoll vor der Zarin steht, bei offiziellen Terminen am Arm ihres Sohnes geht und am Tisch wird ihr zuerst vorgelegt. Nikolaus fragt sie bei allen Dingen des Hoflebens um Rat. Alexandra unterwirft sich der Etikette und leidet unter der überheblichen Schwiegermutter. Hinzu kommt, dass sie noch nicht russisch spricht. Um so mehr bemüht sie sich um das Vertrauen ihres Gatten und ermahnt ihn, dass er allein der Herr seines Reiches ist.

Die Bauern setzen auf den jungen Zaren, von dem sie eine Änderung der Politik erwarten und einige Semstwos* senden respektvolle Briefe, in denen sie um Reformen zur Verbesserung des Lebens der Bauern bitten. Der Semstwo von Twer schreibt: *„Wir hoffen, gnädiger Herrscher, dass den repräsentativen Gremien die Möglichkeit und das Recht eingeräumt werden,*

*Semstwo - lokale Selbstverwaltungen in Kreisen und Gouvernements, 1864 im Zuge liberaler Reformen von Alexander II. eingeführt

ihre Meinung über die Probleme, die sie betreffen, zu äußern, damit nicht nur die Bedürfnisse und Ziele der Regierung, sondern auch die des gesamten russischen Volkes bis zur Höhe des Throns emporsteigen können."
Obwohl diese schüchterne Bitte begleitet wird von der Versicherung, dass man den Herrscher verehre und ihm ergeben sei, ist Nikolaus unsicher, ob das ein Verletzung seiner Zarenwürde ist und er beruft den Familienrat ein, dazu noch den Innenminister Durnowo, General Tscherewin, den Chef der Politischen Polizei sowie den Erzreaktionär Pobedonoszew, seinen Erzieher und Oberhaupt des Heiligen Synods. Auf dem Tisch des Zaren liegt auch ein Schreiben des Autors Graf Lew Tolstoi, der ihn aufruft, gegen behördliche Missstände und die Hungersnot in Südost-Russland tätig zu werden. Jener Tolstoi, der unter Beobachtung der Politischen Polizei steht und über den von hoher Stelle aus das Gerücht verbreitet wird, er sei geisteskrank. Dafür spräche auch, dass er auf das Recht an seinen Werken für die Öffentlichkeit verzichtet hatte und ein Testament zugunsten des Volkes plant.
Popedonoszew und die anderen raten, der Zar solle sich für die guten Wünsche bedanken und es damit auf sich beruhen lassen, denn die Situation könne sich zuspitzen. Doch die junge Zarin stimmt ihren Gatten um. Popedonoszew, die graue Eminenz am Hofe von Alexander III., kocht vor Wut und gegenüber der Fürstin Radziwill erklärt er: *„Sie weiß nichts über Russland...Aber sie bildet sich ein, alles zu wissen. Außerdem ist sie von der Idee besessen, dass der Zar nicht genügend auf seine Rechte pocht, nicht alles erhält, was ihm zusteht. Sie ist autokratischer als Peter der Große und vielleicht ebenso grausam wie Iwan der Schreckliche. Ihr kleiner Verstand glaubt große Intelligenz zu beherbergen."*
Als Nikolaus 1895 die Abgeordneten des Adels, der Semstwos und Städte empfängt, sehen die einen Herrscher mit ungewohnt strengem Antlitz. Den Text seiner Rede hat der Zar im Mützenfutter verborgen und er beginnt beinahe schreiend, nachdem er einen Blick darauf geworfen hatte: *„Ich weiß, dass in letzter Zeit in einigen Semstwos Stimmen von Männern laut geworden sind, die unsinnige Träume von einer Mitwirkung der*

Semstwo-Vertreter bei der Lösung von Regierungsaufgaben nähren. Jeder soll wissen, dass ich, der ich alle meine Kraft dem Wohl der Nation widme, ebenso fest und unerschütterlich am Prinzip der Autokratie festhalte wie mein unvergesslicher Vater."

Die Abgesandten des Volkes sind geschockt. Sie sind gekommen, um dem Zaren ehrlichen Herzens zu gratulieren und bekommen, wie Augenzeugen berichten, einen Eimer kalten Wassers direkt ins Gesicht. Das Wort des Zaren von den *„unsinnigen Träumen"* verbreitet sich wie ein Lauffeuer in den Städten und bis in den letzten, strohgedeckten Weiler des Landes und führen zu großer Unzufriedenheit mit seinem Auftreten. Selbst Monarchisten finden das Benehmen ungeschickt. Die Intelligenz ist enttäuscht und der deutsche Botschafter General Werder depeschiert nach Berlin: *„Ganz Russland kritisiert den Zaren. Zu Beginn seiner Regierung beweihräucherte man ihn und lobte seine Taten. Jetzt hat sich alles schlagartig geändert."*

Das revolutionäre Exekutivkomitees der Narodniki und die Sozialrevolutionäre in Genf verfassen einen offenen Brief an Nikolaus II., den sie massenhaft in ganz Russland verteilen. Tausende Exemplare werden von den Gendarmen beschlagnahmt, aber eine weit größere Zahl kommt in Umlauf und landet, niemand weiß wie, auf den Tisch des Zaren: *„Bis heute waren sie ein Unbekannter, aber nun beeinflussen sie die Situation Ihres Landes, in dem es keinen Platz für unsinnige Träume gibt...Sie waren schlecht informiert, in keinem einzigen Semstwo ist ein Wort gegen die Autokratie gefallen, die Ihnen so am Herzen liegt...Denker mit fortschrittlichen Ideen haben nur darum gebeten, besser gesagt demütigt darum gefleht, dass eine engere Verbindung zwischen Volk und dem Monarchen entsteht, dass Semstwos freien Zugang zu Thron erhalten, dass sie das Recht bekommen, frei und öffentlich zu sprechen und dass man ihnen zusichert, dass das Gesetz über den Launen des Regierungsapparates steht...Ihre Rede hat erneut bewiesen, dass alles Verlangen der Nation, etwas anderes zu sein als Sklaven, die den Boden vor dem Thron küssen, und ihr Wunsch, ihre wichtigen Bedürfnisse in bescheidener Form zu äußern, auf brutale Ablehnung gestoßen sind...*

Manche werden mit friedlichen, ruhigen Mitteln, aber doch energisch für die Freiheiten, die sie fordern, kämpfen. Andere sehen sich in ihrem Entschluss, gegen einen hassenswerten Zustand bis zu ihrem Ziel zu kämpfen und dabei alle Mittel anwenden, die ihnen zur Verfügung stehen. Sie haben den Kampf begonnen, er wird nicht lange dauern, und sie werden sich mitten im Getümmel befinden."

Nikolaus nimmt die Mahnung, wie es seinem Temperament entspricht, gelassen auf und seine mangelnde politische Bildung hindert ihn, die Folgen seiner Tat auch nur zu erahnen. Er glaubt, dass ihm das Volk nichts vorwerfen könne, schließlich sei er ein Edelmann, bearbeite die ihm vorgelegten Akten sorgfältig, liebe seine Frau und führe ein vorbildliches Familienleben. Das unterstreicht ein freudiges Ereignis, dann Alexandra bringt am 3. November 1895 ein Mädchen zur Welt, die Großfürstin Olga. Und Zar Nikolaus schreibt diesmal etwas ausführlicher in sein Tagebuch: *„Ein Tag, den ich nie vergessen werde. Ich habe so sehr gelitten! Um ein Uhr morgens spürte Alix ihre ersten Wehen und konnte nicht schlafen...Ich konnte sie nicht ansehen, ohne ihr Leid zu teilen...Um neun Uhr hörte man Kindergeschrei, und da haben wir alle aufgeatmet! Gott hat uns eine Tochter geschenkt..."* Das Baby Olga sei rosig und groß und hat schon sehr viele Haare, was die Amme als Omen für ein späteres Glück deutet.

In einer dieser Selbstverwaltungen in Melichowo bei Moskau ist ein gewisser Arzt und Autor Doktor Anton Tschechow ehrenamtlich tätig. Er hatte das völlig verwahrlostes Landgut bei Serpuchow gekauft, es Instand setzen lassen und war aus seiner Moskauer Wohnung ausgezogen, um hier mehr Ruhe zum Arbeiten zu haben. Tschechow hatte den Plan, das Libretto für Tschaikowskis Oper „Bela" nach Motiven von Lermontows* „Ein Held unserer Zeit" zu schreiben, doch der Tod des Komponisten und Freundes verhindert die geplante Zusammenarbeit.

*Michail Jurjewitsch Lermontow (1814 - 1841) - russ. Dichter der Romantik, Leibhusar, verbannt in den Kaukasus wegen eines lyrischen Nachrufs auf Alexander Puschkin und Solidarität mit den Dekabristen. Starb 1841 im Duell.

In Melichowo und Umgegend ist wieder der Arzt Tschechow gefragt, der die Bauern meist kostenlos behandelt. Außerdem koordiniert er die prophylaktischen sanitären Maßnahmen gegen die sich ausbreitende Cholera-Epidemie und initiiert als Schirmherr den Bau mehrerer Volksschulen im Kreis Serpuchow. Der Bücherei in seiner Heimatstadt Taganrog verhilft er zu einer reichen Büchersammlung. Darunter sind auch immer Werke von Lew Tolstoi, den er sehr verehrt und mit dem er im Briefwechsel steht. Aber unabhängig von seinem großen Respekt gegenüber dem Genie kritisiert er Tolstois philosophische Ideen einer allumfassenden Liebe und dessen literarische Romantisierung der russischen Bauernschaft.

Anton Tschechow schreibt an seinen Verleger Alexei Suworin*: *„Die Tolstojsche Moral hat aufgehört mich zu rühren, im tiefsten Innern meines Herzens bin ich ihr gegenüber feindselig eingestellt...In meinen Adern fließt Bauernblut, mit Bauerntugenden setzt mich darum niemand in Erstaunen. Ich habe von klein an auf an den Fortschritt geglaubt und gar nicht anders gekonnt, als an ihn zu glauben, denn der Unterschied zwischen der Zeit, als ich geschlagen wurde, und der Zeit, als man aufhörte mich zu schlagen, war schrecklich...Überlegung und Gerechtigkeitssinn sagen mir, dass in Elektrizität und Dampfkraft mehr Menschenliebe liegt als in Keuschheit und Ablehnung des Fleischgenusses."*

Trotz der angestrengten Tätigkeit in der Selbstverwaltung seines Ortes findet Tschechow in Melichowo doch die Ruhe, im Oktober 1895 mit der Arbeit an dem Schauspiel „Чайка - Die Möwe" zu beginnen, das er im Dezember beendet und über das er sagt. *„Eine Komödie, drei Frauenrollen, sechs Männerrollen, vier Akte, eine Landschaft - Blick auf einen See; viele Gespräche über die Literatur, wenig Handlung und ein Pud** Liebe."*

* Alexei Suworin (1834 - 1912) - russ. Verleger, Publizist und Dramatiker, gab neben der Zeitschrift „Nowoje Wremja" (Neue Zeit), an der Tschechow mitarbeitete, eine „Günstige Bibliothek" heraus, vergleichbar mit Reclam in Deutschland.
**Pud - alte, russ. Gewichtseinheit. 1 Pud entspricht 16,36 Kilogramm.

Ein Jahr nach dem Tode Alexanders III. nimmt der Hof in diesem Winter sein ausschweifendes Leben, das der verstorbene Zar so hasste, mit Bällen und Maskeraden wieder auf. Kritisch betrachten die erlesenen Gäste und Höflinge die junge, künftige Zarin und finden sie weniger schön, als sie beschrieben und gemalt wurde und ihr stolzes und distanziertes Gehabe zieht nicht gerade die Menschen an. Die Generalin Bogdanowitsch, eine der spitzesten Zungen am Hof in St. Petersburg findet sogar, dass Alexandra einen *„bösen und heimtückischen Blick"* habe.

Nikolaus verabschiedet einen Ukas nach dem anderen, doch alle wissen, dass kaum eine Entscheidung seine Idee ist und es wird sogar bezweifelt, dass der Zar die Folgen seiner Anordnungen überhaupt absehen kann. Der Zar wünscht sich Frieden, weil er sich überhaupt nicht vorstellen kann, wie Russland einen Krieg, gegen wen auch immer, führen könnte. Außenpolitisch setzt er so den Kurs seines Vaters fort, stärkt die Allianz mit Frankreich und zeigt zudem eine ausgesprochene Vorliebe für England, die zu großen Teilen in der Zuneigung zu seinem Cousin, dem Duke of York, begründet ist. Auch Deutschland nähert sich Großbritannien an, ein Verdienst von Reichskanzler Leo von Caprivi. Der einstige preußische Offizier, der das Amt von Bismarck übernommen hat, sieht die Vorteile einer offensiven Handelspolitik für das deutsche Kaiserreich und schließt mit Russland einen bilateralen Handelsvertrag, mit dem die gegenseitige Schutzzollpolitik beendet wird.

VIII.

Es ist für Ilja Repin schon ein eigenartiges Gefühl, als er am Newaufer entlang eilt und die Stufen zur Kaiserlichen Akademie der Künste emporsteigt, die er vor dreißig Jahren bangen Herzens und mit einer Mappe Skizzen unter dem Arm betreten hatte, um Gasthörer zu werden. Nun ist er, der in Europa anerkannte Meister der realistischen Malerei berufen worden, in diesem Tempel der Kunst Studenten zu helfen, ihre beflügelten Träume im

Kosmos der schönen Künste erfolgreich zu verwirklichen. Dabei gibt er sich keinen Illusionen hin, welch ein hartes und entbehrungsreiches Leben, welch gewaltiger Arbeitsprozess und welche Hingabe und auch Entbehrung nötig sind, um von der Kunst leben zu können. Sich als Künstler zu behaupten, bedeutet, den Stürmen des Lebens und in der Kunstwelt standzuhalten. Und kann man Kunst überhaupt lehren, muss sie nicht auch im Herzen der Studenten, wenn auch verborgen, schlummern? Repin ist sich seiner schweren Verantwortung bewusst und immer wieder hadert er mit seiner Zusage und ist mehrmals versucht, einfach aus der Akademie wegzulaufen und sich in Tschugujew oder noch weiter entfernt zu verkriechen.

Hinzu kommt, dass es ihm viele einstige Freunde und Mitglieder der Wanderer übel nehmen, dass er Professor an jener Institution geworden ist, die sie wegen ihrer Rückschrittlichkeit und der Verweigerung jeglicher Reformen nicht nur ablehnen, sondern auch vehement bekämpfen. Zu ihnen gehört leider auch sein einstiger Lieblingsschüler Walentin Serow, der den Peredwischniki beitritt. Nachdem Serow schon mit dem Bild „Mädchen mit den Pfirsichen," der Tochter Vera von Mäzen Sawwa Mamontow, Aufsehen erregte, malt er nun Porträts von Personen der Zeitgeschichte, ein Feld, auf dem Repins Meisterschaft unumstritten ist. Aber der Meister hat die Größe, Serows Porträt des Landschaftsmalers und Freundes von Anton Tschechow Isaak Lewitan* zu würdigen. Auch das Bildnis des Schriftstellers Nikolai Leskow** ist meisterhaft gelungen.

An der Akademie ist Ilja Repin ja nicht allein, denn neben ihm war der ukrainische Landsmann und Landschaftsmaler Archip Kuindshi an die Hochschule berufen worden, der mit Repin hier studiert hatte und auch Mitglied bei den Wanderern gewesen war. Und Ilja Repin bekommt jedes Mal, wenn er Kuindshis Landschaften sieht, Sehnsucht nach Tschugujew,

*Isaak Lewitan (1860 - 1900) - bedeutender Maler, der besonders Stimmungen der Landschaft einfing, weltbekannt, Mitglied der Kaiserlichen Akademie der Künste
**Nikolai Leskow (1831 - 1895) - nach Tolstoi und Dostojewski der bedeutendste russische Prosaautor von realistisch-volkstümlichen Erzählungen und Romanen

so sehr erinnerten ihn die Gemälde, wie das „Vergessenes Dorf - Забытая деревня", „Die ukrainische Nacht - Украинская ночь" oder „Nach dem Gewitter - После грозы" an seine Heimat. Schade, dass Kuindshi, aus welchem Grund auch immer, seit einigen Jahren darauf verzichtet, seine stimmungsvollen Bilder auszustellen. Gemälde, die nicht nur eine Landschaft wiedergeben, sondern durch den Stil des Malers eine neu geschaffene Welt darstellen.

Neben seiner Werkstatt in der Kunstakademie ist Repin in seinem Atelier von der Idee zu zwei Bildern besessen, an denen er fieberhaft arbeitet. Ein Gemälde wird den Titel tragen „Hebe dich hinweg von mir, Satan" und das andere ist „Das Duell", Bilder an die Repin voller Leidenschaft Tag und Nacht denkt, „...*voller Angst zu sterben, ohne sie verwirklich zu haben.*"

Mit dem Thema des Zweikampfes greift er den Tod des Dichters Alexander Puschkins auf, der 1837 seinen schweren Verletzungen nach einem Duell erlegen war. Zu dem Ehrenhandel zwischen Puschkin und seinem Schwager, dem Leibgardisten der russischen Zarin Georges-Charles d'Anthès, war es gekommen, weil der angeblich mit Puschkins Frau, Natalia Gontscharowa, so erzählte man es sich in Sankt Petersburg, eine Romanze begonnen habe. Puschkins scharfer Brief an d'Anthès wurde als Affront aufgenommen, der Satisfaktion an der Waffe forderte.

Die Regeln des Duells, die Puschkin bestimmte, sahen den Ausschluss des Überlebens beider Kontrahenten vor, die Barriere zwischen den Duellanten wurde auf tödliche zehn Schritte festgesetzt. D'Anthès schoss als erster. Puschkin fiel. Die Kugel hatte ihn in den Oberschenkel getroffen. Arzt, Sekundanten und selbst d'Anthès eilten zu ihm hin, doch Puschkin rief zur Ordnung. Er habe seinen Anspruch auf einen Schuss nicht verwirkt. Liegend schoss Puschkin auf d'Anthès, der seine Brust mit dem Arm bedeckte. Die Kugel durchschoss d'Anthès' Hand und prallte an einem Knopf ab. Mythen über Mythen ranken sich seitdem um Puschkins Tod. War d'Anthès ein Mörder? Hatte der Zar von dem Duell gehört und es fahrlässig geschehen lassen? Die gerichtliche Untersuchung ergab, dass die Kugel aus Puschkins

Pistole bei der Entfernung den Knopf an d'Anthès' Gehrock entweder durchschießen oder in d'Anthès' Brust habe drücken müssen. Warum also trug d'Anthès nur eine leichte Verletzung an der Hand davon? Trug er ein Kettenhemd? Und noch eine Merkwürdigkeit: Der ominöse Knopf von d'Anthès' Gehrock wurde dem Untersuchungsgericht nie überreicht. Puschkin wurde vom herbeigerufenen Leibarzt des Zaren, Nikolai Arendt, behandelt. Arendt erkannte die Schwere der Verletzung. D'Anthès' Kugel hatte Puschkins Schenkelhals durchschossen und war in den Unterleib eingedrungen. Die Folge blieb nicht aus, eine akute Bauchfellentzündung, an der Russlands größter Dichter im Alter von 37 Jahren starb.

D'Anthès hingegen überlebte Puschkin um achtundfünfzig Jahre. Vielleicht hat die aktuelle Nachricht über den Tod d'Anthès 1895 Repin dazu bewegt, sich dieses Dramas in der Geschichte des russischen Volkes anzunehmen. Daneben ist er mit Leib und Seele Kunstlehrer. Er resümiert das erste Semester seiner Leitung in der Kunstakademie: *„Im Grunde genommen bin ich sehr zufrieden und glücklich in meiner Werkstatt. Sie ist jetzt meine beste Zerstreuung. Ich gewinne die Überzeugung, dass ich Talent zum Unterrichten habe. Der Umgang mit den jungen Leuten belebt mich und macht mich glücklich. Ich betrachte sie schon als meine jungen Freunde..."*

Unabhängig davon, dass er mit ihnen nicht einer Meinung über die Strömungen in der Gegenwartskunst ist, die er ja in Paris so schmerzlich empfunden hatte. Er bekennt, zur alten Schule zu gehören, einer Malerei, in der Wahrheit und Geschichtlichkeit, eine Idee und die Verallgemeinerung des Sinns des Lebens über allem stehen. Im Disput schreibt er seiner Schülerin Marianne Werjowkina: *„...Diese Seite der Kunst hat ihren eigenen großen Sinn, der mir so gewaltig erscheint, dass ich keine Tränen darüber vergieße, dass ich zur alten Schule gehöre...Die heutige Zeit liebt poetische Farben, eine Illusion der Töne, harmonische Kombinationen. Aber je feinsinniger und entwickelter die Menschen werden, um so schneller ermüden sie von der Wiederholung der Eindrücke und verlangen neue...Und nun sehen wir bereits, dass die archaische Kunst des Symbolismus und Ideen einer neuen*

Ordnung entstehen. Aber an dieser krankhaften, psychopatischen Zerstreuung finden nicht alle Geschmack. Und sobald die Gesellschaft wieder zu gesunden beginnt, wird sich auch das vernünftige Verlangen nach einer realen, gesunden, epischen Kunst...verstärken."
Und als hätte er noch nicht genug zu tun, eröffnet er mit Maria Tenischewa in de-ren Atelier ein privates Künstlerstudio, um Schüler zielgerichtet auf die Akademie vorzubereiten. Es hat den Anschein, dass er dieses Studio noch mehr liebt, als seine Arbeit in der Akademie, weil es hier recht ungezwungen zugeht. Repin achtet nicht nur auf die künstlerische Ausbildung, er organisiert Gesprächsabende, plaudert über seine Begegnungen und Reisen und seine Pläne. Seine Schüler ziehen mit ihm gemeinsam durch St. Petersburg, skizzieren Denkmäler und Straßenszenen, besuchen Ateliers von Repins Freunden und Museen wie auch die Eremitage, wo Repin bekennt, dass zu seinen Lieblingsbildern die von Rembrandt gehören.

Daneben bringt es der Professor der Kunstakademie noch fertig, ein Porträt von Anatoli Koni zu malen, dessen Haltung ihn imponiert. Der Staranwalt und Richter war eine Berühmtheit und besonders die revolutionäre Jugend achtet dessen Zivilcourage. Das geht auf das Jahr 1878 zurück, als ganz Russland vom Terror des radikalen Flügels von „Narodnaja wolja"* erschüttert wurde, der sich den Zarenmord auf die Fahnen geschrieben hatte. Die Terroristin Vera Sassulitsch** erschoss am 24. Januar 1878 den Petersburger Stadthauptmann, General Alexander Trepow. Diesem Akt ging voraus, dass sich der politische Gefangene Bogoljubow geweigert hatte, in Gegenwart General Trepows die Mütze abzunehmen. Trepow, der durch die Niederschlagung der polnischen Aufstände eine traurige Berühmtheit erlangt

* Narodnaja wolja - Volkswille, revolutionäre Organisation. Ziele: Sturz des Zaren, freie und allgemeine Wahlen, Volksvertreter und Meinungs-, Presse- und Gewissensfreiheit und eine Verfassung, verantwortlich für das Sprengstoffattentat 1881, dem Zar Alexander II. erlag.

**Vera Sassulitsch (1849 - 1919) - Mitglied der Narodniki, später marxistische Revolutionärin und Autorin, die aber die Oktoberrevolution ablehnte.

hatte, unterwarf Bogoljubow der Prügelstrafe. Ein Vorfall, der damals bei den revolutionären Studenten und der mit ihnen sympathisierenden Intelligenz Empörung hervorrief. Die Revolutionäre beschlossen, Trepow umzubringen und sich wegen der Misshandlungen zu rächen, doch Sassulitsch kam ihnen zuvor. Während sie ihm eine Bittschrift überreichte, zog sie einen Revolver und verwundete den General. In einer spektakulären Gerichtsverhandlung hielt Anwalt Koni ein glänzendes Plädoyer, so dass die Geschworenen Sassulitsch freisprachen. Der Jurist wurde so zum Vorbild der demokratischen Bewegung.

Als eines Tages der greise Puschkinverehrer Jakov Polonsky Repin in seinem Atelier besucht, wird dem Autor und Dichter nicht nur Tee aus mit Silber ziselierten Teegläsern angeboten. Der Maler nutzt die seltenen Gelegenheit, mit dem betagten Gast zu plaudern und ihn dabei zu zeichnen. Polonsky hatte schon im Geburtsjahr von Ilja Jefimowitsch Lyrik veröffentlicht und führt nun einen regen Briefwechsel mit Anton Tschechow. Die Gedichte des Poeten sind so eindrucksvoll, das sowohl Pjotr Tschaikowski als auch Sergej Rachmaninow und Anton Rubinstein sie zu Romanzen vertonten.

Da nahen schon die nächtigen Schatten
Und stehn an meiner Thür auf Wacht.
Tief blickt ins Auge mir ein Auge -
Der Liebe sterngeschmückten Nacht;
Mein Ohr vernimmt ein Kosungsflüstern,
Auf meiner Wange ringeln glatt
Sich kleine Schlangen seidnen Haares,
Das meine Hand entflochten hat...
Verweile, Nacht! In Dunkel hülle
Das Zauberreich der Liebe ein!
Du matte Hand der Zeit, o hemme
Des schnellen Stundenfluges Pein!...
Doch ach, da schwanken schon die Schatten
Und fliehn den ersten Gruß des Lichts!

*Wie blickt aus halbgesenkten Lidern
Das Auge .... sieht - und sieht doch Nichts!*

Eine Erzählung Gogols inspirierte Pjotr Tschaikowski zu seiner Komischen Oper „Wakula, der Schmied", der nun wiederum Polonsky bat, das Libretto zu schreiben. Die Geschichte klingt auch in der Musik wie ein Märchen und ist nicht nur in Russland bekannt:
Das Dorf Dikanka wird im eiskalten russischen Winter von seinen Bewohnern verlassen. Sie kehren erst mit dem Frühjahr zurück. Nur Wakula, der Dorfschmied, hat es warm an seinem großen Ofen und denkt deshalb nicht daran, den Winter in der Stadt zu verbringen. In seiner Schmiede haust sein Freund, ein Feuerteufel, der den Ofen heizt und Wakula bei der Arbeit hilft. Bevor das Dorf gänzlich leer ist, haben beide einen letzten Auftrag zu erledigen. Das Pferd des reichen Kosaken Tschub muss vor der Reise noch beschlagen werden. Aber statt Hufeisen schmiedet Wakula Geschenke für die kokette Oxana, der schönen Tochter des Kosaken, in die er sich verliebt hat. Vater und Tochter sind wegen der Verzögerung des verliebten Trottels verärgert. Sie wollen endlich abfahren. Der Schmied aber bittet um einen Abschiedskuss, den ihm die Schöne verspricht, wenn ihr Wakula die prächtigen roten Stiefel der Zarin bringen würde. Da fliegt der Teufel mit Wakula nach Petersburg, um Oxana dieses ganz besondere Geschenk zu bereiten.

Und obwohl Repins Ansehen und Einfluss an der Akademie nicht gering ist, ärgert es den Maler ungemein, dass das Bild „Der Vorleser" seiner Schülerin Werjowkina vom Rat für eine Ausstellung an der Kunsthochschule abgelehnt wurde. Er kann es nicht fassen und räsoniert *„...ich bin empört!"*
So vergeht das Jahr und als berstend die Eisschollen auf der Newa krachen und die Petersburger ihre Pelzmäntel ausziehen und einmotten, erreicht Ilja Repin der Auftrag des jungen Zaren, sich nach Moskau zu begeben, um bei den Krönungsfeierlichkeiten Illustrationen für das Krönungsalbum anzufertigen. Der Maler bedauert es, sich von seinem Gemälde „Das Duell" loszureißen und auch seine Studenten und Schüler zu verlassen. Außerdem hatte

er vor, bald auf sein Landgut Sdrawdnewo zu reisen. Aber wenn der Zar ruft, muss ein Professor der Kaiserlichen Akademie natürlich folgen.

IX.

Der Hof in St. Petersburg und hohe Geistlichkeit in Moskau haben begonnen, die Krönungsfeierlichkeiten von Nikolaus II. und seiner Frau Alexandra Fjodorowna vorzubereiten. Der Zar war mit Frau und Kind aus dem Gatschina-Palast nach Zarskoje Selo umgezogen, dem Ort seiner Geburt. Das Alexanderpalais lag im kunstvollen Park abseits des großen, prunkvollen Katharinenpalastes von Rastrelli und war wesentlich bescheidener als der Winterpalast. Die junge Zarin hatte ihr neues Domizil, das bis dahin nur für durchreisende Staatsgäste oder ferne Verwandte des Zaren gedient hatte, renovieren und im Stil eines englischen Landhauses ausstatten lassen, voll gestopft mit Nippes und unter schweren Stoffen begraben. Die gewünschten Möbel kamen per Eilpost aus London. Hochrangige Besucher sind sich einig und bescheinigen der künftigen Zarin einen schlechten Geschmack.

Nikolaus beauftragt seinen Onkel Sergei Alexandrowitsch Romanow, Mitglied des Staatsrates und Generalgouverneur von Moskau, die Krönungsfeierlichkeiten in aller Form und würdig zu planen. Dieser Sergei Romanow war das siebte Kind des Zaren Alexander II. und seit 1884 verheiratet mit Elisabeth von Hessen-Darmstadt, obwohl Queen Victoria von England und Irland strikt gegen diese Liebesheirat war. Bei dieser Hochzeit hatte sein Neffe, der Thronfolger Nikolaus seine zukünftige Frau Alix kennen gelernt, ein gutes Omen für den neuen Zaren, seinem Onkel diese verantwortungsvolle Zeremonie zu übertragen. Eigene Kinder haben Sergei und Elisabeth nicht, wohl auch, weil der Großfürst homosexuell sein soll.

Im Russisch-Türkischen Krieg 1877/78 diente er als Oberst in der Armee, wurde zehn Jahre später zum Generalmajor befördert und befahl die Leibgarde des Zaren Alexander III., das Preobraschenski-Regiment.

Neben vielen Bitschriften und Depeschen bekommt Nikolaus auch die wichtigsten Berichte der Geheimpolizei Ochrana* in sein Arbeitskabinett. Er legt die meisten Dokumente achtlos zur Seite, darunter auch die Information, dass ein gewisser Wladimir Iljitsch Uljanow in St. Petersburg am 1. November 1895 den „Kampfbund zur Befreiung der Arbeiterklasse" gegründet hat. Er ist der Bruder von Alexander Uljanow, einem ehemaligen Mitglied der terroristischen Fraktion von „Narodnaja wolja". Dieser 21jährige Student Uljanow wurde wegen des Attentatversuchs auf Alexander III., nachdem er von dem Denunzianten Degatew der Geheimpolizei verraten wurde, als Rädelsführer zum Tode verurteilt und am 20. Mai 1887 in der Festung Schlüsselburg gehängt. Dieses Ereignis bestärkte seinen Bruder Wladimir auf seinem Weg als Berufsrevolutionär. So enthält der Bericht an den Zaren auch beigelegte Flugblätter, dessen Verfasser der Unruhestifter Lenin sei. Seit dessen Eintreffen in St. Petersburg im August 1893 beobachtet die Ochrana den Bruder des hingerichteten Staatsverbrechers, der in der Kanzlei M. F. Wolkenstein als Rechtsanwaltsassistent arbeitet, ein Deckmantel für seine revolutionäre und oft illegale Tätigkeit. Auch eine gewisse Nadeshda Krupskaja, Lehrerin in einer Sonntagabendschule für Arbeiter, mit der sich dieser Lenin oft trifft, wird nun unter Beobachtung gestellt. Als Uljanow und einige Mitkämpfer im Dezember 1895 in der Wohnung der Krupskaja die erste Nummer ihrer Zeitung „Rabotscheje Delo"** vorbereiten, werden sie verhaftet und der Staatsverbrechen beschuldigt, das druckfertige Material der Zeitung beschlagnahmt.

Nach siebzehn Monaten sind im Mai 1896 die Vorbereitungen zur Krönung von Nikolaus abgeschlossen und am 9. Mai reitet der neue Zar auf einem Schimmel mit rotem Zaumzeug vor einem prunkvollen Zug durch die Straßen von Moskau. Mit dem Einzug des Zaren beginnt seit Peter dem Großen

*Ochrana - russ. охранять - bewachen, beschützen, zaristische politische Geheimpolizei, 1881 von Alexander III. gegründet

**Rabotscheje Delo - Sache der Arbeiter, Organ der russischen Sozialdemokratie

das Ritual, das nach strengen Vorschriften abgehalten wird. Eine riesige Menge säumt die Straßenränder, nur mühsam von den Gendarmen und Soldaten zurückgehalten. Alle Glocken der Stadt läuten und Salutschüsse schrecken Raben und Tauben in Scharen auf. Unter einem blauen Himmel mit zarten Wolken wälzt sich der Festumzug durch Moskau.
Nach dem Zaren folgen die Großfürsten zu Pferd, danach die ausländischen Botschafter, die goldenen Kutschen der Zarenmutter und der jungen Zarin, des Kaisers Leibgarde, Kosaken in roten Umhängen und mit geschmückten Lanzen, gefolgt von Vertretern der von Russland annektierten Völker Asiens, dem Hohen Adel, Schwadronen der Gardekavaliere und Kaleschen der Würdenträger des Hofes. Für seine Zeitung „Nowoje Wremja" notiert der Journalist Suworin: *„Jedermann sah, dass der Zar sehr blass und auch nachdenklich war...Besonders die Zarenwitwe wurde vom Volk herzlich begrüßt. Als der Zar vom Pferd gestiegen war und zu ihr ging, um ihr aus der Kutsche zu hel-fen, war sie den Tränen nahe."*
Fünf Tage später wiederholt sich das Spektakel, nur dass Nikolaus und seine Alexandra nun in einer goldenen Kutsche, der zwölf Schimmel vorgerspannt sind, zur Mariä-Entschlafens-Kathedrale in den Kreml fahren, um die Salbung als Kaiser zu erhalten zur Vermählung mit Russland. Wie auch die vorausgegangenen Rituale ist diese Zeremonie verschwenderisch pompös. Nikolaus schwört seinen Eid als Herrscher und Richter des russischen Volkes und erhält nun die Zarenkrone. Als ihm der Krönungsmantel umgelegt wird, scheint er fast darin zu versinken. Ein Symbol? Bevor der neue Zar Reichsschwert, Reichsapfel und Zepter übernimmt, setzt er seiner Frau behutsam die Krone aufs Haupt. Und als der Zar sie dann zärtlich unter der Litanei des Diakon küsst, werden in der von Kerzenduft geschwängerten Kirche verstohlen Taschentücher hervorgeholt.
Dann geleitet der soeben Gesalbte seine Gattin zu einem mit Gold und Elfenbein verzierten Thron auf einer Empore, wo das gekrönte Paar das mehrstündige Ritual über sich ergehen lässt. Jetzt wird sein voller Titel verlesen: *Nikolaus Alexandrowitsch, Imperator und alleiniger Herrscher aller*

Reußen, Zar von Moskau, Kiew, Wladimir und Nowgorod, von Polen, Finnland, Bulgarien und Twer, von Semogalien, Samogotien, Armenien und der Bergfürsten.
Wieder donnern die Kanonen und auf den Straßen, wo Kupfermünzen verteilt wurden, sind Jubelrufe und Glockenklänge zu hören: „Viele Jahre!" und „Gott schütze und erhalte uns den Zaren!" Den Abend krönt wie immer die festlichen Aufführung der Oper „Ein Leben für den Zaren" von Michail Glinka in Anwesenheit des Zarenpaares. Am nächsten Tag schreibt Nikolaus in sein Tagebuch wieder recht lapidar: „Das Wetter war zum Glück wunderbar...Das ganze fand in der Himmelfahrtskathedrale statt, auch wenn es mir wie ein Traum vorkommt. Ich werde diesen Moment mein Leben lang nicht vergessen."
Das Volk bestimmt auch nicht. Denn es ist seit jeher Brauch, dass der Zar nach seiner Krönung ein Fest für seine Untertanen gibt. Auf dem Chodynkafeld, einem von Gräben durchzogenen Acker am Rand von Moskau, auf dem sonst Militärübungen stattfinden, hatte man geplant, um zehn Uhr vormittags hunderttausende Geschenke, Becher mit dem Zarenbild, Pokale und Medaillen mit dem Zarenwappen zu verteilen. An langen Tischen sind 150 Buffets angerichtet und unbegrenzte Mengen an Speisen und Bier bereit gestellt, um die Moskauer zu beköstigen.
Viele, besonders die armen Moskauer, sind schon in der Nacht zum Chodynkafeld gekommen, um ja die Verteilung der Almosen und Geschenke nicht zu verpassen. Bis zum Morgen steigt die Menge auf eine halbe Million an und den wenigen Gendarmen wird angesichts der Massen unwohl. Doch die Ereignisse überschlagen sich. Irgendwo wird um sechs Uhr in der Frühe das Gerücht laut, dass die Geschenke schon verteilt würden. Nun gibt es kein Halten mehr, die Menschen drängen zu den Buffets, viele fallen in die Gräben und werden zu Tode getreten, die Lawine einer Massenpanik rollt über den Totenacker. Wladimir Giljarowski*, ein Moskauer Journalist und Freund von Anton Tschechow und Maxim Gorki, ist Augenzeuge und

*Wladimir Giljarowski (1855 - 1935) - Moskauer Starjournalist und Schriftsteller

schrieb später: „*Das Gedränge war fürchterlich. Vielen wurde schlecht und einige verloren das Bewusstsein, ohne die Möglichkeit gehabt zu haben, herauszukommen oder auch nur umzufallen: bewusstlos, mit geschlossenen Augen, eingezwängt wie in Schraubstöcke, wogten sie mit der Menge hin und her... Ein in meiner Nähe neben meinem Nachbarn stehender großer, wohlgestalteter alter Mann atmete schon lange nicht mehr: Er war schweigend erstickt, ohne Laut gestorben, und seine erkaltete Leiche wogte mit uns hin und her.*"

Insgesamt kommen 1.389 Menschen zu Tode, eben so viele werden verletzt. Im Tagebuch von Nikolaus findet sich nur der Satz: „*Gott sei Dank, bis jetzt lief alles wie ein Uhrwerk, aber heute ist ein Unglück passiert.*"

Auch wenn der Zar am nächsten Tag einige Verwundete in den Hospitälern besucht und verkünden lässt, dass jede Familie eines Getöteten eintausend Rubel aus seiner Privatschatulle erhalten soll, ist die öffentliche Meinung aufgebracht, ist die Rede davon, dass Nikolaus ein Zar sei, den das große Unglück seines Volkes, das unmittelbar mit der Krönung verbunden ist, ihn nicht scheren würde.

Und wie zur Bestätigung dieser Meinung besucht der Zar am Abend nach der größten Katastrophe in Moskaus langer Geschichte einen Ball in der Französischen Gesandtschaft, um die Beziehungen zu dem europäischen Verbündeten nicht zu gefährden. Onkel Sergei Alexandrowitsch, der die Feierlichkeiten und damit die Tragödie auf dem Chodynkafeld zu verantworten hat, rät seinen Neffen sogar zu diesem Ball.

Die Franzosen sind Russlands einzige wirkliche Alliierte in Europa, und so lässt sich Nikolaus von seinem Onkel Sergei Alexandrowitsch dazu überreden, an dem Ball teilzunehmen, um diese Beziehungen durch seine Anwesenheit zu bekräftigen. Das Zarenpaar tanzt, eröffnet die Polonaise, indessen ganz Moskau trauert. Während seiner ganzen Amtszeit hält sich die öffentliche Meinung über Nikolaus als ein Herrscher, der sich nicht um das Unglück seines Volkes scheren würde.

Das scheint angesichts der Reaktion des Monarchen wirklich so zu sein, denn noch sind die Toten des Chodynka-Feldes nicht zur letzten Ruhe gebettet, da empfängt der Zar 432 geladene Gäste zu einem Galaabendessen und als er am nächsten Abend zum deutschen Botschafter Fürst Radolin zu einem Empfang mit seiner Kutsche fährt, rufen ihn erboste Russen aus der Menge zu: *„Geh lieber zur Beerdigung und nicht auf Festempfänge! Zar, such die Schuldigen!"*
Die Untersuchung des Vorfalls, die Nikolaus II. anordnet, ergibt, dass eben dieser Onkel, Großfürst Sergei Romanow für den Tod und das Leid der Menschen verantwortlich sei. Aber der Zar und seine Familie fürchten, dass es der Monarchie Schaden zufügen würde, wenn ein Romanow öffentlich an der Pranger stünde und vielleicht noch angeklagt werden sollte. Es wird ein Sündenbock in der Person des Moskauer Oberpolizeimeisters Alexander Alexandrowitsch Wlassowski gefunden. Doch die Moskauer wissen, wer der wahre Verantwortliche war und nennen ihren Generalgouverneur Sergei Alexandrowitsch seitdem „Fürst Chodynskij".

Während Deutschland, Frankreich und Großbritannien auf dem afrikanischen Kontinent darum streiten, ihre Einflusssphären in Sansibar und Madagaskar zu erweitern, sieht Russland seine Möglichkeiten im Fernen Osten. Die Transsibirische Eisenbahn spielt eine tragenden Rolle in der Ostasienpolitik des Russischen Reiches. Nikolai II. hatte das bisher alles übertreffende Projekt mit insgesamt 23.500 Kilometern, nachdem er den ersten Spatenstich in Wladiwostok noch selbst vollzogen hatte, den bewährten Händen von Finanzminister Sergei Juljewitsch Witte überlassen. Dieser Witte hatte nicht nur schon Zar Alexander III., sondern auch die Regierung nach anfänglichem Widerstand, schließlich ist dafür die ungeheure Summe von 325 Millionen Rubel veranschlagt, vom Nutzen der Bahn überzeugt.
Die verstärkte Erschließung des bislang kaum erforschten Subkontinents Sibirien mit seinen fünf Millionen Einwohnern und den ungeheurer reichen Bodenschätzen würde Russland einen ökonomischen Aufschwung bringen,

der die Rückständigkeit im Vergleich mit anderen Industriestaaten beseitigt und die Armut der Russen behebt. Auch die bessere Kontrolle der besetzten Mandschurei sei so gegeben, dazu ein Zeitgewinn im Handel mit den Völkern Ostasiens und im Ernstfall könnten im Falle eines Konflikt schneller Truppen mit der Eisenbahn dort stationiert werden. So könne Russland als Großmacht in China seinen Einfluss sichern und das bevölkerungsreiche Land wirtschaftlich durch eine friedliche Durchdringung abhängig machen. Witte sieht in der Transsibirischen Eisenbahn ein Weltereignis, das die Ströme des Welthandels auf sich ziehen und Russlands Position zwischen Europa und Asien stärken würde.

Das Jahrhundertprojekt, an dem schon jetzt über 30.000 Arbeiter und Ingenieure aus Russland, China, Korea, Japan und Italien tätig sind, bringt tatsächlich einen Aufschwung, denn es verschlingt Unmengen an Eisen, Stahl, Kies, Zement und Holz aus heimischer Produktion. Ein Drittel der in Russland erzeugten Roheisenmenge wird in der Transib, wie die Magistrale im Volk genannt wird, verbaut. Argwöhnisch beobachtet Japan, dass die strategische Bedeutung der Bahn für Russland erkennt, den Baufortschritt besonders beim Ussuri-Teilstück, das seiner Vollendung entgegen strebt.

In St. Petersburg eröffnet die Zarin Alexandra Fjodorowna feierlich die erste Weltmeisterschaft der Eiskunstläufer, hatte ihr doch ihre Großmutter, die britische Königin Victoria einmal erzählt, dass sie ihren künftigen Mann, den Prinzen Albert von Sachsen-Coburg und Gotha bei gemeinsamen Eisausfahrten kennen gelernt habe. Am Weltchampionat in der russischen Metropole nehmen nur Männer teil und es ist ein kleiner Trost, dass der Russe Georg Sanders die Bronzemedaille gewinnt. Noch aufmerksamer wird das siebenwöchige Turnier um die Schachkrone in der Newastadt beobachtet, sind doch die Russen vernarrt in das königliche Spiel. Schließlich verteidigt der Deutsche Lasker, aus dem westpommerschen Berlinchen seinenWeltmeistertitel gegen Herausforderer Pillsbury.

Zar Nikolaus II. macht sich Anfang Oktober 1896 auf der kaiserlichern „Polarstern" zum Staatsbesuch nach Frankreich auf, um die brüderlichen Bande zu festigen. Ihn begleiten seine Frau Alexandra und ihre einjährige Tochter Olga. Schon in Cherbourg empfängt sie der Präsident der Republik Faure. Als der Zar zur russischen Botschaft fährt, jubeln Hunderttausende auf beiden Seiten des Prachtboulevards Champs-Elysées, der mit der Trikolore und der Fahne Russlands geschmückt ist, den Russen zu. Die Straßen sind schwarz von Schaulustigen. Ein Transparent schwebt über der Menge: *„In Franreich fünf Tage, aber immer in unseren Herzen".* Das Zarenpaar, zu Hause recht zurückhaltende und oft organisierte Huldigungen gewohnt, ist von der temperamentvollen Begeisterung der Pariser entzückt. Nikolaus jedoch hat nicht vergessen, dass in dieser Stadt auf seinen Großvater geschossen wurde und hat nun im offenen Landauer gemischte Gefühle. Er stimmt seiner Gattin zu, die ihm das russische Sprichwort zuflüstert: *„Все светит, но не греет - alles leuchtet, aber es wärmt nicht."*

Es folgen Empfänge und Gala-Essen, der Besuch von Notre Dame und der Oper, im Louvre-Museum und im Invalidendom, wo Zar Nikolaus II. vor dem Sarkophag von Napoleon andächtig minutenlang mit gesenktem Haupt verharrt. Ein Höhepunkt in Paris ist die Grundsteinlegung zur Brücke Pont Alexandre, die zu Ehren des Zaren Alexander III. Romanow, dem Vater von Nikolaus, getauft wird und die den russisch-französischen Bund symbolisieren soll. Gemeinsam legt der junge Zar mit Frankreichs Präsident Félix Faure den Grundstein zu der in jener Zeit kühnsten und eindrucksvollsten Brücken über die Seine. Eine Stahlbogenbrücke im Stile des Neobarocks im Zentrum von Paris. Der Entwurf des Bauwerks, das 1900 zur Weltausstellung fertig sein soll, wird dem russischen Gast gezeigt und Nikolaus begeistert sich vor allem an den prunkvollen Plastiken. So schmückt die eine Seite ein von Nymphen der Seine eingerahmtes Wappen von Paris die Brücke und auf der anderen behüten Nymphen der Newa das russische Wappen.

Das Zarenpaar besucht Versailles, spaziert im Park mit seinen bezaubernden Wasserspielen und erlebt nach einem Festdinner eine Komödie. Auch die berühmte Sarah Bernhardt trägt den Gästen Verse vor. Aber vor allem begeistert die kleine Großfürstin Olga die in Kinder vernarrte Franzosen und das „Journal des débats" schlägt den Franzosen ernsthaft vor, alle Mädchen, die noch 1896 geboren werden, zu Ehren des russischen Zarenkindes, Olga zu nennen. Mit einer Militärrevue endet der Staatsbesuch und während sich die junge Zarin sichtbar langweilt, denn unzählige Einheiten in bunten Uniformen ziehen vorüber, die republikanischen Garden, Dragoner zu Pferd, algerische Jäger und marokkanische Spahis, ist der Zar in der Uniform eines Obersten des Preobrashensker Garde-Regiments begeistert. Er, den die offiziellen Reden stets ermüden und der schwülstige Lobpreisungen verachtet, er, der ohnehin misstrauisch gegen dieses so spontane und wankelmütige französische Volk ist, er ist plötzlich in seinem Element. Er winkt begeistert den Kolonnen zu, die vor ihm die Standarten senken. Alexandra Fjodorowna hingegen hat nur einen Wunsch, nach Hause zu reisen und zeigt den Gastgebern lediglich ihr eingefrorenes Lächeln.

X.

Repin ist ein gemachter Mann, ein inzwischen in ganz Europa geachteter Maler, Mitglied der Kunstkommissionen verschiedener Weltausstellungen, der über beachtliche Einkünfte und ein hohes Vermögen verfügt. Und dennoch ist er nicht glücklich, denn die Gruppe von Claqueuren, die ihn bei der Krönung von Zar Nikolaus umschwärmten, als er Skizzen zu einem Gemälde auf Wunsch des Monarchen anfertigte, sind nicht seine Freunde. Auch wenn er Respekt an der Akademie unter seinen Malschülern genießt, ihm fehlen die Peredwischniki, jene jungen Künstler, die die kaiserliche Akademie mit ihren verkrusteten Regeln und Ansichten, in der Repin als neuer Rektor gehandelt wird, ablehnen. Und der Künstler vermisst den Streit und die Anregungen seines weisen väterlichen Freundes Wladimir Stassow, mit dem er sich überworfen hat. Nicht umsonst heißt es im russischen Sprichwort:

Не имей сто рублей, а имей сто друзей - Keine hundert Rubel brauchst du, aber hundert Freunde!
Auch seine Meisterschülerin und einstige Geliebte, Marianne von Werefkin, hatte ihn verlassen und ist eine Beziehung mit Alexei Jawlensky eingegangen, einem fünf Jahre jüngeren mittellosen Offizier, den sie, inzwischen schon eine etablierte Künstlerin, von Liebe erfüllt ausbilden und fördern will. Sie ist nach dem Tode ihres Vaters, nun ausgestattet mit einem beachtlichen Vermögen und einer kaiserlichen Rente, mit Jawlensky und ihrem zehnjährigen Dienstmädchen Helene nach München gezogen. In Schwabing hat sie eine komfortable Wohnung gemietet und mit Möbeln aus der Heimat ausgestattet, die in der Künstlerkolonie Abramzewo hergestellt worden waren. In der Isarmetropole besucht Jawlensky eine private Kunstschule und sie führt einen Salon und lernt so Wassily Kandinsky kennen.
Sie schreibt ihrem Lehrer nach St. Petersburg, der bedauert, dass sie, seine so talentierte wie hoffnungsvolle Meisterschülerin, die Malerei aufgegeben hat, um sich voll und ganz der Förderung ihres Geliebten zu widmen. Und dennoch vermisst sie das künstlerische Schaffen und Marianne von Werefkin schreibt an ihren alten Freund: *„Ein Leben ist viel zu wenig für all die Dinge, die ich in mir spüre, und ich erfinde mir dafür andere in mir und außer mir. Ein Wirbel erfundener Wesen umgibt mich und hindert mich, die Wirklichkeit zu sehen. Die Farbe beißt mich ans Herz...Ja, Sie hatten Recht, lieber Ilja Jefimowitsch, die Kunst ist eine intellektuelle Funktion, gesund, stark und wahr und nur eine andere Form der Denkfähigkeit. Sie ist kein Delirium, sondern eine Philosophie".*
Zum Gefühl der Verlassenheit kommt hinzu, dass Ilja Jefimowitsch die Folgen seines jahrelangen Schaffens auch körperlich spürt. Die rechte Hand gehorcht ihm immer seltener und er trainiert nun emsig, mit der Linken seine Fertigkeit zu erreichen. Auch die Augen sind müde vom tausendfachen genauen Hinsehen und Skizzieren, vom Farbenrausch seiner oft wandfüllenden Gemälde. Und so flieht er im Sommer auf sein Landgut in Sdrawnewo, wo er sich zu erholen hofft und es dennoch nicht lassen kann zu malen,

weil ihm beim Herumschlendern ein Anblick so gefallen hat und er malt: „Junge Damen beim Spaziergang in einer Kuhherde". Dazu schreibt er Tatjana Tolstaja, der Tochter des großen, befreundeten Schriftstellers: *„Jetzt mache ich oft Studien von Kühen und Bullen; wie malerisch diese Tiere sind. Ich liebe und bewundere ihre Form und ihre entzückenden Farben."*
Daneben lässt ihn das Bild „Das Duell" nicht ruhen und er entwirft einige Varianten, die nicht so blutig ausgehen, sondern in denen sich die Duellanten versöhnen. Gleichzeitig beendet Repin das Gemälde „In Einzelhaft", das für eine von ihm geplante Ausstellung in der Gesellschaft zur Förderung der Künste geplant ist, wo Werke von russischen und ausländischen Studenten und Künstler gezeigt werden sollen. Dieses Bild zeigt eine Revolutionärin in einer Gefängniszelle. Für dieses expressive Bild hat er seine Porträtstudie der berühmten Schauspielerin Strepetowa verwendet, deren ausdrucksstarkes, bewegtes Gesicht der revolutionären Kämpferin eine innere Dramatik verleiht. Es ist typisch für Repin, dass sich in seinen Gestalten oft das Antlitz bekannter Persönlichkeiten oder von Freunden wieder findet, wie bei den Saparosher Kosaken das seines Freundes Giljarowski.
Die Ausstellung im Petersburger Winter, die Repin inszeniert und in der er vierunddreißig eigene Werke ausstellt, ist ein großer Erfolg. Sie ist interessant und wird zum Streitthema in den Feuilletons, weil sie trotz der Missgunst einiger Akademiekollegen Repins und der „*Gralshüter alles Überlebten"* Versuche sichtbar macht, zu neuen Ufern in der Malerei vorzustoßen. Diese mutige Ausstellung versöhnt Repin mit den Mitgliedern der Genossenschaft der Wanderaussteller und er beschließt, erneut in die Reihen der Peredwischniki einzutreten.
Eines Tages, Repin steht auf einem kleinen Tritt in seinem Atelier, sieht er im Schatten plötzlich eine große hagere Gestalt. Der Maler will schon ungehalten nach dem Hausmädchen rufen, das strenge Order hat, keinen Gast herein zu lassen, wenn er arbeitet, da tritt der Fremde ins Licht der Kerzen und Lampen. Es ist der große Lew Tolstoi. Natürlich unterbricht Repin erfreut seine Arbeit und lässt Tee und Gebäck bringen. Tolstoi geht

durch das weitläufige Atelier, sieht sich ein Bild nach dem anderen an und lobt „Das Duell" und ihm gefällt auch das Bild „Das Pariser Café". Bei einigen anderen äußert er sich kritisch. Lew Nikolajewitsch erzählt vom Besuch des amerikanischen Schriftstellers George Kennan in Jasnaja Poljana, der ein beachtenswertes Buch über die politischen Gefangenen in Sibirien geschrieben hat. Nach seinen Plänen gefragt, antwortet der Autor, dass er vorhat, einen großen Roman über die Verbannung seines Onkels, des Adelsrevolutionärs und führenden Kopfes der Dekabristen von 1825, des Fürsten Wolkonski* und der Heldentat dessen Frau, seiner Tante, die ihrem Gatten zum Ärger des Zaren in die Verbannung folgte, zu schreiben.

Aber zuvor hat ihm der Schriftsteller und Petersburger Staatsanwalt Anatolij Koni eine ungeheure Geschichte aus der Rechtspraxis, mit der dieser selbst literarisch nicht weiter kam, als Stoff überlassen. Und Tolstoi erzählt dem Maler die Geschichte und entwirft gleichzeitig die Handlung für einen Roman, den er „Auferstehung" nennen will. Es geht um ein krasses Fehlurteil an der Arrestantin Rosalija Onni, die durch einen über sie zu Gericht sitzenden Geschworenen verführt worden und dadurch auf die schiefe Bahn geraten war.

Tolstoi ist ganz in seinem Element: *„Verehrter Ilja Jefimowitsch, ich habe schon das Vertrauen des Aufsehers Mjassojedow aus dem Moskauer Durchgangsgefängnis Butyrk gewonnen, der mir alles über das Gefängniswesen, über das elende Leben der Häftlinge, über ihre Transporte nach Sibirien und über vertierte Aufseher erzählt hat. Nun ist der fünfte Entwurf, der endgültige fertig."*

Und dann sprachen sie über einen Skandal, denn Tschechows Premiere seiner „Möwe" war bei der Uraufführung im Oktober im Alexandrinski-Theater in Sankt Petersburg mit Wera Komissarschewskaja in der Hauptrolle ein spektakulärer Misserfolg. Die Presse zerriss das Stück förmlich. Tschechow

*Sergei Grigorjewitsch Wolkonski (1788 - 1865) - russ. Fürst, aktiver Führer des Dekabristenaufstandes von 1825; 1826 zu 20 Jahre Zwangsarbeit und Verbannung nach Sibirien verurteilt. Seine Frau folgte ihm freiwillig.

kehrte frustriert auf sein Landgut in Melichowo zurück und schrieb an Tolstoi: *"Ja, meine Möwe hatte in Petersburg, bei der ersten Vorstellung, einen Riesenmisserfolg. Das Theater atmete Bosheit, die Luft war explosiv vor Hass, und ich flog - den Gesetzen der Physik gehorchend - aus Petersburg davon wie eine Bombe."*

Tolstoi und Tschechow, dem Altersunterschied nach von 32 Jahren könnten sie Vater und Sohn sein und sie schätzen sich gegenseitig. Das ändert nichts daran, dass sie sich streiten und eine konfliktreiche Beziehung pflegen, wie eben ein Vater und sein pubertierender Sohn. Tolstoi, der Alte, der gegen die medizinische Wissenschaft wettert; da der Arzt, den die Schwindsucht dahinsterben lässt. Und Lew Tolstoi liebt diesen Tschechow nicht wie einen Kollegen, eher wie ein Vater und sagt über ihn: *"Ach, was für ein lieber, herrlicher Mensch: bescheiden, still, geradezu ein Fräulein! Er geht auch wie ein Fräulein. Einfach wunderbar."*

Der weise Autor erkennt in Tschechow einen ebenbürtigen, feinen und leisen Widerpart und provoziert ihn. Doch Anton Pawlowitsch stellt sich nicht der Herausforderung, schreibt nur in seinen Briefen an seine Schwester Maria: *"Alle großen Weisen sind despotisch wie Generäle, und unhöflich und undelikat wie Generäle, weil sie glauben, dass sie straflos bleiben...Tolstoi beschimpft die Ärzte als Mistkerle und lümmelt in den großen Fragen herum, weil ihn keiner aufs Polizeirevier bringt oder in der Zeitung ausschimpft. Also: zum Teufel mit der Philosophie der Grossen dieser Welt!"*

Tschechows Erzählung „Seelchen", die Geschichte einer Frau, die vor lauter Hingabe an die Männer sich selber abhanden kommt, entzückt Tolstoi derart, dass er sie regelmäßig seinen Gästen vorliest. Als er Tschechow in Moskau trifft, lobt er dessen Erzählkunst und sagt sehr aufgeregt, mit Tränen in den Augen: *"Das ist wie Spitze, die ein keusches Mädchen geklöppelt hat, in der alten Zeit gab es solche Mädchen; sie flochten ihre ganze unklare, reine Liebe in die Spitzen hinein."* Tschechow aber hat an diesem Tage erhöhte Temperatur, er sitzt mit roten Flecken auf den Wangen da, neigt

den Kopf und wischt nervös an seinen Kneifer und schweigt lange. Dann sagt er aufseufzend leise und befangen: *„Es sind Druckfehler drin."*
Tolstoi bewundert Tschechow im Stillen, hält ihn in literarischen Technik sogar für sich selbst überlegen und das heißt schon etwas aus dem Munde eines Autors, der seine eigenen Romane mit der „Ilias" von Homer vergleicht. Doch Tolstoi, dem Asketen, Philosophen und Weltverbesserer fehlt in Tschechows Werken eine Botschaft, ein klares Weltbild. Vor allem der Dramatiker Tschechow, der in seinen Stücken ganz bewusst niemanden anklagen oder verteidigen will, reizt ihn. Als Tolstoi sich von Tschechow nach russischer Art bei ihrem Treffen küssen lässt, flüstert er ihm dabei boshaft ins Ohr: *„Ihre Stücke kann ich trotzdem nicht ausstehen. Shakespeare hat miserabel geschrieben, aber Sie schreiben noch schlimmer!"*
Und den Grafen im Bauernhemd stört Tschechows Beruf, den der noch hin und wieder ausübt, die Heilkunst. Er ist der Meinung: *„Die Medizin hemmt ihn. Wäre er nicht Arzt, so würde er zweifellos noch besser schreiben."* Vielleicht ist Lew Tolstoi bei aller Wertschätzung für den jüngeren Kollegen auch enttäuscht, dass der, obwohl von seinem Idol umworben, kein Jünger von ihm geworden ist. In Äußerung und Briefen von Anton Tschechow ist dennoch zu lesen, welche große Ehrfurcht er vor dem „Alten", wie er ihn nennt, hat, würdigt ihn hochgenial, einen Jupiter und Menschgetüm, um ihn gleichzeitig mit feiner Ironie als *„ein kleines altes Männchen mit einem großen Schreibtisch"* verspottet. Auch das erinnert an ein Verhältnis Vater und heranwachsenden Sohn.
Tolstoi, mit Lob sehr zurückhaltend, bezeichnet diesen schreibenden Mediziner anerkennend als einen *„...der wenigen Schriftsteller, die man, ähnlich wie Dickens oder Puschkin, immer wieder von Neuem lesen kann."* Im August 1895 besucht Tschechow den Autoren von „Krieg und Frieden" endlich auf dessen Landgut Jasnaja Poljana. Aufgeregt ist er dann schon, als er im August die Birkenallee von Jasnaja Poljana entlang schreitet und vor sich einen alten Mann in Leinenbluse mit geschultertem Handtuch sieht. Es ist der Graf Tolstoi auf dem Weg zum Baden. Der nimmt den Gast gleich mit.

Bis zum Hals im Wasser steckend, beginnen sie ihr Gespräch. Tschechow erlebt eine gastfreundliche Atmosphäre, fühlt sich leicht und heimisch und ist erstaunt, wie wenig er mit dem Hausherren aneinander gerät und wie viel Gemeinsames sie doch haben. Sie beschließen, ihre Treffen und Gespräche bald fortzusetzen.

Doch so bald sollte es keine Gegebenheit geben, erst zwei Jahre später. Anton Tschechow erleidet ein starkes Lungenbluten und muss ins Krankenhaus. Hier wird der Dramatiker und Arzt zum ersten Mal mit seiner Tuberkulose gründlich untersucht, er, der es stets im Wissen um seine Krankheit abgelehnt hatte, medizinisch behandelt zu werden. Als Tolstoi in Moskau davon erfährt, eilt er sofort ans Krankenbett von Tschechow und rät ihm, der Empfehlung der Ärzte zu folgen und in den Wintermonaten in eine Gegend mit milderem Klima zu reisen, auf die Krim oder an die französische Mittelmeerküste. Ein Freund Tschechows, der gerade anwesend ist, beschreibt dieses etwas absurde Treffen. Denn Tolstoi scheint enttäuscht zu sein, dass er den Kranken zwar sehr geschwächt antrifft, doch froher Dinge und überhaupt nicht mit dem Tode ringend. Und sich selbst treu bleibend, den Kranken stets reinen Wein einzuschenken, bringt Tolstoi nach all den Artigkeiten das Gespräch auf das Thema Unsterblichkeit, er, der an ein Weiterleben nach dem Tode glaubt. Der Mediziner und Naturwissenschaftler teilt diese Ansicht nicht, hält Tolstois These für *„eine formlose, sülzige Masse"*, spuckt in der Nacht bis zum Morgen wieder viel Blut und überlebt den Besuch des großen, weisen Alten.

Repin ist entsetzt, denn sein Freund und Kollege Kuindshi* ist von der Akademie als Dozent befreit worden, weil der Professor Studentenproteste unterstützt hatte. Der Maler stammt nicht nur wie Ilja Jefimowitsch aus der Ukraine, sondern auch aus einer bettelarmen Familie, hatte wie er lange darum gekämpft, in die Akademie aufgenommen zu werden. Als er sie verließ, waren seine Gemälde noch voller naiver Romantik, versuchte er sein

Archip Iwanowitsch Kuindshi (1841 - 1910) - russ.-ukrain. realistischer Maler, international ausgezeichneter Meister der Landschaftsmalerei

Idol Aiwasowski* zu kopieren. Doch als er von Reisen nach Westeuropa zurückgekehrt war, versachlichte sich sein Stil und er vermochte wie in der „Ukrainische Nacht" die Sinneswahrnehmung einer südlichen Sommernacht zu vermitteln, die verblüffte. Ein sensationelles Ereignis in der Malerei auch solche Reflexe von Licht und Schatten in seinen Landschaften „Birkenhain" und „Mondnacht auf dem Dnjepr", so dass Kritiker hinter dem Glanz geheime Techniken und indirekte Beleuchtung vermuteten. Die Kritik nahm sich Kuindshi so zu Herzen, dass er fortan keine Bilder mehr ausstellte.

XI.

Nachdem Nikolaus II. aus Frankreich zurückgekehrt war, glaubt er, nun regieren und die Zügel des Staates fest in die Hände nehmen zu müssen. Dabei stützt sich der Zar auf den Visionär und Reformer Sergei Witte und zu dessen Verärgerung auch auf den Rat und die Einflüsterungen seines alten Erziehers, des stockreaktionären Pobedonoszew. Der Generalbevollmächtigte des Heiligen Synods hatte schon dem kleinen Nikolaschka die Überzeugung eingetrichtert, dass der Zar mit Gottes Gnade unfehlbar regiert und seine Macht unteilbar sei. Und so hintertreibt er alle Versuche Wittes, Russland aus seiner Rückständigkeit und Lethargie zu befreien, zu verhindern, dass die Allgewalt der Monarchie geschwächt wird. Obwohl Nikolaus II. weiß, dass der „Großinquisitor", wie er Pobedonoszew heimlich nennt, ein Mann des zu Ende gehenden Jahrhunderts und Gegner von jeder Neuerung ist, hört er auf den alten Mann und schreibt in sein Tagebuch: *„Wie immer kam heute mein lieber Pobedonoszew zu mir, wie immer mit vielen guten Ratschlägen und nicht wenigen Warnungen."*
Witte hat es schwer am Hof, denn der Sohn eines kleinen Beamten hat sich hochgearbeitet, studierte nur dank eines Stipendiums und fiel in der

Iwan Konstantinowitsch Aiwasowski (1817 - 1900) - russ. Marinemaler, Professor, Ehrenmitglied der Akademie der Künste St. Petersburg, Ritter der Ehrenlegion

Direktion der Südwest-Eisenbahn als kleiner Angestellter durch seine Arbeit erst der Verwaltung auf und später auch dem Zaren Alexander III., der ihn förderte und vertraute. Für die weit verzweigte Sippe der Romanows und der Petersburger Bürokratie ist der engagierte Witte ein ständiger Vorwurf ihrer Unzulänglichkeit und Faulheit, ein Eindringling in ihr so bequemes wie luxuriöses Leben. Weil dieser Minister viel herumgekommen ist im Lande und die Realität in Russland besser als andere kennt, genießt auch er das unerschütterliche Vertrauen von Nikolaus.

Aber das Heer seiner Feinde wächst mit dem Erfolg und Ansehen. Die reaktionären und adligen Hofräte, Minister in der Regierung und verschlagenen Beamten verachten den Emporkömmling, sie beneiden ihn und tun alles, um seinen Ruf beim Zaren zu schädigen. Hinzu kommt, dass dieser Witte eine geschiedene Frau geheiratet hat und damit noch nicht genug, ist sie noch eine Jüdin. Doch Witte lässt sich nicht beirren. Er ist ein Beamter neuen Typs und weiß, dass Russland den Weg des westeuropäischen Kapitalismus gehen muss, lässt den Kurs des Rubels abwerten und holt so ausländisches Kapital ins Land. Belgische und französische Gesellschaften gründen neue Unternehmen, so Textilfabriken bei Moskau, Warschau und Lodz, Investitionen fließen in den Abbau der reichen Bodenschätze im Ural, im Kaukasus und der Ukraine. Mit Zöllen schützt Witte die russischen Produkte gegen ausländische Konkurrenz und er gewinnt private Gesellschaften für den Ausbau der Eisenbahn, deren Streckennetz unter seiner Federführung in nur zehn Jahren auf das Doppelte anwächst.

Die Transsibirische Magistrale ist das Schlüsselprojekt für die Entwicklung des Subkontinents. Dieses gewaltige Bauwerk zieht Massen von Siedlern und Fachleuten an, die von einer zentralen Emigrationsabteilung unterstützt werden. Fruchtbaren Boden jenseits des Urals wird unter den Pflug genommen. Um dieses reiche Land zu kultivieren und freie Bauern dort anzusiedeln, rät der energische Minister dem Zaren, die Verbannung nach Sibirien abzuschaffen und Nikolaus unterzeichnet einsichtig einen entsprechenden Erlass. Die Gründung neuer Fabriken spült aus dem Bauernland ein Heer schlecht bezahlter Arbeitskräfte in die Städte, wo bald die Verbesserung ihrer katastrophalen Lage gefordert wird. Streiks sind in Russland verboten und werden streng bestraft. Dennoch flackern in St. Petersburg und Moskau, in Warschau und Tula Arbeitsniederlegungen auf und die Regierung ist ungeachtet der Proteste der Unternehmer gezwungen, 1897 angeregt durch Witte, ein Gesetz zu verabschieden, das einige Erleichterungen enthält, wie die Begrenzung der täglichen Arbeitszeit auf elfeinhalb Stunden für Erwachsene und freie Sonn- und Feiertage. Doch massenhaft wird gegen dieses Gesetz verstoßen und die kontrollierenden Inspektoren zur Überprüfung drücken beide Augen zu oder lassen sich bestechen.

Finanzminister Sergei Witte hatte, da es überall im Reich zu Spannungen kommt, seinem Zaren empfohlen, weitere schnelle Reformen einzuleiten, was Nikolaus II. rigoros ablehnt. Am Hof werden Sergei Wittes Versuche, das Verhältnis zwischen Arbeitern und Unternehmern zu entschärfen, als Aufmunterung des Pöbels zum Ungehorsam und zum Aufruhr interpretiert. Hinzu kommt, dass sich Studenten in kleinen Zirkeln im Kampf gegen die Autokratie des Zaren organisieren. Ein halbes Jahr nach der Tragödie auf den Chodynka-Wiesen demonstrieren beinahe täglich in Moskau Studenten durch die Straßen, um an diese Opfer der Zarenkrönung zu erinnern. Die Gendarmen gehen brutal gegen die Protestierenden vor und verhaften viele von ihnen. Doch die Proteste hören nicht auf.

In der Hauptstadt gehen im März die Studenten auf die Straße, versammeln sich vor der Kasaner Kathedrale, um der jungen Jüdin Maria Wetrowa zu gedenken, die wegen Widerstands gegen den Zaren in der Peter-und-Pauls-Festung inhaftiert und von den Wärtern vergewaltigt worden war, worauf sie den Freitod suchte. Der Verleger Alexei Suworin schreibt *„Die Jugend legt große Aktivitäten an den Tag...Ich verstehe die Jugend. Ich bin mir darüber im Klaren, dass sie zugrunde geht. Ich begreife, in welcher Zwangslage sie sich befindet."*

Zwar spielt die Umgebung des Zaren diese Bewegung herunter, doch Pobedonoszew ruft in Nikolaus die Erinnerung an seinen Vater wach, der ein energischer Monarch mit harter Hand war und fordert seinen einstigen Schüler auf, gegen die gotteslästerischen Machenschaften der Jugend etwas zu unternehmen. Sein Appell zeigt Wirkung und der Zar entlässt den liberalen Bildungsminister Graf Deljanow nach sechzehn Jahren im Amt und ernennt an seiner Stelle den Juraprofessor Bogolepow, einen starren Reaktionär. Der verstärkt sofort die Polizeikontrollen an den Universitäten, droht Unruhestiftern, sie als einfache Soldaten in die Armee zu pressen und lässt Versammlungen der Studenten von Gendarmen mit Lederpeitschen, den berüchtigten Nagajkas, auseinander treiben. In den Hörsälen wachen Inspektoren und Geheimpolizisten über die Studenten.

Die staatliche Brutalität ist nicht folgenlos. Der Student Karpowitsch ersucht im Bildungsministerium um einen Termin, um eine Bittschrift dem Minister zu übergeben. Als er bei Bogolepow vorgelassen wird, zieht der junge Mann einen Revolver und feuert auf den Minister und verletzt ihn so schwer, dass er stirbt. Zur gleichen Zeit demonstrieren an der Kasaner Kathedrale in St. Petersburg die Studenten und werden von den Kosaken brutal niedergeritten und geschlagen, so dass das Pflaster, auf dem dutzende Verletzte liegen, sich rot von Blut färbt. Die Gendarmen verhaften siebenhundert Demonstranten. Eine Protestwelle läuft durch das Land, getragen von Professoren der Hochschulen und dem Schriftstellerverband, so dass Nikolaus gezwungen ist, die Sache dem Innenministerium zu übertragen. Aber der Minister des Inneren, Iwan Goremykin, scheint ihm zu sehr im modernen Denken verhaftet und zu nachlässig gegenüber den Studenten zu sein, und so ersetzt er ihn durch einen der Krone absolut ergebenen Mann. Der aber wird ebenfalls bei einer Sitzung des Reichsrates von einem Studenten erschossen, der von der Universität Kiew relegiert worden war. Und da begreift der Zar, dass die studentische Jugend kein unorganisierter kleiner, wilder Haufen ist, sondern ein geheimer Feind im Inneren, wirkungsvoll und vernetzt und nicht weniger schlagkräftig wie jene Attentäter, die seinen Großvater, Alexander II. getötet haben, dessen Sterben er miterlebte.

Die Proteste um den Freitod der Studentin Wetrowa haben dazu geführt, dass die junge Lehrerin Nadeshda Krupskaja bis zur ihrer Urteilsverkündung auf freien Fuß gesetzt wurde. Sie hatte von Wladimir Uljanow vor seiner Abreise in die Verbannung einen Brief erhalten, wie immer in Geheimtinte, in der er ihr seine Liebe gestand. Und als er in seinem Verbannungsort angekommen war, schrieb dieser Uljanow, der sich Lenin nannte, sie möge doch zu ihm nach Schuschenskoje kommen, um seine Frau zu werden. Ihr Urteil lautet drei Jahre Verbannung im Gouvernement Ufa. Sie richtet daraufhin an den Innenminister ein Gesuch, ihr als Verbannungsort Schuschenskoje zuzuweisen, wo sie mit dem politisch Verbannten Wladimir Iljitsch Uljanow die Ehe einzugehen gedenkt. Auch der Bräutigam wendet sich in einem Telegramm mit dieser Bitte an die Behörden. Der Bitte wird sogar stattgegeben. Als die Krupskaja endlich nach einer 6.000 Kilometer langen und beschwerlichen Reise, teils auf einfachen Pferdefuhrwerken in ihrem Verbannungsort ankommt, wo ihr Zukünftiger ihr ein Zimmerchen bei seinen Wirtsleuten gemietet hat, ist Krupskajas Enttäuschung riesengroß. Ihr lieber Wladimir kommt nicht zur Begrüßung, er vergnügt sich gerade auf der Jagd.

Das Rumoren im großen weiten Land und die zunehmenden Spannungen im Fernen Osten mit Japan, das den Bau der Mandschurei-Eisenbahn als Provokation in seiner Einflusssphäre ansieht, gestatten Nikolaus nicht, sein familiäres Glück in vollen Zügen zu genießen. Nur achtzehn Monate nach dem Töchterchen Olga wurde Tatjana geboren und zwei Jahre darauf erblickte Großfürstin Maria das Licht der Welt. Jedes Mal begrüßt mit einem donnernden Salut der Haubitzen der Peter-und-Pauls-Festung. Doch die Schwangerschaften haben die Zarin gezeichnet, ihre Gesundheit stark angegriffen. Bei aller Freude über den Nachwuchs fühlt sich Alexandra Fjodorowna schuldig, noch keinen Thronerben geboren zu haben. Sie macht sich Vorwürfe, weil das Schicksal und die Zukunft Russlands von ihr abhängt. Sie quält sich, weil ihre Schwestern Söhnen das Leben geschenkt hatten und auch die Großfürstin Xenia, die Schwester des Zaren, hatte schon sechs stramme Burschen geboren, die immer, wenn die große Familie

Romanow zusammenkommt, ein ständiger, indirekter Vorwurf an die Zarin sind. Nikolaus jüngerer Bruder, der Großfürst Georgi, der als Zarewitsch die Herrschaft übernehmen könnte, ist trotz bester ärztlicher Betreuung und jahrelangem Aufenthalt in den Hochtälern des Kaukasus in Abastumani nun seiner Tuberkulose erlegen. In ihrer Verzweifelung betet und fleht die Zarin Alexandra, beginnt sie, Mystiker und Heiler, Hexen und Geistheiler zu konsultieren und hofft, mit Gottes und deren Hilfe endlich mit einem Jungen schwanger zu werden.

Ihre Verzweifelung wächst, als sie erneut schwanger ist und ihr Gatte schwer erkrankt. Der Zar kämpft auf der Krim typhuskrank um sein Leben. Nun ist Michail, der jüngste Bruder des Zaren Thronfolger, der sehr beliebt in seiner Umgebung und recht hohlköpfig war. Er wird passend Flopsy genannt. Alexandra wacht am Krankenbett ihres Mannes und hält alle Minister und Würdenträger fern. Sie erwartet, nach dem Tode ihres Mannes zur Regentin Russlands ernannt zu werden, denn das Kind, das sie unter dem Herzen trägt, kann ja ein Sohn sein, an dessen Stelle sie bis zu seiner Volljährigkeit regieren würde.

Doch das Eine wie das Andere trifft nicht ein. Zar Nikolaus wird gesund und als Alexandras vierte Schwangerschaft weit fortgeschritten ist, bringen ihn die schwarzen Schwestern, die beiden Töchter des Königs von Montenegro, mit Philippe Nizier-Vachod zusammen. Dieser ehemalige Metzgergehilfe und selbsternannte Seelenarzt und Scharlatan bringt die Zarin mit seinen Gebeten und Gesängen sowie den Bitten an den Allmächtigen fast um den Verstand. Er weissagt voraus, dass in Russland nun ein Thronfolger geboren wird. Doch Alexandra entbindet wieder ein Mädchen, die Großfürstin Anastasia.

XI.

Ilja Jefimowitsch erfüllt sich im Sommer einen lang gehegten Traum und reist kurz entschlossen nach Palästina. Es heißt, er würde Studien für das Gemälde „Die Versuchung Christ" machen wollen, aber der Meister ist erschöpft, will eigentlich nur Eindrücke sammeln und sich erholen. Seine Reise führt ihn nach Jerusalem, wo er neben der Al-Aksa-Moschee den Felsendom besucht mit seiner goldenen Kuppel und in den Gassen des armenischen Viertels lange den Kunsthandwerkern und Kupferschmieden zuschaut. Er durchschreitet die Via Dolorosa, jene Straße, die zur Zeit des Todes Jesu vom Amtssitz des römischen Statthalters Pontius Pilatus zur Hinrichtungsstätte am Hügel Golgatha führte und besucht die Kirche des heiligen Grabes am Ende des Kreuzweges. Sie steht an jener Stelle, wo die Kreuzigung stattgefunden haben soll.

In Nazaret sieht Repin das Geburtshaus von Maria und in Bethlehem die Basilika der heiligen Gottesmutter. Und entgegen seiner Gewohnheit, skizziert Repin nicht ein einziges Blatt. In einem Brief schreibt er: *„Ich habe fast gar nichts gemalt, hatte keine Zeit und wollte viel sehen."* Von Qumran am Toten Meer, der Ruinenstadt mit ihren imposanten Höhlen, die mit dem Aufstand der Juden gegen die Römer in die Geschichte einging, führt ihn ein Abstecher nach Akko auf der Landzunge am Mittelmeer, wo er lange im Kloster verweilt, das Franz von Assisi hier 1219 gegründet hatte.

Wieder in St. Petersburg ist er froh, seine Töchter Vera und Tanja in die Arme schließen zu können. Doch die Freude wird jäh getrübt und versetzt Repin in tiefe Trauer. Er trauert, aufrichtig und voller Inbrunst, denn Pawel Tretjakow, sein Freund, der Kunstmäzen und Galerist, der Moskauer Ehrenbürger und Großkaufmann ist tot. Mit Repin trauert ganz Moskau und die große Gemeinde russischer Künstler um einen Freund und Förderer, um einen selbstlosen, kunstsinnigen und großherzigen Menschen. Er war eine herausragende patriotische Figur in Russland. Mit seiner fast ein halbes Jahrhundert währenden Sammeltätigkeit, seiner Unterstützung der

talentiertesten und intelligentesten Künstler wie Lewitan, Perow, Kramskoi, Surikow, Serow, Polenov, Pryanishnikov und Repin sowie der „Wanderer" und vieler junger Talente hatte Pawel Tretjakow einen nicht zu unterschätzenden Einfluss auf die Bildung der russischen künstlerischen Kultur in der zweiten Hälfte des XIX. Jahrhunderts und verhalf sie zu ihrer Blütezeit.
Natürlich reist Ilja Jefimowitsch nach Moskau, um seinem Freund die letzte Ehre zu erweisen. Am Grabe auf dem Danilow Friedhof hat sich eine unübersehbare Menschenmenge an diesem schneeverhangenen, kalten Dezembertag versammelt. Neben dem Generalgouverneur von Moskau ist die Gilde der Kaufleute vertreten und viele Studenten der Moskauer Hochschule für Malerei, Bildhauerei und Architektur, ihre Professoren, namhafte Künstler, Arbeiter aus seiner Baumwollspinnerei und eine Abordnung aus der Arnoldo-Tretjakow-Schule für Taubstumme. Und Repin, der die Petersburger Akademie repräsentiert, deren Mitglied Tretjakow seit 1893 war, versichert am Grabe Tretjakows, dass er für die Galerie ein Bildnis seines Schöpfers malen werde, ein besonderes Porträt, so wie er seinen Freund und Kunstsammler in Erinnerung hat. So, dass die Leute auch noch nach hundert Jahren ihm ins Antlitz schauen können, diesem klugen, bescheidenen und weitsichtigen Schöpfer der Galerie.
Ilja Repin sagt gegenüber seinen Studenten über seinen verstorbenen Freund: *„Er hat nicht nur eine Generation von Malern buchstäblich vor dem Verhungern gerettet, sie materiell unterstützt und ihre Bilder oft über ihren künstlerischen Wert gekauft sowie eine Galerie russischer Kunst aufgebaut, die ihresgleichen sucht und einmal ein Mekka der kunstinteressierten Welt sein wird. Vor allem aber, er hat die Kunst und uns Künstler geliebt, wie es nur ein Russe kann."*
Am 5. Dezember 1898 schreibt das „Moskauer Tageblatt" über den Ehrenbürger Tretjakow, der mit Dostojewski, Turgenjew, Tolstoi und Tschaikowski befreundet war: *„Über welche der Tätigkeiten Pawel Michailowitsch man auch sprechen mag, niemand kann seine Bescheidenheit übergehen. So, in aller Stille, ohne Lärm, ohne Reklame, ohne aufdringliche Reportagen,*

entstand die Tretjakow-Galerie, bis sie zu einem künstlerischen Ereignis von Rang und Verdienst vor dem Staat herangewachsen war."
Lew Tolstoi konnte nicht an der Beerdigung teilnehmen. Der von Tretjakow wie von Repin gleichermaßen verehrte Autor ist lebensgefährlich erkrankt. Er wollte Anfang November von Jasnaja Poljana nach Moskau aufbrechen und weil die Wege eisbedeckt waren und die Pferde stets ausrutschten, beschloss er zu Fuß zur Bahnstation aufzubrechen. Im Schneesturm irrte der Graf vier Stunden in der Gegend umher, bis ihn Bauern auf einem strohbedeckten Schlitten zum Zug brachten. Schon in Moskau bricht er zusammen, neben Fieber sowie Brustfell- und Lungenentzündung diagnostizieren Ärzte Darmschwächung und Gallenreizung und eine Angina pectoris*.
Anton Tschechow schreibt, was viele Schriftsteller Russlands fühlen: *„Ich habe Angst vor Tolstois Tod…Wenn und solange es in der Literatur einen Tolstoi gibt, ist es leicht und angenehm, Literat zu sein; selbst, wenn man sich eingestehen muss, dass man nichts getan hat und nichts tut, ist das nicht so schlimm, denn Tolstoi tut es für uns alle. Sein Tun ist die Rechtfertigung aller Hoffnungen und Erwartungen, die in die Literatur gesetzt werden."*
Und sei es nur, um alle ärztlichen Prognosen Lügen zu strafen – Tolstoi gesundet. Tschechow will ihn besuchen und verwendet fast eine Stunde auf die Wahl der zum Anlass passenden Beinkleider. Der Alte empfängt ihn noch das Bett hütend. Aber er ist auf dem Wege der Besserung, denn er schimpft schon wieder auf Shakespeare.
Um die Trauer über den Verlust des Freundes und Förderers Tretjakow zu überwinden, stürzt sich Repin in die Arbeit. Er wird Mitglied des Redaktionskollegiums „Мир искусства"**, malt ein Bildnis von Ljudmila Schestjakowa, der Schwester von Michail Glinka und die Gemälde „Puschkin am Newaufer" und „Hebe dich weg von mir, Satan".

*Angina pectoris - Brustenge; Stenokardie, anfallsartger Schmerz in der Brust
**Мир искусства - Welt der Kunst -1899 von Künstlern unter der Leitung des Herausgebers, Kunstkritikers, Kurators und Impresarios Sergej Djagilev gegründet, widerspiegelte und beeinflusste ein Jahrzehnt das kulturelle Leben Russlands

Repin hat inzwischen Maxim Gorki* kennen gelernt, für dessen Erzählung er einige Illustrationen anfertigen sollte. Den jungen Mann, der mit einigen Erzählungen aus dem Nichts auftauchte, schließt Repin sofort in sein Herz. Nicht nur, dass Gorkis Vater ein Wolgatreidler war, denen Repin mit seinem ersten international ausgezeichneten Gemälde ein Denkmal setzte, auch dass dieser Schriftsteller eine neue Generation verkörpert. Er hat kaum eine Schule besucht, geschweige denn eine Akademie, hat sich als Laufjunge, Vogelhändler, Schauermann, Küchenjunge, als Ikonenmaler, Nachtwächter und Eisenbahner durchgeschlagen, also die bittere Schule des Lebens absolviert. Als Maxim Gorki Repin einmal im Atelier besucht und verwundert ist, wie der Maler von einem halbfertigen Bild zum nächsten wechselt, lacht Repin: *„Ich arbeite kaum jemals nur an einem Bild, sondern an mehreren gleichzeitig; ich male ein bisschen an einem, wende mich dann einem anderen zu, beende ein drittes und kehre dann erneut zum ersten zurück."*
So entsteht auch nebenbei das Gemälde „Mephistopheles", für das der Schüler Repins Sergej Dewjatkin für seinen Meister Modell steht und ein Bildnis von Maxim Gorki, das der Meister nicht vollendet. Als ihm der junge Schriftsteller, der für den Einzug des Realismus in der russischen Literatur steht, Modell sitzt, bekennt Repin: *„Ich bin so froh, dass ich Sie kennen gelernt habe. Die Stunden, die ich mit Ihnen verbrachte, haben mich keineswegs enttäuscht, wie das manchmal der Fall ist, wenn man mit einem Autor interessanter Werke bekannt wird...Ich staune über Ihre Erfahrungen, Ihre Belesenheit, Ihren starken Charakter, der einen gesunden Verstand und eine große Seele erkennen lässt."*
Aber Ilja Jefimowitsch muss immer wieder beim Malen innehalten, seine rechte Hand schmerzt vor Überanstrengung und er ist gezwungen, nun mit der linken Hand genau so zu malen. Sein alter Freund Stassow hat durch Gorki, den er vor Angriffen der Regierung verteidigt, von Repins gesundheitliche Probleme erfahren und äußert sich besorgt bei einem Besuch im

Maxim Gorki - eigentlich Alexei Peschkow (1868 - 1936) - russischer Schriftsteller, Dramatiker, Autodidakt, politischer Aktivist

Atelier in der Akademie. Doch Repin winkt ab und widmet sich übereifrig der Grundierung eines Bildes, eine Arbeit, die eigentlich sonst seine Schüler machen. Weil der Künstler keine Lust hat, mit dem weisen Stassow, der fünfundsiebzig geworden war, zu streiten, schweigt Repin und lässt den Gast recht unhöflich im durchlöcherten Samtsessel im Mantel sitzen, so dass der Besucher bald wieder geht.

Repin, der gern mit seiner Gesundheit prahlt, plagt ein schlechtes Gewissen und er sendet durch einen Boten seinem väterlichen und so kunstverständigen Freund ein Billett hinterher: *„...ich bin noch derselbe wie früher, mit dem Sie durch Europa gereist sind. Ich bin noch genau wie in meiner frühesten Jugend. Ich liebe das Licht, liebe die Wahrheit, liebe das Gute und das Schöne als die besten Gaben unseres Lebens! Und besonders die Kunst...Sie ist immer und überall, in meinem Kopf, in meinem Herzen, in meinen geheimsten Wünschen. Die Morgenstunden, die ich der Kunst widme, sind die besten Stunden meines Lebens. Freude und Kummer, Freude bis zur Glückseligkeit, Kummer bis zum Tod - alles liegt in diesen Stunden, die mit ihren Strahlen alle Episoden meines Lebens erhellen oder verdunkeln...Wichtig sind die Morgenstunden von 9 bis 12 vor dem Bild...Und nichts in der Welt...kann mir helfen, wenn ich am Morgen Pech habe!"*

Und das ist gerade der Fall. Beim Arbeiten am Bild „Hebe dich weg von mir, Satan" kommt er nicht voran, korrigiert und verwirft immer wieder die Varianten. Seinem Malerfreund Wasnezow* vertraut er an: *„Soviel ich mich auch abquäle, es kommt nichts Vernünftiges heraus."* Und das Schicksal nimmt weiter seinen Lauf. Bei einem Brand in der Akademie der Künste wird gerade dieses Bild durch Feuer beschädigt. Was für eine Tragödie.

Vor einigen Jahren hatte Repin beim Kommandanten der Peter-und-Pauls-Festung die achtundzwanzigjährige Schauspielerin und Schriftstellerin Natalja Borissowna Nordman kennen gelernt. Der Taufpate der Tochter eines

*Wiktor Wasnezow (1848 - 1926) - russ. Maler mystischer und historischer Themen (Die drei Recken, Ilja Muromez, Iwan der Schreckliche); stattete die Petersburger Auferstehungskirche und Kiews Wladimir-Kathedrale mit Fresken aus

russischen Admirals schwedischer Herkunft und einer russischen Adligen war kein geringerer als Zar Alexander II. Die Nordman erhielt standesgemäß eine ausgezeichnete Hauserziehung, wurde zudem in Musik, Bildhauerei, Zeichnen und sogar Fotografie unterrichtet und beherrscht sechs Sprachen. Wie üblich, überließ man die Betreuung den Ammen, Kammerjungfern und Hauslehrern. Die kleine Natasche litt sehr lange unter der Entfremdung von ihrer Mutter, ein Gefühl, das sie in der autobiographischen Erzählung „Maman", die als eine der besten russischen Kindererzählungen gilt, beschreibt.

Natalia Nordman kümmert sich trotz ihrer Herkunft nicht um gesellschaftliche Konventionen. 1884 hatte sie für ein Jahr auf einer amerikanischen Farm gelebt und als Kuhhirtin gearbeitet und machte als Fraurechtlerin von sich reden. Da sie an Tuberkulose leidet, erhofft sie sich durch eine vegetarische Lebensweise, die Repin schon seit der Begegnung mit Tolstoi 1891 sehr zum Verdruss seiner genusssüchtigen Malerfreunde praktiziert, sich von ihrer Erkrankung heilen zu können. Aus Tierliebe lehnt sie später sogar den Verzehr von Milch, Butter, Eiern und Honig ab und lebt vegan.

Nicht nur das verbindet Repin und die Nordman. Im August 1896 trafen sie sich wieder zufällig auf dem Gut der Fürstin Tenishewa, Kunstmäzenatin und Verehrerin Repins. Seit dieser Begegnung kommen sich der Maler und die Nordman näher, pflegen einen sehr intimen Briefwechsel und treffen sich nun so oft sie können. Sie sind seelenverwandt und so beschließen die beiden, im Mai 1900 in aller Stille die Zivilehe einzugehen, ohne zuvor etwas zu verraten.

Danach gehen sie auf Hochzeitsreise zur Weltausstellung nach Paris, wo Repin in die Jury für Malerei berufen wurde. Hier gratuliert Repin seinem Freund Auguste Renoir nicht nur zur Hochzeit mit dessen langjähriger Geliebten Aline Charigot, die ihm schon zwei Kinder geschenkt hatte, sondern auch zum Ritter der Ehrenlegion. Der neunundfünfzigjährige Franzose ist gerührt. Den Sommer verbringen die russischen Eheleute in Zell am See, wo Repin in nur drei Tagen das Bildnis seiner Gattin mit Tirolerhut malt.

Dann reist das Paar nach Prag, wo erstmals eine Exposition der Genossenschaft für Wanderausstellungen gezeigt wird mit vier repinschen Bildern.
Weil Natalia Nordman nach dem Tod ihrer Mutter ein beachtliches Vermögen erbt und auch Repin nicht gerade arm ist, kaufen sie in Kuokkala, rund 45 Kilometer von St. Petersburg am Finnischen Meerbusen ein Grundstück, auf dem sich Repin eine Villa mit Atelier bauen lässt. Er nennt das Anwesen Penaten nach der römischen Schutzgöttin der Vorräte. Und der Maler lässt es sich nicht nehmen, selbst mit Hand anzulegen. Denn was sein Freund Wasnezow konnte, da wollte Repin nicht nachstehen. Dem Licht räumt er dabei die größte Bedeutung bei, das durch ein pyramidenartiges Glasdach ins Haus fällt. Als der Bau nach dem nicht so strengen Winter 1901 wieder aufgenommen wird, erhält Ilja Repin ein offizielles Telegramm aus Paris, dass ihn der Staatspräsident Marie François Sadi Carnot mit der höchsten Ehrung der Republik, dem Orden der Ehrenlegion ausgezeichnet hat.
Am 24. Februar liest Ilja Repin am Nachmittag beim Tee seine Zeitungen, nachdem er den ganzen Vormittag vor der Staffelei verbracht hat. Schon auf der ersten Seite steht eine offizielle Verlautbarung, das der Autor Graf Lew Tolstoi nach seinem Roman „Воскресение - Auferstehung", an dem er zehn Jahre geschrieben hat und der nun in Fortsetzungen in der Zeitschrift „Niwa"* veröffentlicht wurde, vom Heiligen Synod aus dem Schoß der Russisch Orthodoxen Kirche ausgeschlossen worden ist.
Er wurde exkommuniziert, da er angeblich den dreieinigen Gott wie den von den Toten auferstandenen Sohn Gottes Christus und die immer währende Jungfräulichkeit Marias leugnete. Im ganzen Land kommt es zu Protestaktionen vor allem der Studenten gegen den Metropoliten und den Synod.
Vor dem Haus der Tolstois in Moskau versammeln sich spontan Menschen und feiern Tolstoi drei Tage mit Ovationen. Es treffen Besucher und Grußadressen sowie dutzende Telegramme der Sympathie sogar aus dem Ausland ein, werden Körbe von Blumen abgegeben. Vor Repins Porträt von Tolstoi,

*„Niwa"- literarisches Monatsjournal, das der Verleger Adolf Marx, der auch Anton Tschechow verlegte, herausgab.

das auf der 29. Ausstellung der Wanderer in St. Petersburg gezeigt wird, kommt es zu einer öffentlichen Demonstration als Zeichen des Protestes gegen die Exkommunikation. In Moskau revoltieren gleichzeitig die Studenten, weil in Kiew und St. Petersburg 153 Kommilitonen nach Unruhen verhaftet und in die Soldaten gesteckt wurden. Als Tolstoi mit seinem guten Bekannten, Alexander Dunajew*, an einem Sonntag über den Lubjanka-Platz geht, wo sich eine vielköpfige Menschenmenge versammelt hat, erblickt ein Mann den Exkommunizierten und schreit: *„Da ist er ja, der Teufel in Menschengestalt!"* Viele sehen sich um und erkennen Tolstoi. Und aus der Menge ertönen Rufe wie: *„Hurra, Tolstoi!"* und *„Ein Hoch dem großen Manne!"* Weil die Rufe immer lauter werden und alle Tolstoi nicht nur sehen, sondern ihn auf die Schultern heben wollen, bringt ein Student eine Droschke herbei und setzt den Schriftsteller hinein. Ein berittener Gendarm sorgt dafür, dass der Kutsche eine Gasse gemacht wird.

Sofia Tolstaja, die Frau des Schriftstellers, schreibt einen Protestbrief an Pobedonoszew, dem Vorsitzenden des Heiligen Synods, der in allen Zeitungen verbreitet wird. Auch Tolstoi selbst setzt einen Brief auf *„An den Zaren und seine Gehilfen"*. Da zeigt sich Tolstoi keineswegs reuig. *„Die Lehre der Kirche ist eine theoretisch widersprüchliche und schädliche Lüge...fast alles ist eine Sammlung von grobem Aberglauben und Magie."* Seine Haltung sei *„...kein uneingeschränktes Verneinen, dahinter stand immer ein tiefer Glaube an das Wirken Gottes in der Welt und das Bemühen, das wahre göttliche Gesetz zu ergründen."* Sofia Andrejewna bittet ihren Gatten, diesen Brief nicht abzuschicken. *„Lieber Lew, wozu das noch führen wird. Ich möchte nicht, dass wir auf unsere alten Tage noch aus Russland verbannt werden!"* Doch das passiert nicht, zu bekannt und geschätzt ist Russlands genialer Autor im Lande und in ganz Europa. Auf den Brief, den Sofia Tolstaja in einer einzigen „Herzensaufwallung" niedergeschrieben hatte und der um die ganze Welt gegangen ist, antwortet der Metropolit Antoni äußerst korrekt und gefühllos, dass die Kirche nicht anders konnte. Eine Kirche, in die das

*Alexander Dunajew, Direktor der Moskauer Handelsbank und Anhänger Tolstois

einfache Volk geht, wie der Adel in ein Sinfoniekonzert. Zu Hause kennen sie nur Armut, Hunger und Lumpen in düsteren Verließen, in der Kirche ist es hell, da blinkt und funkelt das Gold, da wird gesungen und von dicken Popen etwas vorgeführt, was mit ihrem Leben so gar nichts zu tun hat.

Sobald in St. Petersburg der Schnee taut, macht sich Ilja Repin auf nach Jasnaja Poljana, um zu sehen, wie es Tolstoi geht und um den alten Sonderling zu überreden, wieder einmal Modell zu sitzen. Am Bahnhof wartet wie immer eine Kutsche, doch das Pferd hat es schwer auf den schlammigen Wegen, an denen rechts und links noch schmutziggraue meterhohe Schneewehen tauen. Sofia Andrejewna empfängt den lieben Gast und führt in zu Lew Tolstoi. Nach dem Abendessen wird Klavier gespielt und Repin muss berichten, was auf der Ausstellung der Peredwishniki in der Hauptstadt passiert war.

Unter dem Porträt von Lew Tolstoi, das das Museum Alexander III. angekauft schon hatte, haben Besucher immer wieder Blumen hingelegt. An einem Sonntag der Ausstellung versammelte sich im großen Saal eine Menschenmenge. Ein Student stieg auf einen Stuhl und besteckte den ganzen Rahmen des Bildes mit Blumen und hielt eine Lobesrede. Als er endete, schallten Hurra-Rufe durch die Säle und von der Galerie regnete es Blüten. Mit der Folge, dass das Bild aus der Ausstellung entfernt wurde und weder in Moskau noch in der Provinz zu sehen sein wird. Und schließlich stimmt Tolstoi brummend zu, dass Repin ein Aquarell von ihm malen darf. Dabei erzählt Tolstoi, dass ein gewisser Gorki ihn besucht hat. *„Ja, Gorki war da. Wir haben uns sehr schön unterhalten. Und er hat mir gefallen. Ein echter Mann aus dem Volk."*

Das Aquarell ist bald gemalt. Für ein Ölbild hätte der gefeierte Schriftsteller nicht gesessen und auch den Maler zieht es zurück nach St. Petersburg, weil er den ehrenvollen Auftrag bekommen hat, die Festsitzung des Staatsrates anlässlich des hundertsten Jahrestages seiner Gründung zu malen.

XII.

Nicht nur das gemeine Volk ist gefangen vom Pomp und der Litanei in den Kirchen. Auch im Leben der Zarin spielen kirchliche Rituale und das Gebet eine immer größere Rolle. Sie, die deutsche Prinzessin, die englisch erzogen wurde, das Russische nur mangelhaft beherrscht, sie, die sich anfangs geweigert hatte zu konvertieren, hat sich nun als Neubekehrte der orthodoxen Religion mit Eifer hingegeben. Dabei sind es nicht die strengen Dogmen, sondern die theatralischen, mystischen Gottesdienste, die sie schätzt. Das reiche, goldene Dekor der Kirchen, der schwere Duft von Bienenwachskerzen und Weihrauch, die schwermütigen Gesänge und die reich bestickten Gewänder der Popen. Die Mystik von Alexandra Fjodorowna grenzt an Aberglauben, denn sie, die kaum Kontakt findet und die die Russen Anglischanka, also Engländerin nennen, hat sich außerhalb der Familie in eine unwirkliche Welt der Gebete, Zeichen und Ahnungen begeben, die ihr die reale Welt ersetzt, ja sie über die ihr unverständlichen Vorgänge im Lande hinwegtröstet. Zwielichtige Popen, obskure Heiler, unheilige Mönche und gerissene Pilger empfängt sie ohne Unterlass und lauscht ihnen mit andächtiger Verehrung eines jungen Mädchens. Dazu umgibt sie sich mit wundertätigen Ikonen, von denen sie sich Gesundheit verheißt und den langersehnten Thronfolger.

Während sie so langsam den Verstand verliert, behält Nikolaus II., der zwar fromm ist, aber nicht übertrieben, seinen klaren Kopf. In die Regierungsgeschäfte ihres Mannes mischt sich die Zarin nicht mehr ein, seitdem ihr Gatte erkrankt war. Damals empfing sie, die sich schon als Regentin im Falle ihrer Witwenschaft wähnte, jede Woche den Außenminister Lamsdorf, der sie über die außenpolitischen Ereignisse informieren musste. Sir George Buchanan, der britische Botschafter in St. Petersburg, notiert über die Zarin prophetisch: *„Sie war schüchtern und reserviert, und es gelang ihr nicht, die Liebe ihrer Untertanen zu erringen, obwohl sie mit einer Herscherseele geboren war. Von Anfang an verkannte sie die Lage und ermunterte ihren*

Mann, das Staatsschiff auf eine Route zu lenken, die voller Klippen war... Diese ehrenwerte Dame wollte den Interessen ihres Mannes helfen, konnte aber nur zu seinem Untergang beitragen."
Für die Zarin, die zu Hause schlichte Kleider trägt, oft mit einer schönen Altstimme singt, die Aquarelle malt und gern am Kamin liest, liegt das vollkommene Glück im Leben für ihren Mann und die inzwischen vier Mädchen. Sie verabscheut das Hofleben und noch mehr die Welt außerhalb des Palastes, hält Distanz und ist zutiefst misstrauisch, auch gegenüber Komplimenten. *„Ich fühle, dass niemand von all den Leuten in der Umgebung meines Mannes aufrichtig ist...Niemand erfüllt seine Pflicht um der Pflicht willen, sondern nur, um seinen persönlichen Vorteil zu suchen...Ich leide und weine ganze Tage lang, weil ich genau spüre, dass alle die Jugend und den Mangel an Erfahrung meines Mannes ausnutzen"*, schreibt sie an ihre Jugendfreundin, die Gräfin Rantzau.
Sie, die englisch puritanisch erzogen ist, hält die Gesellschaft von St. Petersburg für verdorben und sittenlos. Und sie ist entsetzt über die morganatischen Ehen in der Zarenfamilie und auch über das Verhältnis des Bruders von Nikolaus, des Großfürsten Michail Alexandrowitsch mit Natalia Scheremetjew, der geschiedenen Frau eines Rittmeisters aus dem Regiment der Leibgarde des Zaren, das Michail Romanow kommandiert. Die Zarin forderte ihren Mann auf, dieser unstandesgemäßen Liaison ein Ende zu setzen. Der Monarch, um den Ruf der Dynastie besorgt, schickt seinen Bruder ins Gouvernement Orjol, um das Kommando über ein Husarenregiment zu übernehmen und somit Abstand zu seiner Geliebten zu gewinnen. Aber Michail hält die unerwünschte Verbindung dennoch weiterhin aufrecht.
Die Abneigung Alexandras für den Hof schließt auch die sechzigköpfige Zarenfamilie ein, die ihr gegenüber hochmütig und überheblich ist und ihr nicht die gebührende Achtung erweist. Außerdem kosten diese untätigen Verwandten dem Staat zu viel Geld. Alle Söhne und Enkel des Zaren, also die Großfürsten, erhalten eine Apanage von 280.000 Rubeln, das ist die ungeheure Summe von sechshunderttausend deutschen Goldmark, die die

Empfänger aber als viel zu gering betrachteten. Die Urenkel des Zaren, also die Prinzen von Geblüt, erhalten beim Erlangen der Großjährigkeit eine Million Rubel in Geld und Grundbesitz, eine Summe, die auch den Großfürstinnen als Mitgift bei ihrer Hochzeit ausgezahlt wird. Hinzu kommen die stattlichen Bezüge der Großfürsten für führende Posten in der Armee und der Marine, die ihnen von Geburt an zustehen, ob sie dazu fähig sind oder nicht. Auch der Unterhalt der Schlösser in St. Petersburg, Zarskoje Selo, in Moskau, Peterhof, Gatschina und Liwadija, in denen 15.000 dienstbare Angestellte tätig sind, muss der Zar aus seiner Privatschatulle bezahlen. Hinzu kommen die Yachten und Sonderzüge des Monarchen, die drei Theater in St. Petersburg, zwei in Moskau, die Akademie der Schönen Künste und das kaiserliche Ballett mit 73 Tänzern und den 153 Tänzerinnen, wo die einstige Geliebte des Zaren, Matilda Kschessinskaja, bei der Zarewitsch Nikolaus angeblich während der Affäre seine Jungfräulichkeit verloren hatte, inzwischen Primaballerina und ein gefeierter Star ist. Selbst verheiratet und seit sieben Jahren an der Macht, kann der Zar die temperamentvolle Polin nicht vergessen und gibt ohne Wissen seiner Frau den Bau einer Villa für die Ballerina in Auftrag.

Die Zarin indes lässt an ihrer Verachtung gegenüber jenen Männern der Familie Romanow keinen Zweifel, die geschiedene oder nicht standesgemäße Frauen geheiratet hatten. Die größte Ablehnung bringt sie der Großfürstin Maria Pawlowa, der Gattin des Bruders des verstorbenen Zaren Alexander III. entgegen. Da diese elegante wie feinsinnige Dame die Zurückhaltung der Zarin ausnutzt und sich in den Vordergrund drängt, die Mode vorgibt und in deren Palais am Newa-Ufer sich die erste Gesellschaft von St. Petersburg ein Stelldichein gibt. Und zudem ist die Großfürstin Mutter dreier von Gesundheit strotzender Söhne, Kyrill, Boris und Andrei, die in der Erbfolge weit vorn stehen.

Die Ballsaison, die die Zarin hasst, weil sie leicht außer Atem kommt, Krämpfe in der Brust hat und schnell rote Flecke bekommt, liegt hinter dem Zarenpaar. Sie verlassen den Winterpalast und quartieren sich in ihrer

Residenz in Zarskoje Selo ein. Mit dem Beginn der Sommerhitze flüchten sie ins am Meer gelegene Peterhof und mit dem Einbruch des Herbstes verlängern sie den Sommer, indem die Familie des Zaren nach Liwadija auf die Krim aufbricht. Überall hat der Zar ein Arbeitszimmer, in dem er geradezu penibel darauf achtet, dass alles auf dem Schreibtisch ausgerichtet liegt, so dass die Dienerschaft bei seiner Abreise die Plätze aller Gegenstände mit Kreide markiert, um bei der Rückkehr des Zaren die Ordnung wieder herzustellen.

Nikolaus steht kurz nach sieben Uhr auf, betet und schwimmt danach einige Minuten in seinem Schwimmbad. Das bescheidene Frühstück, Tee mit Milch, Brötchen und Zwieback, nimmt er allein ein. Danach empfängt er in seinem Arbeitszimmer Graf Paul Benckendorff, den Hofmarschall, der dem Monarchen den Tagesplan vorlegt. Danach berichtet der Schlosskommandant, der nicht nur für die Sicherheit des Zaren und seiner Familie verantwortlich ist, sondern auch über Aktuelles im Lande und besonders Vorkommnisse aus den Polizeiakten referiert. Dann sind die Minister an der Reihe und die Würdenträger. Viele haben sich rings um die Schlösser eingemietet oder kommen täglich aus St. Petersburg mit Automobilen gefahren. Wenn der Tag fortschreitet, hat Zar Nikolaus vom Regieren genug und geht mit seinen schottischen Hunden im Park spazieren, aus der Ferne begleitet und bewacht. Bevor er selbst um ein Uhr an den Mittagstisch setzt, bringt ihm ein Soldat Essenproben für die Leibwache und die Dienerschaft, Schtschi* oder Borschtsch**, gretschnewaja Kascha*** und dazu Kwass****. Im Gegensatz zu diesen einfachen Speisen wird auf der Zarentafel üppig täglich ein Vier-Gänge-Menü aufgetischt, das die Zarin zuvor begutachtet und oft nach ihrem Geschmack, nicht gerade zur Freude des Chefkochs

Schtschi - russ.und ukrain. Weißkohlsuppe mit Fleisch, Nationalgericht und Lieblingsessen der Zaren Alexander III. und Nikolaus II.

*** Borschtsch - rote Bete-Suppe**

*** gretschnewaja Kascha - Brei, Grütze aus Buchweizen, oft als Beilage*

*** Kwass - Erfrischungsgetränk aus gegorenem Brot, oft mit Früchten angesetzt*

Monsieur Cubat, ändern lässt. Dieser französische Meisterkoch führt zudem das beste Restaurant in der Hauptstadt. Der Zar trinkt als Aperitif ein Glas Wodka und zur Hauptspeise Portwein. Es gibt bei den Vorspeisen natürlich Kaviar, geräucherten Lachs, warme Pasteten, gefüllt mit Fleisch, Kraut und Pilzen. Die Suppen unterscheiden sich nur in der Qualität von denen aus der Soldatenküche, ergänzt durch feine Krebs- oder Hummersuppe. Und zum Hauptgang wird wieder erlesene russische Küche serviert, gebratener Stör oder Spanferkel mit Rettich, Fasan mit Trüffeln und Leber gefüllt und mit französischem Kognak mariniert.

Der Zar ist kein guter Esser, sehr zum Leidwesen seiner Gattin und des Leibarztes Botkin, auch dehnt er das Essen nicht zu lange aus. Denn die Regierungsgeschäfte, denen er sich bis etwa halb vier widmet, warten. Das ist nicht viel, für ein so großes Land. Dann zieht es den Monarchen wieder in den Park, zu Pferd oder zu Fuß, wobei ihn einige Vertraute begleiten, nicht eingerechnet die Geheimpolizisten in den Büschen. Beim Tee mit der Zarin studiert Nikolaus II. Depeschen und russische Zeitungen, während die Zarin, die nie das Russische richtig gelernt hat, die englische Presse bevorzugt.

Danach geht der Zar wieder in sein Arbeitszimmer und versucht aus dem Wust von Berichten und Akten ein Bild des Lebens seines Volkes zu lesen, worüber er fast verzweifelt. Darunter auch ein Schreiben des Grafen Tolstoi, in dem der Autor über die Notlage der einfachen Menschen auf dem Lande berichtet. Außerdem bittet der Verfasser von „Krieg und Frieden", ein Werk, das nach Meinung des Zaren zu sehr den Heldenmut einfacher Soldaten rühmt und nicht die geniale Strategie des Zaren und seiner Generäle, darum, den erkrankten Schriftsteller Gorki aus der Haft zu entlassen. Nikolaus legt den Brief achtlos zur Seite und ist zufrieden, als es um acht Uhr abends zum Essen mit mindestens fünf Gängen läutet. Am Abend liest Nikolaus seiner Gattin, die sich mit Stickereien beschäftigt, russische Literatur vor. Turgenjew und Leskow haben es dem Zaren besonders angetan.

Der Gesundheitszustand der Zarin verschlechtert sich mit jeden Tag, sie leidet Herzmuskelschwäche und Beinödemen und wird immer nervöser.

Ab und an muss Nikolaus seine Frau im Rollstuhl im Park spazieren fahren. In seinem Tagebuch schreibt er: *„Ich habe zwei Spatzen geschossen und bin mit dem Kanu gefahren, Alix habe ich durch den Park gefahren."*
Nichts bekommt so der Zar mit, als sich 1903 eine Geheimgesellschaft aus Mitgliedern der Semstwos, von Studenten, Professoren und Schriftstellern bildet, die sich „Einheit für die Befreiung" nennt, aber nicht die Abschaffung des Zarentums auf ihre Fahnen geschrieben hat, sondern die Beschränkung der Alleinherrschaft durch eine Verfassung. In der Kunst träumen die Symbolisten von der Erneuerung der Kirche und in den schönen Künsten entsteht, durch Walentin Serow und Isaak Lewitan befördert, eine Gegenbewegung gegen den bäuerlichen Realismus, wie ihn Repin oder Surikow darstellen. In Moskau kaufen reiche Mäzene die Bilder französischer Impressionisten, die in Franreich verpönt sind. Mamontow, der schwerreiche Förderer der russischen Künstler, finanziert in Moskau eine Oper, für deren Bühnenbilder die anerkannten Maler Korowin, Wrubel und Wasnezow die Ausstattung und die Kulissen malen, ein Musentempel, in der der neue Star, der Bassist Fjodor Schaljapin*, die Massen begeistert.
Maxim Gorki, der mit Schaljapin befreundet ist, schreibt enthusiastisch über ihn: *„Dieser Mensch ist gelinde gesagt ein Genie. Da ist etwas Ungeheuerliches, das sich mit einer erschreckenden, teuflischen Gewalt die Menge untertan macht…Sogar wenn er den ganzen Abend nichts anderes sänge als ‚Herr, erbarme dich!…diese Worte versteht er so zu singen, dass sie der Herr, falls es ihn gibt, unbedingt sofort vernehmen wird und sich augenblicklich eines jeden und jeglichen erbarmt oder die Erde in Staub und Asche verwandelt."*
Der Großkaufmann Morosow unterstützt einen gewissen Stanislawski, der ein Künstlertheater aus der Taufe hebt, das die Szene revolutioniert und in dem Tschechows Werke in ihrer Einfachheit und Klarheit Triumphe feiern.

*Fjodor Schaljapin (1873 - 1938) - Sohn eines armen Bauern, russ. Opernsänger, der berühmteste Bassist der 1. Hälfte des 20. Jh., gastierte gefeiert in allen großen Opernhäusern Europas. Befreundet mit Tschaikowski, Gorki, Giljarowski und Repin.

Die Schauspieler lieben ihren Tschechow, sie lieben ihn dafür, dass seine Bühnenfiguren eine Seele zu haben scheinen und dass diese Seelen eine eigenartige Schönheit haben, selbst in der Niedertracht. Diese Seelen lieben das Philosophieren, das Nachdenken über Gott und die Welt. Die Welt ist da, wo sie sind, aber sie nehmen sich nicht sehr wichtig. Sie sind alle unglücklich. Glück ist ein sehr, sehr rares Gut. Aber sie leben weiter. Tschechow, so sind sie mit Stanislawski einig, muss man unterspielen, alles Übertriebene rausnehmen, das Theater immer einfacher, bloßer, nackter machen.

So wie es die Mimin Olga Knipper, die bisher kaum in der Theaterwelt von sich reden macht, in der Hauptrolle spielt, von der Anton Tschechow schon bei den Proben zu seiner „Möwe" begeistert ist. Ihn verzaubert Olgas charmante Verträumtheit, ihre Freude über ihren Erfolg und ihr Hang zur Melancholie, was Tschechows mit ironisch amüsierten und verliebten Blick quittiert. Der Autor weiß nicht mehr, was ihn mehr martert, die Qual beim Schreiben, sein ungeduldiges, aufbrausendes und nach Freiheit dürstendes Künstlernaturell oder seine Sehnsucht nach Olga, die bald alle Vorbehalte des Autors gegen eine Eheschließung verstummen lässt.

Im Mai 1901 heiraten sie schließlich in Moskau mit einer bescheidener Feier, weil Tschechow, der in seiner Kindheit und Jugend in ärmlichsten Verhältnissen lebte, aufwendige Festlichkeiten hasst. Eine Fehlgeburt der Schauspielerin hat zur Folge, dass die Verbindung kinderlos bleibt, worunter er noch mehr als sie leidet. Aber die Krankheit zehrt an dem jungen Schriftsteller. So werden die seltenen gemeinsamen Tage mit Olga Knipper und die Briefe oder Telegramme an sie zu seinem Lebenselixier.

Anton Tschechow hatte bis dahin nur kurze, wenig nachhaltige Beziehungen zu Frauen, fand aber in der dreißigjährigen Olga Knipper seine große Liebe, was ein recht intensiver Briefwechsel seit ihrer allerersten Begegnung belegt. Der Theaterabend, die zweite Premiere der „Möwe" in Moskau, ist ein grandioser Erfolg und Stanislawski kommt dabei die Idee, sein Theater einfach „Möwe" zu nennen.

Doch diese Ehe seht unter keinem guten Stern. Nicht, dass sich das Paar nicht innig und zärtlich liebt, aber Anton Tschechow ist schon schwer an Tuberkulose erkrankt und der Arzt in ihm, er übt seinen Beruf nur noch zeitweilig und ehrenamtlich zur Bekämpfung von Epidemien und Hungersnöten aus, hatte schon 1884, seit dem ersten Bluthusten seine Diagnose gestellt. Auch können sich Tschechow und Knipper aufgrund der Tatsache, dass er gesundheitsbedingt auf der Krim leben muss und sie als Schauspielerin in Moskau tätig ist, nur selten sehen. Bezeichnend ist ein Brief Tschechows an die geliebte Frau, wo der Autor entgegen seiner Gewohnheit, die eigenen Sorgen seinen Mitmenschen gegenüber zu untertreiben, durchaus erkennen lässt, wie ernsthaft es um seine Gesundheit bestellt ist: „… *ich weiß nicht, was ich Dir sagen soll, außer dem einen, was ich Dir schon 10.000 mal gesagt habe und Dir, wahrscheinlich, noch lange sagen werde, nämlich dass ich Dich liebe – und weiter nichts. Wenn wir jetzt nicht zusammen sind, so sind daran nicht Du und nicht ich schuld, sondern der Dämon, der mir Bazillen eingehaucht hat und Dir die Liebe zur Kunst".*

Auf der Krim schreibt Tschechow indes zwei weitere größere Theaterstücke, nämlich *„Drei Schwestern"* und *„Der Kirschgarten".* Ebenfalls entstehen im Jaltaer Haus auch so ausgezeichnete Erzählungen wie „Seelchen", „In der Schlucht", „Die Dame mit dem Hündchen" und „Der Bischof".

In der Zarenfamilie ist dieser Anton Tschechow nicht die bevorzugte Literatur, auch wenn die Sekretärin Katharina Schneider, die als Vorleserin dient und die Mädchen in Russisch unterrichtet, ihnen ihre Lieblingsgeschichte von Anton Tschechow immer wieder vorlesen muss, das Schicksal des kleinen Hündchen Kaschtanka. Die Tschechows verlassen Anfang Juni 1904 Russland, um den kranken Schriftsteller und Dramatiker in Deutschland im Schwarzwald-Kurort Badenweiler bei Spezialisten behandeln zu las-sen. Von dort schreibt der Russe zahlreiche Briefe in die Heimat, in denen er sich über das langweilige, ordnungsliebende und wohlhabende Leben in Deutschland echauffiert. Nach einer scheinbaren Verbesserung und neuen Hoffnungen erleidet Tschechow im Sommer mehrere Herzanfälle und stirbt

am 15. Juli schließlich in den Armen seiner geliebten Frau. Sie beschreibt die letzten Minuten ihres Gatten: „*Kurz nach Mitternacht wachte er auf und bat erstmals in seinem Leben selbst darum, einen Arzt zu holen...Es kam der Doktor, verfügte, ein Glas Champagner zu bringen. Anton Pawlowitsch setzte sich auf und sagte irgendwie bedeutungsvoll, laut zu dem Arzt auf deutsch, ‚Ich sterbe...' Dann nahm er das Glas, wandte sich zu mir,...sagte: ‚Lange keinen Champagner mehr getrunken...', trank in aller Ruhe aus, legte sich still auf die linke Seite und war bald für immer verstummt."*
Die russische Regierung veranlasst die Überführung des Verstorbenen nach Moskau, wo er unter großer Anteilnahme auf dem Ehrenfriedhof des Neujungfrauenklosters neben seinem Vater am 22. Juli 1904 beigesetzt wird.

Alexandra Fjodorowna gibt vor, wieder schwanger zu sein und Nikolaus bemüht sich, ihre Launen und Extravaganzen zu ertragen. Die Zarin läuft in Umstandskleidern herum, hat sich vom Hofleben zurückgezogen und auch ihr Gatte hat ihr Schonung auferlegt, hofft er doch diesmal auf einen Thronfolger. Bis Nikolaus II. von den Ärzten erfährt, dass das nur eine hysterische, eine Scheinschwangerschaft seiner Frau sei. Nun sucht die Gattin des Monarchen in ihrer Verzweifelung Hilfe beim Geist eines verstorbenen Heiligen, eines Mönches und Eremiten, der als heiliger Serafim Wunder vollbracht haben soll. Und obwohl der Metropolit betont, dass für eine Heiligsprechung jede Voraussetzung fehle, besteht die Zarin darauf mit dem Hinweis, dass „*...Alles in der Macht des Zaren steht."*
Zum Grab des nun auf allerhöchstem Wunsch ernannten Heiligen pilgert die ganze Zarenfamilie ins Serafim Kloster, wo die Zarin in einer Vollmondnacht nackt in einem Teich badet und den Heiligen um einen Sohn bittet. Ihr Gebet wird, oh Wunder, erhört und damit triumphiert Alexandra Fjodorowna über die Häupter der orthodoxen Kirche, rechtfertigt die von ihr erzwungene Heiligsprechung. Am 12. August 1904 verkünden einhundert Kanonenschüsse von der Bastei der Peter-und-Pauls-Festung die Geburt des Thronerben und Zarewitsch Alexei. Und der Zar notierte in sein Tagebuch: „*Dies ist für uns*

ein unvergesslicher, ein großer Tag, an dem Gottes Wille deutlich zum Ausdruck gekommen ist."

Doch die Freude währt nur kurz, als der Säugling, der schon in der Wiege zum Hetman der Kosakenregimenter ernannt wird, aus dem Nabel zu bluten beginnt und die Ärzte um Doktor Botkin die Blutung nur mit Mühe zu Stillen bringen. Die Diagnose ist so klar wie ernüchternd, der Zarewitsch leidet an Hämophilie, der genetisch bedingten Bluterkrankheit, die nur männliche Nachkommen ereilt, aber von ihren Müttern übertragen wird. Die Zarin ist niedergeschmettert, denn sie kennt die Symptome nur all zu gut. Mehrere Neffen von ihr leiden darunter und ihr Bruder Friedrich Wilhelm, genannt „Frittie", starb mit nur drei Jahren nach einem Sturz aus einem Fenster an inneren Blutungen, weil er dieses Krankheit hatte. Auch ihr Onkel Leopold, Herzog von Albany, der jüngste Sohn von Queen Victoria, litt an Hämophilie, die zu seinem Tod führte.

XIII.

Ilja Jefimowitsch Repin ist nach Kuokkala umgesiedelt, wo sein Atelier fertig geworden ist. Dieses beschauliche Dorf entwickelt sich dadurch zu einem kulturellen Zentrum in der Nähe der Hauptstadt, denn Schriftsteller und Maler gehören zum Freundeskreis von Repin und Natalia Nordman und lassen es sich nicht nehmen, die beiden in ihrer Idylle zu besuchen. Aber Repin ist sehr oft in St. Petersburg und ärgert sich besonders nun im Frühjahr über die schlechte Chaussee bis in die Newametropole.

Dort arbeitet der Künstler mit seinen Schülern Boris Kustodijew und Iwan Kulikow an dem Auftragsgemälde „Festsitzung des Staatsrates am 7. Mai 1901, dem hundertsten Jahrestag seiner Gründung", auf einer Leinwand, die eine ganze Wand in seinem Atelier in der Akademie bedeckt. Dieses Werk konfrontiert Repin mit großen inhaltlichen, genremäßigen und kompositorischen Problemen und es gibt nur wenige Beispiele in der Geschichte der

Malerei des beginnenden 20. Jahrhunderts, die eine ähnliche Herausforderung darstellen.

Oft stören ihn die Besucher, denn es ist in Mode gekommen, dass nicht nur Studenten und Malerkollegen sich im Atelier aufhalten, ihre eigenen Werke zur Begutachtung und Diskussion stellen, Tee trinken, auch die bessere bürgerliche Gesellschaft und Freunde haben es sich zur Gewohnheit gemacht, den Meister an dem Platz seines Schaffens zu huldigen.

Oft schlägt Repin nun entschuldigend seinerseits Einladungen aus, denn das Bild mit seinen gewaltigen Ausmaßen von vier Metern Höhe und fast neun Metern in der Breite ist eine echte Herausforderung für ihn und seine Meisterschüler. *„Ich bin immer noch sehr beschäftigt",* schreibt er an den Schriftsteller Shirkewitsch. *„Hauptsächlich arbeite ich an dem großen Bild. Dafür mache ich fortwährend Studien nach der Natur, sie stellen unsere höchsten Beamten dar. Ich bin dankbar, dass in diesem Falle viele von ihnen sehr liebenswürdig sind; sie kommen gern, um im Saal des Staatsrates zu posieren, in voller Parade...Meine beiden jungen Gehilfen, Kustodijew und Kulikow, sind von dem Bild genau so besessen wie ich und sie machen gute Studien."*

Repin selbst fertigt über vierzig Studien von Persönlichkeiten an, die für das Bild in voller Galauniform mit Orden erscheinen und hoffen, dass sie der Maler in all ihrem Glanz verewigen wird. Doch Repin, dessen Porträts sich durch Echtheit auszeichnen, der die Gesichtszüge stets fein modelliert und den Charakter der abgebildeten Personen wie von Wunderhand auf Leinwand bahnt, weicht nun ab von seiner lebensnahen Darstellung, als er Menschen porträtierte, die mitten im Leben standen.

Nun muss er eine Gruppe von Personen malen, die zwar die höchsten Würdenträger des Reiches sind und die Geschicke des Staates lenken, die jedoch alle menschlichen Gefühle und die jegliche Verbindung zur Lebenswirklichkeit des Volkes eingebüßt haben. Repins Studien zeugen von seinem feinen Sehvermögen und wie perfekt er die Mittel der realistischen Malerei beherrscht. Es genügen nur ein paar virtuose Pinselstriche, um die

Struktur eines Gesichts herauszuarbeiten, um zu zeigen, dass diese leblosen Masken tief und anschaulich das Wesen dieser Menschen widerspiegelt.

Die Auftraggeber erwarteten ein Bild als Glorifizierung der überlebten, verknöcherten und bürokratischen Staatsmaschinerie im Russland des Zaren Nikolaus II. Doch Repin malt mutig ein ganz anderes Bild, von dem ein Freund des Malers sagt: „*...Es scheint, dass das bestellte Bild...viele Kräfte von ihm verlangt und noch verlangen wird. Aber was für eine Galerie unserer Zeitgenossen...wird dafür unseren Nachkommen hinterlassen...Das ist ein großartiges Gemälde, das ist Karthago vor der Zerstörung."*

Nichts deutet in dem fertigen Monumentalgemälde darauf hin, welche körperliche Anstrengung dieses Werk Repin abverlangt, dessen rechte Hand fast gelähmt ist, weshalb er scherzhaft nicht nur gegenüber seinen Malerfreunden hervor hebt, den ganzen Staatsrat „*mit links gemalt*" zu haben.

Repin verharmlost die Taubheit seiner rechten Hand und schreibt an seine besorgte Schülerin und einstige Geliebte Marianne Werjowkina „*...Wie alle alten Menschen werde ich in der Malerei jünger."*

Er kann es nicht verstehen, dass diese talentierte Frau ihre Malerei zeitweise aufgibt, um ihren unbegabten Geliebten Alexei Jawlensky* zu fördern, mit dem sie sich seit 1896 im Münchener Nobelort Schwabing in der Giselastraße 23 eine komfortable Wohnung teilt, die sie teilweise mit Möbeln ausgestattet hat, die in der Künstlerkolonie Abramzewo gefertigt wurden. Überhaupt ist Ilja Jefimowitsch der Meinung, seine Meisterschülerin hätte einen anderen Mann als diesen Schürzenjäger und gescheiterten Offizier Jawlensky verdient. Und sie antwortet ihm: „*Die Liebe ist eine gefährliche Sache, besonders in den Händen Jawlenskys".*

Der will sie heiraten, doch Marianne Werjowkina, die sich nun von Werefkin nennt, lehnt eine Heirat ab, nicht zuletzt wegen der großzügigen Rente des Zaren, die sie als verheiratete Frau verloren hätte. Aber sie hat es sich in

**Alexei Jawlensky (1865 - 1941) - russ.-dt. Maler, Expressionist im Umfeld von Wassily Kadinsky und Franz Marc, initierte mit die Gemeinschaft „Blauer Reiter"*

den Kopf gesetzt, ihn als Maler zu fördern. Er sollte an ihrer Stelle künstlerisch all das erreichen und verwirklichen, was ihrer Meinung nach einem „schwachen Weibe" in jener Zeit verwehrt war.
Und sie vertraut Repin an: „*Drei Jahre vergingen in unermüdlicher Pflege seines Verstandes und seines Herzens. Alles, alles, was er von mir erhielt, gab ich vor zu nehmen – alles, was ich in ihn hineinlegte, gab ich vor, als Geschenk zu empfangen...damit er nicht als Künstler eifersüchtig sein sollte, verbarg ich vor ihm meine Kunst.*"
Jawlensky bestätigte die Meinung, die Repin von ihm hat. Er dankte es der Werefkin, indem er sich an der neunjährigen Helene Nesnakomoff verging, der Gehilfin von Werefkins Zofe, mit der er ebenfalls ein Verhältnis hatte.
Einem Korrespondenten der Zeitung „*Birshewye wedomosti*"* zeigt Repin, wie er seine Palette, so groß wie ein Teetablett, an seinem Gürtel befestigt hat. „*Das ist meine Erfindung, um beide Hände frei zu haben. Die rechte Hand ist überanstrengt, ermüdet deshalb schnell.*" Die Arbeit an dem gewaltigen Bild und seine Gesundheitszustand gestatten es Repin nicht, die Huldigung in Prag entgegenzunehmen, wo er als ordentliches Mitglied in die Akademie der Wissenschaften, Literatur und schönen Künste gewählt wurde.
Als das gewaltige Gemälde im November 1903, nach nicht einmal zwei Jahren fertig ist, ist die Reaktion überwältigend. Sein alter Freund, der Kunstkritiker Stassow lässt es sich nicht nehmen, das neue Bild Repins, von dem zweiundzwanzig Studien in der 32. Ausstellung der Wanderer gezeigt werden, zu rezensieren: „*Eine riesige, ungewöhnliche Arbeit ist beendet, das ganze Unternehmen wurde zu einem unwahrscheinlich glücklichen Abschluss gebracht. Und mit welcher Perfektion und Schönheit! Hier gibt es nichts Schreiendes und Buntes, das dem Auge wehtut, überall ist Harmonie, Eleganz, erstaunliche Übereinstimmung, alles ist in diesem zauberhaften Farbenakkord beteiligt...Das ist ein Talent!...Natürlich ist Repin kein Leo Tolstoi, davon kann keine Rede sein, aber er gehört ebenfalls zu der Art von*

*„Birshewye wedomosti"- Börsennachrichten, ein führendes Wochenjournal in St. Petersburg, das regelmäßig über internationale Kunst berichtet

Menschen und Künstlern, bei denen der Hauptheld ihrer Erzählungen und Darstellungen die Wahrheit ist, die unbestechliche, durch keine Schmeicheleien oder nützliche Überlegungen verschönte Wahrheit, und darin besteht seine ganze Stärke und sein Zauber...Das neue Bild ist eines seiner bedeutsamsten, ungewöhnlichsten, für ihn im besonderen und für Russland im allgemeinen. Ich bin der Meinung, dass dieses Bild mehr wert ist als alle Bilder dieser Art, die in verschiedenen europäischen Ländern im Laufe des 19.Jahrhunderts geschaffen wurden. Und mit diesem kostbaren Gepäck nimmt die russische Malerei von dem 19.Jahrhundert Abschied und tritt in das 20. Jahrhundert ein."

Die Lobeshymnen und Ehrungen wollen nicht enden. Und gemeinsam mit Anton Tschechow und Wladimir Korolenko* wird Repin zum Ehrenmitglied der Moskauer Literatur- und Kunstgesellschaft gewählt. Ilja Jefimowitsch ist Korolenko freundschaftlich zugetan und wird ihm sein hochherziges Eintreten für Maxim Gorki nie vergessen. 1902 hatte Nikolaus II. auf Betreiben von Pobedonoszew die Ernennung von Maxim Gorki zum Ehrenmitglied der Akademie der Wissenschaften revidiert. Daraufhin reiste Korolenko, der schon einen Namen in der literarischen Welt Russlands hatte, nach St. Petersburg, um gegen diese Entscheidung zu protestieren. Der Zar blieb jedoch bei seiner Entscheidung und so reiste Wladimir Korolenko nach Jalta zu Tschechow, um sich mit dem Freund zu beraten. Das Ergebnis: Beide gaben aus Protest ihre Ehrenmitgliedschaft zurück.

In die Feierlichkeiten für Repin platzt eine telegrafische Nachricht aus Fernost, wo sich die Krise zwischen Russland und Japan immer mehr zuspitzt und auf den bewaffneten Konflikt hinausläuft. Der Zar verstärkt deshalb die russischen Flotte in diesem Gebiet. Am 13. April 1904 lief das Flaggschiff „Petropawlowsk" unter Admiral Makarow im Gelben Meer auf eine Mine. Die Munitionskammer explodierte und das Linienschiff sank innerhalb von Minuten. Viele Seeleute fanden den Tod. An Bord des Kriegsschiffes befand sich

---

*Wladimir Korolenko (1853 - 1921) - russ. Schriftsteller, Freund Tschechows

auch der Schlachtenmaler Wassili Werestschagin*, der nicht zu den wenigen Überlebenden gehörte. Ilja Repin und seine Freunde veranstalten in St. Petersburg einen Gedenkabend für Werestschagin, dessen Weg wie auch Repins in einer Militärschule begann. Sie lernten sich auf der Kaiserlichen Akademie in St. Petersburg kennen und hielten, auch wenn Wassili Werestschagin um die halbe Welt reiste, stets einen losen freundschaftliche Kontakt. Und Ilja Jefimowitsch war vom Engagement des fast gleichaltrigen Künstlers beeindruckt. Besonders von dem eindrucksvollen Gemälde „Apotheose des Krieges", das Raben auf einer Pyramide menschlicher Schädel in einer verwüsteten Landschaft zeigt und das Werestschagin *„allen großen Eroberern: den vergangenen, den gegenwärtigen und den zukünftigen"* gewidmet hat. Deshalb ruft Repin in Andenken an Werestschagin die jungen Künstler auf, mit ihrer Kunst für die Sache des Friedens zu kämpfen.

XIV.

Der Konflikt zwischen Russland und Japan, der mit dem Beginn des Baus der Transsibirischen Magistrale schwelt, verschärft sich um die Jahrhundertwende. Zwei fanatische Militaristen, der Marinegeneralstabchef Admiral Pjotr Bjesobrasow und Innenminister Wjatscheslaw von Plehwe, ein widerwärtiger Antisemit und einstiger Geheimdienstoffizier, drängen den Zaren, *„die Ehre Russlands im Fernen Osten geltend zu* machen." Nikolaus II. befiehlt daraufhin gegen den Rat der Mehrheit seiner Minister und ungeachtet der Protestnote aus Japan, dem Kriegsminister General Alexei Kuropatkin, die Mandschurei mit 200.000 Mann zu besetzen. Angeblich um die Boxer zu bekämpfen, deren Aufstand aber durch ein alliiertes Expeditionskorps schon niedergeschlagen war.

*Wassili Wassiljewitsch Werestschagin (1842 - 1904) - russ. Maler, schuf den Zyklus "Der Vaterländische Krieg 1812". Augenzeuge des Russ.-Türk. Krieges 1877/78. Malte die Schrecken des Krieges, verfocht eine pazifistische Weltsicht.

Mit China war 1901 ein Vertrag geschlossen worden, dass die Mandschurei zwar zu China gehörte, aber die russischen Truppen zum Schutz der Eisenbahn, die durch die Mandschurei führte, im Lande bleiben durften. Ein russisches Pazifikgeschwader wirft vor Port Arthur Anker und die chinesische Kaiserin unterschreibt unter dem militärischen Druck ein Ultimatum, nach dem Russland das Recht erhält, Port Arthur zu besetzen. Nun hat die russische Marine endlich einen eisfreien Hafen im Pazifik.

Außenminister Graf Murawjow triumphiert, erklärt trotz Proteste aus Großbritannien und Japan, dass die nordchinesischen Provinzen Mandschurei, Tschili und Chinesisch Turkestan nun zum Einflussbereich Russlands gehören und keinerlei fremde Einmischung toleriert werden würden. Doch viele in St. Petersburg fürchten, dass er und Nikolaus II. Russland in ein Abenteuer stürzen. Als Russland damit beginnt, seinen Führungsanspruch auf Korea auszudehnen, das theoretisch unabhängig ist, jedoch unter Oberhoheit des japanischen Tenno steht, spitzt sich der Konflikt weiter zu. Der Zar folgt seinen Beratern um Bjesobrasow, die einen expansiven Kurs empfehlen. Auch der Cousin des Zaren im fernen Deutschland, Wilhelm II. unterstützt Nikolaus, obwohl er dessen Allianz mit den „Königsmördern" in Frankreich übel nimmt. *„Jeder Unparteiische muss anerkennen, dass Korea russisch sein muss und wird."*

Als Graf Murawjow an einem Herzinfarkt stirbt, bemüht sich Finanzminister Witte, den Zaren zu überreden, einen fähigen und abwägenden Mann in dieses Amt zu berufen und schlägt Graf Lamsdorf vor. Doch Nikolaus ist berauscht von den Erfolgen und schlägt die Warnungen Wittes, der im Falle eines Krieges schlimme Folgen für die Wirtschaft Russlands befürchtet, in den Wind. Weil auch der Hof den so erfolgreichen Finanzminister anfeindet, entfremdet sich auch der Zar von seinem einstigen Vertrauten. Und Witte notiert: *„Mein Verhalten, meine Art zu reden mussten einen höfischen Menschen wie ihm missfallen und schockierend auf ihn wirken."*

Dem Zaren ist die ganze Angelegenheit zu nervig und er beschließt, in großer Begleitung des Hofes in den Weiler Sarow an der oberen Wolga zu fahren, wo Feiern zu Ehren des Ortsheiligen Seraphin stattfinden, den seine Frau Alexandra besonders verehrt. Dort empfängt Nikolaus die Huldigung des Adels und der Kirche. Eine begeisterte Menge von Tausenden schaut zu, wie die gelähmte Prinzessin Orbeljani, eine Ehrenjungfrau, in ein Becken mit wundertätigem Wasser getaucht wird. Der Zar wird, um in der Masse nicht erdrückt zu werden, von seinen Adjutanten auf den Schultern getragen und über den Köpfen schwebend ist Nikolaus berauscht und glaubt, dass ihn ganz Russland liebt. So gesegnet von Volk und Kirche und gestärkt, glaubt er wirklich, dass ihn Gott bei all seinen Entscheidungen leitet.

Innenminister Wjatscheslaw von Plehwe, ein Feind des liberalen Finanzministers Sergei Witte, hat den beim Zaren als Teilnehmer einer angeblichen jüdischen Verschwörung gegen den Thron denunziert und dazu Beweise gefälscht. Nikolaus bestellt Witte in den Palast und stimmt zunächst verschiedenen Projekten des Ministers zu. Nach einer Stunde eröffnet er dem völlig fassungslosen Finanzminister jedoch seine Absetzung und trägt dem gerade Verstoßenen den Posten als Präsident des Ministerkomitees an, ein Amt ohne jeden Einfluss und jede Verantwortung.

Am Hof hat nun eine Clique um Großfürst Michailowitsch das sagen, der den gerissenen Geschäftsmann Wonlarjarski unterstützt, um eine Gesellschaft zum Abbau der reichen Bodenschätze in Korea zu gründen. Am Grenzfluss Yalu zu Korea hat eine russische Holzhandelsgesellschaft, die fast nur aus Reservisten der Armee besteht, damit begonnen, ganze Wälder abzuholzen. Und in St. Petersburg kümmert sich niemand um die kritische Situation. Im Januar ist Ballsaison und beim Hofball erscheinen der Zar und seine Gattin in historischen Kostümen. Inmitten der Premieren und Festlichkeiten legt Graf Lamsdorf eine Note vor, die er mit Japan ausgehandelt hat, um den Frieden noch zu retten. Doch der Zar zögert, sie zu unterschreiben, ja gibt vor, keine Zeit für seinen ersten Diplomaten zu haben. Am Abend schreibt er wahrheitswidrig in sein Tagebuch, dass Japan die diplomatischen Gespräche einseitig abgebrochen hätte. Nikolaus versichert, dass

kein Krieg droht. Kriegsminister Kuropatkin lässt unterdessen trotzdem russische Truppen am Yalu in Stellung gehen.
Als Japans wiederholte Mahnungen an Russland, sich zurückzuziehen, nicht beantwortet werden, befiehlt der Tenno den Angriff auf die russische Flotte. Nikolaus II., der nach einem Opernbesuch in der Nacht zum 9. Februar 1904 in Winterpalast kommt, während die Offiziere des Generalstabs auf dem Gouverneursball tanzen, findet eine Depesche vor, dass japanische Torpedoboote die russische Flotte vor Port Arthur angegriffen haben. Zwar rechneten einige Generale mit einem Angriff, wünschte sich jedoch, *„dass die Japaner und nicht wir die kriegerischen Operationen eröffnen"*. Dennoch traf dieser Angriff die Flotte unvorbereitet. Außerdem wurde den zur Wache eingeteilten russischen Booten der Feuerbefehl verweigert. Überdies waren die im Hafen liegenden Schiffe nicht verdunkelt. Die nächtliche Annäherung der japanischen Torpedoboote wurde zu spät bemerkt. Der Angriff mit Torpedos führte zur Beschädigung der Schlachtschiffe „Retwisan" und „Zessarewitsch" sowie des geschützten Kreuzers „Pallada". Der schnellen Kreuzer „Warjag" und das Kanonenboot „Korejez" wurden von japanische Flotte zur Kapitulation aufgefordert, was Kommandant Rudnew ablehnte. Im Gefecht wurden die russischen Kriegsschiffe nach versuchtem Ausbruch aus dem Hafen durch Kreuzfeuer schwer beschädigt, auf der „Warjag" starben 122 Matrosen. Beide Schiffe wurden von ihren Besatzungen im Hafen versenkt.
Zwei Tage später schreibt Zar Nikolaus in sein Tagebuch: *„Heute morgen brachte ein Telegramm eine neue Nachricht, dass Port Arthur von 15 japanischen Schiffen angegriffen wurde...die Verluste sind unerheblich. Um vier Uhr fand der Umzug des Hofes durch die bevölkerten Straßen zur Kathedrale statt. Auf dem Rückweg riefen die Leute so laut hurra, dass man fest taub wurde. Von überall erfährt man, dass Demonstrationen stattfinden, in denen das Volk seine einstimmige Begeisterung bezeugt und seinen Zorn auf die Unverschämtheit der Japaner bekundet. Mama ist zum Tee geblieben."*

Nach Bekanntwerden der japanischen Kriegserklärung versammeln sich vor dem Winterpalais Studenten, schwenken die russische Fahnen und singen die Zarenhymne. Nikolaus, seine Gattin und die Kinder zeigen sich am Fenster der Menge und der Schlosskommandant dankt den jungen Leuten im Namen Seiner Majestät für ihre patriotische Gesinnung. Einzig die Generalin Bogdanowitsch sieht diese Kundgebung skeptisch: *„Ich finde diese Demonstrationen nicht wünschenswert, sie sind sogar gefährlich. Heute äußern die Studenten Patriotismus, morgen das Gegenteil."*
Trotz der Verluste in Port Arthur ist Nikolaus II. überzeugt, dass der Sieg über das kleine Japan leicht sein wird. Sein Kriegsminister Kuropatkin notiert: *„Unser Zar hat grandiose Pläne im Kopf: Er will die Mandschurei erobern und hinterher Korea Russland einverleiben. Er träumt davon, sich Tibet zu unterwerfen...er glaubt, er hätte Recht und wisse, was zum Ruhm und Wohlergehen Russlands nützt...Plehwe stimmt ihm zu und sagt, dass Russland mit Bajonetten erbaut wurde und nicht durch Diplomatie."*
Nikolaus hat für die östlichen Gouvernements die Mobilmachung angeordnet und reist durchs Land, um die Truppen vor ihren Abmarsch in den fernen Osten zu verabschieden. Er nimmt Truppenparaden ab und verteilt auf Anraten der Zarin Alexandra Fjodorowna so viele Heiligenbildchen, dass einige Offiziere respektlos scherzen: *„Der Feind wird uns mit Geschossen die Hölle heiß machen und wir bewerfen ihn mit Ikonen."*
Am 18. April 1904 überschreitet die Erste Kaiserliche Armee des Tenno die Grenze, zwingt die russischen Truppen zum Rückzug und beginnt mit der Belagerung von Port Arthur, deren Besatzung sich heldenhaft verteidigt.
In der Bevölkerung wächst das Unverständnis über die Niederlage im Fernen Osten und der Widerstand gegen den zunehmenden Terror gegen Studenten und revolutionäre Gruppen. Während liberale Kreise Reformen wünschen und entsprechende Gesuche an Nikolaus II. einreichen, wachsen in den Reihen der Sozialrevolutionäre radikale Gruppen, die auch vor Gewalt nicht zurückschrecken. Ein Manifest der sozialrevolutionären Parteizentrale klagt den Minister des Innern von Plehwe für *„Verbrechen gegen Volk und*

Vaterland, gegen Zivilisation und Menschheit"* an. Seine Schuld bestehe auch darin, „*...viele tapfere Vorkämpfer des Rechts und der Freiheit aufs Schafott geschickt oder lebendig in den Grüften unserer Bastillen begraben*" zu haben. In dem Urteil wurde ihm zur Last gelegt, „*...das Pflaster unserer Industriezentren mit Proletarierblut zu überschwemmen*" und neben der Verfolgung von Minderheiten wie Polen, Armenier und Finnen auch das Juden-Pogrom von Kischinjow und den Russisch-Japanischen Krieg initiiert zu haben.

Die Moldaumetropole Kischinjow ist ein Zentrum jüdischen Lebens im Russischen Kaiserreich, fast die Hälfte der Bevölkerung der Stadt bekennt sich zum jüdischen Glauben. Am 19. und 20. April 1903, es waren die Osterfeiertage, kam es in Kischinjow zu einem großen antisemitischen Progrom. Dabei starben 50 jüdische Einwohner und über 400 wurden verletzt. Hunderte Haushalte und Geschäfte der jüdischen Mitbürger wurden durch einen aufgestachelten Mob geplündert und zerstört. Diese Übergriffe sind von der russischen Regierung nicht nur toleriert, sondern durch ihre antisemitische Propaganda sogar geschürt wurden. Aus Angst vor weiterer Verfolgung wandern zahlreiche jüdische Familien nach Palästina aus.

Es ist ein sonniger Julimorgen, als Innenminister von Plehwe vor dem Polizeidepartement an der Fontanka in eine Kutsche steigt und zum Warschauer Bahnhof fährt. Auf dem Ismalowskij Prospekt wartet der Student Jegor Sasonow auf den verhassten Staatsdiener und wirft eine Bombe. Eine gewaltige Explosion erschüttert den Boulevard, Teile der Kutsche und Körper werden durch die Luft geschleudert. Plehwe und sein Kutscher sind sofort tot, auch die Pferde haben das Attentat nicht überlebt. Schwer verletzt liegt der Leibwächter, der den Innenminister auf dem Fahrrad begleitet hatte, auf dem Pflaster. Damit ereilt dem reaktionären Minister das gleiche Schicksal wie seinen Vorgänger Dmitri Sipjagin, der im April 1902 erschossen worden war.

Der Student Jegor Sasonow wird noch am Ort des Attentats von der Geheimpolizeit verhaftet und im Schnellverfahren zu lebenslangem Zuchthaus

verurteilt. Repin, der Wjetscheslaw von Plehwe auf dessen Wusch einmal porträtiert hatte, malt nun auch ein kleines Bild vom Tod des Staatsdieners. Der Zar wird durch den Schlosskommandanten sofort über das Attentat informiert. Nikolaus schreibt in sein Tagebuch: *„Hesse hat mir gerade die Nachricht von der Ermordung Plehwes gebracht. Der Tod war wohl sofort eingetreten. Außerdem wurde der Kutscher getötet und sieben Menschen verletzt...Ich verliere in dem tapferen Plehwe einen Freund und unersetzlichen Innenminister. Der Herr straft uns hart in seinem Zorn."*
Doch die Trauer ist nicht von Dauer, wird doch der Zarewitsch, der Thronfolger im Beisein des ganzen festlich geschmückten Hofes gefeiert. Dass die Japaner gerade den besten Kreuzer der Russen, die „Nowik", südlich von Sachalin auf den Meeresboden geschickt haben und die Besatzung der Festung Port Arthur große Verluste verzeichnet, darf auf Anordnung der Regierung in den Zeitungen nicht veröffentlicht werden. Stattdessen taucht eine Karikatur auf, die zeigt, wie ein russischer Kosak einen japanischen Soldaten zum Frühstück verspeist.
Die Stimmung in der Bevölkerung, in großen Teilen des Landes herrscht Hunger, ist aufgeladen. Um ein patriotische Klima für den Krieg gegen Japan zu erzeugen, macht die Regierung scheinbar Kompromisse und ruft im November einen Kongress nach St. Petersburg ein. Bei dieser Zusammenkunft der Vertreter aus den Gouvernements werden Forderungen nach Reformen formuliert, die aber von Nikolaus II. ignoriert werden. Die schlechte Versorgung erreicht auch Moskau und St. Petersburg. Für ein Baton* Brot müssen die Arbeiter aus den Betrieben stundenlang anstehen. Die Frauen in Petersburger Fabriken, die vor allem auch Waffen und Munition für die Armee und ihren Kampf gegen Japan herstellen, protestieren und legen die Arbeit nieder. Als aber bekannt wird, dass das Brot absichtlich verkappt und zu Tonnen gehortet wird, weitet sich der Streik aus.
Während ein Großteil der Russen in bitterer Not leben, geht das Leben des Adels und des Hofes ungetrübt weiter. Die Galas mit Kaviar und

Baton - russ.- bezeichnet ein längliches Kastenbrot, auch einen Schokoladenriegel

Champagner werden nun den Armen gewidmet, auf den prunkvollen Bällen werde Tombolas veranstaltet, um Verwundeten aus dem Krieg im fernen Osten zu helfen. Selbst die Zarin geht mit gutem Beispiel voran und eröffnet einen Nähzirkel, in dem die Hofdamen für eine bessere Ausstattung der Rekruten häkeln und stricken.

Aber die schlechten Nachrichten aus dem Krieg reißen nicht ab. Das Flagschiff der Pazifikflotte, der Kreuzer „Petropawlowsk" läuft auf eine Mine. Mit 700 Matrosen und Offizieren stirbt auch der angesehene Admiral Stepan Makarow. Wie durch ein Wunder wird mit den wenigen Überlebenden auch der Cousin des Zaren, Kyrill Romanow gerettet. In den Salons von St. Petersburg kursiert ein witziges Bonmot: Großherzog Kyrill sei nur deshalb nicht ertrunken, weil er im „Aquarium" groß geworden sei, einem anrüchigen Nachtlokal in der Hauptstadt. Im Palast waren die Geschenke von Väterchen Frost* für die Kinder der Zaren noch nicht ausgepackt, als Nikolaus ernüchtert die Depesche aus Port Arthur in der Hand hält. Die Festung hat nach 154tägigen verlustreichen Kampf kapituliert. Es ist der 2. Januar 1905. Der Verlust von Port Arthur ist der Funke an der Lunte zum Pulverfass der ersten Revolution in Russland. Es beginnt mit einem Streik der Putilow-Stahlwerker von St. Petersburg, deren Marsch zum Winterpalast zu einer gewaltigen, friedlichen Demonstration unter Kirchenfahnen und mit dem Porträt des Zaren anwächst. Die Menge zieht unter dem Absingen der Hymne „Gott erhalte uns den Zaren" friedlich und unbewaffnet zum Schlossplatz, wo sie eine Petition überreichen will, in der steht: *„Herrscher! Wir, die Arbeiter der Stadt Petersburg, unsere Frauen, Kinder und hilflosengreisen Eltern, sind zu Dir gekommen, Wahrheit und Schutz zu suchen."* Der Zug ist auf 150.000 angewachsen, eine unübersehbare Menge wälzt sich durch die verschneiten Straßen, fordert menschenwürdige Arbeitsbedingungen, eine Agrarreform, die Abschaffung der Zensur und religiöse Toleranz. Auf Befehl

* Väterchen Frost - Дед Мороз, ist eine dem Weihnachtsmann ähnelnde, russische Märchenfigur, die in der Neujahrsnacht die Kinder beschenkt. Als Personifikation des Winters wird er von seiner Enkelin Snjegurotschka - Снегурочка begleitet.

des Innenministers eröffnen Soldaten das Feuer und schießen die Menge zusammen. Als die Salven verklungen sind, bedecken hunderte Tote den Schlossplatz und ihr Blut färbt den Schnee rot, Tausende schleppen sich verwundet vom Ort des Grauens.

Der Pope Vater Grigori Apollonowitsch Gapon, der den Zug angeführt hatte, rauft sich die Haare und wiederholt nur immer erschüttert: *„Wir haben keinen Zaren mehr, Ströme von Blut trennen den Imperator vom Volk."* Des Zaren einziger Kommentar zu diesem Massenmord, der während des Blutbades in Zarskoje Selo weilte, in seinem Tagebuch: *„Ach, Gott, wie schmerzlich und schwer ist es. "*

So wird der „Blutsonntag" zum Fanal für die russischen Revolution von 1905. Die Empörung über die gewaltsame Niederschlagung der friedlichen Arbeiterdemonstrationen erfasst das ganze Land. Arbeiter in Tula und Moskau solidarisieren sich mit dem Petersburgern, der Terror ruft Gegenterror hervor. Bauern enteignen spontan Gutbesitzer, eine Streikwelle rollt durch das Land, legt den Eisenbahnverkehr, die Post und die Telegraphie lahm, auf die die Regierung und Militärführung angewiesen sind. Es folgten spontane Ackerland-Enteignungen und Brandschatzung von Landhäusern der Gutsbesitzer durch aufgebrachte Bauern, Telegrafenleitungen werden zerstört und Eisenbahnlinien blockiert. In der Baltischen Flotte und der Schwarzmeerflotte meutern die Matrosen. Sie weigern sich, ins Gelbe Meer auszulaufen, wo die russischen Geschwader in der Seeschlacht von Tsushima vernichtet wurden. 21 russische Kriegsschiffe sanken oder waren so schwer beschädigt, dass sie von ihren Besatzungen aufgegeben werden mussten. Während der Schlacht wurden 5.045 russische Seeleute getötet und viele Tausend zum Teil schwer verletzt. Die Nachricht von der Niederlage versetzt in Russland die Bevölkerung und die Admiralität, aber auch Zar Nikolaus II. einen gewaltigen Schock. Der Monarch wurde, auf Wolken schwebend, aus allen seinen Träumen gerissen.

Auf dem Linienschiff „Potemkin" arrestiert die Mannschaft die Offiziere und übernimmt das Kommando. Als das Kriegsschiff unter der roten Flagge im

Hafen von Odessa einläuft, wo ein Generalstreik stattfindet, richten zarentreue Truppen in den darauf folgenden Tagen bei der Niederschlagung der Unruhen ein Blutbad an. Im Verlauf der Revolution verliert Regierung die Kontrolle über das Land und das öffentliche politische Lebens in Russland. Die Arbeiterstreikbewegung, zu der ein gewisser Lenin nach Petersburg gereist war, erweist sich als stärkste Kraft unter den revolutionären Strömungen.

Maxim Gorki, der durch sein Drama „Kleinbürger" auch internationale Anerkennung erfährt, protestiert öffentlich gegen das Niedermetzeln unbewaffneter Zivilisten am Petersburger Blutsonntag. Die Geheimpolizei inhaftiert den Schriftsteller und wirft ihn in die Kasematten der Peter-und-Pauls-Festung, muss ihn aber nach Protesten in den russischen Zeitungen und in der ausländischen Presse unter Auflagen wieder freilassen. Während seiner Festungshaft schreibt der Schrifsteller sein Drama „Kinder der Sonne".

Erst als der Zar verspricht, die Forderungen der Arbeiter zu prüfen und zu erfüllen, enden die Proteste der Arbeiter, der Bürger und des Reformadels. Der Zar lässt dazu von Witte ein Oktobermanifest, ein Vorläufer der russischen Verfassung, vorbereiten. Die Bauernaufstände lodern jedoch noch Monate weiter, da der Wunsch nach einer Landreform nicht bewilligt wurde. Doch auch diese Proteste werden blutig niedergeschlagen und hunderte aufständische Bauern in den Dörfern an Telegrafenmasten gehenkt.

Das Manifest sieht die Einführung eines Zweikammerparlamentes, bestehend aus dem Staatsrat und der neu zu bildenden Duma vor, ohne deren Einwilligung kein Gesetz in Kraft treten soll. Das allgemeine Wahlrecht für männliche Bürger wird in Aussicht gestellt und auch die bürgerlichen Grundrechte sowie Persönlichkeitsrechte, wie Gewissensfreiheit, Meinungsfreiheit, Versammlungsfreiheit und Vereinigungsfreiheit.

In der Praxis änderte sich dadurch nicht viel. Die Willkür des Zaren ist nicht eingeschränkt, der über die Duma seine Macht ausübt und durch sein Veto Gesetze blockiert. Zudem hatte er das Recht, die Duma aufzulösen. Nach dem Manifest gibt sich die Gruppe der Oktobristen den Namen konstitutionelle Monarchisten, die für eine gemäßigte Zarenherrschaft eintreten, während die Bolschewiki unter Lenin das Manifest als Betrug und unbefriedigend ablehnen. Und Alexandra Fjodorowna, die Zarin, schreibt nach Deutschland: *„Unsere Russen sind zwar kindlich naiv, sanftmütig und gut, aber äußerst unausgeglichen und die Peitsche gewohnt."*

XV.

Wenn Repin auch in Koukkala mit der Ausstattung seines Ateliers beschäftigt ist, so dringt doch die Nachricht vom Blutsonntag auch in diesen kleinen Ort, der durch Schneewehen ein wenig abgeschnitten von St. Petersburg ist. Er schreibt entrüstet an einen guten Bekannten, den international geachteten Arzt Alexander Langowoi: *„Es ist unmöglich, dass der europäisch gebildete Mensche aufrichtig hinter dieser lächerlichen Selbstherrschaft steht, die in unserem komplizierten Leben ihren ganzen Sinn verloren hat. Diese vorsintflutliche Regierungsform ist nur noch für primitive, kulturlose Volksstämme geeignet."*

Und als er erfährt, dass Maxim Gorki nach seinem Protest gegen das Niedermetzeln der unbewaffneten Männer und Frauen verhaftet und in die Peter-und-Pauls-Festung inhaftiert wurde, ist Ilja Jefimowitsch wütend, auch vor Hilflosigkeit. Macht doch der Autor, der mit den Dramen „Die Kleinbürger" und „Nachtasyl" international für Aufsehen und Anerkennung gesorgt hatte, gerade eine kritische Phase durch. Sein Töchterlein Katja ist fünfjährig an Meningitis gestorben, ein Schicksalsschlag, an dem auch die Ehe Gorkis mit Jekaterina Pawlowna Wolschina, die zugleich seine Korrektorin ist, nach nur sieben Jahren zerbricht.

Während seiner Festungshaft schuf Maxim Gorki das Drama „Die Kinder der Sonne" und als er nach Protesten der russischen Schriftsteller mit internationaler Unterstützung unter strengen Auflagen wieder freigelassen wurde, lässt er sich ganz in der Nähe von Repins Penaten in Kuokkala nieder.

Er ist oft bei dem Maler zu Gast, wo er vor einem interessierten Zuhörerkreis auch Szenen aus seinem neuen Drama liest, in dem er den Choleraaufstand von 1892 an der unteren Wolga künstlerisch verarbeitet hat. In dem Drama suchen die in dumpfer Unwissenheit gehaltenen einfachen Menschen die Schuld für die Verbreitung der Seuche in der Geldgier der Ärzte und trachten einem Chemiker, der angeblich lebensrettende Arzneien machen könnte, nach dem Leben. Gorki weiß, dass er seine Begnadigung auch Tolstoi und Bunin* verdankt, deren Bittgesuche der Zar nicht übergehen konnte.

Mit dem Titel „Die Kinder der Sonne" spielt Gorki ironisch auf die Abgehobenheit und Lebensfremdheit von Teilen der russischen Intelligenz an. Der Frau des Chemikers schreibt Gorki die Ansicht zu, dass ein Künstler an die Macht der Schönheit, dem Sonnenlicht vergleichbar, glauben müsse. Worauf ihr Mann einem Maler vorschlägt, sein Gemälde „Zur Sonne" zu betiteln und sich dabei darauf stützt, dass die Menschwerdung die Krone der Schöpfung sei, aus *„einem Klümpchen Eiweiß im Schein der Sonne."* Und er wird nicht müde von sich zu sprechen als *„...wir Menschen, die Kinder der Sonne"*, eine Metapher, bei der er die werktätigen Bauern und Arbeiter ausschließt.

Die Runde der Zuhörer ist begeistert und aus St. Petersburg meldet das Kommissarshewskaja-Theater dringliches Interesse an der Uraufführung für den Oktober an und auch Victor Barnowsky will das Stück dem deutschen Publikum 1906 im Kleinen Theaters Unter den Linden vorstellen.

Als Repin im Februar endlich bei seinem väterlichen Freund, dem weisen Kunstkritiker Wladimir Stassow die Neujahrsvisite macht, empfängt der den Maler in einem gelben Chalat mit buntem Gürtel, zu dem beinahe ein weißer

---

Iwan Alexandrowitsch Bunin (1870 - 1953) - russ. Schriftsteller, Lyriker und Übersetzer, befreundet mit Maxim Gorki; erlernte die englische Sprache im Selbststudium, übersetzte Lord Byron ins Russische. Erhielt als erster russische Autor 1933 die Nobelpreis für Literatur „für die absolute Kunstfertigkeit, mit welcher er die klassischen russischen Traditionen in der Prosadichtung weiterführte."

Bart reicht, der jedem Väterchen Frost zur Ehre gereicht hätte. Ilja Jefimowitsch ist von der Erscheinung so gerührt, dass er den Kunstkritiker und Kunstkenner in einen Sessel nötigt und einige Skizzen entwirft.
Der Bildhauer Ilja Ginzburg* unterbricht diese spontane Sitzung und bringt noch einige Künstlerkollegen mit. Und bald kommt das Gespräch auf den Blutsonntag, dessen Augenzeuge Ginzburg war und der Aufzeichnungen, die er unmittelbar unter dem Eindruck des Erlebten niedergeschrieben hatte, aus seiner Jackentasche hervorholt und daraus vorliest. Als Ilja Jefimowitsch in den nächsten Tagen wieder in seinem Atelier in der Akademie ist, fertigt er Zeichnungen zum Thema des blutigen Sonntag an und malt nach den jüngsten Skizzen ein Porträt von Stassow. Und als genauer Beobachter ahnt Ilja Repin, dass es das letzte Bild von diesem großen Russen sein wird, der einst die Kinder von Alexander II. erzog, der Kaiserlichen Bibliothek vorstand und wohl immer noch der bedeutendste Kunstkritiker Russlands ist.
Der Maler leidet unter der Gefühllosigkeit seiner rechten Hand und auch unter der zunehmenden Schwäche seiner Augen. Immer öfter denkt der Künstler, der noch so viele künstlerische Vorhaben hat wie Reisepläne und der mit Natalia Nordman einen neuen Lebensabschnitt begonnen hatte, darüber nach, wie viel Zeit ihm noch auf Erden bleibt. Wie sagte doch sein großer literarischer Freund Lew Tolstoi: *„...der Tod ist etwas so Alltägliches und Natürliches, dass es Zeit wird, sich an ihn zu gewöhnen und nur noch an ihn zu denken, damit er uns nach einem guten Leben trifft."*
Zu den depressiven Stimmungen, die Repin besonders in den Regentagen befallen, die hier am Finnischen Meerbusen häufiger als Sonnentage sind, trägt auch bei, als er vom Tod seines Malerfreundes Konstantin Sawitzki erfährt, der in Pensa verstorben ist. Was für eine Meister, welch wunderbare Gemälde wie „Die Abgebrannten", „Aufbruch in den Krieg", „Der Hirt" sowie „Streitgespräch an der Schranke" hat er dem russischen Volk hinterlassen.

* Ilja Ginzburg (1859 - 1939) - russischer Bildhauer, Schüler des international ausgezeichneten jüdischen Bildhauers Professor Mark Antokolski

Was waren sie doch für Talente an der Kunstakademie, das unzuertrennliche Kleeblatt Sawizki, Schischkin*, Wasnezow** und er selbst, Ilja Jefimowitsch. Und Repin erinnert sich, dass Konstantin Apollonowitsch Sawizki zu den Besten unter ihnen gehörte, fünf Silbermedaillen während des Studiums bekam und ebenso wie die anderen Freunde mit der goldenen Medaille abschloss.

Gemeinsam beeinflussten sie die Peredwischniki und wie freute sich Repin, als Sawizki 1897 Mitglied der Petersburger Akademie wurde. Sein Gemälde „Gleisarbeiten - Ремонтные работы на железной дороге" löste heftige Diskussionen aus, war es doch eines der ersten Werke jener Zeit, die dem Leben der einfachen Menschen gewidmet waren.

Ein Lächeln überzieht das Gesicht von Ilja Jefimowitsch, als er sich daran erinnert, wie Iwan Schischkin, der ja leider auch schon aus dem Malerhimmel neugierig wie immer in Repins Atelier schaut, sein von Tretjakow später erworbenes Gemäldes „Morgen im Kiefernwald" malte. Iwan Schischkin war, das gibt Repin gern zu, sicher einer der besten Landschaftsmaler Europas, der ja Natur so trefflich auf die Leinwand zu bannen verstand, wovon auch seine Erfolge bei den Weltausstellungen zeugen. Mit ungläubigem Gaffen standen die Pariser vor den russischen Landschaften und begriffen, dass hier eines Mannes Bilder zu sehen waren, der die Grenzen irdischer Kunstfertigkeit überwunden hatte. Kritiker bezeichneten ihn als Vivaldi der Malerei. Er lebte auch einige Jahre in Deutschland und malte Landschaften in der Nähe von Düsseldorf, die so bestachen, dass man ihn bald in die dortige Kunstakademie aufnahm.

Iwan Iwanowitsch Schischkin (1832 - 1898) - russ. Maler und Grafiker, Mitglied der Peredwischniki, Professor, bedeutender Vertreter des Naturalismus
**Wiktor Michailowitsch Wasnezow (1848 - 1929) - russ. Maler, Mitglied der Peredwischniki, Schöpfer der Fresken in der Wladimir-Kathedrale in Kiew und so bedeutender Gemälde wie „Ilja Muromez", „Aljonushka", „Die drei Recken" und „Iwan der Schreckliche".*

Aber er konnte keine Tiere malen und so bat er Konstantin Apollonowitsch Sawizki, die Bären in das große Gemälde „Morgen im Kiefernwald", das auch „Bärenfamilie im Walde" genannt wird, einzufügen. Eine bitte, der Sawizki gern nachkam. Tretjakow kaufte das Bild für seine Galerie. Schischkin hatte dem Bärenmaler vorgeschlagen, das Bild auch zu signieren. Gesagt getan, Sawizki setzte seinen Namenszug unter das Bild, als es schon an den Moskauer Galeristen verkauft war. Als nun das Bild in der Galerie aufgehangen wurde, bemerkte Pawel Tretjakow die zweite Signatur. *„Was soll das, ich habe das Bild von Schischkin gekauft, wozu noch Sawizki?"*, fragte er sehr verärgert. *„Geben Sie mir Terpentin!"* Und Tretjakow entfernte die Signatur. Als Sawizki einige Tage später in die Galerie kam, sah er, dass seine Signatur fehlte und als er vom leitenden Aufseher Nikolai Mudrogel die ganze Geschichte erfahren hatte, war er sehr verstimmt.

Repin aber wusste, weshalb sein Freund Tretjakow recht ungehalten, ja feindselig gegenüber Sawizki war, den er als Maler schätzte. Der Moskauer Galerist hatte 1878 Sawizkis „Empfang der Ikone" für seine Sammlung erworben. Doch schon nach kurzer Zeit begann die Farbe an den weißen Wolken zu platzen, es entstanden Risse, die von Jahr zu Jahr größer wurden. Tretjakow bat nun den Maler in die Galerie zu kommen und die Schäden auszubessern. Eines Tages, Tretjakow war in St. Petersburg bei Repin, kam Sawizki in die Galerie und besserte die weißen Wolken aus. Sie wurden ziemlich rosa, obwohl der Grundton des Gemäldes ein kühles Grau war. Als Tretjakow diese Verbesserung sah, ließ er sich auch damals schon Terpentin bringen und entfernte die frische Farbe. Und so hängt Sawizkis Bild mit den von einer Anekdote begleiteten Krakelüren* in der Galerie.

Schischkin hingegen, das ist nicht nur die Meinung des Kunstkritikers Wladimir Stassow, trug durch seine überragende Kunst, die Schönheit seiner Heimat zu verkünden, maßgeblich an der Schaffung eines starken russischen Nationalbewusstseins bei und steht in diesem Verdienst den großen

*Krakelüren - franz. craquelure - Risse, die auf Gemälden ohne ausreichender oder fehlender Grundierung, bei Veränderung der Farben oder Leinwand entstehen

Russen wie Pjotr Tschaikowski, Leo Tolstoi, Fjodor Dostojewski, Alexander Puschkin und Nikolaij Gogol in nichts nach.

Seinen Schülern sagt Ilja Repin über Schischkin: *„Er war ein bedeutender Maler in der Welt der Kunst, ein Sohn der russischen Erde, der sie liebte."* Ilja Jefimowitsch unterrichtet noch immer in der privaten Kunstschule der Fürstin Maria Tenischewa, der einstigen Sängerin, die in Paris an der Académie Julian einst Kunst studiert hatte und durch Heirat zu einem beachtlichen Vermögen gekommen war, aus dem sie als Förderin junger Künstler nun großzügig schöpft.

An der Akademie wird Repin von seinen Studenten vergöttert. Begierig lesen sie in seinen Aufzeichnungen von den Auslandsreisen und auch sonst scheint die Verehrung für ihren Lehrer grenzenlos: *„Wenn Ilja Jefinmowitsch erschien, war es ein Festtag; widerspruchslos gehorchten wir seinen Worten und fürchteten seinen leisen Spott; wir hörten keinerlei Lob oder Gemeinplätze! Er selbst stand in der Blüte seines Schaffens und wir verfolgten seine Arbeiten",* schrieb seine Schülerin Elena Makowsky in ihr Tagebuch.

Sie war eine talentvolle Meisterschülerin und Ilja Jefimowitsch, einmal von seinen Erinnerungen eingefangen, ruft sich ins Gedächtnis zurück, wie sie auf seinen Spuren, es war wohl vor sieben oder acht Jahren, allein eine Studienreise auf der Wolga flussabwärts bis nach Samara gemacht hatte und ein ganzes Bündel von Skizzen der Landschaft und der Tataren mitgebracht hatte, die ihr dann als Anregung für große Bilder dienten. Der Eisenbahnmagnat Johann von Bloch* kaufte ihr nicht nur ein Bild ab, sondern und bezahlte ihr auch ein zweijähriges Stipendium im Ausland.

Heute lebt die Makowsky in Wien, ist mit dem Bildhauer Richard Luksch verheiratet und besucht ihren Lehrer, wenn sie gelegentlich in Russland ist.

Vor sechs Jahren nahm sie auf Repins ausdrücklichem Wunsch an der

*Johann von Bloch - Иван Станиславович Блиох (1836 - 1902) war ein führender Bankier und Industrieller, Eisenbahnpionier in Polen und Russland, auch bekannt als der „Eisenbahnkönig". 1899 war Bloch Organisator der Haager Friedenskonferenz. Im Jahr 1901 wurde er für den Friedensnobelpreis nominiert.

4. Ausstellung der Мир искусства, also der Welt der Kunst teil. Das war eine Ausstellungsvereinigung von Künstlern Russlands und der Name einer Zeitschrift, die von 1899 bis 1904 von den Mitgliedern unter Leitung von Sergej Djagilew* herausgegeben wurde. Der hatte einige Monate Europa bereist, private Sammlungen und Künstler in ihren Ateliers besucht, Bilder angekauft oder sie für die Ausstellung ausgeliehen. Den Transport der Werke finanzierten die Kunstmäzene und guten Freunde Repins, die Fürstin Maria Tenishewa und Sawwa Mamontow**. Die Ausstellung wurde im privaten Museum der angewandten Kunst in St. Petersburg im Januar eröffnet.

Und der Katalog dieser einzigartigen Exposition, die die Petersburger in Scharen anzog, las sich wie ein Stelldichein von 61 Künstlern, die nicht nur in Europa Rang und Namen haben. Gezeigt wurden 322 Bilder und Zeichnungen des amerikanischen Malers James McNeill Whistler, der Franzosen Albert Besnard, Edgar Degas, Claude Monet, Pierre-Auguste Renoir, Gustave Moreau und Pierre Puvis de Chavannes. Aus Deutschland waren Franz von Lenbach und Max Liebermann vertreten. Die Schweiz repräsentierte Arnold Böcklin, Italien Giovanni Boldini, Belgien Leon und Finnland Akseli Gallen-Kallela. Von der russischen Kunst zeigte man Werke von Léon Bakst, Alexander Benois, Konstantin Somow, Apollinarij Wasnezow, Alexander Golowin und Jelena Polenowa.

Und Repin ist stolz auf seine Meisterschülerin, die in München im Künstlerkreis mit seiner anderen Schülerin Marianne von Werefkin wirkte, 1900 ein Relief für die Weltausstellung in Paris herstellte, sich erfolgreich an den Ausstellungen der Wiener Secession beteiligt. Gegenwärtig, so schreibt sie stolz ihrem alten Lehrer, arbeitete sie an drei monumentalen Reliefs für die

*Sergej Pawlowitsch Djagilew (1872 - 1929) - russ. Herausgeber, Kunstkritiker und Impressario des Balletts Russes mit den Stars Fokin, Nijinsky und Pawlowa, Berater des Kaiserlichen Theaters in Moskau

**Sawwa Iwanowitsch Mamontow (1841 - 1918) - russ. Industrieller und Kunstmäzen, gründete die Moskauer Oper, Förderer und Freund Repins. Auf seinem Landgut Abramzewo traf sich der Mamontowkreis mit Serow, Repin und Wasnezow.

Fassade des Wiener Bürgertheaters. Überhaupt waren es seine Schülerinnen, abgesehen von Walentin Serow, die ihrem Professor Ilja Jefimowitsch Repin Ehre machten, wie auch Anna Petrowna Ostroumowa-Lebedewa, die nun eine gefragte Grafikerin und Graveurin ist, deren hoch bewertete Abschlussarbeit von vierzehn Gravuren Repin auch nach fünf Jahren immer noch vor Augen hat. Und wenn sie ihn voller Lebenslust und sprühend vor Ideen in seinem Atelier besuchen, dann spürt er erst recht, wie sehr die Zeit schon an ihm gezaust hat.

Und in diesem Sommer, er packt seine Sachen für eine Reise nach Italien mit Natalia Nordman, kommt Ilja Repin zum ersten Mal der Gedanke auf, dem Lehrbetrieb für immer Adieu zu sagen. Sein alter Freund Stassow hatte es ihm übel genommen, dass er überhaupt in die Kaiserliche Kunstakademie als Lehrer eingetreten war. Er sah das als Verrat, ja als Kapitulation an den Idealen der Peredwishniki an, die sich ja gerade nach dem Austritt aus der reglementierten und verstaubten Akademie zusammen geschlossen hatten, um frei neue Wege zu gehen. Selbst Repins vehemente Kritik an dem Lehrbetrieb versöhnte Wladimir Stassow nicht.

Auch Repins Auffassung über die Einteilung der Künstler in Hellenen und Barbaren riefen Stassows Protest hervor. Die Griechen bezeichneten all das als barbarisch, was nicht griechisch war. Repin sieht in dem Wort Barbar kein Schimpfwort, sondern bezeichnen damit den Stil eines Malers. *„Die Kunst ist in meinen Augen barbarisch"*, so Repin, *„in der das Blut siedet, in der ein Übermaß an Kraft herrscht, wie bei Michelangelo oder Delacroix*."*

Und Igor Grabar, einst Student bei Repin und inzwischen anerkannter Maler, Kunstkritiker und Mitglied des Museumsrates der Moskauer Tretjakow-Galerie erinnert sich, dass Repin nicht durch große pädagogische Fähigkeiten glänzte. Er war eben eine leicht entflammbare Künstlernatur, impulsiv

* *Eugène Delacroix (1798 - 1863) - bedeutender franz. Maler, Vorbild der Impressionisten, schuf „Die Freiheit für das Volk" mit der barbusigen Marianne mit der Trikolore und dem Gewehr in den Händen auf einer Barrikade*

und schnell im Urteil und wirkte selbst mehr durch seine Arbeitsweise und sein Beispiel als Künstler. *„Repin verstand nicht zu erklären, er verstand es nur zu tun. Er stellte sich inmitten seiner Schüler auf und malte mit ihnen. Allein an diesen Studien haben wir wirklich etwas gelernt."*

Die Italienreise ist für den russischen Malerzaren weniger eine Flucht als ein Wiedersehen mit einer bezaubernden Schönheit. Er schreibt: *„Seine Natur, seine Kultur, Kunst und Denkmäler sind für immer über Konkurrenz erhaben...Es hat etwas so Bezauberndes und Schönes an sich, dass es gegen den Willen in die Seele dringt und einen an sich fesselt wie die schönsten Träume der Kindheit, wie eine Welt der Fantasie."* Darin stimmt Ilja Jefimowitsch seinem berühmten Landsmann, dem Schriftsteller Gogol zu, der sein Hauptwerk „Die toten Seelen - Мертвые души" auch auf seiner Reisen durch Italien schrieb und von dem Land und seinem anregenden Klima begeistert war.

Trotz der Verehrung der italienischen Kunst ist Repin kritisch genug, das Übel beim Namen zu nennen, dass Italien in die Kunst hineingetragen hatte mit dem gekünstelten Barockposen, den geschminkten Gestalten, den schweren Falten und Drapierungen, mit seiner Meinung nach sinnlosem anstößig entblößten Busen der Damen. Einem Stil, den die Kunstakademien Europas fast zwei Jahrhunderte sklavisch ergeben waren. Die Rückwendung zu den Vorbildern Griechenlands und Italiens verhinderte die Entwicklung der Kunst, die in dieser Zeit eintönig, trocken, leblos und langweilig scheint. Erst in Frankreich trat mit Delacroix ein Kämpfer für die Freiheit der Kunst gegen die Herrschaft der Akademie auf, dem Brüllow* in Russland folgte, der als geniales Talent trotz seiner Treibhauserziehung der Akademie

---

Karl Pawlowitsch Brüllow (1799 - 1852) - russ. Maler, Professor an der Akademie und Architekt, international geehrt. Der Zar schickte ihn 1823 nach Rom, Gemälde von Raffael in Originalgröße zu kopieren. Brüllows bekanntestes Bild „Der letzte Tag von Pompeji" wird mit den besten Werken von Peter Paul Rubens und Anthonis van Dyck verglichen. Malte die Kuppel der Isaak-Kathedrale in St. Petersburg aus.

realitätsnahes Leben in die russische Malerei hineintrug, dem später die russischen jungen, rebellierenden Künstler der Peredwishniki nacheiferten.
Wieder in St. Petersburg hat sich Ilja Repin entschlossen und reicht bei der Kaiserlichen Akademie der Künste die Bitte um seine Entlassung ein. Das Feuilleton der Petersburger und Moskauer Zeitungen hat seine Schlagzeile und der in ganz Europa gefeierte Maler ist erstaunt und vielleicht auch enttäuscht, wie schnell seinem Gesuch entsprochen wird. Nun hofft er sich mit ganzer Kraft in seinem neuen Atelier in Penaten seinen Bildern widmen zu können. Er studiert Bücher über die Geschichte Russlands und bereitet sich auf ein großes Gemälde vor, dass er Freibeuter des Schwarzen Meeres nennt und an weiteren Skizzen zu Bildern, in denen er die Ereignisse des Petersburger Blutsonntags 1905 künstlerisch verarbeitet.
Doch die erhoffte Ruhe ist ein Traum. Beinahe täglich kommen Studenten mit der Bitte, wieder an die Akademie zurückzukehren. Die Post bringt Briefe aus allen Ecken des Landes mit gleichem Inhalt und Professorenkollegen sprechen vor, wollen ihn zur Rückkehr als Leiter seiner Malwerkstatt in der Akademie bewegen, der er mit seinem Ausscheiden *„die Flagge entrissen habe."*
Geschmeichelt, ergriffen und bestürzt willig er ein, an seinen alten Platz zurückzukehren. An seinen väterlichen Freund und Wegbegleiter Stassow schreibt er: *„Ich war gerührt durch eine Menge von Briefen, die mir aus vielen entfernten Orten und von verschiedenen Personen zugeschickt wurden mit dem Ausdruck tiefsten Bedauerns, mit Vorwürfen, Bitten, Hoffnungen, die besagten, dass ich kein Recht hätte, und dergleichen...Was tun, wenn sich junge Studenten versammeln, eine schreckliche Demonstration veranstalten und mich nicht in Ruhe lassen...sie finden mich ja überall...Ich habe lange nachgedacht und schließlich in Anbetracht der Tatsache, dass ich ein neues Programm habe, das in zehnjähriger Erfahrung gereift ist, den Entschluss gefasst..."*
Wladimir Wassiljewitsch Stassow antwortet nicht mehr. Das Ehrenmitglied der Akademie der Künste stirbt am 23. Oktober 1906 im Alter von 82 Jahren

in St. Petersburg. Und Repin reiht sich tief betroffen ein in den Trauerzug, dem die halbe Akademie, Professoren und Angestellte, Absolventen von drei Generationen, honorige Bildhauer, Maler und Architekten sowie Studenten über den Newski-Prospekt folgen, um diesen großen Russen in einem von weißen Chrysanthemen überladenen Sarg auf seinem letzten Weg zum Ehrenfriedhof des Alexander-Newski-Klosters zu begleiten. Ilja Jefimowitsch erkennt nicht nur viele Minister des Hofes, sondern sogar auch Mitglieder der kaiserlichen Familie unter den Trauergästen.

Und als die Akademie später an ihn herantritt, an der Herausgabe von Stassow Werken mitzuwirken, darunter hunderte Briefe mit Musikern, Malern, Gelehrten in ganz Europa, stimmt Ilja Jefimowitsch dieser ehrenvollen Berufung zu. Schließlich war er unzählige Male, viele Wochenenden Gast im Hause Stassow und reiste mit dem klugen, weltgewandten Mann durch halb Europa. Viele Tagebuchseiten füllen seine Erinnerungen an Wladimir Wassiljewitsch Stassow, die zeigen, wie lebensfroh dieser väterliche Freund war: *„Er war ein Ritter im edelsten Sinne des Wortes. Er schien für die Kunst geboren zu sein...Es war für mich angenehm, mit Wladimir Wassiljewitsch zu reisen. Er kannte alle Sprachen, ihm standen alle Türen offen. Er unterhielt freundschaftliche Beziehungen zu Wissenschaftlern und Künstlern in aller Welt...Er liebte das Leben, wusste es zu schätzen, ließ sich nichts entgehen, was uns erfreut, erfüllt und begeistert. Er speiste gern in teuren Restaurants, in Moskau bei „Testow", in St. Petersburg bei „Donon" und in Paris im „Café American"...Kennzeichnend für ihn, es brauchte nur eine Dame aufzutauchen, sofort schaute er sie mit seinen ungewöhnlich ausdrucksvollen und bezaubernden Augen an...er war sehr ehrlich, er erinnerte sich oft bildlich und voller Begeisterung jener Augenblicke seiner leidenschaftlichen Hingabe an die Liebe...Und man musste ihn lieben, denn er war reich an gesundem Gefühl, war so schön und einfach..."*

Viele Episoden hat Repin mit dem lebensfrohen und so klugen Stassow, dem Förderer von Generationen von russischen Talenten in der Musik, der Bildhauerei, der Literatur und Malerei erlebt und aufgeschrieben. An ein

Ereignis erinnert er sich besonders: „*Wir waren im Skulpturenmuseum des Capitols in Rom, um die berühmte Aphrodite, die Mediceische Venus zu sehen. Wladimir Wassiljewitsch war so begeistert, dass er, die Abwesenheit des Galeriewächters nutzend, dessen Hocker nahm, ihn neben die Göttin stellte, eilends hinausstieg und Aphrodite innig küsste. Es schien, als errötete der blasse Marmor unter der glühenden Liebkosung, sie schien zum Leben aus ihrem tausendjährigen Schlaf geküsst worden zu sein.*"
Diese Erinnerungen liest Ilja Jefimowitsch auf einem Gedenkabend an Wladimir Stassow im Frühjahr in der Akademie der Wissenschaften. Und er beschließt, endgültig den Unterricht an der Akademie der Künste in St. Petersburg aufzugeben. Darüber und über seine Absicht, bald nach Jasnaja Poljana zu kommen, informiert er Lew Tolstoi in einem Brief. „*Ich will nicht einmal daran denken, weiter zu machen. Diese verfluchte, formale Registrierung der Kunst zu unterstützen, ist mehr als verurteilungswürdig.*"

XVI.

Zar Nikolaus unterschätzt die Stimmung im Land, ja sie scheint ihn nicht zu interessieren. Nachdem er sich noch mehrere Monate weigerte, nachzugeben, obwohl die revolutionären Streiks und Aufstände die entlegensten Ecken des Landes erreichten, hat er notgedrungen zur Bildung einer Duma zugestimmt. Aber erst, als sein Onkel, der Oberbefehlshaber der Armee, Nikolai Romanow* vor den Augen des Zaren mit gezogener Pistole in der Hand gedroht hatte, sich an Ort und Stelle zu erschießen, wenn Nikolaus II. nicht die Realitäten anerkennt und Russland eine Verfassung gewährt.
An seine Mutter schreibt der Monarch: „*Es blieb mir kein anderer Ausweg, als sich zu bekreuzigen und das zu bewilligen, wonach man verlangte.*"
*Nikolai Nikolajewitsch Romanow (1856 - 1929) - Großfürst, Enkel von Zar Nikolaus I., russ. General, 1914 - 1915 Oberbefehlshaber der russ. Streitkräfte, gelang 1919 auf dem brit. Schiff HMS Marlborough die Flucht

Die Familie des Zaren lebt zurückgezogen in Peterhof am Finnischen Meerbusen, wo sich Nikolaus mit den Seinen recht schnell aus Russland, wenn es nötig sein sollte, absetzen kann. Seine Berater haben Nikolaus dazu geraten: *„Majestät, die Sicherheit und das Wohlergehen des Landes hängen von Ihnen ab. Peterhof können wir beschützen. Bleiben sie in Peterhof, reisen Sie nach Deutschland, Dänemark oder England, aber wir flehen Sie an, machen Sie keine Reisen ins Landesinnere. Es ist gefährlich, sich dem Volk zu zeigen, denn die aufrührerische Propaganda ist zu arg..."* Auch die morgentliche Lektüre des Zaren, er liest sie bevor er ins Arbeitskabinett geht, ist voll von schlechten Nachrichten: *„Es macht mich förmlich krank, wenn ich die Journale lese. Überall Streiks, nicht nur in den Fabriken, sogar in den Schulen, ermordete Polizisten und meine lieben Kosaken. Krawalle des Pöbels allerorten. Aber statt zu handeln, kurz und entschlossen, wie es die Situation erfordert, stecken die Minister nur die Köpfe zusammen und gackern, wie eine Schar aufgeschreckter Hühner."*
Zar Nikolaus II. hatte sich an seinen klugen Minister Witte erinnert, dessen Verhandlungsgeschick ihn stets beeindruckte. Ihn hatte der Zar, als sich die Niederlage im Russisch-Japanischen Krieg abzeichnete, als Chefunterhändler nach Amerika geschickt, um mit Japan den Friedensvertrag auszuhandeln. Witte erwies sich als zäher und geschickter Verhandlungspartner und so erreichte er, dass Russland trotz der vernichtenden Niederlage relativ geringe territoriale Verluste hinnehmen musste und die hohen Entschädigungszahlungen, die der japanische Unterhändler Komura Jutaro anstrengte, verhindert werden konnten. In Japan wird deshalb der Friedensvertrag mit Missfallen aufgenommen. In Tokio kommt es aus Enttäuschung über die Ergebnisse des Vertrags mit Russland zu blutigen Ausschreitungen. Die Proteste richten sich gegen die eigene Regierung und den Vermittler USA. Zufrieden mit Wittes Leistung, erhebt der Zar seinen Minister in den Adelsstand, was unter dem alten Petersburger Adel für stille Missbilligung sorgt. Nicht genug damit, beauftragt Nikolaus den hohen Staatsbeamten mit der Bildung des Kabinetts, dem Witte als Regierungschef vorstehen soll.

Am 17. Oktober verkündet der Zar das Oktobermanifest, das entscheidend die Handschrift seines klugen Ministers Sergej Witte trägt. Dieser hat, so sehen es kluge Köpfe in Europa, die Monarchie gerettet, wofür ihn der Zar großherzig mit dem Grafentitel belohnt, der ihm ja nichts kostet.
Das Oktobermanifest, in allen Kirchen verlesen und in allen Zeitungen des Landes veröffentlicht, verspricht Presse-, Religions- und Versammlungsfreiheit und stellt in Aussicht, dass in Russland kein Gesetz ohne Zustimmung der Duma erlassen würde. Nur hat das Manifest auch einen Pferdefuß, denn der Zar hatte sich das Recht vorbehalten, die Duma aufzulösen und Neuwahlen auszurufen. Diese Versammlung, mit der die liberalen Kräfte Russlands große Hoffnungen verbinden, ist damit weitgehend vom Willen des Zaren abhängig. Ihm untersteht die Armee, er bestimmt die Außenpolitik.
In Moskau, Saratow und Jaroslawl hintertreiben die Popen die Verlesung des Manifestes und rufen zum Schutz der gottgesegneten Selbstherrschaft auf, auch wenn es sein muss mit Gewalt gegen die Feinde des Zaren. 72 Moskauer Kirchenväter erklären in der Zeitung „Russkoe slowo"*, dass es *„...ihnen ihr Gewissen als Verkünder des Friedens nicht gestatte, der Verbreitung des Textes nachzukommen."* Dennoch scheint es, als würde nun Frieden im Land herrschen. Um die Erinnerung an die revolutionäre Meuterei auf dem Linienschiff „Potemkin" zu tilgen, wurde das Schiff nach dem Heiligen Pantaleon** in „Panteleimon" umbenannt.
Im Oktober mündet die revolutionäre Krise in einen politischen Generalstreik, der von der Forderung nach dem Sturz der zaristischen Herrschaft und dem Ruf nach einer demokratischen Republik begleitet wird. Erst streiken die Arbeiter in den Druckereien in Moskau, dann in Petersburg und schließlich rufen die Eisenbahnbeschäftigten in Moskau einen Generalstreik

Russkoe slowo - Russisches Wort, reaktionäre Tageszeitung, 1865 als Zeitschrift in Moskau gegründet

**Pantaleon ein frühchristlicher Märtyrer und Heiliger des 3. Jh., Patron der Ärzte und Hebammen. Der Name Panteleimon, übersetzt „Der ganz Barmherzige" oder „Allerbarmer", wurde dem Gemarterten der Überlieferung nach von Gott verliehen.*

aus. Die bisherigen Forderungen werden ergänzt um Forderungen wie nach Straffreiheit für die politischen Gefangenen. Die Regierung ist hilflos.
Am 13. Oktober kommt das gesellschaftliche Leben in Petersburg zum Erliegen und vier Tage später auch in mehr als vierzig weiteren Städten, darunter Warschau und Riga. In Schweden titelt die Tageszeitung „Social Demokraten": *„Ein Streik, wie ihn die Welt noch nie gesehen hat."* Auch in Deutschland setzt, ermutigt durch die Ereignisse in Russland, eine Streikwelle ein. Im November kommt es in Kronstadt, dem von Peter I. gegründeten Marinestützpunkt vor den Toren St. Petersburgs, zu einer Demonstration der Matrosen, die sich zu einem offenen Aufstand entwickelt, dem sich Artelleristen und Arbeiter der Werften anschließen. Gewaltsam wird der Protest durch zarentreue Truppen erstickt. Massenverhaftungen und Erschießungen folgen und über Kronstadt wird der Ausnahmezustand verhängt.
Am 22. Dezember gehen die Moskauer Arbeiter auf die Straße, bauen zuerst im Gebiet Presnja Barrikaden, auf denen rote Fahne wehen. Eine junge Arbeiterin ruft den Soldaten zu: *„Zarenknechte, tötet uns, lebend werden wir dien Fahne nicht hergeben."* Auch in zahlreichen anderen Stadtvierteln werden Möbel und Fuhrwerke, Baumaterial und Pflastersteine zu Barrikaden aufgetürmt. Neun Tage liefern sich die unterlegenen und im Waffenhandwerk unausgebildeten Aufständischen unter der Führung der Sozialdemokraten blutige Gefechte mit der Polizei und Armee. Weil die Truppen massiv Artillerie gegen die Barrikadenkämpfer einsetzten, entschließen sich die Kämpfer, angeleitet durch die Bolschewiki*, zu einem Partisanenkampf in kleinen Gruppen. Lenin gibt sehr detaillierte Hinweise für die Guerillakämpfer: *„...sich selber bewaffnen, so gut jeder kann, mit Revolvern, Knüppeln, Stricken und Strickleitern, Schaufeln für den Bau von Barrikaden, Stacheldraht, Nägel gegen die Kavallerie, Messer, petroleumgetränkte Lappen, um Feuer zu legen...Zeichen an Fenster machen, Rufe und Pfiffe vereinbaren...Bombenrezepte sollten kurz und einfach sein...sofort Spitzel töten,*

*Bolschewiki - von russisch большинство, Mehrheit, 8.400 Mitglieder, radikale Fraktion unter Führung von Lenin innerhalb der Sozialdemokratischen Arbeiterpartei

Polizeireviere in die Luft sprengen, sofort eine Bank überfallen, sofort Gefangene aus Gefängnissen befreien. Sogar unbewaffnete Abteilungen körperlich schwacher Menschen, Jugendliche, Frauen und Greise können eine sehr wichtige Rolle spielen: Verwundete retten, auf Dächern klettern und Truppen mit Steinen bewerfen oder mit kochendem Wasser begießen, Säuren herstellen zum Begießen von Polizisten, Zufluchtsorte für Verfolgte herrichten, Pläne von Gefängnissen und Banken besorgen, Anknüpfen von Beziehungen zu Beamten, Auskundschaften von Waffenläden. Der Schwerpunkt der Guerilla liege in der Masse der kleinen Zirkel, wobei in der Guerilla Ränge keine wichtige Rolle spielen sollten."

Der neue Generalgouverneur von Moskau, General Wolkow, hat sich noch nicht in sein Amt eingefunden, nachdem sein Vorgänger, Großfürst Sergej Alexandrowitsch einem Attentat zum Opfer gefallen war. Die völlig überforderte Polizei unter dem Stadtkommandanten Medem wird der Lage nicht Herr, auch weil ihr entscheidungsfreudiger wie brutaler Kommandant Trepow nach St. Petersburg abkommandiert ist. Reaktionäre Banden machen unbehelligt Jagd auf Studenten und Juden. Um den Aufstand niederzuschlagen, kommandiert der Zar weitere Elite-Truppen in die alte Hauptstadt, die den Aufstand bis zum Jahresende blutig beenden. Mehr als 1.000 Menschenleben haben die Kämpfe gekostet. Nur ein Teil waren Aufständische, hoch ist die Zahl der zivilen Opfer, unter ihnen 137 Frauen und 86 Kinder. Doch Ordnung bringen die Zarensoldaten nicht, in der Zweithauptstadt herrschen nach ihrem Abzug Chaos und das Verbrechen. Die Tageszeitung „Russkoe slowo" beklagt die Tatenlosigkeit der Polizei: *„Raubüberfälle sind bei uns eine alltägliche Erscheinung geworden. Man beraubt Banken, ja sogar Kirchen, Versicherungsgesellschaften, Restaurants und Gutsbesitzer, einzelne Häuser und das Postamt. Man raubt tags und nachts, auf belebten Straßen einer großen Stadt und das angesichts bis an die Zähne bewaffneter Schutzmänner."*

Gegen Ende des Jahres 1905 besinnt sich die französischen Bourgeoisie und ihre Hochfinanz und bewilligt dem zaristischen Regime eine Anleihe.

Auch dadurch bekommt die Reaktion Auftrieb. Die durch das Oktobermanifest bewilligten politischen Freiheiten werden wieder zurückgenommen, die Zensur wieder eingesetzt und es finden Massenverhaftungen statt. Ganze Reihen revolutionärer Arbeiterorganisationen werden liquidiert. Alle neu gegründeten Sowjets* werden aufgelöst und viele der Führer, wie Leo Trotzki**, ins Gefängnis geworfen.

In Russland kommt es durch aufgeputschte Nationalisten erneut zu einem Judenpogrom. In der Stadt Bialystok werden 75 Juden ermordet und 169 jüdische Wohnungen und Geschäfte geplündert. Eine von der Duma eingesetzte Untersuchungskommission kommt zu der Erkenntnis, dass die antisemitischen Ausschreitungen vom russischen Militär inszeniert wurden. Polizisten und Soldaten beteiligten sich an der Menschenjagd und an den Plünderungen, ohne dafür auch nur gerügt zu werden.

Die erste Russische Revolution hat international solch eine Ausstrahlung, dass, um nur ein Beispiel zu nennen, im Januar 1906 zum ersten Jahrestag des Blutsonntags, 20.000 Arbeiterinnen in Stockholm auf die Straße gehen, um dem Beginn der Russischen Revolution zu gedenken. In Wien demonstrieren mehr als 200.000 Menschen für die Einführung des allgemeinen Wahlrechts und auch in Prag und Budapest gehen die Massen zu machtvolle Kundgebungen auf die Straßen. In Hamburg streiken rund 80.000 Arbeiter gegen die Einschränkung ihres Wahlrechts. Trotz dieses ersten politischen Streiks in der Geschichte Deutschlands wird die Wahlreform verabschiedet. Der Stimmenanteil niedrig verdienender Bürger wird weiter reduziert.

In Russland eröffnet Nikolaus II. am 10. Mai 1906 persönlich die Duma, der 425 Abgeordnete angehören und löst sie zwei Monate später wieder auf.

*Sowjet - russ. совет - Rat, Bezeichnung für basisdemokratischen Arbeiter- und Soldatenräte, ursprünglich aus der Revolution von 1905 hervorgegangenen

**Leo Trotzki (1879 - 1940) - bürgerl. Lew Dawidowitsch Bronstein, russ. Revolutionär, Politiker, marx. Theoretiker. Volkskommissar für Kriegswesen, Transport, Ernährung und Verlage des jungen Sowjetstaates. Gründer der Roten Armee. 1927 von Stalin entmachtet und 1940 im Exil in Mexiko von sowj. Agenten ermordet.

Einige Mitglieder werden nach Sibirien deportiert. Witte wird von reaktionären und konservativen Kräften zum Rücktritt gezwungen und auch der Zar lässt seinen verdienstvollsten Beamten einfach fallen. Neuwahlen zur zweiten Duma für Februar 1907 werden ausgerufen und die Regierung amtiert mit Notverordnungen. Mitglieder der aufgelösten Duma fordern das russische Volk im „Wyborger Aufruf" zu passivem Widerstand gegen das Zarenregime auf. Als Ausdruck des Protestes sollen Einberufungen zum Militär und Steuerzahlungen verweigert werden. Bei einem Attentat auf den Landsitz des russischen Ministerpräsidenten Pjotr Stolypin werden 24 Menschen getötet. Stolypin selbst bleibt unverletzt.

Als die erste Duma zusammentritt, zählen die Bolschewiki 13.000 Mitglieder und 1907, als die Revolution endgültig niedergeschlagen war, ist ihre Zahl auf mit 46.000 angewachsen und sie sind erstmals wirklich die Mehrheit in der Sozialdemokratischen Arbeiterpartei Russlands. Auf Erlass des Zaren Nikolaus II. wird die russische Duma erneut aufgelöst, nachdem die Polizei in der Nacht zuvor mehrere sozialdemokratische und sozialrevolutionäre Abgeordnete verhaftet hat. Zugleich wird ein neues Wahlgesetz erlassen, das den Konservativen bei Neuwahlen die Mehrheit sichern soll.

Aber die revolutionären Kräfte internationalisieren sich, stärken Russlands Revolutionäre. In Stuttgart beginnt der VII. Internationale Sozialistenkongress, der erste auf deutschem Boden. An der Eröffnungsveranstaltung nehmen über 50.000 Menschen teil. Zu den prominentesten der 884 Delegierten aus aller Welt gehören Rosa Luxemburg, Jean Jaurès* und Wladimir I. Lenin. Vor allem die Debatten um die Haltung zum Krieg und zur Kolonialfrage sind von tiefen Differenzen zwischen den nationalen Delegationen geprägt.

Nikolaus II. sieht die Lage im Lande als recht stabil und widmet sich verstärkt der Außenpolitik. In St. Petersburg unterzeichnen die Vertreter

*Jean Jaurès (1859 - 1914) - franz. linksrepublikanischer Abgeordneter der Nationalversammlung, Mitbegründer der Sozialistischen Partei Frankreichs und 1904 der Parteizeitung L'Humanité, Präsident der Section française de l'Internationale ouvrière

Russlands und Großbritanniens ein Abkommen über die Abgrenzung ihrer Interessensphären in Persien, Afghanistan und Tibet. Damit wird faktisch die „Entente cordiale" zwischen Frankreich und Großbritannien durch die Einbindung Russlands erweitert. Weil es in der russischen Provinz Finnland immer wieder zu Unruhen kommt, obwohl dem Land erst kürzlich eine gewisse Autonomie zuerkannt worden war, löst Nikolaus II. den im Mai 1907 gewählte finnische Landtag wegen „staatsfeindlicher Gesinnung" durch Dekret auf. Der Besuch von König Eduard VII. von der englischen Insel bei Zar Nikolaus II. auf der Reede von Reval festigt die Allianz zwischen Großbritannien und dem Zarenreich. Die Monarchen bekräftigen das im August 1907 geschlossene Abkommen von St. Petersburg und verständigen sich über ihre Haltung in der Balkan-Krise. So gestärkt erklärt Russland, dass es die Annexion Bosniens und Herzegowinas durch Österreich-Ungarn nicht anerkennt.

Nikolaus weiß, dass Russland Bauernland ist und setzt auf die Bauern, die fromm, zarentreu und nicht sehr gebildet sind. Er will ihre wirtschaftliche Situation verbessern und einen bäuerlichen Mittelstand schaffen. Dazu verabschiedet er einen Ukas, in dem die Staatsschulden der Bauern gestrichen werden und ihnen der Boden, den sie bearbeiten, übereignet werden soll. Gleichzeitig erlaubt er ihnen die Besiedelung von Neuland in Sibirien, Zentralasien und Kaukasien, um ihren „Landhunger" zu stillen. Und so ergeben die Wahlen zur dritten Duma in Russland eine absolute Mehrheit der Konservativen und des reaktionären Landadels. Grund für die Verschiebung des Kräfteverhältnisses ist das vom Zaren erlassene neue Wahlgesetz, mit dem fast die Hälfte der zuvor Wahlberechtigten von der Abstimmung ausgeschlossen wurde. Außerdem wurden in der russischen Hauptstadt St. Petersburg 40 Sozialrevolutionäre verhaftet. Ihnen wird vorgeworfen, Attentate auf Ministerpräsident Pjotr A. Stolypin und andere Politiker des Zarenregimes geplant zu haben.

Seit 1903 treibt sich eine abenteuerliche Gestalt in St. Petersburg herum, 1,82 Meter groß, helle strähnige Haare bis zu den Schultern, längliches Gesicht und mit einem dunkelrötlichen Vollbart. Seine Augen liegen tief in den Höhlen, sind grau und glänzen fiebrig. Er gibt sich als Gottesmann aus, führt aber einen liederlichen Lebenswandel. Meint, dass es der Sünde bedürfe, um beichten und bereuen zu können. Dieser Prediger nennt sich Staretz* und war in die Hauptstadt gekommen, wo eine große religiöse Veranstaltung von Kirchenvertretern aus ganz Russland stattfand. Rasputin pilgerte in die Hauptstadt, um von Johann von Kronstadt, dem Beichtvater des Zaren, zu lernen, der ihn freundlich aufnimmt und in die höchsten Kirchenkreise einführt.

Die Geheimpolizei stellt Ermittlungen an, wer dieser selbsternannte Staretz mit dem ungewöhnlichen Aussehen sei und erhält bald aus dem sibirischen Tobolsk eine dicke Akte über jenen Grigori Rasputin. Danach wurde er 1869 im Dorf Prokowskoje an der Tura, östlich der Stadt Tjumen als Bauernsohn geboren. Im Alter von etwa acht Jahren stürzte der kleine Grigori in den Fluss Tura, wurde gerettet und erkrankte an Lungenentzündung. Im Fieberwahn soll ihm eine schöne blonde Frau in einem weißblauen Kleid erschienen sein, die ihm befahl, gesund zu werden. Der herbeigerufene Dorfpope wertete das Erlebnis als Erscheinung der Gottesmutter und die Genesung als ein Wunder.

Der junge Grigori hatte in der Dorfschule schnell lesen und schreiben gelernt und war von einer außergewöhnlichen Auffassungsgabe. Er las gern aus der Bibel vor und bald schaute er nicht mehr auf die Buchstaben, so gut kannte er den Text. Als er wieder einmal fiebernd auf dem Ofen lag, der Wintersturm heulte ums Haus, sprachen die Männer in der Stube über den Diebstahl eines Pferdes von einem der ärmsten Fuhrleute des Dorfes. Pferdediebstahl galt in Sibirien als ein schlimmeres Verbrechen, als Mord. Der fiebernde Grigori stand auf, ging auf einen wohlhabenden, angesehenen Bauern zu und sagte: *„Du bist der Dieb."* Alle starrten den Kleinen an und glaubten an Fieberwahn und nur deshalb verzichteten sie auf eine Tracht Prügel. Aber später sahen Fuhrleute, wie der reiche Bauer zum Schuppen

Staretz - russ. старец „der Alte", durchlief Stufen des ostkirchlichen Mönchtums, lebte Jahre in einer Einsiedelei, um ein besonderes Verhältnis zu Gott zu entwickeln

schlich und ein Pferd, das gestohlene Tier am Halfter herausführte. Die Fuhrleute stellten den Dieb und verprügelten ihn so heftig, dass er am nächsten Morgen ins Spital in die Kreisstadt gebracht werden musste. Seit diesem Ereignis waren die Dörfler überzeugt, der kleine Grigori besaß übersinnliche Kräfte und hätte das zweite Gesicht.

Mit siebzehn Jahren, als sich sein Vater tot gesoffen hatte, verlies Rasputin, dürr und ein wenig zu groß für sein Alter sein heimatliches Dorf und begab sich als Pilger auf eine Wanderung durch Sibirien, um tiefer in die Religion einzudringen. Dabei führte er kein gottgefälliges Leben, denn die Polizeiakte aus Tobolsk vermerkt 1886 mehrere Anzeigen wegen Trunksucht, Mädchenschändung und Diebstahl. Einer Verhaftung oder Verurteilung entzog er sich stets durch rechtzeitigen Ortswechsel. Er selbst flüchtete nicht, sondern ging dann als Buße für sein sündiges Dasein auf Pilgerreise.

Gleichzeitig zu diesem unsittlichen Lebenswandel entwickelte Rasputin eine starke Religiosität. Bald hatte er die zweite Marienerscheinung. Als der junge Grigori auf das Feld ging, um zu pflügen, breitete sich nach seinen Aussagen eine Fülle gleißenden Lichts vor ihm aus, himmlische Musik erklang, und er erkannte die Gottesmutter von Kasan, auf dem Haupt eine goldene Krone und sie war umgeben von einem pulsierenden Heiligenschein. Sie trug ein schneeweißes, schimmerndes, mit Gold und Silber besticktes Kleid und einen Mantel aus Purpur. Er sank nieder zum Gebet und fragte sie, wie er ihr dienen könne. Sie schwieg, doch bevor sie verschwand, bat sie ihn, ihre Erscheinung geheim zu halten.

Fünfzehn Jahre pilgerte Rasputin durch die Welt auf der *Suche nach Erleuchtung und der Wahrheit*, wie er selbst sagte. 1887 wieder zu Hause, heiratete Rasputin Praskowja Fjodorowna Dubrowina, die er während seiner Reisen auf dem Bauernhof ihrer Eltern zurückließ. Aus dem Kirchenbuch geht hervor, dass ihm seine Ehefrau Praskowja drei Kinder gebar: 1895 seinen Sohn Dimitrij, 1898 kam die Tochter Matronja zur Welt, als ihr Erzeuger gerade drei Monate im Kloster in der Kleinstadt Werchoturje weilte und 1900 wurde Töchterlein Warwara geboren. Als Bettelmönch zog Rasputin bis Jerusalem und verdiente das Wenige, was er brauchte, durch Religionsunterricht und als Viehhüter.

1891 wurde Rasputin, der zwischenzeitlich als Fuhrmann diente, in Kasan wegen Meineides zu einer Prügelstrafe verurteilt. Der Missbrauch von zwei Minderjährigen in einem Kornfeld an der Poststraße etwa 60 Werst* vor Kasan konnte nicht bewiesen werden, weil die Zeugin, die Tänzerin einer Schaustellertruppe, Lisaweta Bul, nach ihrer Anzeige bei der Polizei auf geheimnisvolle Weise ohne eine Spur zu hinterlassen, verschwand.

Ganz unschuldig scheint Rasputin daran nicht gewesen zu sein, denn seine letzte Pilgerreise, die vier Jahre dauerte, führte ihn zu den Mönchen auf dem Berg Athos in Griechenland. 1901 beendete er alle frommen Wanderungen und stand erneut unter polizeilicher Beobachtung. Ein Jahr später tauchte er im Sommer in der Hauptstadt der Tatarenvölker Kasan auf, als am Kasanka-Ufer ein riesiger Markt mit hunderten Ständen und Zelten stattfand. Rasputin hielt Hof im Gasthof „Die drei Tataren" und es hatte sich mit dem Steppenwind herumgesprochen, dass ein Wunderheiler in der Stadt weilte. Und so saßen vor dem Gasthof bald einige Dutzend Frauen und Männer mit ihren Gebrechen, unter ihnen auch ein Gelähmter, der nicht stehen, geschweige denn laufen konnte.

Im Bericht eines Spitzels, den der Polizeichef von Kasan dem Chef der geheimen Sicherheitspolizei am Hofe Nikolaus II., General Spiridowitsch übermittelte, war zu lesen: *„Selbiger Rasputin trat vor die Schenke, zeigte auf den Gelähmten, sah ihn mit glühenden Augen an und sagte: 'Steh auf!' Und als der Gelähmte antwortete, dass er nicht stehen könne, befahl der Staretz seine Forderung leise und heiser wiederholend: 'Steh auf und komm zu mir!' Der Gelähmte war totenbleich, auf seiner Stirn standen Schweißtropfen und schwankend erhob er sich langsam. Er stand und die Menschen um ihn herum staunten mit offenen Mündern und riefen, sich bekreuzigend: 'Ein Wunder!' Der Gelähmte aber stand da und Rasputin befahl ihm: 'Geh nach Hause, du wirst gehen und keine Schmerzen oder Lähmungen mehr*

* Werst - russ. Längenmaß, 1 Werst entspricht 1066,78 Meter

haben!' Und eine alte Frau sank vor Rasputin in den Staub auf die Knie, küsste seine Hand und bekreuzigte sich. Am nächsten Tag gab es einen Auflauf, standen schon Hunderte vor dem Gasthof, die Lahmen und Blinden, die Hinkenden und die mit bösen Wunden und hofften, vorgelassen und geheilt zu werden."

Und dieser selbsternannte Heilige, dieser bärtige und verlauste Lumpenpilger, hält nun Hof in der Zarenresidenz, gibt Saufgelage und wird von Prinzessinnen und allein stehenden Fürstinnen eingeladen, die er reich beschenkt, oft besoffen und in liederlicher Kleidung oft erst morgens verlässt.

Und am liebsten hurt und säuft er bei den Zigeunern in ihrem Lager vor der Stadt an der Newa, die im Juli zu den weißen Nächten nach Petersburg kommen. „Die Zigeuner sind da", schallt es durch die Straßen. Für die kirchlichen Würdenträger und die Hofbeamten ist das ein Warnruf, denn ihrer Meinung nach beginnt nun ein gottloses Treiben, während die Offiziere und die jungen Leute sich auf die Tage voller Feste und Tänze freuen.

Für die gelangweilten Gardeoffiziere beginnen Nächte voller Saufgelage bei seelenbetörender Zigeunermusik in den Armen von heißblütigen Schönen mit samtdunkler Haut und noch dunkleren Augen. Es wird um ganze Dörfer gespielt und um Vermögen, aus voller Kehle gesungen und bis zum Umfallen getanzt, es werden Wetten abgeschlossen, Champagnerflaschen mit dem Säbel geköpft, Mutproben abgehalten, die nicht selten mit Knochenbrüchen im Lazarett enden.

In einem Lager drängt sich ein wild aussehender, großer bärtiger Mann durch die Gaffer zum Feuer, um das eine junge Zigeunerin tanzt. Er zieht sie an ihrem Halstuch zu sich heran und küsst die Überraschte. Dann brüllt er: *„Bringt mir einen Krug Wein",* und wirft der jungen Schönen ein Goldstück zu. Es ist der Wundermönch, der den Krug ansetzt und ihn mit gewaltigen Schlucken leert, so dass die Umstehenden ungläubig staunen. Durch die Menge geht ein Raunen: *„Es ist Rasputin, legt euch nicht mit dem an."* Und der ruft schon wieder nach Wein, den ihn das Zigeunermädchen bringt und ergeben vor ihm einen Knicks macht. Und als die Kapelle zu spielen

beginnt, schlingt der Strannik* die schwarzen Haare des Mädchens um seine Faust und zieht sie zum Tanz. Und er stampft mit ihr im aufreizenden Rhythmus vor dem lodernden Lagerfeuer und sieht aus wie der Leibhaftige. Da sprengt ein Reiter in den Lichtkreis und ruft: *„Im Namen des Zaren, ist hier eine Mönch unter den Anwesenden, der sich Grigori nennt?"* Und Rasputin hält inne und fragt: *„Wer wagt mich zu stören und wer will das wissen?"* Und der Reiter, der inzwischen abgestiegen ist und das Pferd unter den sachkundigen und taxierenden Blicken der Zigeuner am Zügel führt, antwortet: *„Der Bote des Zaren, der dich ruft, du ungehobelter Tölpel!"*
Der Strannik verlangt noch einen Krug und trinkt ihn wieder mit gierigen Schlucken aus, ohne dass ihm nur das kleinste Zeichen von Trunkenheit anzumerken ist. Und als er sich anschickt, weiter zu feiern und zu zechen, bittet ihn der Vorsänger der Zigeuner: *„Väterchen, der Bote kommt vom Zarenhof, von unserem Nikolaus, Gott erhalte ihn. Mach uns nicht unglücklich!"* Rasputin fragt den Boten: *„Und was will er, der Zar?"* Der Reiter flüstert dem Riesen die Botschaft ins Ohr: *„Seine Kaiserliche Majestät, der Zarewitsch ist erkrankt und ihr seit von gewisser Seite empfohlen worden."*
Und alle Umstehenden staunen, wie sich Rasputin mit einem Schlag verändert. Alles Wilde, Ungezügeltes und Vulgäres fällt von ihm ab. Sein starrer Blick leuchtet auf. Er fällt auf die Knie und betet. Die Zarin lässt ihn rufen, weil sie ihn, den geringfügigen Sohn Gottes braucht, weil ihr einziger Sohn im Sterben liegt. Er küsst auf einmal zärtlich die junge Tänzerin auf die Stirn, reißt dem verdutzten Boten die Zügel des Renners aus der Hand, schwingt sich in den Sattel, nimmt den Boten am Kragen und setzt ihn vor sich aufs Pferd, dass er ihm den Weg zeige und stürmt in der Nacht davon.
Der kleine Zarewitsch hatte sich wieder einmal gestoßen und die Wunde wollte trotz aller Ärztekunst nicht aufhören zu bluten. Auch Dr. Fedorow, der berühmteste Chirurg von St. Petersburg, stand hilflos am Krankenlager des Thronfolgers. So lässt Zar Nikolaus II. auf Wunsch seiner Frau und ihrer Hofdame Wyrubowa den Heiler rufen, von dem am Hofe hinter den Fächern

Strannik - Reisender, Wanderer, Pilger

wegen seiner göttlichen Fähigkeiten und der Kraft seiner Lenden getuschelt wird. Der Gerufene trifft kurz nach Mitternacht, es ist der 18. Juli 1907, in Zarskoje Selo ein. Er, der noch vor wenigen Minuten mit den Zigeunern getrunken und getanzt hatte, bringt geweihtes Brot und Ikonen für die Kinder mit und tritt allein ans Bett des kranken Alexei, der über die Erscheinung des Mönches lacht. Auch Rasputin lacht, und wie es in einem Bericht heißt, *"...legte er seine Hand auf das Bein des Knaben, das sogleich aufhörte zu bluten."* Und Grigori Rasputin murmelte: *„Braver Junge. Es geht dir wieder gut. Aber nur Gott weiß, was morgen geschieht."*

Zarin Alexandra von Russland eilt ins Krankenzimmer, wo sich Rasputin vor ihr tief verbeugt und so verharrt. Sie hebt ihn auf, um dem Wundermann ins Gesicht zu sehen und wird blass, vor dem großen wilden Kerl mit den breiten brutalen Bauerngesicht und den fiebrig leuchtenden Augen, von denen eine große Kraft auszugehen scheint. Und er spricht sie mit rauer Stimme an: *„Mütterchen, ich habe für den Zarewitsch gebetet, er wird nicht sterben, es geht ihm schon besser, er ist eingeschlafen!"*

Sie streckt ihm beide Arme entgegen: *„Väterchen Grigori"*, flüstert sie unter Tränen, *„du musst nun immer bei uns bleiben."* Er sinkt auf die Knie, senkt sein Haupt, um sein Lächeln zu verbergen und dem zu danken, der ihn bis ans Ziel seiner Bestimmung geführt, an den Zarenthron, Gott sei Dank.

Die Zarin ist nun felsenfest überzeugt, dass Rasputin nicht nur die Rettung für ihren Sohn sei, sondern damit auch die Hoffnung für ganz Russland und den Fortbestand der Dynastie Romanow. Der Zar vermerkt in seinem Tagebuch: *„Wir haben einen Mann Gottes kennen gelernt, Gregori nennt er sich aus der Provinz Tobolsk."* Dabei ist dieser Rasputin alles andere als ein Mann Gottes. Der Bischof von Tobolsk hat ihn wegen Gründung einer Sekte und Schmähung der wahren Kirche angeklagt. Er ist weder Mönch noch Pope, ein sibirischer Bauer, ein Wüstling, ein Mädchenschänder und Trunkenbold, der bei seinen Andachten Orgien feiert und er ist ein einfacher Pilger, ein Mushik mit angeborener Intelligenz und einem außergewöhnlichen Einfühlungsvermögen. Aber niemand selbst unter seinen ärgsten

Feinden stellt seine Heiligkeit in Frage und wirklich alle bewundern seine übersinnlichen hypnotischen Heilkräfte, mit denen er wahre Wunder vollbringt, allein durch seine Gebete und Handauflegen.
Anna Wyrubowa, die Vertraute der Zarin, verehrt Rasputin, vielleicht liebt sie diesen Mann, der der hässlichen und plumpen Hofdame keines Blickes würdigt und dem inzwischen die schönsten und reichsten Damen der Petersburger Gesellschaft hörig sind. Diese Verehrung ist begründet, denn als Anna Tanejewa, die junge Hofdame und Vertraute der Zarin 1907 auf Wunsch der Monarchin den erfolgreichen Marineoffizier A. W. Wyrubow heiraten sollte, war die junge Braut unsicher. Sie fragte Rasputin, was er von dieser Heirat halte und der riet ihr von der Hochzeit ab, da sie ihr nur Unglück bringen würde. Die Heirat fand trotzdem am 30. April 1907 statt. Die Ehe hielt aber nur einen Monat. Anna Wyrubowa wurde von ihrem Ehemann brutal zusammengeschlagen und flüchtete zu ihren Eltern. Der Gatte landete in der Psychiatrie und die Ehe wurde geschieden. Für Anna Tanejewa, nun Wyrubowa, stand damit die Heiligkeit von Rasputin ein für alle Mal fest. Sie öffnet ihm die Türen der Salons der St. Petersburger Gesellschaft.
Rasputin hatte noch einige Zeit am Bett des Zarewitsch gewacht, eher er sich in die Hauptstadt bringen lässt, wo er torkelnd und mit zerzausten Haaren durch die Straßen läuft, und die Leute glauben, der Wunderheiler hätte wieder die Nacht durchgezecht. Ihm folgen, sich immer wieder verbergend, zwei Geheimpolizisten. Als der Heiler an seinem Quartier ankommt, wartet dort schon eine Menge, unter ihnen viele Frauen. Er schaut in das blasse Gesicht einer jungen Schönen und denkt an die Zarin. *„Kinder, ihr müsst euch noch ein wenig gedulden. Ich bin erschöpft, habe die ganze Nacht am Bett des Zarewitsch gewacht und gebetet, nun bin ich erschöpft!"*
Und die auf den Mann mit der wundertätigen Gabe Wartenden schlagen dreimal das Kreuz und murmeln: *„Am Bett des Zarewitsch, hört, hört, selbst der Zar benötigt Väterchen Grigoris Dienste."*

XVII.

Ilja Repin hat sich in Penaten inzwischen häuslich eingerichtet. Auch wenn sein kleiner Landsitz recht weit von St. Petersburg entfernt ist, so ist es alles andere als eine Karthause eines einsamen Eremiten. Das widerspricht schon dem Naturell des Südländers und in der Tat wird der Ort zu einem gesellschaftlichen Treff von Schriftstellern und Malern. Doch Repin muss zugeben, dass ihm eine gewisse Abgeschlossenheit und Ruhe seiner Sphäre des Lebens und Schaffens nicht unangenehm ist. Und dennoch ist sich der Künstler sicher, dass sich hier in seinem Penaten nicht nur sein Malerleben vollenden wird.

Natalia Nordman und er haben alles zusammengetragen, was sie zu einem gemütlichen und gastlichen Heim brauchen. So ziert ein riesiger runder Tisch das größte Zimmer, Platz für gern gesehene Gäste, zu denen die Schriftsteller Maxim Gorki und Wladimir Majakowski und der Maler Isaak Brodski* gehörten, ein Landsmann von Repin aus dem Süden. Da Repin es hasst, andere für sich arbeiten zu lassen, verzichtet der Maler auf Dienstpersonal. Und so hat jeder Platz an diesem Tisch eine Schublade für Besteck und Geschirr. Und noch eine Besonderheit bei dem streng vegetarischen Essen. Es ist verpönt, Speisen mit der Hand weiter zu reichen, dafür ist die Tischplatte drehbar. Wer gegen das repinsche Reglement verstößt, der muss zur Strafe an einem Stehpult in der Ecke eine launige Rede halten, womit sich Maxim Gorki besonders auszeichnet.

Im Arbeitszimmer prangt ein massiger Schreibtisch aus edlem Holz, umgeben von einer Fensterflut. Darauf liegen immer Zeitungen und Journale, Bücher über die Geschichte Russlands und besonders der Saporosher Kosaken, Werke von Puschkin und Gogol neben unzähligen Briefen, die Repin täglich erhält. Und der Postbote versichert dem Maler, dass alle Einwohner des verschlafenen Ortes in zehn Jahre nicht so viel Post erhalten wie Repin

*Isaak Brodski (1883 - 1939) - russ. - ukrain. Maler, Meisterschüler bei Repin; bekannt durch Bilder Lenins, erster Künstler, der den Leninorden erhielt.

139

in einem Monat und dazu noch so viele aus dem Ausland. Eine schöne Kopie der Venus von Milo in Marmor steht auf einem Postament und auf der anderen Seite eine vom Künstler selbst gefertigte, etwas kleinere Skulptur des „Denkers" von Auguste Rodin. Repin traf diesen ungewöhnlichen Arbeiter unter den Künstlern 1900 bei der Weltausstellung in Paris. Und Rainer Maria Rilke, den Repin bei Tolstoi begegnete, und der acht Monate persönlicher Sekretär bei dem großen Bildhauer war, schwärmte: *„Man wird einmal erkennen, was diesen großen Künstler so groß gemacht hat: Dass er ein Arbeiter war, der nichts ersehnte, als ganz, mit allen seinen Kräften, in das niedrige und harte Dasein seines Werkzeugs einzugehen. Darin lag eine Art von Verzicht auf das Leben; aber gerade mit dieser Geduld gewann er es: denn zu seinem Werkzeug kam die Welt."* Nun ist Auguste Rodin Präsident der International Society of Sculptors, Painters und Gravers und Ilja Jefimowitsch kann sich keinen Besseren in diesem ehrenvollen Amt vorstellen.

Der „heiligste Ort" jedoch ist das Atelier, das unter einem pyramidenförmigen Glasdach lichtdurchflutet zahlreiche Staffeleien mit halbfertigen Bildern und Entwürfen enthält, Vasen mit Sträußen seiner degenförmigen, langen Pinsel und einen breiten Diwan, denn immer wieder ermüdet der Maler und ruht sich ein Stündchen aus. Oft geht er dann auch in den parkähnlichen Garten, wo er selbst Büsche und Bäume gepflanzt und Wege angelegt hat. Sogar einen hölzernen Pavillon hat Repin gebaut und einen Osiris- und Isis-Tempel. Nach seinem Lieblingsdichter hat er einen breiten, schattigen und kiesbetreuten Weg etwas übermütig Puschkinallee benannt und auf dem Tschugujew-Berg, der mehr ein kleiner Hügel ist, steht eine weiße Bank, wo er sich sehnsuchtsvoll im nordisch rauen und im Winter sogar arktischem Klima, schließlich liegt St. Petersburg auf dem gleichen Breitengrad wie das norwegische Oslo oder die Südspitze von Grönland, an seinen warmen, sonnendurchfluteten Geburtsort Tschugujew erinnert.

Und Repin plant, bald nach Tschugujew zu fahren, dorthin, wo er schon als Halbwüchsiger großes Ansehen genoss, als er Kirchen mit Heiligenfresken ausmalte. Eine unbestimmte Sehnsucht nach dem Ort seiner Kindheit hatte ihn plötzlich überfallen, vielleicht das Verlangen nach einer verlorenen Zeit, als alles viel einfacher war und die Menschen zusammenlebten, wie in einer großen Familie.

Er hat beschlossen, den Unterricht an der Akademie der Künste endgültig aufzugeben, ohne jedoch noch eine Ausarbeitung zu machen, wie die Unterrichtsmethoden verbessert werden können. An Tolstoi, den er sein baldiges Kommen ankündigt, schreibt er erneut: *„Ich werde wirklich und wahrhaftig der Akademie den Rücken kehren. Dort wird keine Kunst gelehrt, sondern Formalismus in seiner verurteilungswürdigen Art."* Die Aufgabe seines Ateliers in der Akademie bedauern nicht nur die Studenten und Malerfreunde, sondern auch eine gewisse Jelena Stassowa, die Enkelin des Kunstkritikers und väterlichen Freundes von Repin Wladimir Stassow. Die Künstlerwerkstatt von Ilja Jefimowitsch diente mit Wissen des Künstlers als idealen Aufbewahrungsort illegaler Schriften wie „Wie in England mit russischem Zucker Schweine gemästet werden" und als unverdächtigen Versammlungsort revolutionärer junger Petersburger.

Als der Herbst ungemütlich mit viel Regen und Wind um das Haus pfeift, packt Repin kurz entschlossen seine Reisetaschen und fährt nach Tschugujew über Jasnaja Poljana, um seinen Freund Tolstoi zu besuchen und dort einige Skizzen des Schriftsteller und Philosophen und seiner Frau Sofia für ein geplantes Bild anzufertigen.

Aber in Jasnaja Poljana hat die Hausfrau kaum Zeit, dem gern gesehenen Gast einige Minuten als Modell zu opfern. Sie mäht den Rasen, weil es sonst keiner tut, stellt eine achtundzwanzig Bände umfassende Ausgabe ihres Mannes zusammen, schreibt auf Verlangen nachts ein Buch über ihren Lew, bewirtet die Tolstoijaner, die Tag und Nacht bleiben und das Haus belagern. Und das alles ohne Dienerschaft, die Tolstoi ablehnt. Außerdem näht sie für ihren Mann Nachthemden, eine Weste, ein paar Hosen und drei Mützen. Dabei leidet sie an Schlaflosigkeit und neigt zu Weinkrämpfen, auch ist ihr Puls ständig über 100. Und sie gesteht dem lieben Gast, nicht selten an

Selbstmord zu denken. Repin bewundert diese aufopferungsvolle Frau und beschließt, bald wieder abzureisen.

Aber Lew Tolstoi hält ihn zurück. Er scheint rüstig und gesund, kein Vergleich zu Repins Besuch vor zwei Jahren, als er den großen Leo Tolstoi ganz anders erlebte. Dauernd quälten ihn irgendwelche Krankheiten, er hustete ununterbrochen, hatte Magenbeschwerden und litt zeitweilig, so schien es dem Maler, an Gedächtnisschwund, denn Sofia erzählte, dass Tolstoi, wenn er morgens aufwachte, sich kaum seines Namens erinnerte oder wo er sich befand.

Im vorigen Jahr ist ihre Tochter, Fürstin Marija Lwowna Obolenskaja, gestorben, mit nur sechunddreißig Jahren. Ihre Züge hatte die Fürstin Oblonskaja in Tolstois „Anna Karenina". Damit hat Sofia schon das sechste ihrer dreizehn Kinder verloren und bei Alexandra haben die Ärzte erste Anzeichen einer Tuberkulose festgestellt und sie auf die Krim geschickt. Und Repin, der genaue Beobachter, entdeckt bei seinem Gastgeber eine gewisse Leidenschaftslosigkeit. Nur bei der Überarbeitung seines Buches für den Lesekreis zeigt er die alte Besessenheit. Nachdem er bis um neuen Uhr morgens spazieren gegangen war, setzt sich Tolstoi an seinen Schreibtisch und arbeitet bis so gegen halb zwei. Niemand darf sein Zimmer betreten oder ihn stören. Danach nimmt er allein sein recht bescheidenes Frühstück ein und geht dann zum Baum der Armen, wo schon seit Stunden Leute auf Hilfe warten, Pilgerinnen und Barfüsser*, einfache Bauern, desertierte Soldaten, Krüppel sowie Nonnen und eben die Tolstoijaner. Auch danach will er noch nicht für Repin Modell sitzen, schwingt sich aufs Pferd, macht einen stundenlangen Ritt in der Umgebung und kehrt erst gegen fünf zum Mittagessen zurück, um sich dann seinen Bienen zu widmen..

Ilja Jefimowitsch, mit Pferden aufgewachsen, ist durchaus kein schlechter Reiter, er hat sozusagen eine erbliche Leidenschaft für Pferde. Gegenüber

*Barfüsser, lat. Discalceati - Unbeschuhte, Bezeichnung von Angehörigen katholischer Orden, in denen diese barfuss gehen. Schon der heilige Franziskus von Assisi praktizierte Barfussgehen.

Zu Sofia Tolstaja sagt er, wenn er zuschaut, wie Lew Nikolajewitsch sich aufs Pferd schwingt und davon reitet: *„Mich ärgert das alberne Gehabe von Reitern, die auf ein Pferd kriechen, als wäre es eine Bauernhütte, die sich auf eine Leiter stellen und manchmal sogar von hinten unter Lebensgefahr auf den Gaul kraxeln. Nur gut, dass es sich oft um Dorfmähren und nicht so edle Renner wie die von Tolstoi handelt."*
Aber dieser hagere Neunundsiebzigjährige nötigt ihm immer wieder Hochachtung ab. Er tritt wie ein erfahrener Kavallerist an das Pferd heran, nimmt ordnend die Zügel in die linke Hand, ergreift mit der Rechten den Steigbügel, wobei er sich an der Mähne festhält, steckt das linke Bein in den Steigbügel und schwingt sich kraftvoll und gewandt in den englischen Sattel. Sein verstorbener Malerfreund Kramskoi, der schon 1873 Lew Tolstoi porträtierte, schwärmte einmal: *„Lew Nikolajewitsch im Jagdkostüm ist die schönste Männergestalt, die ich je gesehen habe."*
Zweimal begleitet Repin während seines Besuches Tolstoi bei seinen Spazierritten. Sein Gastgeber in der Art eines Tscherkessen ohne auf Gestrüpp und niedrige Äste zu achten, mit geteiltem Bart prescht er voraus und sieht nach Meinung des Malers aus wie Gottvater in Raffaels 1518 gemalte *„Vision des Hesekiel"*, ein kleines Gemälde, das der russische Maler im Palzzo Pitti in Florenz bewundert hatte. Auch als die Pferde vom Trab in den Galopp wechseln, ist es der Ehrgeiz von Repin, nicht hinter dem Schriftsteller zurückzubleiben. Unter einer gebogenen Birke, die den Weg versperrt und unter der Repin schon den Reiter fallen sieht, bückt sich Tolstoi so geschickt, wie bei einem Reiterkunststück. Sie reiten durch den Wald, eine üppige, von Menschenhand nicht berührte Landschaft. Gelb leuchten die Blätter der Ahornbäume, rostbraun das Laub der Eichen, gold die Espen und silbrig grau die Weiden, was für ein malerisches Motiv unter einem tief blauen metallischem Himmel.
Dann kommen sie an einen breiten Bach und Lew Tolstoi gibt seinem Pferd die Sporen, so dass es mit einem gewaltigen Satz das gegenüberliegende Ufer erreicht. Repin sucht mit seinem edlen Renner eine Furt, doch Tolstoi

rät ihm auch zu springen, versichert, dass seine Pferde das gewohnt wären. Also nimmt Repin all seinen Mut zusammen, reitet ein Stück zurück und treibt sein Pferd Kasak an, das ohne Mühe eine Riesensprung macht, während Repin sich krampfhaft an der Mähne fest und die Augen geschlossen hält. Tolstoi lobt ihn lächelnd: *„Na bitte, Sie reiten gar nicht so schlecht, sitzen fest im Sattel, besser als sie Schach spielen".*

Irgendwann wollen die Pferde nach links, doch Lew Nikolajewitsch schlägt einen anderen Weg ein und so verirren sie sich. Die Tiere, das mussten die Reiter zugeben, hatten den richtigen Instinkt. Sie reiten zurück und sehen in der im goldenen, abendlichen Herbstsonnenlicht Jasnaja Poljana, doch vor ihnen liegt ein Feld mit frischer Saat. Repin scheut sich, über das Feld zu reiten, doch Graf Tolstoi, der Bauer, lacht ihn aus. *„Das ist doch Roggen, das macht nichts. Bei Jagden kommt es vor, dass wir darüber reiten und selbst das Vieh wird im Winter auf den Feldern mit Wintersaat geweidet."*

Und so erreichen sie bald das Gut, wo Lew Nikolajewitsch behänd wie ein junger Mann vom Pferd springt und auch Repin hat das Gefühl, durch den Ritt zehn Jahre jünger geworden zu sein. Und kämpferisch unterstützt er Tolstois Protest an den Zaren Nikolaus II. gegen die Todesurteile und Kerkerstrafen, zu denen viele Revolutionäre nach der Niederschlagung der landesweiten Aufstände verurteilt worden waren.

Ach Tschugujew! Ilja Jefimowitsch ist enttäuscht. Sein Elternhaus sieht erbärmlich aus, scheint kleiner zu sein. Auch Meister Balaschow, sein Lehrer, hat längst das Zeitliche gesegnet und die einst so frohen und stolzen Tschugujewer huschen mit gesengten Köpfen umher. Der Regen ist seit dem Frühjahr ausgeblieben, an den viel zu kleinen Kornähren haben sich die Heuschrecken gütlich getan, die Kartoffeln sind nur groß wie Taubeneier und das in einer Gegend, wo man nur einen Besenstiel in den Boden zu stecken brauchte, der nach dem nächsten Regen austrieb.

Die Dürre hat eine Hungersnot in des ganzen Gouvernement gebracht und selbst der in Repins Erinnerung stürmisch dahin eilende Donez ist eine einzige, von Rinnsalen durchzogenen Sandbank. Auch der dichte

Eichenwald am gegenüberliegenden Ufer, in dem Reizker und Blaubeeren in Masen wuchsen, ist verschwunden, gierig frist sich die Steppe auf Tschugujew zu. In der Kapelle, die klein Ilja mit vierzehn Jahren einst bemalt hatte, beten die alten Frauen. Ihre rissige Lippen küssen die Füße der kleinen hölzernen, staubbeladenen Statue Maria Schutz und Fürbitte:
„Heilige Muttergottes, du Allerselige, du unsere Fürbitterin, beschütze uns."
„Herr im Himmel, öffne deine Schleusen, sende uns Regen. Heilige Unsterbliche, rette uns und unsere Kinder vor dem Hungertod!"
„Gebenedeite Jungfrau, sei uns gnädig! Habe Erbarmen mit uns Sündern!"
Repin besucht das kaum noch erkennbare Grab seiner Großmutter Jegupjewna und reist aus seiner Geburtsstadt ab. Beinahe flieht er aus dem Ort, der ihm so fremd ist und nichts gemein hat mit seinen Kindheitserinnerungen.
Die Krim empfängt ihn mit ihrem milden, unschuldigen Klima und sorglos flanierenden Menschen, die es sich leisten können, den sich ankündigenden strengen Wintermonaten in Moskau und St. Petersburg zu entfliehen. Gorki ist nicht mehr hier, ist vor dem politischen Klima in seiner Heimat nach der Freilassung aus der Festungshaft nach Capri geflohen und Anton Tschechows Haus ist nach seinem Tod ein Museum. Am steilen Ufer macht Repin Skizzen zu seinem Bild „Freibeuter des Schwarzen Meeres" und wenn die Sonne irgendwo im Westen glutrot untergeht, schreibt er, inspiriert von seinem besuch in Tschuguujew, Erinnerungen seiner Kindheit nieder. Eindrücke, die nie erlöschen, aus der Zeit, die ihm wie ein russisches Märchen vorkommt. Und es ist seltsam, dass alle Gesichter der Liebsten so langsam verblassen, nur eines nicht, das von Oxana aus Tatarino, seiner ersten Liebe, die sich so tief in sein Herz gepresst hat, wie ein Siegel ins Wachs. Schwer seufzend erinnert sich der Maler an die zarte Schönheit mit blaugrünen Augen und blonden Zöpfen bis zum Dreieck, wo die apfelrunden Pobacken begannen und einem prallen Mieder mit den zwei festen Paradiesäpfeln, eine jungfräuliche Venus vom Lande. Und ihm kommt die Melodie eines längst vergessenen Volksliedes in den Sinn, das sie einst ihm vorsang:

Duckte sich die weiße, weiße Taube,
Zärtlich angeschmiegt an ihren Tauber,
Girrten beid' und schnäbelten sich lustig.
Sprach betrübt das weiße, weiße Mägdlein:
Wär' ich doch die weiße, weiße Taube,
Wollte schmiegen mich an meinen Tauber!
Aber ach, ich bin so öd' und einsam,
Bin ein armes und verwaistes Mägdlein,
Und wer fragt, wer fragt nach meinem Herzlein?

Im blassen Mondlicht auf irgendeiner Tenne hatte er mit Oxana in den Mond geschaut und Ilja sah zum ersten Mal im Silberschein den makellosen, unbekleideten Körper einer jungen Frau unter einem löchrige Scheunendach. Eine kupplerische Nacht und als er beim ersten Hahnenschrei aufwachte, fragte er sich verwundert: ‚War alles nur ein Traum'?

Glück oder Unglück, Ilja Repin, nun dreiundsechzig Jahre, ein anerkannter, lebenserfahrener Maler, der die allerbesten Jahre wohl hinter sich hat, fragt sich, was aus dem Mädchen geworden sei, das ihn in seinem Alter nach all den Jahren noch immer keine Ruhe gibt.

Auch in Kuokkala nicht, wo ihn der Alltag wieder einfängt und er im seinem tief verschneiten Haus an den „Freibeuter des Schwarzen Meeres" arbeitet und nur einmal mit der Troika* in die Hauptstadt fährt, um dort auf einem Abend zu Ehren des 80. Geburtstages von Lew Tolstoi über seine Begegnungen mit diesem Genius zu erzählen. Im Atelier steht ein halbfertiges Bildnis von Dmitri Mendelejew** auf einer Staffelei, der in vorigen Winter

*Troika - deutsch: Dreigespann, für Fuhrwerke oder Schlitten, in dem drei Pferde nebeneinander gehen. Für die klassische russische Troika werden Orlow-Traber angespannt. Gelenkt wird aber nur das mittlere Leitpferd.
**Dmitri Iwanowitsch Mendelejew (1834 - 1907) - russ. Chemiker, sagte drei Elemente voraus und klassifizierte das Periodische System der Elemente. Das 101 Element wurde ihm zu Ehren Mendelevium genannt.

verstorben war und den Repin schon 1885 porträtiert hatte. Gern kommt der Maler einer Bitte von Leonid Andrejew* nach, dessen Erzählung „Die drei Gehenkten" zu illustrieren. An Sonntagen werden in Penaten Vorlesungen in der Art einer Volksuniversität veranstaltet, wobei sich Repins Frau Natalia Nordman als kenntnisreiche Dozentin erweist.

In Moskau soll die 37. Ausstellung der Wanderer eröffnet werden und Repin reist in die alte Hauptstadt, weil sein Gemälde „Freibeuter des Schwarzen Meeres" dort Premiere hat, an dem er vor allem an der Komposition und Harmonie gearbeitet hat. Doch bis auf seine Malerfreunde Surikow** und Kassatkin*** findet das Bild kaum Beachtung und das Feuilleton schreibt enttäuscht: *„Nicht der frühere Repin".*

Darauf hat der selbstbewusste Maler nur eine Antwort: *„Jedes Mal beim Erscheinen einer meiner neuen Sachen höre ich so viel gegensätzliche Meinungen, Tadel, Verdruss, Ratschläge, Bedauern, Vergleiche mit früheren Arbeiten und alle möglichen Beanstandungen. Wenn ich den leidenschaftlichen Wunsch hätte, mich von der gesellschaftlichen Meinung leiten zu lassen oder irgendeines Kreises, oder - noch begrenzter - von der Meinung irgendeines auserwählten Menschen, so wäre ich auch dann in allen diesen Fällen ein unglücklicher, geschlagener, aus der Reihe geratener, schuldig gewordener Schüler - was für eine jämmerliche Existenz! "*

Ernüchtert und unter Schwierigkeiten reist Repin ab, denn Moskau steht unter Wasser. Ein ungewöhnlicher Temperaturanstieg hat im Dezember die Knospen an den Bäumen anschwellen, den Schnee auf den Feldern tauen und das Eis auf der Moskwa schmelzen lassen. Der Fluss verlässt sein Bett und steigt zwölf Meter über sein normales Niveau, umspült die Mauern

*Leonid Andrejew (1871 - 1919) - russ. Schriftsteller und Dramatiker. Nach dem Blutsonntag und dem Tod seiner Frau charakterisieren seine Werke pessimistische und irrationale Stimmungen

**Wassili Surikow (1848 - 1916) - bedeutender russ. Maler, Mitglied der Peredwischniki, ordentl. Mitglied der Petersburger Akademie der Künste.

***Nikolai Kassatkin (1859 - 1930) - russ. Maler, Mitglied der Peredwischniki

des Kreml und setzt zahlreiche Uferstraßen und Boulevards unter Wasser. Seit 1854 hat Moskau so ein Hochwasser nicht erlebt, ein Fünftel der Stadt steht meterhoch unter Wasser und die Moskauer holen sich nasse Füße. Viele flüchten auf die Dächer ihrer Häuser. Stinkend steht die braune Brühe, versetzt mit Fäkalien, in der Innenstadt, hat Keller und sogar die Handelsreihen an der Basilius-Kathedrale überflutet. Es wird gemunkelt, dass diese Flut mit dem Meteoriteneinschlag in Sibirien an der Steinernen Tunguska* zusammenhängt. Ein Pope, barfuss und nur in einem weißen Büßerhemd rudert auf einem seltsamen Floß mit einer Kirchenfahne wie ein Segel durch die Flut und kreischt: *„Das ist ein Gotteszeichen, nun straft er das unzüchtige Moskau, das Sündenbabel der Hurerei und Völlerei, in dem die Menschen Gott verloren haben."*

XVIII.

Nikolaus II. und seine Frau, ja die ganze Romanow-Familie haben Angst vor Veränderungen, Angst vor dem Volk, von dem sie so weit entfernt sind wie ihr Land groß ist. Trotz der vielen Streiks und Meutereien auf Schiffen und in Kasernen überhören sie das Rauschen der Zeit. Die Religion als Stütze der zaristischen Macht hat sich in hunderten von Jahren nicht weiter entwickelt und fesselt mit ihren Dogmen und Riten die mehrheitlich bäuerlich geprägte und kirchentreue Bevölkerung. Witte und andere kluge Köpfe nennen den Zaren, der nie einer werden wollte und nicht auf dieses Amt vorbereitet war, einen Zauderer, schlimmer noch, für immer ein Kind.
Weil in Finnland nationale Kräfte auch in den Volksvertretungen Widerstand gegen die russische Bevormundung leisten, lässt Nikolaus im April 1908 den finnischen Landtag erneut wegen „staatsfeindlicher Gesinnung"

*Tunguska-Ereignis - am 30. Juni 1908 um 7.15 Uhr explodierte über dem Siedlungsgebiet der Ewenken ein Meteorit ungeheurer Sprengkraft. Im Umkreis von 30 Km entwurzelte er 60 Mio. Bäume, in der 65 Km entfernten Siedlung Warnawara wurden Fenster und Türen eingedrückt.

trotz heftiger Proteste der Bevölkerung auflösen. Auch aus Warschau meldet der Gouverneur wachsende Proteste nationalistischer Kräfte und auf dem Balkan brodelt es. Innerhalb weniger Wochen verliert das Osmanische Reich die Insel Kreta, das den Anschluss an Griechenland proklamiert, Bulgarien, Bosnien und die Herzegowina.

Der aus dem Hause Sachsen-Coburg stammende bulgarische Fürst Ferdinand I. ruft das unabhängige Königreich Bulgarien und sich selbst zum Zaren aus. Kaiser Franz Joseph annektiert die unter österreichischer Militärverwaltung unterstehenden osmanischen Balkanprovinzen Bosnien und Herzegowina. Kaiser Wilhelm II. und Reichskanzler Fürst von Bülow ermächtigten Generalstabschef von Moltke, der österreichischen Militärführung zu versichern, dass ihnen das Deutsche Reich zur Seite stünde, falls sich die Krise zum Krieg ausweitetet. Russland und Italien schließen einen Geheimvertrag über den Status quo auf dem Balkan. Die Russen werden in Italien gefeiert, nicht wegen des Vertrages, von dem die breite Masse nichts weiß, sondern wegen einer humanistischen Tat, die die emotionalen Italiener nie vergessen werden.

Wenige Tage nach dem Weihnachtsfest, am 28. Dezember 1908, erschüttert um 5 Uhr 21 früh ein starkes Erdbeben der Stärke 7,2 die Region um die Straße von Messina und zerstört die Städte Messina, Reggio Calabria und Palmi fast völlig. Es überrascht die Einwohner im Schlaf. Dem Beben folgt ein Tsunami, der weitere Schäden verursacht und tausende Opfer fordert. Dabei verlieren zwischen 72.000 bis 100.000 Menschen ihr Leben. Die Mannschaft des italienische Kreuzers „Pimonte" leistet den Überlebenden und Verwundeten erste Hilfe. Ein russischer Marineverband mit dem Panzerkreuzer „Aurora" eilt an den Ort der Verwüstung und die Matrosen bergen in den Trümmern eingestürzter Häuser hunderte schockierte und traumatisierte Einwohner und versorgen sie auf den Schiffen medizinisch, da alle Hospitäler an Land in Schutt und Asche liegen. Die Italiener feiern die Matrosen aus Russland, bringen Blumen, Wein und sogar einige Ziegen.

Die Welt gerät auch politisch aus den Fugen. Teile der Streitkräfte des Iran versagen dem persischen Herrscher Mohammed Ali Schah die Gefolgschaft und marschieren auf Teheran. Tage später kommt es zu Straßenkämpfen in Teheran zwischen den Truppen der „Freiheitskämpfer" und der schahtreuen Kosakenbrigade. Mohammed Ali Schah flieht aus seinem Palast in die russische Botschaft und später ins Exil nach Odessa.

Während draußen die Welt langsam aus den Angeln gerät, vollzieht sich das Leben des Zaren in ruhigen, von Nikolaus II. vorgeschriebenen Bahnen, der zwar das Land vernachlässigt, doch das Hofleben straff organisiert. Die Töchter, die wie er auf Feldbetten schlafen, werden um acht Uhr morgens geweckt, waschen und ankleiden sich mit Hilfe ihrer Kammerfrauen. Um sie nicht zu verhätscheln, hat Nikolaus gegen den Willen seiner Frau angeordnet, dass sich die Großfürstinnen morgens kalt und abends warm duschen.

Die Großfürstinnen, die dreizehnjährige Olga, die elfjährige Tatjana, Maria, neun Jahre alt und die siebenjährige Anastasia frühstücken allein mit der Kinderfrau Mrs. Eager, bevor für sie der Unterricht beginnt. Die Zarin sieht die Kinder kaum, zieht sich meist in ihr Malvenzimmer in Zarskoje Selo zurück, in dem auch die Tapeten und Möbel in ihrer Lieblingsfarbe prangen. Dort schreibt sie Briefe an ihre englische und deutsche Verwandtschaft, beschäftigt sich mit Handarbeiten oder empfängt, wenn es ihre angegriffene Gesundheit gestattet, Bittstellerinnen und Verwandte sowie Vorsteherinnen ihrer sozialen Stiftungen zum Tee. Oft plagen Zarin Alexandra Rückenschmerzen, sie quälen Migräneanfälle und ein Nervenleiden setzt ihr stark zu, dass sie dann im Rollstuhl durch den Palast gefahren werden muss.

Alexandra Fjodorowna verlässt den Palast nur ungern, höchstens, um die ausgelassenen Mädchen mit ihrer Kodak-Kamera zu fotografieren, während die Kinder Kutschfahrten durch den weitläufigen Park unternehmen. Oft geht es zum Bauernhof, wo sie Kühe und Merinoschafe füttern und streicheln, wo es neben Pfauen auch Puten und Hühner gibt, eine Menagerie, frisches Fleisch, Milch und Eier für die Hofküche. Auch ein Elefantengehege gibt es nahe den Ställen der Reitpferde des Zaren, wo auch die Zwinger seiner geliebten Windhunde stehen. Besonders schöne Welpen seiner russischen Barsois* verschenkt der Zar an ausländische Würdenträger, wie Maria, Königin von Rumänien. Nikolaus und seine Gattin lieben Hunde und während der Zar auf Spaziergängen stets seinen Collie mitnimmt, liebt die Zarin eine handvoll Hund, einen weißen Zwergbologneser. Nach dem Tee haben die Kinder Freizeit bis zum Abendessen, wo die Großfürstinnen in Abendkleider erwartet werden.

Der Zar selbst ist wieder einmal in St. Petersburg, wo er im Winterpalast ein Essen für die Zöglinge der Kaiserlichen Marineschule gibt. Ihm war dazu geraten worden, angesichts der zurückliegenden Aufstände in der Flotte in der Inselfestung Kronstadt und in Sewastopol und Nikolaus spielt die Rolle als Landesvater gut. Und entgegen seiner sonstigen Gewohnheit lässt der Zar die Marineschüler sich in aller Ruhe die Bäuche mit dem ungewöhnlich guten Essen vollschlagen. Seine Tochter Olga klagt gegenüber ihrer Mutter, dass sie manchmal hungrig ins Bett gehen müsse, weil bei den Abendessen mit dem Zaren sofort alle Teller und Gerichte abgeräumt werden, sobald der Monarch, der Völlerei hasst und ein schneller Esser ist, seinen Teller leer gegessen und das Besteck weggelegt hat.

Die Kadetten sind vom leutseligen Zaren begeistert. Einer schreibt enthusiastisch in sein Tagebuch: *„Ganz abgesehen, dass er Zar ist, hatten wir alle das Gefühl, er ist ein warmherziger, einfacher, gastfreundlicher Mensch...ich bin überzeugt, niemand würde ihn hassen, der ihn wirklich kennt."*

Nun, dazu haben nur sehr, sehr wenige Russen Gelegenheit, wird doch Nikolaus II. auf Schritt und Tritt von Geheimpolizisten und seiner Kosakeneskorte eingedenk der vielen Attentate beschützt. Zu gut ist ihm noch der Bombenanschlag auf seinen auch bestens bewachten Premierminister Pjotr Stolypin im August 1906 in seiner Villa auf der Insel Aptekarskij in

*Barsoi - russ. Windhund, liebenswürdig und anhänglich. Im 13. Jahrhundert wurde der Barsoi in Russland zur Hetzjagd zu Pferd auf Füchse, Wölfe und Hasen eingeführt. Bis 1914 „Nationalhund" der Russen. Heute jagen Barsoi in Russland Zobel und Silberfüchse, da sie den wertvollen Pelz durch Genickbiss unverletzt lassen.

furchtbarer Erinnerung, als 30 Tote zu beklagen waren, während Nikolaus Vertrauter Stolypin nur leicht, doch seine beiden Kinder schwer verletzt wurden. Die Terroristen starben bei dem Anschlag. Damals schrieb die Zarenwitwe an ihren Sohn: *„Wann werden diese entsetzlichen Verbrechen und empörenden Morde endlich aufhören? Bevor wir nicht alle diese Monster ausgerottet haben, werden wir in Russland weder Ruhe noch Frieden finden."*

Die Morde an Präfekten, Polizisten und Geheimagenten sind kaum noch zu zählen, Mitarbeiter des Zaren werden regelrecht von Revolutionären, die den Terror als legitimes Mittel des Klassenkampfes ansehen, gejagt. Zu den jüngsten Opfern zählen der Militärgouverneur von Pawlow, General von der Launitz, der verhasste Präfekt der Hauptstadt St. Petersburg, General Mien, der den Moskauer Aufstand 1905 blutig niedergeschlagen hatte, auch seine Amtskollegen von Pensa, Warschau und Samara sowie der Chef der Schwarzmeerflotte, General Graf Ignatjew.

Wie jeden Sommer verbringen der Zar und seine Familie den die heißen Tage in Peterhof am Finnischen Meerbusen, das auch „Klein Versailles" genannt wird. Und tatsächlich hat das Schloss des Sonnenkönigs beim Bau der Palastanlagen unter dem deutschen Architekten Johann Braunstein Pate gestanden. Was aber Peterhof einzigartig macht, sind seine Wasserspiele und die große Kaskade, die Kanäle bis in die Ostsee sowie die vielen Scherzfontänen, die vor allem das Werk des Landschaftsarchitekten Jean-Baptiste Le Blond sind. Der schuf im Auftrag Peter I. eine Residenz des Herrschers über die Meere als Hohelied auf Russlands Zugang zum Baltischen Meer und damit dem Seeweg nach Europa.

Doch selbst hier in Peterhof ist der Zar sich nicht mehr sicher, hat man einige verdächtige Personen festgenommen. Auch sie erwartet die Todesstrafe, denn Stolypin hat nach 1905 überall im Land Kriegstribunale einrichten lassen, in denen laut Artikel 179 des Militärrechts Kriegsgerichte Todesurteile verhängen, die binnen 24 Stunden vollstreckt werden. Der Zar fordert von seinen Ministern bis zur Militärparade im August müsse *„Peterhof keimfrei*

sein, es ist unmöglich, noch länger zu warten, um diese elende Bande zu liquidieren."
Und er erlässt einen Ukas, in dem er untersagt, dass ihm künftig Gnadengesuche von Verurteilten oder ihrer Angehörigen vorgelegt werden. Graf Witte, der von einer Reise durch Belgien und Frankreich nach St. Petersburg zurückgekehrt ist, entrüstet sich öffentlich: *„Erwachsene Männer und Frauen sowie Jugendliche werden des politischen Mordes für schuldig befunden und hingerichtet, selbst wenn sie nur Schnaps aus einem Laden gestohlen haben."* Ist das auch eine bewusste Übertreibung, so charakterisiert es doch die grausame Unterdrückungspolitik von Stolypin mit Billigung des Zaren. Dem ist die Rückkehr seines einstigen Protegés Witte lästig und dessen Kritik empfindet er als unerhörte Anmaßung. An seine Mutter Maria Fjodorowna schreibt Nikolaus: *„Leider ist Witte vor einigen Tagen zurückgekommen. Es wäre sicher klüger für ihn, im Ausland zu leben."*
Sobald der Westwind vom Meer kalt herein bläst und den Herbst ankündigt, begibt sich die Zarenfamilie auf die Yacht „Polar Star", wo der Kapitän Zelenetzy alle weiblichen Mitglieder mit Blumen begrüßt, während die 275-köpfige Besatzung Spalier steht. Kurs ist der schneeweiße Massandra-Palast in Liwadija auf der Krim, nahe Jalta. Eine große Entourage folgt dem Monarchen, die Lehrer der Kinder, Bedienstete, Freunde der Familie und Hofbeamte. Jedem Kind wird ein Matrose zugeteilt, der rund um die Uhr dafür sorgen muss, dass dem Nachwuchs der Zarenfamilie auf dem Schiff auf hoher See nichts passiert, ein Posten, den die Matrosen hassen.
Der Zar arbeitet an Bord zwei Tage in der Woche, schreibt Briefe und Telegramme, die mit Beibooten an Land gebracht werden und er liest Depeschen. So hat er seinem Außenminister letzte Anweisungen für seine Verhandlungen mit Österreich gegeben. Am 16. September 1908 verabreden der österreichische Außenminister Alois Lexa Freiherr von Aehrenthal und Russlands erster Diplomat Alexander Petrowitsch Iswolski auf Schloss Buchlau in Böhmen, dass Österreich Bosnien und Herzegowina erhalten, Russland im Gegenzug die Unterstützung der k.u.k. Monarchie für die

exklusiven russischen Durchfahrtsrechte durch den Bosporus und die Dardanellen vom Schwarzen Meer ins Mittelmeer erhalten sollte.

Bosnien-Herzegowina, formal immer noch Teil des Osmanischen Reiches, wird seit 1878 von Österreich verwaltet, aufgebaut und modernisiert. Nun hatte man in Wien beschlossen, es auch offiziell dem Reichsgebiet einzuverleiben. Kaiser Franz Joseph I. verfügt per Handschreiben „*...die Rechte Meiner Souveränität auf Bosnien und die Herzegowina zu erstrecken und die für Mein Haus geltende Erbfolgeordnung auch für diese Länder in Wirksamkeit zu setzen.*" Das französische „Le Petit Journal", das Nikolaus unter seiner Lektüre auf der Yacht findet, titelt mit einer Karikatur auf der zu sehen ist, dass Sultan Abdülhamid II. hilflos mit ansehen muss, wie Kaiser Franz Joseph Bosnien-Herzegowina und Zar Ferdinand auch Bulgarien aus dem Osmanischen Reich herausreißen.

Von Stolypin kommt ein Telegramm, dass das Gut des aufrührerischen Grafen Lew Tolstoi durchsucht und alle auffindbaren Texte und Manuskripte konfisziert worden sind. Natürlich unter Einspruch des Hausherren gegen diese staatliche Willkürmaßnahme, die in den ausländischen Zeitungen, die Nikolaus während der Reise zugestellt bekommt, zu heftigen Protesten und Verurteilungen dieser Maßnahme, die sicher nicht ohne Wissen oder Duldung des Zaren erfolgt war. Der Zar überfliegt nur flüchtig das Papier, ist er doch fest überzeugt davon, dass seit diesem Rebellen Puschkin Russlands Literaten den Romanows nur Ärger bereiten und nicht dem Thron dienen.

Die Durchfahrt durch den Kaiser-Wilhelm-Kanal gestaltetet sich selbst für die relativ kleine Yacht des Zaren als schwierig, da der 1895 eröffnete Kanal seit einem Jahr verbreitert wird und einige Schleusen dazu umgebaut werden. Nikolaus II. will seinem Cousin „Willy" eigentlich ein Gruß-Telegramm schicken, doch Wilhelm II. ist verschnupft, weil er über Russlands diplomatische Schritte auf dem Balkan nicht informiert worden ist.

Und Flaggen-Kapitän Admiral Nikow, der den Zaren begleitet, teilt Nikolaus II. seine Vermutung und Besorgnis mit, dass die Umbauarbeiten im Kanal vor allem dazu dienen, Deutschlands großen Kriegsschiffen die Passage zu gewährleisten, denn seit einigen Jahren hat das Deutsche Reich seine Flotte erheblich vergrößert und modernisiert und dazu vom Parlament mit der Zustimmung zum Tirpitz-Plan und weiteren Flottengesetzen grünes Licht bekommen. Das deutsch-britisches Flottenwettrüsten beunruhigt den russischen Admiral angesichts der Schwäche der russischen Kriegsmarine, die im Russisch-Japanischen Krieg einen Großteil ihrer Schiffe verloren hatte.

Der Rechtsanwalt Karl Liebknecht entlarvt in einer Publikation das Bündnis der Rüstungsindustrie und der deutschen Krone. Daraufhin wurde der Sozialdemokrat in einem spektakulären Prozess wegen Hochverrats zu zweieinhalb Jahren Festungshaft verurteilt. Kaiser Wilhelm II., der ein Exemplar der Schrift „Militarismus und Antimilitarismus" zugespielt bekam, nimmt das Urteil mit Genugtuung auf. Doch noch während der politisch Verurteilte seine Strafe in der Festung Glatz in Schlesien abbüßt, wird Liebknecht 1908 in den Preußischen Landtag gewählt.

Das Kaiserliche Kanalamt in Kiel grüßt formal den russischen Monarchen, an einigen Brücken und Schleusen hängen im lauen Wind die Fahnen Russlands. Nikolaus II. bekommt eine geheime Depesche seiner Agenten in Wien, dass der österreichische Generalstabchef von Hötzendorf seinem Kaiser als missionarische Idee zur Stärkung der christlichen Kultur in diesem Raum vorgeschlagen hat, auch Serbien zu erobern und Montenegro auszuschalten, um die Südslawen dem Habsburger Reich anzugliedern. Noch lehnt Österreichs Außenminister von Aehrenthal diese abenteuerlichen Pläne, die ins russische Interessengebiet vordringen, ab.

Doch Nikolaus II. beschließt, nicht auf seinen wohlverdienten Krimaufenthalt zu verzichten. Zu dem engen Kreis von Freunden und Verwandten, die diese Annehmlichkeit mit der Zarenfamilie teilen, gehört auch Rasputin. Er wohnt im besten Hotel in Jalta und empfängt dort die Hofdamen der Zarin. Auf der Promenade ziehen die illustren Gäste vor dem Staretz den Hut, wird doch sein Foto selbst in den Souvenirläden verkauft. Als der Zarewitsch wieder einmal stürzt und blutet, wird Rasputin gerufen, der das Kind erneut mit Gebeten und Berührungen gesund pflegt.

Das ist für die Zarin Anlass, wild gegen die Gegner Rasputins vorzugehen, die ihn ihrer Meinung nach verleumden. Da die Presse nicht aufhört, belastende Dokumente und Gerüchte über den Wundermönch zu veröffentlichen, wirft sie dem Innenminister vor, die Presse nicht in Griff zu haben und fordert bei Nikolaus die Entlassung des Ministers, die dieser anordnet. Auch der Ministerpräsident Kokowzow ist ihr im Wege. Rasputin beschuldigt diesen ehrenwerten Mann, der gleichzeitig das Amt des Finanzministers bekleidet, dass er das Volk nur betrunken mache, um den Wodkaverkauf und somit die Staatseinnahmen zu steigern. Auch er wird zumindest als Finanzminister vom schwachen Zaren entlassen, der sich des lieben familiären Friedens willen seiner Frau fügt. Kokowzow schildert diesen Akt des Zaren so: *„Ich hatte ihn noch nie so niedergeschlagen gesehen und musste ihn beruhigen...Ich erkannte deutlich, dass man ihn gezwungen hatte, dass man ihm tagelang keine Ruhe gelassen hatte, bis er den Beschluss fällte, mich zu entlassen."* Nikolaus ersetzt die entlassenen Staatsdiener durch zwei konservative Männer, die ihm seine Gattin auf den Rat Rasputins empfohlen hatte.

Nikolaus II. will endlich Ruhe im Inneren, zeigt doch die Entwicklung auf dem Balkan, die leicht zu einem Flächenbrand führen kann, dem Russland nicht gewachsen ist. Im Namen des Zaren protestiert Außenminister Alexander Iswolski gegen Österreichs Pläne einer möglichen weiteren Annexion, deren geheime Pläne ihm durch einen hochrangigen Spion im Generalstab in Wien zugespielt wurden.

Hinzu kommt, dass die dem Zarenreich als Gegenleistung zugesprochene freie Durchfahrt durch die Dardanellen am Einspruch der Briten zu scheitern droht. Dennoch erwägt König Eduard VII. von Großbritannien, dem der Machtzuwachs Österreichs nicht in die schon von seiner Mutter, Königin Victoria, verfolgte Strategie passt, Russland zu gewinnen, um das Osmanische Reich zum Nachteil Österreichs in seiner alten Rechtsstellung wieder einzusetzen. Doch das würde unweigerlich Krieg bedeuten. Außerdem traut Nikolaus II. seinem entfernten Verwandten nicht, weiß er doch aus geheimen

Berichten, dass dieser Brite nach Berlin zu Cousin Willy gereist ist. Was haben die beiden zu besprechen? Frankreich, mit Russland seit fünfzehn Jahren verbündet, würde dem geschwächten russischen Partner nicht zur Seite stehen, weil der Bündnisfall nicht gegeben sei. Außerdem stellt sich das stark aufgerüstete Deutsche Reich bedingungslos hinter Österreich und Reichskanzler Bülow spricht im Reichstag sogar von „Nibelungentreue" im deutsch-österreichischen Verhältnis.

Wieder in St. Petersburg geben sich der Zar und seine Familie den Annehmlichkeiten und Zerstreuungen hin. Eigentlich wollten Nikolaus auf ihrer Fahrt zur Krim kurz in Paris Station machen, wo das Ballett Russes unter Impressario Djagilew große Erfolge feiert und Fokin die Polowetzer Tänze nach Alexander Borodin inszeniert hat. Außerdem soll dort Ida Rubinstein auf der Bühne stehen, die sich im Ballett Salome doch tatsächlich im Tanz der sieben Schleier alle Hüllen abgestreift hatte und schließlich nackt tanzte. Seit seiner Liaison mit der rassigen Ballerina Matilda Kschessinskaja hat er eine Vorliebe fürs Ballett und angesichts seiner dahinwelkenden Gattin ist die Erinnerung an das temperamentvolle, rassige Polenblut der Primaballerina, die neben dem neuen Stern am Balletthimmel Anna Pawlowa am Mariinski-Theater und im Ausland Triumphe feiert, besonders verklärend und schön. Die Pawlowa hatte kurz vor Weihnachten bei einer Wohltätigkeitsveranstaltung in St. Petersburg, bei der auch die Zarin und ihre Töchter anwesend waren, Premiere mit einem nur dreiminütigem Solo aus Fokins Ballett „Умирающий лебедь - Der sterbende Schwan", das sie mit diesem einzigen Tanz zur Ballett-Ikone und unsterblich machte.

Nikolaus sitzt neben seiner Gattin Alexandra Fjodorowna in der Ehrenloge der Hofoper und erlebt die Uraufführung der Mussorgski-Oper „Женитьба - Die Heirat" nach Motiven von Gogols gleichnamiger Komödie und ist nicht bei der Sache. Die Musik rauscht an seinen Ohren vorbei und er denkt an die Kschessinskaja, die auf dem Weg zwischen St. Petersburg und Peterhof von ihrem Geliebten, Großfürst Sergej Michailowitsch, in Strelna ein Stück Land geschenkt bekam, auf der sie sich nun einen Palast baut. Die Villa, die

ihr der Zar 1904 geschenkt hatte, ist ihr zu klein geworden. Vielleicht wird er einmal bei ihr vorbeischauen, wenn er auf dem Weg nach Peterhof ist.
Nikolaus seufzt, werden ihm doch durch die Geheimpolizei die Gerüchte und Skandale um seine einstige Geliebte zugetragen, so ihre „Menage à trois" mit zwei Großfürsten der Familie Romanow, mit Sergei Michailowitsch und dem Vetter des Zaren Andrei Wladimirowitsch. Der Sohn der Ballerina, Wladimir Romanowsky-Krasinsky wurde 1902 geboren und, was für ein Skandal, beide Liebhaber kommen als mögliche Väter in Frage. Sodom und Gomorra, wie die Zarin einmal zu ihren Kammerfrauen bemerkte mit dem Zusatz, den Namen dieser leichtlebigen „Kurtisane" nie wieder im Palast vernehmen zu wollen.
Doch Nikolaus ist seiner Alix nicht einmal in Gedanken untreu und eine Ausnahmeerscheinung wie sein Vater Alexander III., der nie eine Mätresse hatte, ja nicht einmal eine Liaison, während seine Vorfahren und seine Verwandten am Hof nicht so tugendsam und ihren Ehepartnern längst nicht treu sind. Sie haben nicht einmal im Geheimen kostspielige Gespielinnen, die sie aushalten oder von ihnen ausgenommen werden.
Der Wundermönch Grigori Rasputin ist eine bekannte Erscheinung in St. Petersburg. Und einige erinnern sich bei seinem Anblick an einen Prophezeiung von Dostojewski, dass ein einfacher Bauer Russland das Heil bringen würde. Er, der schützend vor des Zaren Thron steht und über das Leben des Zarewitsch wacht und bald auch auf Nikolaus, der ihm bedingungslos vertraut, keinen geringen Einfluss ausübt. So konsultiert ihn der Herrscher bei Entscheidungen zur Vergabe wichtiger Ämter und verweist Großfürsten, Minister und Hofbeamte, die sich an ihn in den verschiedensten Angelegenheiten wenden, an Rasputin.
Der Wundermönch ist ein gern gesehener Gast auf den Empfängen des hohen Petersburger Adels. Bei der Gräfin Golowina erlebt ihn auch der französische Diplomat Paléologue, der wie alle Anwesenden im Saal fasziniert von der Erscheinung des sonderbaren Gastes ist. Rasputin redet mit ungeheurer Einbildungskraft und einem beunruhigenden, ja unheimlichen Blick,

mit dem er alle in seinen Bann zieht, besonders die Frauen. Und Paléologue notiert noch in dieser Nacht: *„Ich sah auf Rasputin und ich wusste, dass dieser Bauer aus Sibirien der gefährlichste Mensch war, dem ich je in meinem Leben begegnete...Wenn es jemals auf der Welt einen leibhaftigen Teufel gegeben hat - hier stand er vor mir."*

Auch beim hohen Adel wächst die Verwunderung, wenn Rasputin damit prahlt, dass er die Zarin um jede Summe bitten kann und sie ihm gewährt und Zar Nikolaus auf ihn hört, weil durch ihn Gottes Stimme spricht. Vielleicht ist der Mann wahnsinnig oder er spricht, was das Allerschlimmste ist, die Wahrheit und der Zar ist um den Verstand gekommen und lässt sich von einem dahergelaufenen Bauern in allen seinen Entscheidungen leiten.

Bei einer dieser Zusammenkünfte schlägt die Kammerfrau Anna Wyrubowa dem Wundermönch im Beisein von Abgeordneten der Duma und dem Bischof Hermogen vor, sich mit ihnen als Freunde des Zaren zu beraten, bevor er Nikolaus diesen oder jenen politischen oder geistlichen Rat gibt. Das versteht Grigori Rasputin nicht, seine Augenbrauen zucken. Er fragt: *„Warum? Ist Gottes Stimme nicht genug, mich zu beraten?"*

Niemals kauft sich Rasputin, der nun Schuhe aus feinstem Leder trägt, bunte Seidenblusen und der seinen bis zum Gürtel reichenden Bart täglich kämmen und bürsten lässt, auch nur ein Kleidungsstück. Seine Verehrerinnen kleiden ihn ein, überschütten ihn mit Geld und Geschenken, was er oft den Armen gibt. Auch schickt er regelmäßig seiner Frau eine große Summe nach Pokrowskoje, womit diese das Land kaufte, auf dem ihr Haus steht. Ihren drei Kindern, den Töchtern Matromja und Warja und dem schwachsinnigen Sohn Mitja, den der Vater besonders liebt, fehlt es so an nichts. Viel erzählt man sich in dem kleinen Dorf von ihrem Vater Grigori Rasputin, aber seine Kinder kennen ihn kaum.

Und in dem Maße, wie der Mönch das Ohr des Zaren besitzt und auf Entscheidungen des Monarchen Einfluss nimmt, wächst die Zahl der Neider und Feinde. In ihrem Hass beginnen sie ihn zu verleumden, was bei seinem Lebenswandel nicht besonders schwierig ist. Denn mit seinem Ansehen am

Zarenhof steigt auch sein aufschweifender und für orthodoxe Russen sündiger Lebensstil. Er feiert bacchantische Fress- und Saufgelage, zelebriert schwarze Messen und veranstaltet Orgien, auf denen sich die volltrunkenen Männer wie Frauen aller Kleider entledigten und im Rausch der Sinne übereinander herfallen. Auch soll die Hofdame der Zarin, Anna Wyrubowa, seine ihm sexuell hörige Geliebte sein. All das notieren auch die Spitzel der Geheimpolizei, die den Strannik Tag und Nacht überwachen, doch ihre Offizieren trauen sich nicht, die Berichte dem Innenministerium und damit auch dem Zaren zur Kenntnis zu geben. Der spricht in Anwesenheit seiner Gattin mit dem Wundermönch und Rasputin flüstert leise: *„Wenn ihr euch von mir trennt, so werdet ihr innerhalb von sechs Monaten euren Sohn verlieren und dann auch eure Krone."* Die Zarin springt auf und stürzt auf Rasputin zu, hebt die Hände und ruft mit tränenerstickter Stimme: *„Nie werde ich mich von dir trennen, Väterchen Grigori, niemals!"*
Sie zittert am ganzen Körper und Rasputin leg den Arm um ihre Schultern und lächelt in seinen schwarzen Bart.

IXX.

Ilja Repin hat einen Nachbarn in Koukkala bekommen. Der Dichter Kornei Tschukowski* hat sich ebenfalls in dem kleinen Ort niedergelassen und macht dem Maler eine Antrittsvisite. Dabei interessiert sich Repin besonders für die Arbeit des Autodidakten, der nie eine Universität oder ein Literatur-Institut von innen gesehen hatte, an dem satirischen Journal „Signal". Für dessen regierungskritischen Beiträge Tschukowski sogar wegen Beleidigung des Zaren vor Gericht gestellt worden war und freigesprochen wurde.
„Wissen Sie, Ilja Jefimowitsch, ich bin aus St. Petersburg aus zwei Gründen weggezogen. Ich war es Leid, die Spitzel der Ochrana stets an meinen

*Kornei Iwanowitsch Tschukowski (1882 - 1969) - russ.-sowj. Dichter, Autor zahlreicher Kinderbücher, Übersetzer, Literaturkritiker

Schuhsohlen kleben zu haben und was noch wichtiger ist, unsere Tochter Lidija, sie wird zwei Jahre, soll hier an der frischen Luft aufwachsen."
Repin spielt den Enttäuschten. *„Und ich alter, eitler Mensch dachte schon, Sie sind meinetwegen nach Koukkala gekommen und wegen meiner illustren Gäste wie ihr Kollege Maxim Gorki und den Bassisten Fjodor Schaljapin. Aber Sie müssen mir, wenn es Ihre Zeit erlaubt, unbedingt Modell sitzen, verehrter Kornei Iwanowitsch."*
Und im Atelier schlägt Repin das Leinentuch an einer Staffelei zurück und zeigt dem Gast seine Arbeit an dem Bild „Leo Tolstoi in einem roten Sessel". Oft ist der Maler nicht mehr im Atelier, sitzt mehr an seinem massigen Schreibtisch, als dass er seine langen Pinsel schwingt. Repin schreibt gerade einen Artikel über Nikolai Gogol zu dessen 100. Geburtstag. Im Laufe der Recherchen zu diesem Schriftsteller, der ein fantastisches Russland in seinen Novellen erfand und ein ebenso realistisches Russland in „Der Revisor" beschrieb und der der korrupten Bürokratie einen Spiegel vorhielt. Repin hat viele Novellen und Werke des Puschkinfreundes gelesen, der zum Ende seines Lebens paranoid war, an Halluzinationen litt und in sich fanatisch in die Religiosität stürzte, die eine tiefe schöpferische Krise zur Folge hatte. Gogol starb mit nur 42 Jahren durch überstrenges, religiöses Fasten. Zuvor hatte er in einem Wahnsinnsanfall viele Manuskripte verbrannt, darunter auch den zweiten Teil von „Die toten Seelen".
Belinski* schrieb Gogol 1847, wenige Wochen vor seinem eigenen Tod: *„Die Grundlage der Religiosität sind Pietismus, Demut und Gottesfurcht. Der Russe aber kratzt sich, wenn er den Namen Gottes ausspricht, am Hinterteil. Und vor dem Heiligenbild sagt er: ‚Taugt`s was, beten wir vor ihm, taugt`s nicht, decken wir mit der Ikone Töpfe zu'. Blicken Sie schärfer hin, und sie werden sehen, dass es ein von Natur tief atheistisches Volk ist."*
Und je mehr Ilja Jefimowitsch Repin, der gefeierte Maler und Freund der Literaten und der Literatur über Gogol gelesen und gehört hat, stellt sich die

* *Wissarion Grigorjewitsch Belinski (1811 - 1848) - russ. Publizist, Literaturkritiker und Philosoph, Freund Lermontows, unterstützte und förderte Gogol.*

Frage, die zu diesem Jubiläumsgeburttag viele Nachkommen des großen russischen Schriftstellers Gogol bewegt: kannten wir diesen bedeutenden russischen Ukrainer überhaupt, können wir ihn als Person fassen? Dabei beschließt Repin spontan, ein dramatisches Bild mit dem Titel zu malen: „Gogol verbrennt sein letztes Werk."
Außerdem ist Repin die Kritik an seinen „Freibeutern des Schwarzen Meeres" doch recht zu Herzen gegangen, so dass zwar das Bild nicht verbrennt, wie er es spontan vorgehabt hatte, sondern einfach an einer neuen Version arbeitet. Daneben malt er an der „Kreuzprozession im Eichenwald". Es ist typisch für ihn, je nach Stimmungen und Laune an mehreren Gemälden gleichzeitig zu arbeiten. Außerdem mussten die vielen Gäste von Repin und seiner Frau Natalia Nordman, die eine von allen gelobte Gastgeberin ist, ob sie wollten oder nicht, Modell sitzen für eine Skizze oder Gemälde. Natalia Borisowna, die eine international geachtete Frauenrechtlerin ist, führt, was für ein Paradoxum, ohne zu dabei etwas von ihrer Rolle aufzugeben, Ilja Repin den Haushalt.

Aber das reicht der klugen Frau längst nicht aus und obwohl sie von Tuberkulose gezeichnet ist, hat sie gerade unter dem Pseudonym Serowa die autobiografische Erzählung „Maman" veröffentlicht, eine Abrechnung mit der in den besseren Kreisen in Russland üblichen Kindererziehung fast ausschließlich durch Ammen oder Kinderfrauen. Die noch kleine Natascha litt schmerzlich unter der Distanz zur Mutter und vielleicht liegt auch darin der Schlüssel für ihre freigeistige Lebensweise fern von Konventionen. Die Kritik schätzt das Werk ist eines der besten russischen Kindererzählungen.

Am Petersburger Neurologischen Institut bei Professor Wladimir Bechterew* hält sie zudem Vorträge über vegetarische Lebensweise und propagiert die

Wladimir Michailowitsch Bechterew (1857 - 1927) - russ. Neurologe, Neurophysiologe und Psychater, Professor. Erforschte angeborene und erlernte Reflexe, weltbekannt durch nach ihm benannten Wirbelsäulenerkrankung Morbus Bechterew. 1927 auf Befehl Stalins vergiftet, weil er bei dem Diktator eine schwere Paranoia diagnostiziert hatte.

Naturheilkunde, die Kneippsche Wassertherapie und Kräuterheilkunde. So kommt es, dass Bechterew und auch sein Kollege Pawlow* hin und wieder Gast in Koukkala sind, dort wo steingraues Wasser in breiten Wogen an den Strand rollt, ein nach Repins Meinung „einsames und melancholisches Meer". Natalia Nordman bewirtet nicht nur die Gäste, sie ist selbst für die hoch geachteten Mediziner eine gleichrangige Gesprächspartnerin. Und ihr Ehemann wundert sich, dass sie daneben noch Zeit findet, in zahlreichen Journalen ihre „Intimen Seiten" zu veröffentlichen, in denen sie amüsant und literarisch anspruchsvoll über die Aufenthalte Repins in Jasnaja Poljana bei Lew Tolstoi berichtet. Ilja Jefimowitsch ist nicht nur der erste Leser ihrer Manuskripte, sondern er illustriert mit Freude auch ihre Bücher.

Und um Bücher oder Manuskripte geht es auch bei den Literaturabenden in „Penaten", die den recht einsamen Winkel zu einem beliebten Ort von gestandenen Schriftstellern und Lyrikern sowie von jungen Talenten machen. Hier erholt sich die Kunst vom Lärm des Tages im geschäftigen Petersburg. Und Ilja Repin räumt für die Schriftsteller das gleiche Recht ein, dass er für sich als bildender Künstler in Anspruch nimmt, als er Anton Tschechow zitiert: „*Kläglich wäre das Schicksal der Literatur - der großen wie der kleinen, würde man sie der Willkür persönlicher Ansichten preisgeben.*"

An einem dieser Abende nimmt auch der Schriftsteller Wladimir Korolenko** teil, dessen sozialkritische Erzählung „Der Wald rauscht - Лес шумит" von drei Mördern in einem Wald handelt, die eigentlich keine Verbrecher sind. Als die das Werk 1886 der Literaturzeitschrift „Russkaja Mysl - Russischer Gedanke" erschien, hatte es eine heftige Diskussion ausgelöst, weil es auch

*Iwan Petrowitsch Pawlow (1849 - 1936) - russ. Mediziner und Physiologe, Professor, 1904 erhielt er den Nobelpreis für Physiologie oder Medizin, Verhaltensforscher, weltbekannt sind seine Arbeiten über Reflexe mit den Pawlowschen Hunden.

**Wladimir Galaktionowitsch Korolenko (1853 - 1921) - russ. Schriftsteller polnischukrainischer Herkunft, Humanist, als revolut. Student zwangsexmatrikuliert. Weil er die Verhältnisse in Russland anprangert und den Eid auf den Zaren verweigert, wurde er für sechs Jahre nach Sibirien bei Jakutsk verbannt.

um die Vergewaltigungen einer jungen Frau durch einen Gutsbesitzer geht, die er nun von ihm geschwängert zur Heirat mit einem armen Waldarbeiter zwingt, der beinahe tot geschlagen wird, bis er der Hochzeit zustimmt. Und Korolenko, der mit Lew Tolstoi gut befreundet ist, berichtet, dass es um die Gesundheit des großen Alten des russischen Romans nicht zum Besten stehe und auch die Ehe zwischen Lew und seiner Sofia wieder einmal fast zu zerbrechen droht, obwohl ihn die Frau liebt und aufopferungsvoll pflegt.
Und Repin erinnert Korolenko daran, dass ihm der junge Maxim Gorki einmal ein Poem vorgelegt hatte, das der anerkannte Schriftsteller schonungslos zerriss. Korolenko stellt klar: *„Was mich aber nicht davon abgehalten hat, lieber Ilja Jefimowitsch, ihn sozusagen zur Ausbildung eine Stelle als Journalist bei einer Provinzzeitung in Samara zu verschaffen, wo er nicht nur das kleine Einmaleins unseres Berufes kennen lernte, sondern auch Jekaterina Wolschina, die dort als Korrektorin arbeitete und die Gorki sogar heiratete. Ich habe ihm also in doppelter Weise zum Glück verholfen. Und später wurden wir sogar Freunde."*
Natalia Nordman meldet sich ein Papier schwenkend zu Wort. *„Liebe Anwesende, wie diese Begegnung zwischen einem jungen, unbekannten, schüchternen und hageren Mann und dem schon anerkannten Schriftsteller, einer Instanz neben Tolstoi, im Jahr 1889 wirklich war, hat Maxim Gorki sogar, wie es so seine Art ist, aufgeschrieben."* Und alle verstummen, wollen erfahren, was und wie Gorki, der im Exil auf der Insel Capri lebt, über das erste Zusammentreffen mit Korolenko schreibt: *„Drei Tage wütete der Schneesturm. In den Straßen türmten sich die Schneewehen zu gewaltigen Hindernissen, die Dächer der Häuser trugen Schneemützen, die Starkästen hatten silberne Häubchen, die Fensterscheiben waren wie mit einer Filigranarbeit überzogen, und am weißen Himmel strahlte, die Augen blendend, die kalte Sonne. Wladimir Galaktionowitsch lebte am Rande der Stadt in der zweiten Etage eines Holzhauses. Auf dem Bürgersteig, vor der Treppe, arbeitete ein stämmiger Mann geschickt mit einer breiten Schaufel; er hatte eine Pelzmütze seltsamer Form auf, Ohrenschützer, einen kurzen, bis an die Knie*

reichenden, schlecht geschneiderten Schafpelz und schwere Filzstiefel. Durch die Schneewehen stapfte ich zur Treppe. ‚Zu wem wollen Sie?' ‚Zu Korolenko.' ‚Das bin ich.' Aus dem Gesicht, das von einem krausen, überreich mit Reif geschmückten Bart umrahmt war, blickten auf mich braune, gütige Augen. Gestützt auf die Schaufel, hörte er schweigend meine Erklärungen über den Zweck meines Besuches an. Beim Betreten der Treppe fragte er: ‚Ist es Ihnen nicht kalt? Sie sind sehr leicht angezogen.'
Er führte mich in ein kleines Eckzimmer hinauf, dessen Fenster in den Garten gingen; dort standen dicht gedrängt zwei Schreibpulte, Bücherschränke und drei Stühle. Beim Überblättern meines dicken Manuskriptes, wobei er sich den nassen Bart mit dem Taschentuch abtrocknete, sagte er: ‚Wir wollen das einmal durchlesen! Sie haben eine seltsame Handschrift: Rein äußerlich betrachtet ist sie einfach und deutlich, aber sie liest sich schwer?' Das Manuskript lag auf seinen Knien. Er blickte von der Seite auf die Blätter, dann wieder auf mich. Mir war es peinlich.
‚Hier steht - Zizkack, das ist... anscheinend ein Schreibfehler. Ein solches Wort gibt es nicht, es gibt wohl Zickzack...' Eine kleine Pause vor dem Wort ‚Schreibfehler' zeigte mir, dass W. G. Korolenko ein Mensch ist, der das Selbstgefühl seiner Mitmenschen zu schonen versteht. Er sprach und blätterte im Manuskript: ‚Fremdwörter sollte man nur in den Fällen anwenden, wo man wirklich nichts anderes an ihre Stelle setzen kann; überhaupt ist es besser, sie zu meiden. Die russische Sprache ist genügend reich, sie verfügt über alle Mittel zum Ausdruck feinster Empfindungen und Gedanken.' ‚Was für ein strenges Gesicht Sie haben!' sagte er unvermittelt und fragte lächelnd: ‚Ist das Leben so schwer?' Seine weiche Aussprache unterschied sich stark von dem groben, an der Wolga üblichen Dialekt, in dem das ‚O' auch in unbetonten Silben voll ausgesprochen wird. Doch ich fand in ihm eine seltsame Ähnlichkeit mit einem Wolgalotsen – sie lag nicht nur in seiner kräftigen, breitschultrigen Gestalt und dem scharfen Blick seiner klugen Augen, sondern auch in der gutmütigen Ruhe, die den Menschen so eigen

ist, welche das Leben wie eine Bewegung im gewundenen Flussbett zwischen verborgenen Sandbänken und Felsen beobachten.
‚Sie erlauben sich oft grobe Worte – wahrscheinlich wohl deshalb, weil sie Ihnen in ihrer Wirkung stark vorkommen?'
Ich sagte, dass ich es wisse, die Grobheit sei mir eigen, doch ich hätte weder die Zeit gehabt, mich selbst mit weichen Worten und Gefühlen zu bereichern, noch das Milieu, wo ich es hätte tun können...Er sagte mir als erster gewichtige menschliche Worte über die Bedeutung der Form, und über die Schönheit des Satzes; ich war erstaunt über die einfache verständliche Wahrheit dieser Worte, und beim Zuhören wurde mir zum ersten Male klar, dass die Schriftstellerei keine einfache Sache sei."

Gorki hat seinen Weg gemacht, die Ratschläge beachtet, doch seine Werke, die international gedruckt oder aufgeführt werden, finden an allerhöchster Stelle in Russland keine Würdigung. Auf Ukas von Zar Nikolaus II. wurde ja auch der Beschluss, Maxim Gorkis zum Ehrenmitglied der Akademie der Wissenschaften zu ernennen, rückgängig gemacht. Dagegen protestierten neben Repin vor allem die Ehrenmitglieder der Akademie Anton Tschechow und Wladimir Korolenko beim Monarchen, leider ergebnislos. Daraufhin gaben beide auch ihre Ehrenmitgliedschaft zurück.

Wie viele Schriftsteller und Publizisten des ausgehenden 19. Jahrhunderts kämpft Korolenko mit seinen Mitteln dafür, das Schicksal der Menschen zu verbessern, um ihr Leben menschenwürdig zu machen. Für ihn ist es egal welcher Herkunft, welcher Religion, welcher Stammeszugehörigkeit die Russen sind; da wo Menschen Unrecht geschieht, legt er sich mit wem auch immer, ob Bürokrat, Minister, Richter, Gauner oder Halsabschneider, rücksichtslos an. Dennoch ist Repins Gast kein Fanatiker, sondern ein gottgläubiger Humanist im tiefsten Sinn des Wortes, der die russischen Menschen liebt und gegen Unmenschlichkeit mit spitzer Feder zu Felde zieht. Und er ist ein Op-timist mit dem Glauben an eine sinnvolle Zukunft, was er in der kurzen Skizze „Lichter" ausgedrückt hat.

Von einem jungen Zuhörer auf dem Abend der Literatur gefragt, wie denn seine Vision von der Zukunft sein wird, überlegt Korolenko eine Weile, streicht sich den Bart, um dann zu antworten: *„In der Skizze hatte ich nicht die Absicht zu sagen, dass nach Zurücklegung eines mühseligen Weges uns eine endgültige Ruhe und ein allgemeines Glück bevorstehen. Nein, dort wird eine andere Strecke beginnen. Das Leben besteht aus ständigem Streben, Erreichen und neuem Streben. Eine solche Zeit, in der alle Menschen ausnahmslos voll zufrieden und glücklich sein werden, wird es - so nehme ich an - überhaupt nicht geben. Meiner Meinung nach hat die Menschheit schon viele Lichter gesehen, sie hat sie erreicht und dennoch weitergestrebt. Als die Bauern befreit worden waren, wurde das russische Leben viel heller. Stehen bleiben konnte es aber nicht…Und nun sind wir wieder auf einem beschwerlichen Wege – vor uns sind neue, ferne Lichter. Das Größte, worauf man hoffen kann, ist, dass sich im Menschen die Kraft immer mehr steigert, zu wünschen, zu streben, zu erreichen und wieder zu streben. Wenn hierbei die Menschen lernen, auf diesem Wege einander immer mehr zu helfen, wenn es immer weniger Zurückbleibende gibt, wenn auf den zurückgelegten Wegen immer mehr Leuchttürme stehen, die vorwärts leuchten, wenn die Formen des gegenseitigen Kampfes immer menschlicher werden, vor uns es aber immer lichter wird, so heißt das ja auch, dass es immer mehr Glück geben wird."*

Ein Teufelskerl, dieser Korolenko, denkt Repin und beschließt, ihn gelegentlich zu malen. Er hatte so vor fünfzehn Jahren schon einmal eine Porträt-Zeichnung gemacht, aber nun sieht der Schriftsteller noch interessanter aus. Der Postbote kommt mit einem Pferdeschlitten und bringt wieder ein Packen Zeitungen und Briefe und lässt sich von Natalia Nordman gegen die Kälte erst einmal ein Gläschen Wodka zum Aufwärmen geben. Repin sichtet ungeduldig die Post. Ein Brief aus Frankreich erregt seine Aufmerksamkeit, ist es doch eine weibliche Handschrift. Er ist von Alice Honschedè-Monet, die berichtet, dass sie mit ihrem Mann Claude zum letzten Mal ein viertel Jahr durch Italien gereist ist, wo sie Kirchen und Museen und vor allem Venedig besuchten und der Maler die Werke von Tizian und Paolo Veronese studierte. Natürlich malt er in Giverny vor allem seine beliebten Seerosen und überlegt, welche drei Werke er für die Weltausstellung in Brüssel 1910 ausstellen wird, neben Renoir, Rodin und Matisse. Sie fragt den Russen, ob sie ihn in Belgien erwarten können, worüber sie sich beide sehr freuen würden. Als P.S. fügt sie an, dass Claude Probleme mit den Augen hat und sie fürchtet das Schlimmste.

Unter den Briefen und Bittschriften ragt ein großes Kuvert mit verschnörkelter Schrift und dem Schattenriss von Alexander Puschkin heraus. Ungeduldig öffnet der Maler das Schreiben. Darin wird ihm von der Lyzeumsgesellschaft der Auftrag erteilt, der auch noch in feierlicher Form übergeben werden wird, zum 100. Jubiläum des Lyzeums von Zarskoje Selo, das schon nach Petersburg umgezogen ist, ein Bild über den berühmtesten Absolventen dieser kaiserlichen Bildungsanstalt, über Alexander Puschkin zu malen, vielleicht über seinen viel zitierten Auftritt bei der Abschlussfeier. Eine Ehre und Freude zugleich und eine künstlerische Herausforderung, schließlich soll der russische Nationaldichter, der Begründer der modernen russischen Literatur, im Mittelpunkt stehen.

Hat Ilja Jefimowitsch nicht gerade bei Gogol über Alexander Puschkin gelesen: *„In ihm spiegeln sich die russische Natur, die russische Seele, die russische Sprache, der russische Charakter in solcher Klarheit, in solcher reinen Schönheit, wie sich eine Landschaft in der gewölbten Fläche eines optischen Glases spiegelt."*

Als er Natalia Nordman das Schreiben zeigt, lächelt sie, weist auf die vereisten Fenster und rezitiert mit leiser Stimme das winterliche Gedicht des genialen Dichters:

        Erst gestern war es, denkst du daran?
        Es ging der Tag zur Neige
        Ein böser Schneesturm da begann
        und brach die dürren Zweige.

Der Sturmwind blies die Sterne weg,
die Lichter, die wir lieben.
Vom Monde gar war nur ein Fleck,
ein gelber Schein geblieben.
Und jetzt? So schau doch nur hinaus:
Die Welt ertrinkt in Wonne.
Ein weißer Teppich liegt jetzt aus.
Es strahlt und lacht die Sonne.
Wohin du siehst: Ganz puderweiß
geschmückt sind alle Felder,
der Bach rauscht lustig unterm Eis.
Nur finster sind die Wälder.

Im Januar, es liegt noch immer viel Schnee in Koukkala, schneit unangemeldet ein alter Bekannter und lieber Freund zur Neujahrsvisite bei den Repins ein. Ilja Jefimowitsch freut sich, seinen ehemaligen, nun so erfolgreichen Schüler Kustodijew* zu sehen, der gerade von einer Studienreise der Neuen Gesellschaft der Künstler aus Deutschland, Österreich und Italien zurück ist. Und der Meisterschüler holt eine Flasche Champagner aus seiner Reisetasche. *„Verehrter Ilja Jefimowitsch, ich wollte Ihnen Dank sagen, denn meine kürzliche Berufung in die Petersburger Akademie der Künste habe ich ja in gewissem Grade Ihnen zu verdanken, meinem Lehrer und ihrem monumentalen Bild von der Festsitzung des Staatsrates, an dem ich mitwirken durfte."* Er muss husten und sein Taschentuch färbt sich rot. Natalia Nordman, die selbst unter Tuberkulose leidet, weiß, was das bedeutet. Sie rügt den einstigen Studenten ihres Mannes: *„Boris Michailowitsch, bei diesem Wetter zu uns zu kommen, ist sträflich. Sie gehören ins Bett."*
Aber der Gast winkt ab und sagt, dass er bald eine schöpferische Pause einlegen und sich in ein Bergsanatorium in die Schweiz begeben wird, wenn

Boris Michailowitsch Kustodijew (1878 - 1927) - russ. Maler und Grafiker, Mitglied der Akademie der Künste, illustrierte Bücher von Gogol, Lermontow und Tolstoi.

er sein angefangenes Bild „Der Markt" beendet hat. Und Repin, der mit Lob recht sparsam umgeht, ist aufrichtig begeistert von Kustodijews „Promenade entlang der Wolga". Vielleicht auch deshalb, weil er sich daran erinnert, wie er als mittelloser Student seine erste, abenteuerliche Studienreise an die Wolga unternahm und dort Skizzen für eines seiner erfolgreichsten Gemälde machte, für die „Burlaki - Die Wolgatreidler".
Kustodijew weiß natürlich schon um den Auftrag Repins, Puschkin zu malen. St. Petersburg ist eine Klatschtante. *„Orest Kiprenski*, der Romantiker, der vor uns die Akademie absolviert hat und zu Puschkins Lebzeiten bedeutende Porträts schuf, malte ein Porträt von Puschkin, auch, wenn ich mich recht meiner Vorlesungen in der Akademie erinnere, Wassili Tropinin**."*
Natürlich kennt Repin diese ausgezeichneten Porträts und hatte schon versucht, sich Puschkin in seinem Gemälde „Das Duell" künstlerisch zu nähern. Und er hat in seinem Arbeitszimmer ein Bildnis von Jekaterina Bakunina zu hängen, von Pjotr Sokolow***, der übrigens auch ein Aquarell von Puschkin mit verschränkten Armen gemalt hat. Kustodijew will wissen, wer diese Madame Bakunina ist und Repin freut sich ein wenig, mit seinen Kenntnissen ein wenig zu renommieren: *„Ja, wer ist diese rätselhafte junge Dame Bakunina. Nun, ihr Bruder drückte neben Puschkin die Schulbank in Zarskoje Selo und weil sich der sechszehnjährige Alexander Puschkin sofort in alle Wesen weiblichen Geschlechts verliebte, egal ob Prinzessin oder Kammerzofe, die er im weitläufigen Park, in dem das Lyzeum stand, traf, blieb es nicht aus, dass sein Herz für die Schwester seines Schulfreundes*

*Orest Adamowitsch Kiprenski (1782 - 1836) - russ. Maler, Meister der romantischen Porträtmalerei, Porträts namhafter Persönlichkeiten Russlands
**Wassili Andrejewitsch Tropinin (1776 - 1857) - russ. Maler, war Leibeigener und wurde erst im Alter von 47 Jahren frei gelassen. Professor an der Moskauer Hochschule für Malerei, Bildhauerei und Architektur, schuf mehr als 3.000 Gemälde.
***Pjotr Petrowitsch Sokolow (1791 - 1848) - russ. Genre- und Jagdszenenmaler, erhielt 1889 auf der Pariser Weltausstellung eine Goldmedaille, illustrierte Gogols „Tote Seelen" und Turgenjews „Aufzeichnungen eines Jägers"

entflammte. Jekatherina Bakunina war seine Jugendliebe und durch sie erlitt er Liebeskummer, den er in Versen, Sonetten und Episteln verarbeitete. Puschkin war eher ein mittelmäßiger Schüler, im Französischen und Russischen wird ihm umfassende Kenntnis der Literatur bescheinigt, im Zeichnen sogar hervorragende Begabung und in Mathematik Faulheit. Doch auffällig war seine besondere Leidenschaft für die Poesie, denn er begann schon mit dreizehn Jahren Verse zu schreiben, die wenig später, worauf er besonders stolz war, auch gedruckt wurden. Eine dieser Gedanken, die er der Bakunina, die sein Liebesflehen nicht erhörte, widmete, lese es Ihnen vor:

So war ich glücklich, so genoss ich,
Stille Freude, hab am Entzücken mich berauscht.
Und wo ist der Fröhlichkeit schneller Tag?
Vorbeigesaust im Flug des Traumes,
Verwelkt der Wonne Zauber,
und von neuem um mich der düsteren
Langenweile Schatten.

Aber kommen Sie, sehen wir uns das Bild von Puschkins Jugendliebe an!" Kustodijew nimmt einen Leuchter, um das Porträt genauer zu betrachten. Es zeigt ein junges Mädchen an einem Tisch, der wie eine Barriere zwischen dem Betrachter und der erblühenden Schönheit steht. Hoch geschlossen ist die Pelerine und aus dem ovalen Gesicht schauen zwei große Augen genau auf den Maler. Ein zerbrechliches, androgynes Geschöpf, scheint es ein Junge zu sein und dann ist es doch ein Mädchen. Repin ist zufrieden von der Wirkung, die dieses Bild auf seinen jugendlichen Freund hat und sagt so nebenbei, ganz Professor, kann er es nicht lassen, ein wenig zu prahlen: *„Die Bakunina, so unser lieber Karl Brüllow, der sie unterrichtete, war eine sehr begabte Zeichnerin, stand unserem Puschkin, dessen Manuskripte auch von Skizzen seiner Geliebten übersät sind, keineswegs nach."*
Als Kustodijew geht und ihn Repin, nur im Anzug bis ans Tor von Penaten begleitet, wo der извозчик* im Schlitten mit seinem dicken Pelz schon völlig

*извозчик- russ. für Fuhrmann, Kutscher

eingeschneit ist und wie ein Schneemann aussieht, zitiert Natalia Nordman, die die Teegläser abräumend, ein Liebesgedicht von Alexander Puschkin, das jeder in Russland kennt.

Я помню чудное мгновенье:
Передо мной явилась ты,
Как мимолётное виденье,
Как гений чистой красоты.

Der Augenblick ist mein gewesen:
Du standst vor mir mit einemmal.
Ein rasch entfliegend Wunderwesen.
Der reinen Schönheit Ideal.

Im schmerzlich hoffnungslosen Sehnen.
Im ew'gen Lärm der Menschenschar,
Hört ich die süße Stimme tönen.
Träumt ich das milde Augenpaar.

Allein im Kampf mit dem Geschicke
Und in der Jahre düsterm Gang
Vergaß ich deine Engelsblicke
Und deiner süßen Stimme Klang.

Und lange Kerkertage kannt ich.
Es ward die Brust mir stumm und leer.
Für keine Gottheit mehr entbrannt ich.
Nicht weint ich, lebt ich, liebt ich mehr.

Es darf die Seele nun genesen:
Und du erscheinst zum zweitenmal,
Ein rasch entfliegend Wunderwesen,
Der reinen Schönheit Ideal.

Und wieder schlägt das Herz voll Weihe.
Sein Todesschlummer ist vorbei.
Für eine Gottheit glüht's aufs neue,
Es lebt, es weint, es liebt aufs neu.

Als Ilja Jefimowitsch mit einer Schneehaube auf dem Kopf zurückkommt, schaut sie ihn lange und nachdenklich an. Sie denkt, Puschkin, mein lieber Mann, da hast du dir etwas sehr Gigantisches vorgenommen und das, obwohl dir die rechte Hand den Dienst völlig versagt und deine Augen immer schwächer werden. Aber hier vollendet sich wieder einmal der Kreis: Die Malerei reicht der Literatur bereitwillig die Hand. Und hat nicht Puschkin befreiend so manches vielfach durchgestrichene und verbesserte Manuskript mit einem gezeichneten, bezaubernden weiblichen Profil bereichert?

So beginnt das Jahr 1910 für Natalia Nordman und Ilja Jefimowitsch Repin, das so schnell dahinfliegt. Repin hat bei seinen künstlerischen Arbeiten, Plänen und Terminen nun oft das Gefühl, dass die Zeit schneller vergeht und immer öfter schaut er kopfschüttelnd auf seine goldenen Taschenuhr.

Als der Schnee auf den spitzen Glasdächern des Ateliers getaut ist und die ersten Sonnenstrahlen das Allerheiligste des Meisters in ein mystische Licht verzaubern, steht Repin schon kurz nach dem bescheidenen Frühstück an den Bildern, bewaffnet mit der umgehängten Palette und einigen Pinseln mit überlangen Stielen. Er steigt vom Bild über Puschkins Auftritt bei der Abschlussfeier im Lyzeum zurück, kneift die Augen zusammen, schüttelt kritisch mit dem Kopf setzt sich an den Arbeitstisch und entwirft mit schnellen Strichen eine neue Komposition. Dann geht er zur anderen Staffelei und mit dem Bildnis Kornej Tschukowskis, der Repins in Zeitungen veröffentlichte Kritik an der modernen Kunst zart kritisiert:

„Ilja Jefimowitsch, es ist nun einmal so, jedes Jahrhundert, ja jedes Jahrzehnt in unserer schnelllebigen Zeit hat seinen besonderen Geist und jeder Schriftsteller trägt das Gepräge seiner Zeit. Warum soll es in der Malerei anders sein? Die großen Umbrüche spiegeln sich auch in der bildenden Kunst wieder, denken Sie nur an ihre Schülerin Werjowkina oder den talentlosen Jawlinsky, den sie so selbstlos in Österreich fördert. Oder Malewitsch*

*Kasimir Sewerinowitsch Malewitsch (1878 - 1935) - russ. Maler, Hauptvetreter der Russischen Avantgarde.

und die ganze Vereinigung Karo Bube* und dann der junge Schagalow, den sie aus Kunstschule von Jelisaweta Swanzewa kennen, der nun in Paris lebt und sich Marc Chagall** nennt."
Repin hält die Tradition hoch, und seine Freunde und inzwischen ganz Petersburg wissen es, dass am Mittwoch die Tür zu Penaten weit offen steht. Wassili Rosanow*** hängt ohne auf das auffordernde Schild zu achten, seinen Mantel in der Garderobe selbst auf und stellt die Galoschen in eine Ecke. Er bringt ein druckfrisches Exemplar der fortschrittlichen Zeitung „Russischer Gedanke" mit, aus dem erfährt Repin, dass Fjodor Schaljapin, der ja schon nach Moskau und St. Petersburg auch an der Pariser Oper und der Mailänder Scala Triumphe feierte, in Monte Carlo mit Jules Massanets Oper „Don Quichote" wieder mit seinem Gesang Furore machte. Und der Komponist gab überwältigt und freimütig zu, dass er es als eine Ehre ansah, dass der russische Meistro Schaljapin die Hauptrolle bei der Uraufführung übernommen hatte und so die Premiere zu einem Ereignis machte, das Europa aufhorchen lies. Die Kritik schrieb begeistert: *„Schaljapin gibt der Oper etwas, was größer ist als Singen und größer noch als Darstellen."*
Repin liebt diesen so urrussischen Sänger und Bohemé, der in seinem Lebensstil und vor allem in der Mode zur Exzentrik neigt und so großzügig nicht nur gegenüber seinen Freunden, sondern auch gegenüber den Armen ist. Nie wird Ilja Jefimowitsch vergessen, dass Schaljapin seine Gage für die Auftritte in „Boris Godunow" oder „Iwan der Schreckliche" an der stets

---

*Karo Bube - russ. Бубновый валет, eine Künstlervereinigung der Avantgarde in Moskau von 1910 - 1917.
**Marc Chagall, eigentlich Moische Chazkelewitsch Schagalow (1887 - 1985) - russ. Maler jüdischer Herkunft, organisierte als roter Kommissar nach 1917 den Aufbau von Kunstschulen und Museen, lebte großteils in Paris und den USA.
***Wassili Wassiljewitsch Rosanow (1856 - 1919) - russ. Publizist und Religionsphilosoph. Veranstaltete sonntags jours fixes für die Petersburger Intelligenz, schrieb das viel beachtete Werk „Dostojewski und die Legende vom Großinquisitor".

ausverkauften Moskauer Oper, wenn er sang, den Hinterbliebenen und Opfern der revolutionären Kämpfe von 1905 im Moskau spendete.

Schaljapin duzt alle, den Kutscher ebenso wie den Generalgouverneur von Moskau, ist auch mit allen Künstlern auf Du und Du, nennt Repin seinen Freund und ihren gemeinsamen Mäzen und Förderer, den Großindustriellen Sawwa Mamontow. Und die Moskauer lieben diesen lebenslustigen Russen, der so manches Mal nach seinen Auftritten in einem rennomierten Restaurant auftaucht und wodkaselig seinen unverkennbaren Bass mit sentimentalen Volksliedern erschallen lässt.

Und weil er von Bühne zu Bühne, von Erfolg zu Erfolg eilt, vertröstet er seinen Malerfreund Repin immer wieder, der ihn unbedingt porträtieren will. Wassili Rosanow berichtet von einer Marotte Schaljapins, die er selbst erlebte: *„Er tat immer so, dass er erst in seinen Konzerten entscheide, welche Lieder er aus seinem übereichen Repertoire er nun wirklich singen wollte. Statt eines Programms verkaufte man uns an der Kasse ein kleines Büchlein, das durchnummeriert alle Texte der Lieder des Sängers enthielt. Und Schaljapin rief dann mit seiner voluminösen Stimme in den Saal: ‚Nummer 45, Nummer 45' und das Publikum blätterte sofort die aufgerufene Nummer auf und hatte so Gelegenheit, den Text mitzulesen oder das Lied mitzusummen."*

So vergeht der Sommer und als der Herbst sich mit Stürmen ankündigt, die die Scheiben des Ateliers erzittern lassen und die Wolken zu schwarzen Türmen zusammentreiben, da ist das Bild „Alexander Puschkin auf der Abschlussfeier im Lyzeum am 8. Januar 1815" endlich vollendet. Repin hatte immer neue Varianten angefangen und verworfen und blickt nun recht zufrieden auf das Gemälde.

Er hatte erst daran gedacht, Puschkins bekannte Schulkameraden mit zu porträtieren und ihnen so ein Denkmal zu setzen, aber er hielt es mit der historischen Wahrheit, denn unter den Zuhörern waren nur Angehörige des Hofes und der Lehrkörper des Lyzeums. So bleibt Alexander Gortschakow, der später Außenminister Russlands unter drei Zaren war, ohne

Berücksichtigung in dem Gemälde. Bei Anton Delwig hatte Ilja Jefimowitsch lange überlegt, mag er doch die Gedichte des Lyrikers und besonders das Almanach „Sewernyje zwety - Nordische Blumen". Aber vor allem Wilhelm Küchelbecker hätte es verdient, der Dekabrist, der versucht hatte, den Bruder des Zaren, den Großfürsten Michail zu erschießen. Nach dem gescheiterten Adelsaufstand wurde der Patriot zum Tode verurteilt und dann zu Festungshaft auf der Insel Schlüsselburg begnadigt und später nach Tobolsk in Sibirien verbannt, wo er Gedichte schrieb und schließlich erblindet an Tuberkulose starb.

Ja, Küchelbecker und die Dekabristen in Sibirien, das wäre ein Motiv für ein neues Bild. Oder vielleicht die Verwandte von Lew Tolstoi, Marija Wolkonskaja, die ihrem Ehemann Fürst Sergej Wolkonski in die Verbannung folgte und der der Dichter Nekrassow* in seinem Poem „Russische Frauen" ein literarisches Denkmal setzte.

Kein Baum, kein Strauch, nur Schnee, sonst nichts,
Soweit das Auge späht.
„Das ist die Tundra!", schläfrig spricht's
Der Kutscher, der Burjät.
Die Fürstin denkt: Unfassbar schier
Ist's, dass ein Mensch hier lebt.

Und doch ist's hier, wo blind vor Gier
Sibiriens Gold man gräbt.
Im schwarzen Moor, tief im Morast
Der Ströme liegt's versteckt.

Sumpffieber hat Unzählige fast
Zu Boden hier gestreckt.
Tausende sind namenlos, hierher verbannt,
Im Bergwerksschacht verreckt!
Hat dich dazu, verfluchtes Land,
Der Kosak Jermak einst entdeckt?

* *Nikolai Alexeiewitsch Nekrassow (1821 - 1878) - russ. Lyriker und Publizist*

Nun zeigt das Bild den sechszehnjährigen Puschkin in der Uniform des Lyzeums beim Examen, wie er sein Poem „Erinnerungen an Zarskoje Selo" gestenreich vortrug. Es begeisterte den gefeierten und greisen Gawril Dershawin*, der die Vorträge der anderen Zöglinge mehr verschlief als ihnen zuzuhören, so dass er aufgesprungen war und schwerhörig sich dem Deklamierenden zuwandte. Puschkin rührte den Dichterfürsten und Vertrauten von der Zarin Katharina II. zu Tränen. Und der junge aufstrebende Poet dichtete in seinem Poem „Eugen Onegin" später:
Der Beifall kam mir froh entgegen
Mich hob der jung erstrittne Preis
Dershawin gab mir seinen Segen
Der grabesmüde Dichtergreis.

Repin denkt noch darüber nach, wie wohl ein Bild der verbannten Dekabristen aussehen könnte und welche Anregungen sein ferner Freund Lew Tolstoi ihm geben könnte, der sich mit den Dekabristen literarisch beschäftigt hatte, da erhält er ein Telegramm aus Jasnaja Poljana. Der Jahrhundertschriftsteller, den viele Russen als moralischen Gegenzar zu Nikolaus II. verehren, hat seine Feder für immer aus der Hand gelegt. Russlands Gewissen, der Schriftsteller, Moralist und Philosoph, stets auf der Suche nach dem Sinn des Daseins. Sein wahrer Glaube an Gerechtigkeit und schöpferisches sein Jahrhunderttalent verhalfen seinen Romanen zu Weltruhm. Und wie für Millionen Russen bricht aus für Repin eine Welt zusammen.
Ilja Jefimowitsch versetzt die Nachricht einen fürchterlichen Schock. Hat er nicht gerade an den Verstorbenen gedacht? Er ist nicht mehr fähig zu arbeiten, lässt die Pinsel fallen und geht hinaus auf seinen Tschugujew-Hügel, ungeachtet des heftigen Windes, der den kleinen, schmächtigen Maler fast umbläst. Bei ihrer letzten Begegnung hatten sie noch darüber gesprochen, dass Tolstoi vorgeschlagen hatte, dass Repin seine Memoiren schreiben

---

*Gawril Romanowitsch Dershawin (1743 - 1816) - bekanntester russ. Poet vor Puschkin, Offizier und Sekretär bei Katharina II., Gouverneur, Präsident der Wirtschaftsuniversität und Justizminister

sollte, da so viele bedeutende Persönlichkeiten Russlands unter seine Pinsel gekommen waren, als Beitrag für einen Wimpernschlag in der russischen Kunst und Geschichte überhaupt.
Ilja Repin, der wusste, dass sich Tolstoi selbst mit seinen Lebenserinnerungen beschäftigte, hatte erwidert, dass seine Memoiren vor allem seine Bilder wären. Was sagte damals Tolstoi? *„Eine möglichst wahrhaftige Beschreibung des eigenen Lebens besitzt großen Wert für jeden Menschen und muss für andere Menschen von großem Nutzen sein."* Aber er wusste auch, dass so eine Selbstbiografie zur Verschönerung, ja zum Lügen verführen würde. Und wenn Tolstoi die nackte Wahrheit schreiben würde, ohne die schlechten Seiten seines Lebens zu verhehlen, erschrak er selbst vor der Wirkung, die eine solche Autobiographie haben würde. Die Memoiren sind nicht geschrieben und nun bleiben Generationen zurück, die versuchen werden, das Leben dieses großen Russen zu enträtseln.
Aber der rastlose Sucher hat nun endlich Ruhe. Bis zuletzt blieb Tolstoi ein Suchender. Als Zweiundachtzigjähriger lies er nach 48 Ehejahren Frau und Kinder auf seinem malerischen und so geliebten Gutshof in Jasnaja Poljana zurück. *„Ich kann nicht mehr in dem Luxus leben, wie ich es bisher tat und mache das, was gewöhnlich alte Männer meines Alters tun",* schreibt der Schriftsteller seiner Frau Sofia. *„Ich verlasse das weltliche Leben, um die letzten Tage meines Daseins in Einsamkeit und Ruhe zu verbringen....Ein Wiedersehen und noch mehr meine Rückkehr sind ganz unmöglich...Glaube ja nicht, dass ich fort gegangen bin, weil ich Dich nicht liebe. Ich liebe Dich und bedaure Dich aus ganzem Herzen, aber ich kann nicht anders handeln...Lebe wohl, liebe Sofia, Gott helfe Dir!"*
In Sonderausgaben veröffentlichen die Petersburger, ja selbst die ausländischen Zeitungen Details vom Sterben Tolstois: In der Nacht stahl sich der verwirrte Tolstoi begleitet allein von seinem Arzt Duschan Makowicky aus dem Haus, um seine letzte Wanderung zu beginnen - auf dem Weg zu einem Kloster, das er nie erreichte. Auf der Bahnstation Astapowo hustete ein sichtlich geschwächter und blasser Tolstoi, Fieberflecken im Gesicht.

Der Arzt fragte den Stationsvorsteher, ob ein Zimmer für den Kranken hätte. Der sagte, dass er für den großen Tolstoi alles aus ganzem Herzen machen würde. Nur mit Mühe schafften sie den Schwerkranken ins Haus des Bahnbediensteten. Am 31. Oktober erhielt Sofia Tolstoija von der Redaktion „Russkoje Slowo" folgendes Telegramm: *„Lew Nikolajewitsch in Astapowo erkrankt. Vierzig Grad Fieber."* Auf diese Nachricht hin versuchte sich Sofia Andrejewna in einem Teich zu ertränken. Sie wurde gerettet und fuhr in einem Sonderwaggon mit ihrer Tochter Tanja und den Söhnen Andrej, Michail und Sergej von Tula nach Astapowo. Doch auf Empfehlung der herbeigeeilten Ärzte lies man sie nicht zu ihrem Mann.

Eine Schar von Journalisten aus dem In- und Ausland umlagerte den Bahnhof, bedrängte die Familie des Todkranken. Die örtliche Polizei war verstärkt worden, verzweifelte Regierungsbeamte berieten im Wartesaal Maßnahmen zur Aufrechterhaltung der Ordnung. Hunderte Tolstoijaner pilgerten durch heftiges Schneetreiben zu der Bahnstation und beteten für das Leben ihres Idols.

Der Kranke fantasierte, rief *„Schachmatt."* und *„wie sterben die Bauern."* Dann vermeinte er, seine vor Jahren verstorbene Lieblingstochter zu sehen und sein Zustand verschlechterte sich zusehends. Sofia hatte ihm sein Lieblingskopfkissen mitgebracht, auf dem starb. Seine letzten Worte, während seine Tochter Tanja liebevoll seine Hand hielt und Sascha ihm über das schüttere weiße Haar strich, waren immer wieder von schweren Atemproblemen unterbrochen: *„Das ist das Ende...und ich gebe Euch nur diesen einen Rat...Es gibt auf der Welt Millionen Menschen, ihr sollt nicht nur an diesen einen Lew Tolstoi denken."* Sofia Tolstoija durfte erst zu ihrem Mann, als der im Koma schon in eine andere Welt hinüber dämmerte.

Tolstoi starb am Morgen des 7. November 1910 um 5.45 Uhr im Bett des Stationsvorstehers des kleinen Bahnhofs zu Astapowo an einer Lungenentzündung. Starb unter den Augen einer weltweiten Öffentlichkeit, die ihre Reporter und Wochenschau-Kameraleute an den Ort zwischen Rjasan und dem Ural entsandt hatte. Journalisten aller führenden Zeitungen der Welt telegrafierten aus der kleinen Bahnstation Astapowo in dieser Woche mehr als 1500 Telegramme an ihre Redaktionen. In den russischen Städten standen die Menschen in dichten Trauben vor den Redaktionen auf den Straßen und warten auf die Sonderausgaben mit den Bulletins der Ärzte. Zehn Tage dauerte das Sterben und zehn Tage hielt die Welt betroffen den Atem an. Und im nahen Wäldchen hatte berittene Polizei Warteposition bezogen, um bei der Todesnachricht des Lieblings des Volkes und Feindes der Regierung einen eventuellen Aufstand zu unterdrücken.

Aber der Tod des Schöpfers von „Krieg und Frieden" und „Anna Karenina" löst keinen Volksaufstand aus, wohl aber einen landesweiten Schock. Als die Nachricht von Tod Tolstois bekannt wird, ziehen die Männer überall die Hüte und die Frauen fallen betend auf die Knie. Die Zeitungen erscheinen mit Trauerrand, die Theater Russlands bleiben ohne behördliche Anordnung geschlossen und auch die Universitäten stellen ihren Lehrbetrieb ein.

Als Ilja Repin den Schriftsteller Turgenjew 1879 porträtierte, kamen sie auch im Gespräch auf den von ihnen beiden verehrten Lew Tolstoi. Und Iwan Turgenjew, der ja selbst ein begnadeter Erzähler und großer Dichter war, sagte über Tolstoi: *„Tolstoi ist unter den russischen Schriftstellern ein Elefant, der es vermag, mit einem Rüssel einen Baum im Wald samt den Wurzeln herauszureißen, aber auch einen Schmetterling so zart von der Blume zu heben, dass ihr Blütenstaub nicht beeinträchtigt wird."*

Unter den über zweieinhalbtausend Telegrammen und Beileidsschreiben aus aller Welt, die Sofia Tolstoija und die Kinder erreichen, ist auch ein Schreiben von Ilja Jefimowitsch Repin und seiner Frau Natalia Nordman.

XX.

Fast ein Jahr danach ist Nikolaus II., dem der Tod seines literarischen Feindes und Klassiker der Literatur, von dem er nicht ein Buch gelesen hatte, nur ein in üblich formalen Floskeln abgefasstes Beileidsschreiben wert ist, zutiefst erschüttert. Auch nach dem Rücktritt seines Ministerpräsidenten, der mit seinen Gesetzesvorlagen in der Duma scheiterte, zählte er Pjotr Stolypin zu seinen fähigsten Beamten. Hatte der nicht durch seine Agrarreform die Bauern mit der Krone versöhnt, indem er den Kleinbauern Recht auf Privateigentum zusicherte, bäuerliche Kooperativen gestattete und so einen Mittelstand auf dem Lande entstehen ließ? Viele arme Bauernfamilien gingen nach Sibirien und nahmen Neuland unter ihre Pflüge, für etwa drei Millionen Russen verbesserte sich so ihre soziale Lage. Stolypin wollte dadurch zugleich erreichen, dass das Zarenreich durch eine Erweiterung der Anbauflächen ökonomisch vom Aufstieg der Bauernschaft profitiert. Der Zar anerkennt, dass dieser kluge Politiker in Russland, dem Bauernland, so die Ursachen möglicher Unruhen oder gar revolutionären Aufruhrs im Keim erstickt hatte. Und nun wurde dieser verdienstvolle Mann, der mit dem Dichter Lermontow verwandt war, Opfer eines feigen Anschlags.

Am 14. September 1911 besuchte Pjotr Arkadjewitsch Stolypin die Feier zum zehnjährigen Jubiläum der neuen Kiewer Oper. Auf dem Programm stand Rimski-Korsakows* Oper „Das Märchen vom Zaren Saltan". In der zweiten Pause hallten Schüsse durch die Logen und Stolypin sank durch das Feuer aus einer Pistole des Sozialrevolutionärs Dmitri Bogrow schwer verwundet zu Boden. Die Kugeln aus dem Browning drangen in die Brust, verletzten die Leber und verursachten am Rückrat eine schwere Wunde. Der Zar eilte sofort in das Privatkrankenhaus, wo der Sterbende lag. Doch dessen Frau ließ ihn nicht zu ihrem Gatten vor. Und der Zar notierte in seinem Tagebuch: *„Stolypin hatte eine schlechte Nacht."*

Vier Tage später erlag Stolypin, die letzte Hoffnung der russischen zaristischen Regierung, seinen Verletzungen. Der Zar spricht der Witwe Olga Borisowna so wie den Kindern des Ermordeten, der fünf Töchter und einen Sohn hinterlässt, bis ins Mark betroffen sein tief empfundenes Beileid aus.

Nikolai Andrejewitsch Rimski-Korsakow (1844 - 1908) - russ. Komponist, schrieb fünfzehn Opern, drei Sinfonien und ungezählte Orchesterwerke.

Vielleicht war er das Ziel dieses Anschlags, denn Nikolaus II. war ebenfalls in der Oper anwesend. Und ihn und auch die Offiziere seiner Leibwache beschäftigt die Frage, warum ein Revolutionär nicht gleich auf ihn, den verhassten Zaren geschossen habe, der ein sicher lohnenderes Opfer gewesen wäre als ein grade zurückgetretener Premierminister, der sogar zahlreiche soziale Reformen auf den Weg gebracht hatte. Doch Zarin Alexandra Fjodorowna zeigte weniger Mitleid und nicht nur die Verwandten des Ermordeten sind über ihre Gleichgültigkeit und Kaltherzigkeit geschockt, sagte sie doch: *"Es darf einen nicht um die leid tun, die nicht mehr sind."*
In einem Schnellverfahren wird der Jurastudent Bogrow schon acht Tage nach dem Attentat zum Tode durch den Strang verurteilt und trotz des Einwandes der Witwe des Ermordeten zwei Tage später exekutiert. Bei der Untersuchung des Falles und der Hintergründe des Anschlags, die sich über ein Jahr hinziehen, treten mehr Fragen als Antworten auf, blühen Spekulationen, so dass der Zar schließlich weitere Untersuchungen untersagt.
Welche Rolle spielte der Geheimdienst in diesem Mordfall? Zwar hatte Bogrow Kontakt zu anarchistischen Gruppen, aber seit 1907 arbeitete er auch als Informant für die Ochrana. Der Student erwarb sich sogar das Vertrauen von Oberstleutnant Kuliabko, dem Chef der Kiewer Geheimpolizei. Von dem hochrangigen Offizier hatte Bogrow sogar die Eintrittskarten bekommen und konnte so, ohne aufzufallen, an den Wachen vorbei in die Oper gelangen.
Und was wusste Rasputin, war er vielleicht in das Komplott verwickelt? Es ist ein offenes Geheimnis, dass Stolypin ein erbitterter Feind und scharfer Kritiker des Wundermönchs war. Stolypin, der schon 1910 Rasputin aus St. Petersburg ausweisen wollte und deshalb ein Gespräch mit ihm hatte, beschrieb seinen Eindruck über Grigori Rasputin gegenüber dem späteren Parlamentspräsidenten Rodsjanko so: *"Ich spürte eine unheimliche Abneigung in mir aufkommen. Dieser Mann hatte eine gewaltige magnetische Kraft und löste in mir eine starke Gemütsbewegung aus, und sei es eine des Widerwillens."* Am 29. August 1911 soll Rasputin als die Kutsche Stolypins vorbeifuhr, in Anwesenheit des Zaren und am ganzen Körper zitternd, auf

Stolypin gedeutet und ausgerufen haben: „*Der Tod! Ich sehe den Tod hinter ihm! Etwas Schreckliches wird passieren.*"

Während in Russland auch wegen der harten Repressalien Stolypins gegen Revolutionäre mit Tausenden von Hinrichtungen im Innland mehr oder weniger Ruhe herrscht und es zu einem Aufschwung der Wirtschaft kommt, beunruhigen Nikolaus II. Meldungen, die täglich in seiner mit Saffianleder bezogenen Mappe mit dem goldenen, doppelköpfigen Zarenadler liegen. Dabei ist für ihn die Pest, die sich aus der Mongolei in den Süden Russlands ausgebreitet hat, kein Gedanke wert, ebenso die Cholera-Epidemie, die tausende Russen dahinrafft.

Auch die Duma stört ihn nicht, trotz einiger unfreundlicher Reden der Herren Politiker gegen seine Herrschaft. Nikolaus II. schätzt dieses so genannte Parlament nicht besonders. Gegenüber dem deutschen Militärattaché von Hintze sagt er im Vertrauen: „*Die Erfahrung der zurückliegenden drei Jahre hat mir bewiesen, dass die Duma als Ventil recht nützlich sein kann, weil jeder dort reden kann, was er auf dem Herzen hat. Endgültige Entscheidungen darf sie nicht treffen. Ich entscheide! Russland braucht eine feste und starke Hand. Hier bin ich der Herr.*"

Aber ihn beunruhigen die Nachrichten aus dem angrenzenden Ausland. Deutsche Kanonenboote patrouillieren im Mittelmeer, Japan hat nun Korea gänzlich annektiert und der US-Senat hat die Annexion von Spitzbergen beschlossen, dort im Norden der Barentssee, wo die Russen seit Peter dem Großen Wale und Robben jagen, Polarfüchse, wilde Rentiere und Eisbären. Ist Russland bedroht, jetzt, wo der Aufschwung spürbar ist? Als Nikolaus den Thron bestieg, hatte das Land fünfundzwanzig Millionen Einwohner, nun dreimal so viel. Im Rekordtempo schreitet die Alphabetisierung voran. Unter den Rekruten der Armee ist nur noch jeder Vierte des Lesens und Schreibens unkundig. Seit der 1908 eingeführten Schulpflicht sind jedes Jahr 10.000 neue Schulen gegründet worden, die Grundschule ist kostenlos.

Auch ist eine gewisse Toleranz zwischen den Konfessionen spürbar. In Moskau, wo die polnische Gemeinde auf 30.000 Mitglieder angewachsen

ist, wird im Dezember 1911 in der Malaja-Grusinskaja-Straße nach zehn Jahren Bauzeit ein katholisches Gotteshaus auf den Namen „Kirche der unbefleckten Empfängnis der Heiligen Jungfrau Maria" geweiht. Der Generalgouverneur von Moskau hatte dazu die Erlaubnis unter der Auflage erteilt: „...das Bauwerk weit vom Stadtzentrum und nicht in unmittelbarer Nähe von besonders verehrten orthodoxen Heiligtümern zu errichten".
Die Weihe der für 290.000 Rubel in Gold* erbauten Kirche, die fünftausend Gläubigen Platz bietet, findet ein großes Echo in der russischen und polnischen Tagespresse. Die Moskauer Zeitung „Russkoje Slowo" schreibt: „In der schmutzigen, armseligen, von Gott und der Stadt vergessenen Malaja-Grusinskaja-Straße erhebt sich das wunderschöne, hoch künstlerische Massiv der neuen römisch-katholischen Kirche, geweiht der Heiligen Jungfrau Maria. Riesig in seinen Ausmaßen und Höhe,...hinterlässt das neue Gotteshaus einen tiefen Eindruck...Jedes Detail sieht beeindruckend und bedeutend aus: man sieht und fühlt nicht den geringsten stilistischen Makel."
Auch die Wirtschaft verringert den Abstand zu den entwickelteren Nationen Europas. Die Eisenerzgewinnung und die Stahlproduktion feiern immer neue Rekorde. Es gibt drei Millionen Fabrikarbeiter, die nun das Recht haben, Gewerkschaften zu gründen und ein Sozialversicherungssystem ist in Vorbereitung. Die russische Getreideproduktion ist dank der Agrarreform dreimal so hoch, wie die Argentiniens, Kanadas und der Vereinigten Staaten. Und Russlands Landwirtschaftsminister Kriwoschejin ist euphorisch der Meinung: „Russland braucht nur dreißig Jahre Ruhe und Frieden, um das reichste Land der Welt zu werden." Selbst der französische Ökonom Théry, der die russische Entwicklung aufmerksam beobachtet, schätzt ein: „Wenn sich die Dinge in den großen europäischen Nationen weiter so entwickeln wie jetzt, wird Russland um die Jahrhundertmitte Europa politisch, wirtschaftlich und finanziell beherrschen."

*290.000 Rubel in Gold - entsprechen heute 5,8 Mio. Euro. Die Mittel wurden von den katholischen Gemeinden in Russland, Weißrussland und Polen aufgebracht.

Aber die Dinge entwickeln sich nicht so weiter, auch wird es keine dreißig Jahre Ruhe und Frieden für Russland geben. Es brodelt in Europa und nicht nur Deutschland rüstet auf. Die Abteilung für Kundschafterwesen des russischen Generalstabs hat von ihrem Agenten aus Wien selbst aus dem Evidenzbüro, das wöchentlich Kaiser Franz Joseph I. einen Lagebericht vorlegt, vertrauliche Informationen über die österreichisch-ungarische Armee erhalten. Die Quelle ist ein hoher Offizier, der 1899 zu einem Sprachkurs in Russland weilte und der nun als Spion seinen recht aufwendigen Lebenswandel mit russischen Goldrubeln finanziert.

Im Februar 1913 feiert ganz Russland das 300. Jubiläum der Regierung der Dynastie Romanow. Die einfachen und gottesfürchtigen Menschen haben das innige Bedürfnis, ihren Landesvater zu vertrauen, zu ehren und zu bewundern. Viele glauben mit dem wirtschaftlichen Aufschwung, der als eindrucksvollen Bilanz der Romanows in der Presse breit dokumentiert wird, dass nun für ihr geschundenes Land ruhmreiche, friedliche Zeiten anbrechen würden, die auch dem einfachen Volk zugute kommen.

Beim Dankgottesdienst in der Kasaner Kathedrale, in der die Zarin, wie die Prinzessin Radziwill* schrieb, als „...*eine Statue eisiger Herablassung*" auftritt, suchen alle Anwesenden vor allem Rasputin, der offensichtlich nicht teilnimmt. Vielleicht sorgt sich die Mutter um ihren schwerkranken Sohn, der blass und gebrechlich neben seinen Schwestern sitzt und einer Ohnmacht nahe ist. Als zwei Tage später ein festlicher Ball im prächtig geschmückten Saal der Petersburger Adelsversammlung stattfindet, trägt die Zarin sogar die Kronjuwelen. Und Prinzessin Radziwill notiert: *„Sie sah wirklich sehr schön aus, aber alle Gäste wurden von dieser Schönheit nicht angezogen, vielmehr fühlten sie sich von ihrer kalten unsympathischen Art abgestoßen."*

*Prinzessin Katharina Radziwill (1858 - 1941) - entstammte einer alten dt.-poln. Adelsfamilie, die Maximilian I. 1515 zu Reichsfürsten gemacht hatte. Prominente an den Höfen in Deutschland und Russland. Literarisch begabt, Autorin von dutzenden Büchern über europäische Königshäuser, Pseudonym Paul Vasili. Liebte Luxus, Klatsch und Intrigen, in der Affäre um die Protokolle der Weisen von Zion beteiligt.

Im Mariinski-Theater gibt es gleich einen doppelten Eklat, als die Oper „Ein Leben für den Zaren" von Michail Glinka für die Ehrengäste gegeben wird, das Stück, das schon in Moskau zu den Krönungsfeierlichkeiten von Nikolaus II. auf dem Programm stand. Die Rolle des Sussanin, jenes schlauen Bauern aus Kostroma, sollte der weltberühmte Bassist Schaljapin singen, doch der hatte sich kurzerhand für stimmlich indisponiert erklärt, um nicht auftreten zu müssen.

Die Zarin schäumt vor Wut und erst recht, als ihr Gatte ungeniert während des zweiten Aktes bei der Mazurka nicht nur dem neuen Stern Anna Pawlowa stürmisch applaudiert, sondern auch der Mathilda Kschessinska, seiner einstigen Geliebten. Und Nikolaus, der vielleicht zu feige ist für einen Seitensprung, stellt fest, dass die Ballettsolistin, in deren Daunenbett er einst als junger Offizier und Zarewitsch seine Jungfräulichkeit verloren hatte, noch graziöser und ausstrahlender geworden ist.

Ungeachtet der Spannungen im eigenen Land, die ja mit den Feierlichkeiten kaum abgerissen sind, reist Nikolaus II. im Mai 1913 auf Einladung seines Cousins Wilhelm II. nach Berlin zur Eheschließung der Prinzessin Viktoria Luise von Preußen und dem Herzog Ernst-August von Hannover. Die Hochzeit fällt mit dem 25. Thronjubiläum des deutschen Kaisers zusammen und ist ein Goßereignis des europäischen Hochadels vor den Wolken eines heraufziehenden Krieges. Eine arrangierte und dennoch Liebesheirat. *„Es war Liebe auf den ersten Blick. Ich war Feuer und Flamme"*, bekennt Viktoria Luise, die am 24. Mai ihrem Ehemann im Berliner Schloss unter den Augen der Öffentlichkeit das Jawort gibt. Denn zum ersten Mal bei einer so hohen Adelshochzeit sind Filmkameras dabei, die das Ereignis festhalten.

Alles, was im europäischen Adel Rang und Namen hat, ist in die deutsche Reichshauptstadt angereist. Zar Nikolaus II., ein Cousin des deutschen Kaisers, macht gute Miene zum bösen Spiel und lacht ebenso in die Kameras wie sein britischer Cousin König George. Die Adelshochzeit ist verbunden mit zahlreiche Lustbarkeiten, so Ausfahrten auf der Havel, Spazierritte in den Tiergarten, Ausflüge nach Potsdam, wo die Engländer unbedingt auch

Schloss Sanssouci besuchen will, derweil König George Ehrengast der Frühjahrsparade in Potsdam ist. Und während die Damen Unter den Linden flanieren, macht Nikolaus II. auf eigene Faust und ohne Eskorte eine Autofahrt durch Berlin und versetzt damit den Hof in große Aufregung. Hatten doch am Tage zuvor fünfhundert Anarchisten anlässlich seines Besuchs unter Spruchbändern gegen das blutige russische Unterdrückungssystem demonstriert. Aber der russische Zar kehrt unbeschadet ins Schloss zurück. Dort ist die Spannung zwischen dem russischen und deutschen Herrscher spürbar, nicht daran zu denken, dass die beiden Monarchen wie 1905 in den Uniformen des jeweils anderen vor den Fotografen poussieren.

Natürlich ist die Hochzeit auch ein Ereignis, an dem das Volk teilhaben soll. So fällt die Schule in Berlin aus, vor allem, um die Mädchen und Jungen zum Jubeln auf den Straßen zu sehen. Auch wurden kleine Andenken und Pokale mit dem Bildnis des Brautpaares verteilt und Freibier ausgeschenkt. Die Feierlichkeiten spiegeln die in breiten Kreisen der Deutschen vorhandene Kaiserverehrung wider. Die monarchistisch gesinnte Presse nennt Wilhelm II. auch Arbeiter- oder Friedenskaiser. Dieses Attribut geht auf einen Vorschlag von Emanuel Nobel zurück, Wilhelm II. den Friedensnobelpreis 1912 zu verleihen, weil unter seiner Herrschaft das Deutsche Reich ein viertel Jahrhundert Frieden gehalten hat.

Es gibt auch Kritik, besonders an den vielen Reisen des deutschen Monarchen und er wird verspottet: *„Der erste war der greise Kaiser, der zweite war der weise Kaiser, der dritte ist der Reisekaiser."* Die Visiten sind vielleicht eine Flucht vor Schwierigkeiten, die der Kaiser hasst wie die Pest. Den größten Spott unter den Berlinern muss Wilhelm II. wegen seiner Vorliebe für Orden und Uniformen ertragen. So lästert der einstige vertraute des Kaisers und preußische Diplomat Graf Philipp zu Eulenburg, der sich krank und enttäuscht auf sein Schloss Liebenberg zurückgezogen hatte: *„Alle Tage Maskenball!"* Dabei hilft die Uniform dem Kaiser, die bei der Geburt erlittene Behinderung, sein linker Arm ist verkürzt und nur eingeschränkt beweglich, diese körperliche Beeinträchtigung durch die Hand am Säbel zu kaschieren.

Ärzte in der Umgebung von Wilhelm II. vermuten, dass die Behinderung ein Grund für sein vermindertes Selbstwertgefühl und die gesteigerte Egozentrik sei, dafür, dass er leicht gekränkt und in seinen Entscheidungen oft sprunghaft ist. Der amerikanische Historiker Robert K. Massie beschreibt den Deutschen an der Spitze des Reiches kurz und knapp so: *„Er ist unsicher und arrogant, intelligent und impulsiv, vernarrt in die moderne Technik und zugleich verliebt in Pomp und Theatralik."* Wilhelms Onkel, der britische König Eduard VII. nennt ihn den *„brillantesten Versager der Geschichte"*.

Und sein Uniformwechsel, er trägt zu jedem Anlass eine andere Montur, ist unter den republikanisch gesinnten Intellektuellen Anlass von Spott und Hohn. In der satirischen Zeitschrift Simplicissimus* wurde ein Witz, der schon fast an Majestätsbeleidigung grenzt, veröffentlicht: *„Serenissimus, im Badezimmer ist ein Rohr geplatzt. – Bringen Sie mir die Admiralsuniform!"*

Die Vorliebe für Uniformen teilt Wilhelm II. mit Nikolaus II. Aber nicht nur das, denn genau wie der russische Zar jagt der deutsche Monarch gern und hat eine stattliche Anzahl von Trophäen. Zudem segelt mit Vorliebe vor der Küste Südenglands mit seiner Yacht „Meteor" in Regatten und lässt es sich nicht nehmen, auch die Kieler Wochen zu besuchen. Und schließlich findet der Deutsche auch Gefallen an Automobilen und fährt nicht nur immer die neuesten Modelle, um die ihn Nikolaus beneidet. Er ist selbstverständlich auch Schirmherr des Kaiserlichen Automobilclubs.

In den Tagen der Hochzeitsfeierlichkeiten zeigt der Kaiser ein ungewohnt menschliches Antlitz: Er ist ganz Vater, der sich für das Glück seiner Tochter verantwortlich fühlt. Die Berliner Tagespresse, die ausführlich und zum Teil in Sonderausgaben über die Festlichkeiten der Adelshochzeit berichtet, druckt auch einige Worte, die Wilhelm II. an der Hochzeitstafel an die Braut richtete: *„Meine liebe Tochter, am heutigen Tage, an dem du unser Haus verlässt, danke ich dir von ganzem Herzen für die Freude, die du mir und*

Der Simplicissimus - deutsch: Der Einfältigste; satir. Wochenjournal 1896 - 1944. In der Redaktion arbeitet Ludwig Thoma, als Autoren Otto Julius Bierbaum, Hugo von Hofmannsthal, Erich Kästner, Heinrich und Thomas Mann und Arthur Schnitzler.

deiner Mutter immer bereitet hast, für die lange Zeit strahlenden Sonnenlichtes, dass du meinem Hause gewesen bist."

Als Nikolaus II. wieder in St. Petersburg ist, holt ihn der Alltag sofort ein. Im Frühjahr 1912 streiken die Arbeiter der Mining Joint Stock Company in den Goldminen an der Lena im Norden von Irkutsk. Das Unternehmen wirft enorme Gewinne für seine britischen und russischen Aktionäre ab, zu denen auch der Direktor Putilow, Graf Witte und die Zarinnenwitwe Maria Fjodorowna gehören. Gewinne auf Kosten der Arbeiter, die fünfzehn bis sechzehn Stunden täglich bei margerem Lohn und drastischen Strafen arbeiten müssen. Auf tausend Goldschürfer werden infolge dieser unmenschlichen Bedingungen siebenhundert Unfälle registriert. Als Lohn bekommen die Arbeiter Gutscheine, die sie in Läden der Companie einlösen sollen. Als in einem der Läden verdorbenes Fleisch verkauft wird, kommt es auf dem Andrejewski-Goldfeld zum Streik. Die sechstausend Streikenden fordern den Acht-Stunden-Tag, dreißig Prozent mehr Lohn, die Abschaffung der Geldbußen und bessere Lebensmittel.

Die Konzernleitung lehnt alle Forderungen ab und ruft Truppen zu Hilfe. Alle Mitglieder des Streikkomitees werden bei Nacht und Nebel verhaftet. Als die Streikenden deren Freilassung fordern und gegen die Willkür der Behörden protestieren, lässt Kapitän Treschtschenko das Feuer auf die Menge eröffnen. Die Lokalzeitung „Swesda - Stern" berichtet von 270 Toten und 250 Verletzten. Über 9.000 Arbeiter und ihre Familien verlassen aus Protest die Goldfelder an der Lena. Das Massaker provoziert landesweite Streiks und Unruhen, die auch St. Petersburg erfassen. In der Prawda*, die inzwischen legal als Organ der Sozialrevolutionäre Russlands erscheint, schreibt Wladimir Lenin, dass das Massaker an der Lena unter *„den Massen ein revolutionäre Feuer entzündet..."* habe.

*Prawda - dt. Die Wahrheit, russ.Tageszeitung, 1912 von Lenin gegründet, als Zentralorgan der KPdSU in der Sowjetunion 12 Mio. Exemplare Auflage, steht heute der Kommunistische Partei der Russischen Förderation nahe

Das Echo der Schüsse an der Lena auf friedliche Demonstranten will nicht verklingen. Am ersten Jahrestag verbreiten die Bolschewiki in tausenden Exemplaren ein Flugblatt. Darin heißt es: *„Am 4. April 1912 wurde an der fernen Lena der Glaube an die jetzige „erneuerte" nachrevolutionäre Selbstherrschaft erschossen. Jeder, der geglaubt hat, dass bei uns jetzt eine konstitutionelle Ordnung existiert, jeder, der geglaubt hat, dass die alten Greueltaten nicht mehr möglich sind, hat sich davon überzeugt, dass dem nicht so ist, dass die Zarenbande nach wie vor ihr Willkürregiment über das große russische Volk führt, dass die Monarchie Nikolaus Romanows nach wie vor Hunderte und Tausende von Leichen russischer Arbeiter und Bauern für ihren Altar heischt, dass nach wie vor in ganz Russland die Peitschen knallen und die Kugeln der zaristischen Söldlinge, der Treschtschenkos, pfeifen, denen die wehrlosen russischen Bürger als Zielscheibe dienen. Das Blutbad an der Lena hat eine neue Seite in unserer Geschichte eröffnet.*
Das Maß der Geduld ist erschöpft. Die angestaute Volksempörung hat den Damm durchbrochen. Der Strom des Volkszorns ist in Gang gekommen."
Die Öffentlichkeit verlangt von der Regierung, eine Untersuchungskommission zu den Goldfeldern zu senden, doch Innenminister Maklakow wiegelt ab und verdreht die Tatsachen: *„Wenn eine Menschenmenge, die unter dem Einfluss bösartiger Agitatoren den Verstand verloren hat, sich auf das Militär stürzt, dann bleibt den Soldaten nichts anderes übrig, als zu schießen. So war es, und so wird es künftig sein."* Aber dem Zaren wird geraten, eine Kommission für die Untersuchung des Lena-Massakers zu bilden. Um die Sache im Sande verlaufen zu lassen, wird der Hinterbänkler der Duma, ein gewisser Alexander Kerenski* der Trudowiki** mit der Leitung beauftragt. Doch das ist ein folgenschwerer Fehler, denn der intelligente Kerenski

*Alexander Fjodorowitsch Kerenski (1881 - 1970) - Rechtsanwalt, russ. Politiker, Chef der Übergangsregierung zwischen Februar- und Oktoberrevolution 1917.
**Trudowiki - Trudowaja Gruppa, - dt. Gruppe, Partei der Arbeit, eine sozialdemokratische Partei, deren Mitglieder Mittelbauern und Angehörige der Intelligenz sind, aus der die Narodniki-Bewegung hervorgegangen ist.

ermittelt ernsthaft und seine klugen wie lebhaft vorgetragenen Berichte decken die wahren Hintergründe auf und der Abgeordnete steigt zu einem der populärsten Führer in der Duma auf, wird Fraktionsvorsitzender seiner Partei. Mehr noch, der junge Abgeordnete nutzt geschickt seinen Erfolg, um von der Tribüne der Duma scharfe Angriffe gegen die Regierung und die autokratische Herrschaft von Nikolaus II. zu führen. Sein Redetalent, sein energisches Wesen und nicht zuletzt ein Mangel an ernsthaften Konkurrenten in der Volksvertretung machen ihn zu einem anerkannten Frontmann der linken Abgeordneten. Zaristische Repressalien für seine scharfe Kritik am zaristische System steigern seine Popularität und Beliebtheit.

Rasputin war wegen der anhaltenden Anschuldigungen der Großfürstenpartei gegen ihn im Juni 1912 in das Dorf Prokowskoje in Sibirien gefahren und lebt dort mit seiner Familie. Sein Ruf eilt ihm voraus, er ist der Wundertäter. Zu ihm kommen täglich hunderte Hilfesuchende gepilgert und er wird nicht müde, sie zu empfangen, ihnen Trost zuzusprechen, sie zu heilen und ihnen Geld zu geben.

Tausende Werst entfernt in Belewetschkaja beim weißrussischen Grodno an der Memel ist Nikolaus II. auf der Wisentjagd und der halbe Hof und die Familie begleiten den Herrscher. Bei einer Kahnfahrt mit seinen Begleitern will der acht Jahre alte Zarewitsch Alexei an Land springen und ehe es noch sein ständiger Begleiter und Bewacher, der stämmige Matrose Derewenko, verhindern kann, rutscht der Kronprinz aus und fällt mit dem Knie gegen einen Stein. Schnell schwillt das Bein an und blutet, so dass der Thronfolger in rasender Fahrt in das Jagdschloss Spala gebracht wird. Bald bekommt Alexei Romanow, die Hoffnung von Nikolaus II. und seiner Frau, hohes Fieber. Alexandra Fjodorowna befiehlt dem Hofmarschall Ärzte zu holen und ihren Mann, der nichts ahnend dem Wild hinterher pirscht, zu verständigen. Als die herbeigeeilten Ärzte den Zarewitsch untersuchen, stellen sie zudem eine Geschwulst in der Leistengegend fest, ein Fuß ist bedenklich angeschwollen. Das Fieber des Kranken beträgt 40 Grad. Der Zar befiehlt Professor Fedorow, eine Koryphäe in Russland, telegraphisch von

St. Petersburg nach Grodno. Noch in der Nacht rast ein Sonderzug auf der Warschauer-Petersburger Eisenbahnstrecke mit dem Arzt zum fiebernden Patienten und alle fahrplanmäßigen Züge werden umgeleitet oder stehen auf Nebengleisen, bis der Rettungszug vorbeigerast ist. Das Zarenpaar macht kein Auge zu und wacht bei seinem Sohn. Schon am Morgen trifft Professor Fedorow ein, untersucht den Kranken und stellt eine erschütternde Diagnose fest: der Zarewitsch hat Symptome einer schweren Blutvergiftung, muss höllische Schmerzen erleiden und ist zum Glück meist bewusstlos. Am Vormittag erkennt Alexei weder seine Eltern noch sonst jemanden aus der Familie und die Ärzte sind mit ihrem Latein am Ende.

Die Nachricht von der Krankheit eilt durch das Land, in St. Petersburg und Moskau erscheinen Extrablätter, überall läuten die Glocken und rufen die gläubigen Russen zu Bittgottesdiensten für den sterbenden Thronfolger von Russland.

Am zweiten Tag nach dem Unfall öffnet der Prinz die großen, vom Fieber gezeichneten Augen und erlangt sein Bewusstsein wieder. Er schaut auf die Umstehenden, seine Eltern, Professor Fedorow, die Hofärzte und die Kammerfrau und Vertraute der Zarin Anna Wyrubowa. Er sieht seine Mutter an und flüstert: *„Darf ich nun sterben?"* Alexandra Fjodorowna schreit auf, wild irren ihre Augen umher und bleiben an ihrer Hofdame und einzigen Freundin hängen: *„Telegrafiere ihm!"*

Wem, ist allen klar, doch der Angerufene ist fern in Sibirien in einem gottverlassenen Winkel bei Tobolsk. Der Abend kommt und die Ärzte befürchten, dass es mit dem Zarewitsch zu Ende geht, sein Beichtvater wird gerufen. In der Nacht steigt das Fieber weiter und während der ganze Hof betend auf den Knien liegt, verliert der Kranke wieder das Bewusstsein. Am Morgen, als die Diener und Hofbeamten nach dem nächtlichen Wachen und Beten noch schlafen, tritt eine triumphierende Zarin aus dem Schlafzimmer des Kranken. Dem verwirrten Hof teilt sie lächelnd mit, dass die Mediziner zwar keine Besserung feststellen konnten, sie aber nicht mehr besorgt sei, weil sie ein Telegramm von Väterchen Grigori erhalten habe. Und sie liest vor:

"Gott hat deine Tränen gesehen und deine Bitten gehört. Betrübe dich nicht weiter. Dein Sohn wird leben".
Keiner, auch nicht Professor Fedorow, kann sich erklären, was seit dem geschieht. Es ist, wie der Gelehrte schreibt, ein Wunder der Natur. Denn vormittags um zehn Uhr schlägt der Zarewitsch die Augen auf, die klar wie Bergseen sind und sein Fieber ist gesunken, die Schwellungen und Verfärbungen gehen zurück. Vierzehn Tage später kehrt die Zarenfamilie mit dem fast gesunden Thronfolger Alexei zurück nach St. Petersburg und dort erwartet sie Rasputin, den der Zar gerufen hatte, nunmehr ein teurer Freund und engster Vertraute der kaiserlichen Familie.

XXI.

Was ist nur los mit den Petersburgern? Die weißen Nächte, in denen die Sonne nie ganz unter geht und die Stadt in ein magisches Licht verzaubert, macht sie leichtsinnig und trunken, als drohe 1914 keine Kriegsgefahr. Die Theater sind stets ausverkauft, für einen Platz in der Kaiserlichen Oper werden Höchstpreise geboten, wenn Schaljapin oder Sobinow* singen und die Pawlowa oder die Kschessinska tanzen. Und alle wollen „Der Zar Fjodor" von Alexei Tolstoi** sehen, eine Tragödie eines edlen wie schwachen Herrschers, worin das Publikum durchaus die Parallelen zu ihrem Nikolaus II. erkennt. Auch Gorkis „Nachtasyl" weckt das Interesse der betuchten Bürger, können sie sich doch beim dramatischen Besuch im Moskauer Elendsmilieu richtig freuen, wie gut es ihnen doch geht. Ob sie Gorki verstehen, bleibt dahin gestellt, denn ein altes Sprichwort sagt: „Сытый голодного не разумеет - Der Satte versteht den Hungrigen nicht".

Leonid Witaljewitsch Sobinow (1872 - 1934) - russ. Opernsänger, lyrischer Tenor, sang am Bolschoi Theater Moskau und St. Petersburg, Gastspiele in Europa.
**Alexei Nikolajewitsch Tolstoi (1883 - 1945) - russ. - sowj. Schriftsteller und Poet, sein bekanntestes Werk: Die Abenteuer des Buratino*

Der wirtschaftliche Aufschwung hat die Spekulanten reich gemacht, es werden Millionen an der Börse verdient und wieder verloren. 1914 gibt es nach einer Volkszählung allein in der Hauptstadt vierzigtausend zugelassene Börsenspekulanten. Es wird gespielt in nie gekanntem Ausmaß und verspielt. Eine Welle von Selbstmorden und von Morden erschüttert die Stadt Peters. Die Newametropole zieht Abenteurer und Geschäftemacher an.
Es wird in den Tag hinein gelebt und es ist chic, die neueste Pariser Mode zu tragen. Wenn die Nächte hell sind, werden sie zum Tag gemacht und es wird wild gefeiert bei Champagner und Zigeunermusik. Und es blüht die Prostitution, nicht nur in den üblichen Spelunken, sondern auch in exklusiven Nachtclubs, wo Generäle, Minister und selbst Großfürsten bei mitternächtlichen Diner zu Gast sind. Orgien werden auch aus den höchsten Kreisen publik und immer öfter fällt dabei der Name Rasputin. Der schläft wahllos mit Huren und Prinzessinnen, prahlt schamlos mit seiner Potenz und rechtfertigt sich gegenüber seinen Eroberungen: *„Du glaubst, dass ich dich besudele, aber das tue ich nicht. Ich reinige dich."*
Der Wundermönch lässt sich immer seltener im Palast sehen, wo seine Klapse, Tätscheleien und sogar Küsse mit den Zarentöchtern beim Personal höchstes Befremden auslöst. Als die Gouvernante Tjuschewa wagt, dieses Verhalten der unschicklichen Vertrautheit der jungen Mädchen mit diesem Lüstling Rasputin der Zarin anzuzeigen, wird sie aus dem Palast verwiesen. Strenge Orthodoxe und Konservative beklagen den Verfall der Sitten über die nächtlichen Ausschweifungen, zu denen auch ein neuer Tanz gehört, der nach St. Petersburg gekommen ist, der Tango.
Es scheint, als habe ein Teil der Gesellschaft den Kontakt zum wirklichen Leben, zur Realität verloren. Sie ignorieren die Alarmzeichen, wie die wachsenden Unzufriedenheit der russischen Massen, denn allein im Juni 1914 streiken im Land Millionen Arbeiter. Auch die Zeichen eines drohenden Krieges scheinen weder die Minister des Zaren noch Nikolaus II. selbst zu beunruhigen. Zwar ordnet der Monarch an, die Truppen an der Westgrenze zu verstärken und die Schwarzmeerflotte zu vergrößern und stellt dafür über

einhundert Millionen Rubel bereit, Geld, das vorsichtshalber von den deutschen Banken abgezogen wurde. So ganz traut Nikolaus seinem Cousin Willy nicht, denn der deutsche Kaiser hat ein Expeditionskorps nach Konstantinopel geschickt und Österreich im Streit mit den Serben jegliche Unterstützung zugesichert. Ein hektischer Briefwechsel zwischen den gekrönten Häuptern Russlands und Deutschlands stellt den vergeblichen Versuch dar, den Frieden zu retten. Nikolaus II. unterschätzt die Kriegsentschlossenheit der europäischen Großmächte, klammert sich an die Illusion, dass Wilhelm II. es nie wagen würde, seinen russischen Verwandten, der noch dazu mit Frankreich und England verbündet ist, anzugreifen.

Bei der Entgegennahme des Beglaubigungsschreibens des neuen französischen Botschafters Maurice Paléologue erklärt der Zar: *„Ich kann es nicht glauben, dass Wilhelm Krieg will. Wenn Sie ihn so gut wie ich kennen würden, Herr Botschafter. Wenn Sie wüssten, wie viel Scharlatanerie in seinem Verhalten oft steckt...Ja, wenn er nicht ganz den Verstand verloren hat, wird Deutschland es nie wagen, das mit England und Frankreich vereinte Russland anzugreifen."*

Nikolaus Meinung wird bestärkt, als ein Schlachtkreuzergeschwader der Royal Navy flaggengeschmückt und unter Salutschüssen der Batterie der Peter-und-Pauls-Festung zum offiziellen Besuch in St. Petersburg einläuft. Die Großfürstinnen gehen, begleitet vom britischen Botschafter Sir Buchanan*, an Bord des Flaggschiffs „Lion", wo sie Admiral Beatty begrüßt. Junge, ausgesuchte Seekadetten der tausendköpfigen Besatzung des Schlachtkreuzers überreichen den Zarentöchtern Blumen und führen sie auf dem modernen Kriegsschiff umher, das 1910 vom Stapel gelaufen war und mit 27 Knoten eines der schnellsten Schiffe seiner Klasse ist. Die jungen

*George William Buchanan (1854 - 1924) - brit. Diplomat, 1909 zum Ritter geschlagen, 1910 - 1917 Botschafter in St. Petersburg, Freundschaft mit Nikolaus II.; seine Frau Lady Georgina, organisierte ein Lazarett für im I. Weltkrieg verwundete russische Soldaten in Sankt Petersburg, wo auch Tochter Meriel Krankenschwester war.

Damen sind begeistert und Diplomat Buchanan berichtet Nikolaus II., dass er die Zarentöchter nie glücklicher gesehen hätte.

Wie jeden Sommer begibt sich die Zarenfamilie auf die Staatsyacht „Standard" zur üblichen Kreuzfahrt auf der Ostsee. Hier erfährt Nikolaus II., dass Erzherzog Franz-Ferdinand, der Thronfolger von Österreich-Ungarn, in Sarajewo in einer Kutsche auf offener Straße vom bosnischen Studenten Gavrilo Princip erschossen wurde. Er glaubt nicht, dass dieses Attentat irgendwelche Folgen haben könnte und außerdem sorgt er sich um die Gesundheit seines Zarewitsch. Alexei hat sich sein Knöchel verstaucht und einen Bluterguss, der dem Zehnjährigen heftige Schmerzen verursacht.

Der Thronfolger ist, wie sein Lehrer Pierre Gilliard* schreibt *„das Zentrum der vereinten Familie, Mittelpunkt aller ihrer Hoffnungen und Gefühle, seine Schwestern beteten ihn an. Er ist der Stolz und die Freude seiner Eltern. Wenn er gut gestimmt ist,...scheint jeder und alles in der Sonne gebadet."*

Der Flügeladjutant des Zaren, Oberst Mordinow, offenbart in seinen Aufzeichnungen andere Wesenszüge des Nachfolgers auf den russischen Thron: *„Er hatte das, was wir Russen in der Regel als ein ‚goldenes Herz' bezeichnen. Er ging leicht mit Menschen eine Bindung ein, er mochte sie und versuchte sein Bestes zu tun, um ihnen zu helfen, vor allem, wenn es ihm schien, dass jemand zu Unrecht verletzt wurde. Seine Liebe, wie die der Eltern, war in erster Linie auf der Grundlage des Mitleids. Zarewitsch Alexei Nikolajewitsch war furchtbar faul, aber durchaus ein fähiger Junge (Ich glaube, er war faul, gerade weil er fähig war), er begriff alles schnell, wurde nachdenklich und leidenschaftlich über seine Jahre...Trotz seiner Gutmütigkeit und seines Mitleides versprach er zweifellos, einen festen und unabhängigen Charakter in der Zukunft zu besitzen."*

Als sich der Zustand des Jungen dank der Behandlung von Dr. Botkin bessert, beschließt der Zar, die Reise fortzusetzen, auch weil er der Meinung ist, dass die Gazetten nun ihre Schlagzeilen mit dem Mord in Sarajewo

*Pierre Gilliard (1879 - 1962) - dreizehn Jahre am Zarenhof Erzieher und Hauslehrer für Französisch für die fünf Kinder von Nikolaus II.

hätten und nach einer Woche kein Hahn mehr danach krähen würde. Aber glaubt er das wirklich oder will er nur seine Familie beruhigen?
Nach glücklichen und friedlichen Tagen auf See gehen die Zarenfamilie und ihre vielen Begleiter Anfang Juli von Bord der Luxusyacht und Nikolaus II. widmet sich wieder, von der Welt abgeschirmt, in Peterhof seinen Staatsgeschäften. Der Präsident der Republik Frankreich Raymond Poincaré wird erwartet, ein zuverlässiger Verbündeter Russlands und geachteter Staatsmann. Obwohl seit dem Selbstmord von Russlands Top-Spion, Oberst Redl, die Informationen aus Österreich nicht mehr so reich fließen, bekommt der Zar die Nachricht, dass sich das Wiener Kabinett über die Ermordung des Erzherzogs Franz-Ferdinand und seiner Gattin Sophie Chotek, Herzogin von Hohenberg, entrüstet und ernsthaft überlegt, Serbien militärisch in die Schranken zu verweisen. Das slawische Serbien aber ist mit Russland als Schutzmacht verbündet und Russland wiederum mit Frankreich und England. Ein Angriff auf Serbien würde ganz Europa in Flammen setzen.
Ein wichtiger Verbündeter ist auf dem Weg in der russischen Hauptstadt und Nikolaus II. selbst leitet die Vorbereitung für den Staatsbesuch den französischen Präsidenten Raymond Poincaré. Von der Kommandobrücke seiner Staatsyacht beobachtet er das Einlaufen des französischen Geschwaders, das von zahlreichen Ausflugsschiffen der Petersburger begleitet wird. Es ist ein herrlicher Julitag. Die Zarenhymne erklingt und die Marseillaise, Kanonen der Schiffe und der Peter-und-Pauls-Festung schießen Salut und tausende Zuschauer applaudieren den Gästen.
Beim abendlichen Galadiner im Schloss von Peterhof werden Toaste auf die unauflösliche Einheit der beiden Nationen ausgetauscht und das Essen und noch mehr das Trinken zieht sich hin. Die Zarin, die anfangs noch eifrig mit dem Präsidenten der Republik Frankreich dienstbeflissen Konversation betrieb, ist bald ermüdet, ihr Lächeln wird starr und ständig beißt sie sich auf die Lippen, kämpft mit hysterischen Anfällen.
Raymond Poincaré sucht ein versöhnliches Gespräch mit dem österreich-ungarischen Botschafter Graf Szápáry* und betont, dass in der

gegenwärtigen Situation alle europäischen Regierungen besonders besonnen handeln müssen: *„Mit ein wenig guten Willen lässt sich die Serbien-Affäre leicht lösen...Aber sie könnte sich auch ebenso leicht vergiften. Serben weiß enge Freunde im russischen Volk, das sie vom Türkenjoch befreite. Und Russland hat einen Verbündeten, Frankreich...was muss man da fürchten?"* Der Österreicher schweigt mit eisiger Miene und der Präsident nimmt sich seinen Botschafter zur Seite und vertraut ihm an, dass er nach diesem sehr einseitigem Gespräch kein gutes Gefühl habe und er befürchte, dass Wien einen Coup vorbereitet.

Auf einem Feld bei Krasnoje Selo findet Tage später eine gewaltige Militärparade von 60.000 Soldaten statt. Der französische Gast fährt mit einer Kutsche vor, in der auch die Zarin sitzt und Nikolaus II. begleitet sie hoch zu Ross. Die feine Petersburger festlich gekleidete Gesellschaft begrüßt von aufgestellten Tribünen den Monarchen und den Ehrengast. Als der Zar die Truppen erreicht, formieren sich die Einheiten und die Parade beginnt. Stolz und glücklich betracht Nikolaus vom Pferd aus seine Regimenter und die an ihm endlos herüberziehenden Soldaten, die vor ihm die Standarten grüßend in den Staub senken und so in dem Zaren in diesem Moment die Gewissheit und das Gefühl aufkommen lassen, dass Russland unbesiegbar sei. Am Abend dröhnen die Artilleriesalven vor dem Abendgebet, Militärkapellen spielen heilige Choräle, der Unteroffizier Iwan Spaltakow betet mit dröhnendem Bass das Vaterunser und eine unübersehbare Menge kniet mit entblößtem Haupt und betet für das Wohl des Kaisers und des heiligen Russlands. Nach dem Abschiedsessen zur Ehren des Zaren auf dem französischen Kreuzer „France" ziehen sich Nikolaus und Präsident Poincaré noch zu vertraulichen Gesprächen zurück. Er ist weiter überzeugt davon, dass sein

---

*Friedrich von Szápáry, Graf (1869 - 1935) - österreichischer Diplomat in Rom, Berlin. Ab 1913 Botschafter in St. Petersburg; vertrat eine aggressive Politik gegenüber dem russ. Kaiserreich; überbrachte am 6. August 1914 die Kriegserklärung.

Cousin in Berlin trotz des Baus von Schlachtschiffen und Kreuzern keinen Krieg anzetteln würde, sondern nur England damit den Rang als Seemacht streitig machen will. Vielleicht will er sich wider besseres Wissen selbst beruhigen, als er seinem Gast anvertraut: „*Allem Anschein nach zum Trotz ist Kaiser Wilhelm viel zu klug, um sein Land in ein wahnsinniges Abenteuer eines Krieges zu stürzen. Wie ich glaube, ist der vierundachtzigjährige Kaiser Franz-Joseph einzig von dem Wunsch beseelt, in Frieden zu sterben.*"
Doch schon am Morgen erfährt der Zar, dass in der Nacht, als die französische Flotte auf der Heimfahrt ist, das Wiener Kabinett Serbien ein Ultimatum gestellt hat. Außenminister Safonow* gibt der serbischen Regierung den Rat, Österreichs Forderungen, und seien sie noch so unannehmbar, im Interesse eines Friedens zu erfüllen. Auch aus taktischen Gründen bemüht er sich um eine friedliche Lösung unter der Bedingung, dass Russland dabei sein Gesicht als Großmacht wahren könne. Umsonst. Am 15. Juli erklärt Österreich-Ungarn Serbien den Krieg. Als die Zarin davon erfährt, sucht sie verzweifelt nach Rasputin, der Nikolaus mit seiner Erleuchtung in dieser schweren Stunde zur Seite stehen soll. Sie schreibt „*Ich wünsche mir nur eines, für immer an Deinen Schultern und in Deinen Armen in den Schlaf zu sinken...Wo bist Du? Wo bist Du hin? Ach, ich bin traurig und mein Herz ist voller Sehnsucht...wirst Du mir bald nahe sein? Komm rasch...Ich liebe Dich immer.*"
Diese und ähnliche Briefe, kein Mensch weiß wie es geschieht, kursieren plötzlich in der Öffentlichkeit und geben dem Gerücht Nahrung, dass die Zarin ein unzüchtiges Verhältnis mit Rasputin habe. Es heißt, der Mönch Iliodor hätte sie im Hause Rasputins gestohlen und leitete aus dessen Inhalt, garniert mit vielen anderen angeblichen Erkenntnissen, eine sexuelle Beziehung Rasputins zu der Zarin ab, die ihm angeblich hörig sei. Der Inhalt der Briefe wird von der Gesellschaft nach Belieben abgeschrieben, weiter ausgeschmückt und so wandern sie durch die St. Petersburger Salons.

*Sergei Dmitrijewitsch Sasonow (1860 - 1927) - russ. Diplomat, von 1910 - 1916 Außenminister, der alles versuchte, den I. Weltkrieg abzuwenden

Immer weitere angebliche Briefe, die vollständig erfunden sind, tauchen auf. Die Situation verschlimmert sich noch dadurch, dass die Zarin, wie auch der Zar, sehr zurückgezogen leben, und dass ihr gegenüber, als Deutsche, viele Personen der russischen Gesellschaft ohnehin feindselig eingestellt sind.
Alexandra Fjodorowna erleidet einen Herzanfall und fordert Rechenschaft von Rasputin, der in Pokrowskoje weilt. Der Staretz antwortet mit einem Telegramm: *„Liebste Mama! Was für ein Hund, dieser Iliodor! Ein Dieb! Stiehlt Briefe! Schweinerei! Muss sie aus dem Schrank geklaut haben. Der will sich Pope nennen – und dient dabei dem Teufel. Denke daran. Er hat lange Zähne, der Dieb. Grigori."*
Es tauchen Karikaturen auf, in der Georgi Rasputin und Alexandra Fjodorowna in obzönen Szenen zu sehen sind. Die Zensur hat alle Hände voll zu tun, solche Machwerke zu verbieten, so auch die Darstellung, in der Puppenspieler Rasputin den Zar und die Zarin als Marionetten in der Hand hält.
Trotz des Flehens der Zarin bleibt Rasputin verschwunden, ist in keinem Bett irgendeines Palastes oder bei einem heißblütigen Zigeunermädchen im Lager vor der Stadt zu finden. Der Wundermönch ist in seinem Heimatdorf in Sibirien von einer halb wahnsinnigen Bäuerin schwer verletzt worden. Als sie dem ahnungslosen Rasputin das Messer in den Bauch rammte, rief sie, dass sie den Antichristen tötet.
Alexandra Fjodorowna eilt daraufhin in ihre Privatkapelle und betet für das Leben und die Genesung des geliebten Staretz, das am seidenen Faden hängt. Doch der Bauernmönch hat eine wider-standsfähige Natur und noch aus dem Krankenhaus in Tjumen sendet Rasputin an Nikolaus ein Telegramm, in dem er den Monarchen bittet, keinen Krieg zu führen, der *„...das Ende Russlands und der Zaren nach sich ziehen würde."*
Diese Depesche verwirrt Nikolaus noch mehr, denn während seine Frau ihn anfleht, auf den Rat des ungebildeten Wundertäters aus der Provinz zu hören, tendiert er mehr zur Meinung seiner Minister, der Großfürsten und des Generalstabs, sich mit Cousin Wilhelm zu konsultieren und schlägt dem deutschen Kaiser vor *„...den österreichisch-serbischen Konflikt vor das*

Internationale Schiedsgericht in Den Haag* zu bringen..." und schließt mit den Worten: *„..Ich vertraue Deiner Weisheit und Freundschaft."* Und um seinen Worte Nachdruck zu verleihen, ordnet Nikolaus entgegen der wachsenden Kriegspartei in der Regierung vorerst nur eine Teilmobilmachung an der österreichischen Grenze an.

Schon am nächsten Tag antwortet Wilhelm II., der nun Russland die alleinige Verantwortung für den Krieg, der unvermeidlich scheint, zuschiebt. Und noch eine Meldung schreckt den russischen Zaren hoch. Die österreichische Armee beschießt Belgrad. Die Militärs im Generalstab des Zaren fordern die sofortige Mobilmachung, doch Nikolaus zögert, überlegt kurz, ob er vor Cousin Willy auf die Knie fallen, Serbien opfern und Frankreich in den Rücken fallen soll. Doch er steht zu seinem Wort und dem Bündnis und ordnet schließlich die Generalmobilmachung an. Dennoch telegrafiert er Wilhelm II., dass er mit den militärischen Vorbereitungen beginnen musste, jedoch die Truppen strenge Order haben, solange noch verhandelt wird, sich jeder Angriffshandlung zu enthalten. Aus Berlin kommt postwendend die Forderung, die Mobilisierung der russischen Armeen und Flotten binnen zwölf Stunden rückgängig zu machen. Und weil sich der russische Zar weigert, beschließt auch Deutschland die allgemeine Mobilmachung.

Die drei Cousins Wilhelm II., Kaiser von Deutschland, George V., König von Großbritannien und Nikolaus II., Zar von Russland, die sich seit Kindheitstagen in Briefwechseln und bei Begegnungen mit Willy, Georgie und Nicky anreden, besitzen zwar Macht und Einfluss in ihren Ländern, aber gelingt es ihnen auch den Frieden bewahren, können oder wollen sie das? Sie sind sich seit den Hochzeitsfeierlichkeiten im Berliner Hohenzollernschloss im Mai 1913 nicht mehr begegnet und stehen sich nun in gegensätzlichen

---

*Schiedsgericht in Den Haag, Vorläufer Haager Friedenskonferenz; 1899 auf Initiative von Nikolaus II. gegründet, um Frieden und Abrüstung zu diskutieren, Konflikte friedlich beizulegen. 1900 Schiedsgericht gegründet, das 1902 die Arbeit aufnahm. 2. Haager Konferenz 1907, Internationale Schlichtungsstelle ab 1913.

Bündnissen gegenüber, George V. und Nikolaus II. hatten ihre Länder mit Frankreich gegen Wilhelms Deutsches Reich verbündet. Und der ist mit der Habsburger Doppelmonarchie Österreich-Ungarn eine Allianz eingegangen. Drei Monarchen, Enkel der Queen Victoria, der Uroma Europas, die ein Weltreich beherrschte, in dem die Sonne nie unterging und die Auseinandersetzungen auf Schlachtfeldern für unzivilisiert hielt, die nur Zeit, Geld und Leute kosten. Nicht einmal ihre Blutsverwandtschaft garantiert den Frieden. Hatten die drei Herrscher überhaupt das Format dazu?

König George von Großbritannien und Kaiser von Indien ist ein Mann von ohne geistige Interessen, der gern auf die Jagd geht und Briefmarken sammelt. Sein schlichtes Gemüt ist gepaart mit einer berechnenden Kälte. Und obwohl er seinem russischen Cousin beinahe zum verwechseln ähnelt, ist Nikolaus II. nicht nur in diesen Tagen antriebslos und zögerlich, zu jedermann freundlich, ja weich und böse Zungen behaupten, er wäre durch seine Frau und Rasputin fremdbestimmt. Nicht nur einmal klagte der Zar, dass er nichts vom Herrschen verstünde.

Aus ganz anderem Holz ist Wilhelm II. geschnitzt, ein Pfau in Uniform mit einem Drang zur Selbstinszenierung, der von den drei Cousins den größten politischen Ehrgeiz besitzt und gleichzeitig seinen englischen Vetter um Englands Beherrschung der Meere beneidet. Der deutsche Kaiser ist empfänglich für Schmeicheleien und reagiert äußerst empfindsam, ja zornentbrannt auf alles, was er als Zurücksetzung empfindet. Die Dünkelhaftigkeit seiner Londoner Verwandtschaft kränkt den machtbewussten Deutschen. Als George V. mit dem zunehmenden Hass der Briten auf Deutschland nicht nur die deutsche Flagge aus seinem Palast entfernen lässt, sondern auch den Namen seines Hauses Sachsen-Coburg-Gotha nach dem gleichnamigen Schloss nahe London in Windsor umbenennt, macht ein Witz seines Vetters Willy die Runde: *„Ich werde entzückt sein, mir die bekannte Operette 'Die lustigen Weiber von Sachsen-Coburg-Gotha' anzusehen."*

Als die Zarenfamilie im von tausend Kerzen erleuchteten Speisesaal von Schloss Peterhof am Abend des 19. Juli 1914 zusammen sitzt und Nikolaus sein Besteck weglegt zum Zeichen, dass abgeräumt werden kann, wünscht der Hofminister in einer dringenden Angelegenheit den Zaren zu sprechen. Der Monarch verlässt den Saal, kehrt nach einigen Augenblicken totenbleich zurück und räuspert sich, ehe er sichtlich betroffen verkündet: *„Es ist doch geschehen, Deutschland hat uns den Krieg erklärt."* In seiner Hand hält er die Depesche aus Berlin mit den markigen Worten des deutschen Kaisers, die der auf dem Balkon des Stadtschlosses in die frenetisch jauchzenden Masse schleuderte: *„Will unser Nachbar es nicht anders, gönnt er uns den Frieden nicht, so hoffe ich zu Gott, dass unser gutes deutsches Schwert siegreich aus diesem schweren Kampfe hervorgeht."*

Instinktiv, von einem patriotischen Gefühl bewegt, weiß Nikolaus, dass er jetzt in dieser schicksalsschweren Stunde in seiner Hauptstadt gebraucht wird. Am nächsten Morgen begibt er sich auf seine Yacht „Alexandria" und kommt einige Stunden später in St. Petersburg an, wo ihn am Kai eine unübersehbare Menge jubelnd empfängt und ihn unter Hochrufen zum Winterpalais begleitet, wo sich ebenfalls viele Hauptstädter in Erwartung des Zaren versammelt haben. In der Sankt-Georgs-Galerie trifft der Zar auf den gesamten versammelten Hof, die hohen Amtsträger und die Repräsentanten der Kirche sowie der Generalität, nicht in ihren Paradeuniformen, sondern bereits in Feldmontur. Im Zentrum des Saales ist in aller Eile ein Altar mit der Ikone der wundertätigen Jungfrau von Kasan* errichtet worden. Dieses Gnadenbild ist seit Jahrhunderten mit der Dynastie der Romanows verbunden. Das Bild der Schutzheiligen für die Stadt Kasan und ganz Russland soll im Jahre 1579, als Iwan Grozny die von den Tataren besetzte Stadt befreite, von einem kleinen Mädchen namens Matrjona in den Ruinen ihres

*Ikone der wundertätigen Jungfrau von Kasan - russ. Казанская Богоматерь - Gnadenbild, einer der Hauptikonen der Romanows. 1612 begleitete die Ikone die russischen Truppen, die Moskau von der polnischen Invasionsarmee befreiten. 1709 wurde die Ikone von Peter I. im Kampf gegen Schweden angerufen, Kutusow versicherte sich 1812 des Beistandes dieses Petersburger Gnadenbildes vor dem Kampf gegen Napoleon.

niedergebrannten Hauses gefunden worden sein, nachdem ihr die Gottesmutter im Traum erschienen sei. Diese Geschichte kennt jeder Russe.
Als das Te Deum angestimmt wird, betet der Kaiser mit Inbrunst und sein Gesicht zeigt hektische Flecken, während die Zarin steif mit hochgerecktem Kopf und einem starren Blick ihrer glasigen Augen und zusammengepressten bläulichen Lippen dasteht. Dann verliest der Protodiakon mit einem singenden wohltönenden Bass das Manifest mit der Kriegserklärung. Als er endet, legt Nikolaus II. schwörend die rechte Hand auf die Bibel und hält eine kurze Rede, die er in Zügen schon bei Alexander I. gelesen hat, als der 1812 die russische Nation aufrief zum Kampf gegen den Eindringling Napoleon. *„Hiermit erkläre ich, Nikolaus, Zar von Russland, feierlich, dass ich keinen Friedenvertrag unterzeichnen werde, bevor nicht der letzte feindliche Soldat unseren heiligen russischen Boden verlassen hat. Durch Sie, meine getreuen vereinigten Vertreter unserer Truppen, die mir so teuer sind, durch Sie wende ich mich an meine gesamte Armee, die von dem selben Geist beseelt und hart wie Granit ist und die ich für die schwere Aufgabe, die sie nun zu erfüllen hat, segne."*
Die Anwesenden klatschen, begeistert werfen die Militärs ihre Mützen in die Luft und ein dreifaches Hurra schallt durch den Saal. *„Es lebe unser heiliges Russland, es lebe Zar Nikolai und es lebe Frankreich!"*, wird gerufen und Großfürst Nikolaus Nikolajewitsch*, der Onkel des Zaren und Oberkommandierende der russischen Streitkräfte umarmt spontan den verwunderten französischen Botschafter. Der schreibt am Abend in sein Tagebuch: *„In diesem Augenblick war der Zar wirklich Selbstherrscher, der militärische, politische und religiöse Führer seines Volkes, der absolute Herr über ihre Leiber und Seelen."*

*Nikolaus Nikolajewitsch Romanow (1856 - 1929) - russ. General, Enkel von Zar Nikolaus I., orthodoxer Christ, neigte zum Okkultismus, unterstützte Wittes Reformpläne; bekannt durch seine Barsoizucht; jagte mit den Hunden Wölfe. Floh 1919 auf einem englischen Kreuzer aus Russland

Die Anwesenden singen so inbrünstig „Gott schütze den Zaren", dass der Gesang in den Fluren des riesigen Palastes widerhallt. Anwesende Damen des Hochadels werfen sich Nikolaus vor die Füße und küssen seine Hände. Die Zarin aber, eine Deutsche, fühlt sich unbehaglich in dieser Schar von Patrioten und ist froh, als sie mit ihrem Gatten auf den Balkon hinaustreten muss. Dort unten vor der Alexandersäule wartet eine riesige Menge dicht an dicht mit Kirchenbannern, Ikonen und Porträts des Kaiserpaares. Als sie Nikolaus erblicken, entblößen sie ihre Häupter und fallen auf die Knie. Wieder erklingt von einem herbeikommandierten Militärorchester die Zarenhymne und das Gebet „Gott, rette Dein Volk".

Es ist keine organisierte Demonstration, sondern Zehntausende sind auf dem Senatsplatz erschienen, Gräfinnen, Abgeordnete und Arbeiter, die noch vor einigen Tagen mit roten Fahnen protestierend durch Petersburg gezogen sind. Unversöhnliche revolutionäre Studenten singen mit Popen, Bauern und Kleinbürgern und vereinen sich in diesem Augenblick in einer Welle der Loyalität mit Russland und dem Zaren. Und den erfüllt es mit einem Hochgefühl, endlich wird er von ganz Russland nicht nur verstanden, sondern auch geliebt. Nie, seit 1812, hat St. Petersburg, hat das ganze Land solch einen Patriotismus gesehen. Nur aus dem Schweizer Exil meldet sich der Bolschewik Wladimir Lenin und erklärt, dass eine russische Niederlage allemal besser sei, als der Sieg des Zarismus.

Unter dem Eindruck des Erlebten ist Nikolaus bereit, selbst das Oberkommando seiner Streitkräfte zu übernehmen. Doch Ministerpräsident Goremkyn* und andere Mitglieder raten dem Monarchen ab. Weil damit zu rechnen sei, dass in den ersten Wochen die Russen zurückweichern müssten, würde er sein Ansehen und seine Autorität aufs Spiel setzen, ganz abgesehen davon, welches Chaos sich im Lande breit machen würde, wenn ein Rückzug der Armee unter seinem Befehl notwendig würde. Das überzeugt Nikolaus

*Iwan Logginowitsch Goremykin (1839 - 1917) - russ. Staatsmann, 1914 - 1916 Ministerpräsident, , Mitglied des Staatsrates; 1917 bei einem Raubüberfall in seiner Villa in Sotschi gemeinsam mit Frau und Tochter ermordet.

und er ernennt seinen Onkel Großfürst Nikolaus Nikolajewitsch Romanow am 2. August um vierzehn Uhr zum Generalissimus und Oberbefehlshaber. Und weil Nikolaus die gegen Deutschland und unterschwellig gegen seine deutsche Frau aufkommende Stimmung im Land spürt, tauft er seine Hauptstadt per Ukas vom deutsch klingenden St. Petersburg kurz entschlossen in Petrograd um. Außerdem verbietet er den Wodkaverkauf.

XXII.

Wieder ist es Winter und trostlos im tief verschneiten Koukkala und als der Briefträger mit dem Pferdeschlitten kommt, bringt er keine guten Nachrichten. Während der Bote sich noch in der Küche bei einem Gläschen Wodka aufwärmt, öffnet Ilja Repin ein Schreiben, dessen Absender sein Herz schneller schlagen lässt. Er kommt aus Moskau von Walentina Semjonowa Serowa. Sie ist nicht nur die Mutter seines begabtesten Schülers Walentin, dem er schon als Knabe das Zeichnen beigebracht hat und der nun als Professor an der Moskauer Hochschule für Malerei, Bildhauerei und Architektur lehrt, sondern diese interessante Frau hat einen anerkannten Ruf als russische Komponistin und Musikkritikerin. Und Repin hatte sie geliebt, mit einem echten Gefühl, tief aus dem Herzen, so unvernünftig und ohne Zukunft.

Doch während er sich an ihr liebevolles Gesicht und ihre Stimme erinnert, sucht der Maler den Kneifer, um die zierliche Handschrift zu lesen. Doch bald tropfen Tränen auf das Papier. Sein Meisterschüler Walentin Serow erlag im Dezember einem Herzinfarkt mit nur 46 Jahren auf der Höhe seines Schaffens. Auch wenn Serow in der jüngsten Zeit sich einem anderen Stil verschrieben hatte und Russlands Begründer des Jugendstils wurde, so schätzt Repin, der ja selbst ein Meister des Porträts ist, die meisterlichen Bildnisse, die sein Schüler von Nikolaus II., von Maxim Gorki, Fjodor Schaljapin, vom Maler Isaak Lewitan, von Emmanuel Nobel, ja auch von

Puschkin, dem Impressario des Balletts de Russes Sergej Djagilew, dem Komponisten Rimski-Korsakow und vielen anderen gemalt hat. Serow machte seinem Meister Ehre, weil er es wie Repin verstand, in jedem Porträt nicht nur das Modell darzustellen, sondern es zugleich zu einem unverwechselbaren Porträt des Malers zu machen. Das ist Meisterschaft. Und wie Ilja Jefimowitsch hat Walentin Serow nie aufgehört, an sich zu zweifeln, denn nur so kann ein Künstler etwas wirklich Großen, Unvergängliches schaffen.

Mutig auch sein Akt von Ida Rubinstein, die einen völlig neuen Typ von Ballerina verkörpert, auffallend groß und schlank, eine faszinierende Schönheit. Ihre Bewegungen auf der Bühne verzaubern das verwöhnte Ballettpublikum und berühmte Tänzer und Choreografen loben verzückt: *„Hier war kein Vergleich möglich, weil man so etwas noch nie zuvor gesehen hatte".* Der Komponist Igor Stravinski hingegen meinte, dass sie die dämlichste Frau sei, die ihm in der Welt der Kunst begegnet sei.

Die Rubinstein ficht das nicht an, sie gehört zu den Salondamen von St. Petersburg und die Geschichten um die selbstbewusste, jüdische Künstlerin füllen russische und französische Boulevardblätter. Mäzene, Fürsten und Ehemänner liegen ihr zu Füßen und sie nutzt das aus, verkörpert den neuen Frauentyp im Russland des beginnenden 20. Jahrhunderts, provoziert, setzt sich in Szene, tritt für die absolute Freiheit und die freie Liebe ein. Im Gegensatz zu den bedeutungslosen Flirts und den nichts sagenden Affären verbindet sie eine echte Freundschaft mit dem Komponisten Maurice Ravel. Serow hatte es ein Jahr vor seinem Tod gereizt, sie zu malen. Die Traumfrau des neuen Jahrhunderts hatte schon Antonio de la Gandara* auf die Leinwand gebannt. Und Dumitru Chiparus** fertigte eine bronzene Statue von ihr an, die zu den sinnlichsten einer Tänzerin gehört. Repin hat kürzlich

*Antonio de la Gandara (1861 - 1917) - franz. Maler und Zeichner der Belle Époque, Lieblingsmaler des gehobenen Pariser Bürgertums.
*Dumitru Chiparus (1886 - 1947) - rumän. Bildhauer, bedeutendster Künstler des Art Dèco, seine Skulpturen stellten meist Tänzerinnen des Balletts Russes dar.

im „LE FIGARO" gelesen, dass die Rubinstein, die mit einer eigenen Kompanie in Paris gastierte, einen Skandal verursachte. Der Erzbischof der Seinestadt Leon-Adolphe Amette verbot allen Katholiken die Aufführung von „Le Martyre de Saint Sébastien" von Claude Debussy im Theatre du Chatelet zu besuchen, da eine Frau die Hauptrolle eines Heiligen spielt, die dazu noch Jüdin sei.

Im Brief teilt Waltentina Semjonowa Serowa Repin mit, dass ihr Sohn ohne Schmerzen und ohne lange quälende Krankheit ganz plötzlich verstorben sei. Sie hatte ihn umsonst gebeten, sich zu schonen. Der Tod nahm ihm an der Staffelei die Pinsel aus der Hand, als er am Bildnis der Fürstin Olga Orlowa arbeitete. Es ist doppelt schmerzlich für den Maler Ilja Jefimowitsch Repin, nicht nur dass die russische Künstlergemeinde einen ihrer Besten und Hoffnungsvollsten so plötzlich verloren hat, sondern weil es so unsagbar schwer zu ertragen ist, dass sein Schüler, der wie ein Sohn für ihn war und der Jahre als Student mit seinem Meister Repin unter einem Dach gelebt hatte, vor ihm gestorben ist.

Aber er ist sich sicher, dass die Werke von Serow Galerien in Europa schmücken werden und sein Name noch lange in der Welt einen guten Klang hat. Vor allem auch durch sein Meisterwerk „Девочка с персиками - Das Mädchen mit den Pfirsichen". Auf dem Bild ist Vera zu sehen, die Tochter des namhaften Moskauer Wohltäters und Sammlers Sawwa Mamontow. Obwohl schon 1887 gemalt, also zwei Jahre nachdem der junge Serow die Kaiserliche Akademie der Künste in St. Petersburg mit einer Silbermedaille beendete, zählt dieses Gemälde zu seinen berühmtesten Bildern. Kein anderer russischer Künstler hat es je bisher geschafft, die Poesie der Jugend mit so ergreifender Frische und meisterhaften Technik einzufangen.

Repin hatte den Brief in einem Moment vergessen, nimmt ihn erneut zur Hand. Buchstabe an Buchstabe, Wort für Wort reihen sich der abgrundtiefe Schmerz von Walentina Serowa: *„Mit Waljas Tod ist für mich die Zukunft gestorben. Ich frage mich, wie ich damit leben kann ohne verrückt zu werden. Vor meinem eigenen Tod ist mir nicht bang. Man stirbt nur mit dem* eigenen Tod, aber mit dem der Liebsten muss man leben. Mit dem Hinscheiden derer, die mir lieb waren, erst meinen Alexander nach viel zu kurzer Ehe mit diesem einzigartigen Menschen und nun unser geliebtes Kind. Ich habe keine Tränen mehr und ich hätte den singenden Popen bei der Liturgie im Trauergebet erschlagen können, wäre ich nicht zu schwach gewesen, von wegen Gottes Wille. Welch ein barmherziger Gott kann denn so etwas Grausames wollen, der Mutter den Sohn zu rauben. Jetzt bin ich allein, lebe wie im Nebel, nicht fähig zu komponieren, überhaupt nichts Vernünftiges zu tun und in meinen von kurzem Schlummer unterbrochenen wachen Nächten gehen sie durch meine wirren Träume, Sascha und Walja."

Ach, Walentina, denkt Repin, der sie einst liebte und sie immer noch liebt, nun als eine Künstlerin, als eine große, höchst temperamentvolle, rechtschaffene und wahrheitsliebende Natur. Und er, dem schon halb Russland Modell gesessen hat und dessen Auge jeden Charakter bis auf den Grund ausforschte, ist sich sicher, dass es nur wenige Frauen ihrer Art gibt. So in Gedanken zieht er sich die Walenki* an und wirft sich seinen Tulup** über und geht hinaus in den Park, wo die kahlen Äste der Bäume ihre dunklen Arme wie zum Gebet in die tief hängenden Wolken strecken. Er will allein sein, damit niemand die Tränen sieht und so stapft der Maler durch den Schnee. Die Welt ist arm geworden ohne seinen väterlichen Freund Wladimir Stassow, ohne seinen Malerfreund und Lehrer Iwan Kramskoi, ohne Lew Tolstoi und nun auch ohne Walentin Serow. Grau hängt der Himmel über Penaten, als trauere er mit dem Maler und über den weißen Feldern liegt der Schnee wie ein Leichentuch. Erst als die frühe Dämmerung einsetzt, kehrt Repin ins Haus zurück und Natalia Nordman nimmt ihm schweigend den Pelz ab, zieht ihm die vereisten Filzstiefel von den Füßen.

Repin kneift die Augen zusammen, versucht seiner Gefährtin ins Gesicht zu schauen, in das liebe und von der heimtückischen Krankheit gezeichnete

*Walenki - traditionelle russische Winterstiefel aus Filz. Der Name Walenki bedeutet wörtlich übersetzt „hergestellt durch Filzen".

**Tulup - Bauernpelz aus Schaffell

Gesicht. Zwar hatte der Deutsche Robert Koch schon lange den Verursacher der Tuberkulose, ein Bakterium entdeckt und dafür sogar 1905 den Nobelpreis erhalten, aber sein zur Bekämpfung der Krankheit entwickelte Tuberkulin konnte Natalia Nordman ebenso wenig helfen wie die von Ärzten empfohlenen Aufenthalte in frischer Bergluft in Schweizer Sanatorien. Ilja Jefimowitsch hat gerade ein Bild seiner Frau vollendet und scheut sich, es nun mit den frühen Porträts von ihr zu vergleichen.

Am nächsten Tag, der Schnee glitzert in der Sonne und die Tannen haben sich mit Eiskristallen geschmückt, kommt aus St. Petersburg Leonid Andrejew*, um Farbfotos von Repin zu machen. Ilja Jefimowitsch ist es erst peinlich, aber dann setzt er sich in Positur und lächelt in die Kamera. Dann unterhalten sie sich mit Natalia Nordman, die duftenden chinesischen Tee und Kringel gebracht hat, über die wachsende Kriegsgefahr. Der Maler hat Andrejews Antikriegserzählung „Das rote Lachen" gelesen und lobt den Autor für diese schonungslose realistische Darstellung des Lebens und Sterbens der Soldaten. Da holt der Schriftsteller ein vielfach gefaltetes Papier hervor und reicht es Natalia Nordman, die die deutsche Sprache ausgezeichnet beherrscht. Es ist eine Kritik von Bertha von Suttner** zu der Andrejewschen Erzählung. *„Mit Entsetzen und Jubel habe ich diese gewaltige Dichtung in mich aufgenommen. Mit Jubel, weil mir scheint, dass noch nie eine schärfere und glänzendere Waffe für den Kampf geschmiedet worden, dem mein Leben geweiht ist, als dieses rote Lachen. Es wird der Friedensidee die Geister in Scharen gewinnen. Freilich: die Militärfachleute werden es achselzuckend abtun mit »Übertreibung - Phantasterei - unwahr« – aber die andern werden ergriffen und erschüttert sein, werden fühlen, wie viel Wahres in dem Dichtertraum liegt; werden einsehen, nicht nur, dass der Wahnsinn zu den Krankheiten des modernen Krieges gehört - das*

*Leonid Nikolajewitsch Andrejew (1871- 1919) - russ. Schriftsteller und Journalist, mit Repin befreundet

**Bertha Sophia Felicita Freifrau von Suttner (1843 - 1914) - österr. Schriftstellerin und Pazifistin, 1905 als erste Frau mit dem Friedensnobelpreis ausgezeichnet

ist ja auch beglaubigte Tatsache - sondern dass der Krieg selber ein Wahnsinn ist...gesegnet sei Andrejew dafür, dass er sein blendendes Talent zu diesem Werk benutzt hat - es wird ihm nicht geringe Seelenqual bereitet haben. Nur mit blutendem, zuckendem Herzen kann man solche Dinge schreiben...Wenn einst - und das muss ja kommen, wenn unsere ganze Kultur nicht untergehen soll - wenn einst die Welt von diesem größten aller Übel, vom Krieg, erlöst sein wird, so wird Andrejew mit seinem unvergleichlichen Kunstwerk an dieser Erlösung mitgearbeitet haben, wie kein Zweiter."
Repin sagt: *„Eine kluge Frau. Ich würde sie gern kennen lernen. Aber zuerst, nachdem Sie mich für die Nachwelt abgelichtet haben, mache ich eine Skizze von Ihnen, lieber Andrej Nikolajewitsch. Sie sind seit dem Porträt, das ich 1904 von Ihnen gemalt habe, reifer und für meine müden Maleraugen interessanter geworden. Und wissen Sie was, die Gesellschaft 'Grammophon' will meine Stimme aufzeichnen, was sagen Sie dazu. Ich bin doch kein Schaljapin!"*
Als der Schnee zu schmelzen beginnt und die Post aus der Hauptstadt nun wieder regelmäßiger in Koukkala eintrifft, kommt auch ein Schreiben von der Kuindshi-Gesellschaft, die Repin den ersten Preis und eine Goldmedaille für sein Gemälde „Alexander Puschkin auf der Abschlussfeier im Lyzeum am 8. Januar 1815" verleiht. Doch die Reaktion von Ilja Jefimowitsch ist unerwartet schroff ablehnend. Zwar schätzt er diese Organisation, die das Andenken seines kürzlich verstorbenen Malerfreundes und Professors an der Kunstakademie in Ehren hält. Sie verwaltet die vom Kuindshi gestifteten 100.000 Rubel und lobt mit ihnen nach dem Wunsch des Landschaftsmalers jährlich 24 Prämien aus. Aber Ilja Repin ist inzwischen der Meinung, dass kreatives Schaffen nicht mit Auszeichnungen bewertet werden soll und kann.
Mit dem besseren Tageslicht kommt auch bei Repin die Lust wieder einige Stunden im Atelier zu stehen, obwohl er dabei schnell ermüdet. Er beschäftigt sich nun mit einem Porträt von Lew Tolstoi, der Legende in der russischen Literatur, über den der Maler in seinen Erinnerungen an den hoch verehrten und bewunderten Freund schreibt: *„Ein ehrwürdiger Mensch, mit*

buschigen Augenbrauen, er konzentriert alles in sich und beleuchtet mit seinen freundlichen Augen alles wie die Sonne. Wie sehr sich dieser Riese auch erniedrigen mag, mit welch schäbigen Fetzen er seinen mächtigen Körper auch bekleidet, immer sieht man in ihm den Zeus, dessen Wimpernzucken den ganzen Olymp erzittern lässt."

Nachdem Repin eine Rede auf dem Allrussischen Künstlerkongress zur Kunsterziehung gehalten hat, wünschen nun die viele Petersburger Künstler, dass er auch an der Gründung einer überparteilichen Künstlergemeinschaft teilnimmt, was diesen Zusammenschluss einen starken Impuls geben würde. Denn in Moskau hatten sich Künstler der Avantgarde, eine Stilart, die Repin recht kritisch betrachtet, zu den Vereinigungen Karo Bube* und Eselsschwanz** zusammengeschlossen und aus München schreib seine einstige Meisterschülerin Marianne von Werefkin, dass sie mit Franz Marc, Alexei von Jawlensky, Wassily Kandinsky aus dem Neuen Kunstverein ausgetreten sind und die Künstlergruppe Blauer Reiter*** gegründet hätten. Da alle Welt darauf aus ist, Künstlervereinigungen zu gründen, stimmt Ilja Jefimowitsch schließlich zu und organisiert mit anderen eine Petersburger Künstlergesellschaft.

Neben den Arbeiten an mehreren Bildern gleichzeitig schreibt Ilja Repin endlich seine sehr persönlichen Erinnerungen an Walentin Serow, die er immer wieder hinaus geschoben hatte. Sein Schüler, der sein Können

*Karo-Bube - russ. Бубно́вый вале́т; eine in Moskau von 1910 bis 1917 bestehende Künstlergruppe, benannt nach der gleichnamigen Kunstausstellung von 1910/1911, gilt als wesentlicher Teil der russischen Avantgarde.

**Eselsschwanz - russ. Осли́ный хвост - Eine in Moskau gegründeten Gruppe russischer Avantgardemaler. Ihre erste Ausstellung fand 1912 unter dem Titel La queue de l'âne (Eselsschwanz) statt. 1913 trennte sich die Gruppe wieder.

***Der Blaue Reiter - Bezeichnung von Wassily Kandinsky und Franz Marc für ihre Ausstellungs- und Publikationstätigkeit, 1911 und 1912 Ausstellungen in München, um kunsttheoretischen Vorstellungen zu belegen. Wanderausstellungen in deutschen und europäischen Städten. Zu Beginn des Ersten Weltkriegs 1914 aufgelöst.

erstaunlich perfektionierte und so in nur wenigen Jahren eine Galerie der berühmtesten Personen seines Zeitalters schuf, darunter Monarchen, Prinzen, Industrielle, Bankiers, Schauspieler und Künstler, interessante Menschen, die das Zarenreich in dieser Zeit prägten. Und Repin will nicht nur den künstlerischen Werdegang von Serow nachzeichnen, sondern eher versuchen, dahinter zu leuchten, was diesen großartigen Maler und Menschen inspiriert hat. Serow, ein Künstler mit demokratischen Überzeugungen und vielleicht auch ein ständiger Vorwurf für Repin, denn sein Schüler, seit 1903 Mitglied der Akademie der Künste, trat 1905 aus Protest gegen die Hinrichtung streikender Arbeiter nach den Blutsonntag aus der Akademie aus. Er war ein gutes Vorbild für junge Künstler und bildete eine neue Generation Kunstschaffender an der Moskauer Hochschule für Malerei, Bildhauerei und Architektur in Moskau aus. Unter Serows Studenten waren unter anderen die später berühmten Maler wie Martiros Sarjan*, Kusma Petrow-Wodkin** und Konstantin Juon***.

Und er war vielleicht auch ein besserer Vater als Ilja Jefimowitsch, denn er war ein wirklich glücklicher, beseelter Familienmensch, liebte seine Frau Olga Trubnikowa, um die er lange geworben hatte und besonders die Kinder. Und nicht nur seine eigenen, was in seinen Kinderporträts seinen Niederschlag fand. Er genoss es unbeschreiblich, so erzählte er seinem Lehrer Repin, Kinder zu malen. Ob nun das Porträt „Kinder", das seine beiden Söhne Yuri und Sascha zeigt, die „Botkin Schwestern" oder „Mika Morosow", sie alle sind alle bemerkenswert für ihre lyrischen Qualitäten und das sensible Verständnis der Porträtierten. Und neben seiner Frau Olga waren für Serow seine Kinder ein Lieblingsmodell vieler Werke, die er nun hinterlässt.

*Martiros Sarjan (1880 - 1972) - russ. - armen. Maler; auf seine Initiative hin entstanden die Kunstakademie und das Nationalmuseum in Jerewan.

**Kusma Sergejewitsch Petrow-Wodkin (1878 - 1939) - russ. Maler, Grafiker, Pädagoge und Schriftsteller. 1. Präsident der St. Petersburger Künstlervereinigung

***Konstantin Fjodorowitsch Juon (1875 - 1958) - russ. Maler, Bühnenbildner, Kunsttheoretiker, gehörte 1903 zu Gründern des Russischen Künstlerverbandes.

In seinen Landschaftsbildern spiegelt sich die Liebe zur Heimat, zu Russland wieder, einem Land, in dem er fest verwurzelt und das neben der Familie Quelle seiner schöpferischen Kraft und Fantasie war. Das Vaterland war für ihn wie eine lebendige Schöpfung mit einer Seele. Ja, Repin muss sich ehrlich eingestehen, dass er ein wenig eifersüchtig war auf das Talent, das scheinbar mühelos das erreichte, was sich der glänzende Porträtist Repin in vielen Jahren erarbeitet hatte und der es mit Michelangelo hält, der einmal gesagt hat, dass Genius vor allem Geduld sei.

Im November fährt Ilja Jefimowitsch in den Petersburger Verlag „Kopeke", der das wöchentlich erscheinende Journal „Солнце России* - Die Sonne Russlands" verlegt. Das mit einem farbigen Umschlag versehene Wochenmagazin wird auf modernsten Rotationsmaschinen deutscher Bauart gedruckt und wird von seinen Lesern verschlungen, weil es auch exklusiv interessante Artikel bedeutender Schriftsteller und Journalisten über das russische Kunstleben veröffentlicht. Regelmäßig besuchen die Mitarbeiter des Journals Ausstellungen und die Künstler in ihren Ateliers, „stellen ehrwürdige und junge Künstler", wie sie in ihren Anzeigen schreiben, vor.

Stepan Jaremitsch** schlägt Ilja Repin vor, eine Artikelserie über das Schaffen des Künstlers am Vorabend seines 70.Geburtstages zu schreiben neben den Erinnerungen an Anton Tschechow, der einer ihrer prominentesten, und wie Tschechow selbst empfand, zu gering bezahlten Autoren war. Und Ilja Jefimowitsch, der schon gedacht hatte, dass sie ihn in seiner Einöde vergessen haben, stimmt erfreut zu. Schließlich hat auch Anton Tschechow das Journal in den höchsten Tönen gelobt: *„Die Sonne Russlands - ein Genuss! Was für Bilder, wie alles eingerichtet ist, was für eine Sprache, wie viel Mut, Witz, Gnade! Ich sage nicht, nichts von der Technik."*

*„Солнце России" - dt. Die Sonne Russlands - *illustrierte Wochenzeitung, erschien von 19190 bis 1916 zum stolzen Preis von 26 Kopeken*

***Stepan Petrowitsch Jaremitsch (1869 - 1939) - russ. Verleger und Journalist, Autor zahlreicher Veröffentlichungen: „Briefwechsel von Lew Tolstoi und dem Maler N.Ge" und „Die russisch-italienische Schule in der Ermitage"*

Repin hat zugesagt, obwohl er weiß, dass Jaremitsch ihn von der Arbeit abhalten und Löcher in den Bauch fragen wird. Dabei hat seine Frau Natalia Nordman gerade ihr Buch „Paradiesverheissungen" beendet und Repin versprach ihr, es zu illustrieren.

Die Neujahrsfeierlichkeiten sind kaum vergangen, da kommt ein Telegramm aus Moskau von Jewgenij Chruslow*, einem Freund des Mäzens und Galeristen Tretjakow, der nun dessen Galerie, wie er sagt, wie ein Kettenhund bewacht. Und dennoch wurde das Gemälde Ilja Repins „Iwan der Schreckliche und sein Sohn Iwan am 16. November 1581" stark, ja vielleicht unrettbar beschädigt. Der Chefaufseher Nikolai Mudrogel schildert die Tat: *„Niemals werde ich den Tag vergessen. Zur üblichen Zeit, kurz vor zehn Uhr, ging ich durch die Säle und schaute, ob alles in Ordnung sei. Fünf Minuten später waren alle Aufseher auf ihren Plätzen, gleich musste Chruslow, der Kustos der Galerie erscheinen, der um zehn erschien und im Erdgeschoss seinen Kontrollgang begann. An mir vorbei auf dem Weg nach oben stürmte schnellen Schrittes ein junger Mann von etwa fünfundzwanzig Jahren. Ohne die Gemälde in den vorderen Sälen anzusehen, steuerte er direkt auf den Repin-Saal zu. Weil noch keine Besucher anwesend waren, vernahm ich jeden Schritt. Plötzlich ging ein scharfes Geräusch durch die Räume, als ob etwas gerissen wäre. Zuerst dachte ich, dass ein Bild heruntergefallen wäre. Und plötzlich wie ein Schlag und noch einmal. Lärm erhob sich, ein Laufen der Angestellten zum Repin-Saal, unter ihnen Chruslow. Zwei Arbeiter hielten den jungen Mann fest, entrissen ihm ein Finnenmesser.*
Er schrie: 'Genug, kein Blut mehr! Weg mit dem Blut!' Sein Gesicht war blass, die Augen blickten irr. Ich begriff erst nicht, was geschehen war, doch nach einem Blick auf das Bild 'Iwan Grozny' erstarrte ich. Drei Schnitte, einer lief von der Wange Groznys, den Bart, die Schulter bis zum Ärmel, der zweite von der Wange Groznys herab über die Stirn, das Auge und die Nase des Zarewitsch und der dritte über die Hand Groznys, die Wange, den Bart

*Jewgenij Moissewitsch Chruslow (1813 - 1913) - russ. Landschaftsmaler, 1898 bis 1913 Kustos der Tretjakow-Galerie, in der sich fünf Werke des Malers befinden

und den Hals des Zarewitsch Iwan. Die Fäden der Leinwand ragten wie kleine Zähne an den Schnitten, wo die weiße Grundierung zu sehen war. Mir schien, dass das Bild für immer verdorben war und Chruslow zitterte vor Entsetzen kreidebleich. Der Verbrecher wurde abgeführt und der herbeigerufenen Polizei übergeben. Im Verhör nannte sich der Mann Abram Balaschow, Sohn eines Moskauer Antiquitätenhändlers und Altgläubigen, der selbst Ikonen malte und nun immer wieder schrie: 'Genug, kein Blut mehr! Weg mit dem Blut!'. Man brachte ihn geradewegs aus der Galerie ins Irrenhaus...der Kustos Chruslow weinte, als wäre ein teurer Mensch gestorben...der Vorsitzende des Galerierates, der Maler Ilja Ostruchow, ein Repinschüler, reichte sein Entlassungsgesuch ein, Chruslow, der ohnehin krank war, legte sich ins Bett, versank ins Grübeln, und einige Tage später nahm er sich das Leben."

In der Galerie wird gerätselt, wie man mit dem verstümmelten Gemälde verfahren soll. Der Galerierat tritt zusammen und beruft schließlich den Restaurator der Ermitage Dmitrij Bogolowski*, den berühmtesten Meister seines Faches nach Moskau. Der selbst ist gerade auf dem Weg nach Deutschland, wo in der russischen Kirche des Heiligen Alexeij in Leipzig, die anlässlich des 100. Jubiläums der Völkerschlacht und zu Ehren der russischen Gefallenen errichtet wurde, sein Gemälde „Das Gethsemane-Gebet" einen Ehrenplatz erhalten soll.

Dmitrij Fjodorowitsch verschiebt kurzer Hand seine Reise und beschließt, das Gemälde auf eine neue Leinwand zu übertragen. Da Repin aber eine sehr dicke Leinwand benutzt hatte, würden an den Schnitträndern Furchen und Narben entstehen. So trägt Bogolowski mit Hilfe des Restaurators der Tretjakow-Galerie, Alexei Fjodorow, erst einmal die alte Leinwand geduldig und kunstvoll bis auf eine dünne Schicht ab und klebt sie, die Schnitte zusammenführend, auf ein neues Leinen. So meisterhaft, dass nur die schmalen Streifen der Grundierung sichtbar sind. Und Ilja Jefimowitsch erhält ein

*Dmitrij Fjodorowitsch Bogolowski (1870 - 1939) - russ. Maler, bedeutender Fachmann der Restauration von Gemälden, ab 1914 Chefrestaurator der Eremitage.

zweites Telegram aus Moskau: *"Alles ist vorbereitet, kommen Sie bitte, das Bild auszubessern."* Aus dem ganzen Land kommen Briefe und Telegramme in Koukkala an, in denen Maler, Bildhauer, Galeristen und Sammler, Mäzene, Professoren und einfache Bürger ihr Bedauern über die Zerstörung des Kunstwerkes zum Ausdruck bringen, denn über den Vorfall wurde ausführlich in vielen Zeitungen berichtet. Und Repin, der auf das Schlimmste gefasst ist, packt seine Malsachen ein und fährt im Februar durch die winterliche Landschaft nach Moskau, um das Bild zu restaurieren.

In Moskau wird er schon erwartet und voller Bangen in den Saal geführt, wo das Bild aufbewahrt wird. Gespannt warten die Umstehenden der Galerie auf Repins Reaktion. Der setzt sich seine Brille auf, legt den Pelz ab und zieht seinen Arbeitskittel an. Erst dann wendet er sich dem Gemälde zu, geht um das Bild herum und steht dann schweigend davor. Keine Miene regt sich in seinem Gesicht. Die Situation ist gespannt, kaum einer der Anwesenden traut sich tief zu atmen, geschweige denn zu husten. Und dann Repins erlösende Worte: *"Nun, das ist kein großes Unglück. Ich dachte, das Bild sei hoffnungslos verloren. Das ist leicht zu beheben."*

Sprach es und macht sich sofort an die Arbeit. Zuerst bessert der Maler die Schnittflächen aus und unter seinen geschickten Händen verschwinden die weißen Ränder. Schnell und präzise arbeitet Ilja Jefimowitsch und bittet nur, die neugierigen wie staunenden Mitarbeiter der Galerie, ihm nicht im Licht zu stehen. Bald sieht das Bild aus, wie zuvor. Repin tritt ein Stück zurück und betrachtet sein Werk. Unzufrieden schüttelt er den Kopf, nimmt Pinsel und Farbe und beginnt den ganzen Kopf des Grozny zu übermalen. Die Aufseher erstarren, hatte ihnen schon Tretjakow Vorwürfe gemacht, wenn sie es zuließen, dass Maler ihre Bilder ohne sein Beisein übermalten.

Als Repin fertig ist, packt er zufrieden seine Sachen ein und lässt sich eine Droschke zu Bahnhof bestellen. Er hat es eilig, nach Koukkala und in sein Atelier zurückzufahren. Am Abend kommt Igor Grabar* in die Galerie und

* Igor Emmanuilowitsch Grabar (1871 - 1960) - Kunstkritiker, Kunsthistoriker, Mitglied der Akademie der Künste, 1917-1925 Direktor der Tretjakow-Galerie

ihm wird mitgeteilt, dass Repin sein Bild ausgebessert hat. Grabar sieht sich die Arbeit an und gerät in Aufregung. „Womit hat Ilja Jefimowitsch gemalt, mit Terpentin oder Petroleum?" Dann lässt er sich Watte und Petroleum bringen und entfernt alles, was Repin am Kopf des Zaren übermalt hatte und bessert selbst das Gemälde aus. „Der Kopf ist zu violett, nicht im Ton des Bildes. Ölfarben verändern sich nach ein, zwei Jahren, restaurieren muss man mit Aquarellfarben."

Als Repin einige Monate später nach Moskau reist, wo das Bild nun wieder festlich in die Galerie überführt werden und er für die Restaurierung eine Ehrung erhalten soll, steht er lange vor seinem Bild, das nun wieder an seinem alten Platz hängt. Er sagt kein Wort. Auf dem Gemälde sind weder die Risse noch die Korrekturen zu bemerken.

Nun schon einmal auf halber Strecke nach Tschugujew, beschließt der Maler, seine alte Heimat zu besuchen. Er hat ein Projekt über freie Kunstwerkstätten erarbeitet, zu denen Menschen aller Schichten und jeglichen Alters Zutritt haben sollen und wo der Titel Meister die höchste Anerkennung ist. In seiner Geburtsstadt soll die erste Werkstatt eröffnet werden und der Stadtrat unterstützt den berühmten Sohn des Ortes und stellt dafür ein Gelände zur Verfügung.

Aber Repin kann nicht lange in der Steppe am Donez bleiben, Natalia Borisowna geht es nicht gut und er eilt nach Koukkala zurück. Im winterlichen Penaten stellt sich, auch aus Sorge um seine Frau, keine rechte schöpferische Stimmung ein. So beschließt der Künstler, ein wenig Ordnung in seine Aufzeichnungen zu bringen und schreibt den ersten Teil seiner Erinnerungen mit dem Titel „Aus der Zeit, als ich die 'Wolgatreidler' malte". Für das Journal „Die Sonne Russlands" verfasst er, an seinem mit Papieren, Dokumenten und Briefen überladenen Schreibtisch sitzend, zudem noch Erinnerungen an Wladimir Solowjow*. Dabei muss er daran denken, wie viele seiner Freunde und Bekannnten, wie viele Künstler und Modelle, die Jahre

---

*Wladimir Sergejewitsch Solowjow (1853 - 1900) - russ. Dichter, Religionsphilosoph

und Jahrzehnte jünger als er waren, ihre himmlische Reise angetreten haben. Und mit jedem Verlust wird das Leben um den Maler ein wenig ärmer. Abwechslung im winterlichen Koukkala bringt der Besuch von Fjodor Schaljapin, der in einem roten Automobil vorfährt, das schon von weitem zu hören ist. Repin freut sich, dass der gefeierte Sänger einmal vorbeischaut, weiß er doch, dass der Künstler seit Jahren fast nur im Ausland singt, denn um diesen gefeierten Bassisten reißen sich in Westeuropa alle großen Opernhäuser. Aber er begrüßt seinen Gast mit einem Scherz: *„Was ist, Fjodor Iwanowitsch, die halbe Welt hat Sie schon gemalt und übrigens, wie ich weiß, haben Sie auch selbst ein beachtliches Talent, ein Selbstporträt zu malen, was also treibt Sie nach Penaten?"*

Mit seinem dröhnendem Bass erwidert der Gast, den der Maler schon oft in „Boris Godunow" und „Iwan der Schreckliche" bewundert hat: *„Als Maestro will ich gern auch von Meister aller Meister auf Leinwand gebannt werden."*

Repin hat diesen Sänger ins Herz geschlossen, weil er wie Ilja Jefimowitsch selbst aus ärmlichen Verhältnissen kommt und das nie vergessen hat. Ja, man muss Schaljapin einfach gern haben. Auch wenn der Sänger in der Mode zur Exzentrik neigt, ist er großzügig gegenüber den Armen, kennt Gott und die Welt, viele Künstler und Schriftsteller, duzt sich mit ihrem gemeinsamen Bekannten Sawwa Mamontow, dem Mäzen, Theaterförderer, Großindustriellen und Malerfreund.

Zu ihren gemeinsamen Freunden gehört auch Maxim Gorki, der einmal über Schaljapins Interpretation von Mussorgskys „Flohlied" Repin erzählte: *„Als Fjodor Iwanowitsch das Lied beendete - das Letzte war sein teuflisches Lachen, saß das Publikum im Theater wie vor den Kopf geschlagen. Minutenlang - ich übertreibe nicht - saßen alle stumm und unbeweglich da, als habe man eine zähe, feste, schwere Flüssigkeit über sie gegossen, die auf ihnen lastete und sie erstickte. Die Kleinbürger hatten bleiche, angstverzerrte Gesichter bekommen."*

Die Moskauer tragen Schaljapin auf Händen, auch weil er abends nach den Vorstellungen, wo andere Mimen erschöpft in die Kissen sinken, noch wodkaselig in den besten Restaurants gern seinen unüberhörbaren Bass mit Volksliedern erschallen lässt. Ja selbst die Banausen kennen ihn, auch jene, die nie in die Oper gehen, weil sie diese Bühnenkunst ablehnen oder einfach nicht einmal das Geld für die Stehplätze im vierten Rang hatten. Unvergessen und in den Akten der Geheimpolizei vermerkt, ist seine Anteilnahme und Sympathie für die Barrikadenkämpfer der Revolution von 1905, die er mit den Gagen seiner Auftritte unterstützte.

Repin schmollt ein wenig, weil Schaljapin seine Frau nicht mitgebracht hat, die bezaubernde italienische Ballerina Iola Tornaghi. Aber Schaljapin redet sich damit heraus, dass ja jemand auf die Kinder aufpassen muss und außerdem sei das keine Neujahrsvisite, sondern ein Arbeitsbesuch. Im Atelier, wo es sich der Sänger auf dem Sofa bequem gemacht hat und gern in dieser Pose gemalt werden will, zeichnet Repin mit Kohle eine Skizze für das Porträt und Schaljapin plaudert mit den Maler: *„Ilja Jefimowitsch, sie haben die Burlaki gemalt, aber als ich jung war und ohne Engagement und ohne einen Rubel in der Tasche, verdingte ich mich als Burlak und zog in Leinensielen auf der Wolga und dem Don Schleppkähne, weil bei uns Menschen allemal billiger sind als Ochsen. In dieser tiefe Krise, ich wollte das Singen schon aufgeben, traf ich zufällig einen klugen Gesangslehrer und so gab ich vor nunmehr zwanzig Jahren mit einundzwanzig in Tbilissi mein Debüt in Verdis „Aida" als Oberpriester. Dann war ich so von mir überzeugt und ging nach St. Petersburg ans erste Haus am Platz, dem Mariinski-Theater. Und obwohl ich als unbekannter Bassist eine unanständig hohe Gage verlangte, nahm man mich unter Vertrag. Dann wechselte ich ans Bolschoi-Theater nach Moskau, wo ich das Glück hatte, dass sich Rimski-Korsakow um mich kümmerte. Mit Nikolai Andrejewitsch verband mich bis zu seinem plötzlichen Tod, er erlitt mit nur vierundsechzig Jahren auf seinem Landsitz, wie Sie wissen, einen Herzanfall, seitdem eine tiefe Freundschaft. Was hätten wir von ihm noch Großartiges erwarten können."*

Repin drückt so stark gegen die Leinwand, dass die Zeichenkohle zerbricht, denn er erinnert sich, dass er und der Komponist im gleichen Jahr wie er geboren wurden. Schaljapin schlürft seinen Tee und erzählt von der Mailänder Scala, wo er neben Enrico Caruso, dem gefeierten Tenor auf der Bühne stand. *„Das war vielleicht ein Skandal, als ich mit dem lieben Enrico in der Rolle des Mefistopheles auftrat. Ich hatte mir das Kostüm selbst ausgedacht, also einen Satan faktisch ohne Kostüm, quasi bis auf einen Lendenschurz nackt. Sie können sich gar nicht vorstellen, mein Lieber, was da los war. Regisseur Toscanici fiel beinahe in Ohnmacht und das Publikum war zunächst geschockt, aber dann stand das ganze Theater auf und applaudierte. Mailand hatte seinen Skandal, doch die Vorstellungen waren stets ausverkauft."*

Repin hört sich die Schnurren des Meisters an und fragt: *„Ist es wahr, dass Sie erst durch Rachmaninow* Noten lesen lernten?"*

„Ja, beinahe. Er war ja schon eine Berühmtheit und sagte, dass ich Talent habe, aber ein ungeschliffener Diamant sei. Er führte mich in die Harmonielehre ein, war ein unerbittlicher Lehrer. Und ich lernte die gesamte Partitur des „Boris Godunow" auswendig. Der Historiker Wassili Kljutschewski** sagte mir alles Nötige zu jener Zeit, in der das Stück spielte, meine Paraderolle. Apropos streng, als Rachmaninow als Dirigent das Orchester des Bolschoi übernahm, war es ein Hühnerhaufen, jeder krähte wann und wie er wollte. Es war ein Kommen und Gehen. Wenn die Bläser nicht dran waren, standen sie einfach auf und gingen in die Kantine oder spielten Karten. Sergeij Wassiljewitsch griff hart durch, ja man kann sagen, dass mit der Leitung des Bolschoi-Orchesters durch Rachmaninow sofort ein neuer Geist wehte und er das erreichte, wovon wir Sänger, das Publikum und auch die Kritiker nur zu träumen wagten. Mit seiner Berufung als Opernkapellmeister hat er das Orchester des Bolschoi ohne Zweifel zu Weltruhm geführt."

*Sergeij Wassiljewitsch Rachmaninow (1873 - 1943) - russ. Komponist, Pianist und Dirigent, schuf drei Sinfonien, Klavierkonzerte und Orchesterwerke.

**Wassili Ossipowitsch Kljutschewski (1841 - 1911) - bedeutender russ. Historiker, Mitglied der Kaiserlichen Akademie der Wissenschaften und Autor über die Geschichte Moskaus und „Russische Geschichte von Peter dem Großen bis Nikolai I."

So vergeht die Zeit und Ilja Repin überfällt abends, wenn der Sänger wieder ins Grand Hotel Europa nach St. Petersburg fährt, dem Lieblingshotel von Turgenjew, Tschaikowski und Claude Debussy, eine bis dahin nicht gekannte Traurigkeit, obwohl die Steppenbewohner rund um Tschugujew ein recht vergnügliches Völkchen mit einer recht aufgeräumten Seele sind. Er vermisst auch schmerzlich die Frau seines Lebens, denn Natalia ist auf den Rat der Ärzte vor dem unbarmherzigen russischen Winter in die Schweiz entflohen, wo sie auf Linderung der sie quälenden Krankheit hofft.

Unverhofft kommt Bechterew vorbei. Wladimir Michailowitsch überbringt dem Maler eine schmeichelhafte Nachricht. Repin wurde zum Ehrenmitglied des Instituts für Psychoneurologie an der von Wladimir Bechterew gegründeten freien Universität berufen. Zufällig ist auch Schaljapin wieder in Penaten, damit sein Bild endlich fertig wird. Bechterew ist ein glühender Verehrer des Sängers und macht ihm Komplimente für seine Rolle in „Don Quichote".

„Ich kannte ja den Roman von Miguel de Cervantes, wer nicht", erzählt der Sänger erläuternd. „Ich war gerade an der Pariser Oper engagiert, wohnte wie immer im César Ritz in Paris am Place Vendôme, wo Auguste Escoffier* Küchenchef war, den ich schon aus Monte Carlo kannte und ich sterben könnte für sein Seezungenfilet Coquelin oder den flambierter Homard à l'américaine genoss."

Bechterew unterbricht schmunzelnd und weist Schaljapin freundschaftlich darauf hin, dass sie im Hause eines eingefleischten Vegetarier zu Gast sind. Der Sänger lacht, dass es durchs ganze Haus schallt und fährt fort: *„Ich saß also gegen halb zwei beim Frühstück, da kam doch der Hotelboy mit einem Brief. Absender war kein Geringerer als der Komponist Jules Massanet. Neugierig öffnete ich und der Meister schrieb mir, dem Russen aus der Provinz, dass er es als Ehre ansehen würde, wenn Herr Schaljapin die*

---

* *Auguste Escoffier (1846 - 1935) - franz. Meisterkoch, mit 18 Jahren Chefkoch im Hotel Bellevue bei Nizza, wirkte u.a. im Petit Moulin Rouge, im Wiesbadener Kurhaus, im Savoy in London; berieb ein eigenes Restaurant in Cannes, den „Goldener Fasan", durch sein Werk "Guide Culinaire" erlangte er Weltruhm.*

Hauptrolle bei der Uraufführung seiner Oper "Don Quichote" in Monte Carlo übernehmen würde. Paris hüllte sich in Regenschauer und alle meine Bekannten waren ohnehin im Süden, also sagte ich telegrafisch zu. In Monte Carlo war ich zwar skeptisch, doch dann spielte mir Massanet einige Auszüge am Klavier vor und ich konnte mich vor Erregung und Glück der Tränen nicht erwehren. Ja, auch Bühnenhelden haben echte Tränen! Die Premiere, am 24. Februar 1910, werde ich nie vergessen, sie war ein überwältigender, ja was sage ich, ein grandioser Erfolg. Und Jules Massanet küsste mich von Gefühlen übermannt auf der Bühne vor dem Publikum, weil auch ich ein klein wenig dazu beigetragen hatte, dass seine Oper aus Monte Carlo von diesem Tage an seinen Siegeszug um die Welt antrat."

Und so vergeht der Winter, überrascht die St. Petersburger mit einem milden Frühling, so dass sie schon bald ihren Hausrat zusammenpacken, um auf die Datschen und zu den Landhäusern außerhalb von St. Petersburg zu fahren, wenn die Stadt vor Hitze seufzt. Und Repin denkt daran, angeregt durch Schaljapin, Monte Carlo und Cannes mit seiner Gemahlin zu besuchen, die sich ja ganz in der Nähe in der Schweiz am Lagio Maggiore in einem Sanatorium aufhält. Doch die gemeinsamen Pläne werden jäh zerstört. Aus der Schweiz kommen beunruhigende Nachrichten. Natalia Nordman wird diesen Sommer nicht nach Russland zurückkehren, sie ist zu schwach. Und kaum hat sich der Künstler von diesem Schock erholt, bringt der Briefträger ein Telegramm aus Orselina bei Lucarno an Monsieur Repin. Mit zitternden Fingern öffnet Repin das Schreiben. Die Zeilen verschwimmen vor seinen Augen. *"...müssen wir Ihnen mit unseren aufrichtigen Bedauern mitteilen, dass Ihre geliebte Ehefrau Natalia Nordman am 30. Juni 1914 friedlich entschlafen ist."*
Der Postbote ist über die Reaktion des Malers, der sich auf einen Stuhl in der Veranda fallen lässt, überrascht und weiß, dass wohl auch kein Wässerchen bekommt. Er nimmt seine Tasche und die фуражка* und verlässt

* фуражка - deutsch: Uniformmütze, Schirmmütze

eilends das Haus. Für Ilja Jefimowitsch bricht eine Welt zusammen, er ist wie betäubt. Natürlich sah er sprichwörtlich die Sonne langsam untergehen und erschrickt nun doch, weil es plötzlich dunkel ist. Da die Reisetasche schon gepackt ist, bricht Repin sofort in die Schweiz auf, um Abschied von der Frau zu nehmen, die für ihn eine Quelle der Inspiration und der Kraft war und von der Gorki wegen ihres Engagements als Frauenrechtlerin trotz ihres Leidens begeistert gesagt hat: *„Welch unverwüstliche Kraft steckt doch in euch Frauensleuten."*

Repin fühlt sich nun älter und einsamer, denn je. Als er aus dem Ausland zurückkehrt, fürchtet er sich, ins nun so leere Penaten zu kommen, wo jeder Gegenstand an sie erinnert. Und er will auch nicht die vierzig Tage der Trauer in St. Petersburg verbringen und fährt nach Tschugujew, wo er sich mit Arbeit abzulenken versucht. Aber ob er jemals wieder so leben und malen kann, daran zweifelt er, denn seine Triebkraft in der kurzen Ehe mit Natalia Nordman war die Freude auf das gemeinsame Morgen. In seiner Geburtsstadt empfangen die Honoratioren den hohen Gast und freuen sich, dass er nun gekommen ist, um letzte, hilfreiche Anweisungen für die freie Kunstwerkstatt zu geben. Und während er eines Tages gedankenverloren am Donez sitzt und den Dreikäsehochs beim Angeln zuschaut, reitet ein Lanzenreiter mit einem roten Wimpel durch die Straßen. Russland ist in den Krieg eingetreten, der sich zu einem Weltenbrand ausdehnen wird.

XXIII.

Rasputin hatte es in einem Brief an die Zarin vorhergesagt: *„Wieder sage ich, eine furchtbare Gewitterwolke hängt über Russland...Unglück, Kummer und tiefe Dunkelheit ohne Licht...Ein unendliches Meer von Tränen und Blut wird Russland überschwemmen!"*

Die Petersburger glauben angesichts ihrer großen Truppenstärke und der Opferbereitschaft der russischen Soldaten, dass der Krieg in wenigen

Monaten vorbei sein würde. Und auch Nikolaus II. gibt sich wegen der patriotischen Stimmung der Illusion hin, Russlands innenpolitische Spannungen würden nun beseitigt sein. Er begibt sich kurz nach Kriegsbeginn ins Hauptquartier. Die Zarin schickt ihm einen glühenden Brief hinterher: *„Ich bin so glücklich, dass es Dir gelungen ist, fortzureisen...egoistisch wie ich bin, leide ich unter der Trennung...ich liebe meinen großen Jungen unendlich."*
So unsicher der Zar auch beim Regieren ist, im Militär fühlt er sich wohl. Hinzu kommt, dass alle seine männlichen Verwandten nun als Generäle oder Befehlshaber um ihn sind, besonders sein Onkel Großfürst Nikolai Nikolajewitsch, der Oberbefehlshaber, mit seinen über zwei Metern Körperlänge ein Recke, der im Volk allein schon deshalb beliebt ist. Doch die Anwesenheit des Zaren ist nicht hilfreich, im Gegenteil. Die Kommandeure zögern mit Entscheidungen, warten auf ein Zeichen von Nikolaus; außerdem sind zu viele Soldaten zur Bewachung und Versorgung des Zaren und seiner hochrangigen Begleiter abgestellt.
In St. Petersburg aber verschlechtert sich die Stimmung, als die ersten Verwundeten eintreffen, und es sind viele. Mit der Zarin, die kalt und unnahbar kaum Palast verließ, geht ein Wandel vor sich, wie ihre Freundin Anna Wyrubowa berichtet: *„Alle ihre körperlichen und seelischen Gebrechen schienen vergessen. Mit Feuereifer stürzt sie sich auf die Pflege der Verwundeten und bezieht auch ihre Tochter Anja mit ein. Sie begann mit dem Hofärzten sofort ein System von Lazaretten und Sanitätszügen zu entwickeln für das schreckliche Heer der Verwundeten."*
Zum Jahresende 1914 sind fünfundachtzig Lazarette und Militärkrankenhäuser und zehn Lazarettzüge unter der Schirmherrschaft der Zarin Alexandra Fjodorowna eingerichtet. Der Winterpalast, der Katharinenpalast in Zarskoje Selo sowie die Moskauer Zarenpaläste werden zu Notlazaretten umgestaltet und die Zarentöchter Olga, Tatjana, Maria und Anastasia bilden sich in Windeseile zu Krankenschwestern aus. Nie vorher und nie mehr danach genossen die weiblichen Mitglieder der Zarenfamilie so eine Hochachtung im russischen Volk.

Inzwischen sind deutsche Truppen in Brüssel eingezogen und marschieren auf Paris zu. Da beschließt Nikolaus getreu seiner Bündnispflicht, den Franzosen zu helfen und lässt zwei seiner besten Armeen unter den Generalen Samsonow* und Rennenkampff** in Ostpreußen einrücken und zwingt so den Feind, Armeekorps von der Westfront abzuziehen. Das Manöver glückt, die Franzosen siegen an der Marne und Paris scheint gerettet. Doch der Erfolg erweist sich als Bumerang. In der Schlacht bei Tannenberg vom 26. bis 30. August wird der Großteil der Armee von Samsonow von der deutschen 8. Armee unter General Hindenburg*** eingekesselt und gerät in Gefangenschaft, ein Los, das der kommandierende General nicht teilen will und den Freitod vorzieht. Mit den anderen Gefallenen vom Schlachtfeld aber teilt er das einfache Soldatengrab, da die Dorfbewohner den Leichnam des Generals zunächst nicht erkennen.

Der Krieg hindert Rasputin in keiner Weise daran, seinen Lebensstil zu ändern. Eines Abends in einem Salon des angesagten Moskauer Restaurants „Jar" zettelt er einen handfesten Skandal an, als er mit drei jungen Frauen zusammen isst und sich gewohnheitsgemäß besäuft. Sein Pech, dass zwei Journalisten am Nebentisch speisen, die hören, wie er mit pikanten Details von seinen erotischen Eroberungen in Petrograd erzählt. Er nennt die Namen der Damen, die Geheimnisse ihrer Körper und die Art von Liebkosungen, die sie mögen. Er spricht von der Zarin als „die Alte" und prahlt *„Ich mache mit ihr, was ich will."*

Alexander Wassiljewitsch Samsonow (1859 - 1914) - russ. General, erschoss sich nach der Niederlage seiner Armee bei Tannenberg.

** *Paul von Rennenkampff (1854 - 1918) - russ. General deutsch-balt. Herkunft, quittierte 1914 den Dienst, nachdem ihm bei Niederlagen wegen seiner Herkunft Landesverrat vorgeworfen wurde.*

****Paul Ludwig Hans Anton von Benneckendorff und von Hindenburg (1847 - 1934) - Generalfeldmarschall, 1916 - 1918 Chef der Obersten Heeresleitung, 1925 und 1932 zum Reichspräsidenten der Weimarer Republik gewählt, ernannte er 1933 Adolf Hitler zum Reichskanzler.*

Die Geschichte landet bei der Geheimpolizei und schließlich beim Adjutanten des Innenministers, der den Bericht dem Zaren vorlegt. Nikolaus ordnet eine Untersuchung des Vorfalls an, die den Bericht bestätigen und der Zar ist verärgert. Doch seine Frau überzeugt ihn davon, dass höllische Mächte dem Staretz eine Falle gestellt haben.
Der Monarch hat andere Sorgen und außerdem genießt seine Gattin zum ersten Mal seit sie in Russland ist, so etwas wie die Verehrung des Volkes. Anna Wyrubowa, die Vertraute der Zarin, offenbart in ihrem Tagebuch den Grund: *„Wie jede Krankenschwester reicht die Zarin, die hinter dem Chirurgen steht, ihm die geforderten sterilen Instrumente, Tupfer und Verbände, trägt amputierte Arme und Beine fort, verbindet Gasbrandwunden und ekelt sich absolut vor nichts."* Über ihre Tätigkeit als Samariterin schildert die Zarin in ausführlichen Briefen ihrem Mann ins Hauptquartier und die Krüppel und Verwundeten nennen sie verehrend „матушка - Mütterchen". Anderen Soldaten, einfachen Bauern, ist es peinlich, wenn sie erfahren, dass die Zarin selbst ihre grindigen Wunden versorgt. Auch Aristokraten finden es unschicklich, dass sich Alexandra Fjodorowna so weit erniedrigt.
Bald aber ist Nikolaus wieder in Zarskoje Selo. Anfangs ist er verstimmt, hier in Sicherheit zu sitzen, während an der Front seine Soldaten ihr Blut vergießen, doch er glaubt nun, mit der schwierigen Frontlage und der Zeit, die sich der Krieg nun schon hinzieht, dass die Moral hinter den Linien ebenso wichtig sei, wie die im Schützengraben. Angesicht der Niederlagen und der Unruhe der Russen darüber wird dem Zaren geraten, ein Verteidigungskommitee zu bilden, in dem Vertreter der Duma, des Reichsrats und Persönlichkeiten aus der Wirtschaft berufen werden. Dieses Gremium soll die Armee unterstützen und die durch den Krieg auftretenden ökonomischen Probleme lösen. Außerdem entlässt der Zar einige im Volk verhasste Minister, denen auch die Schuld für die russischen Niederlagen angelastet wird.
Im Sommer 1915 tritt die Duma wieder zusammen, in der sich ein rechter progressiver Block gebildet hat, der ein Programm veröffentlich, das Stabilität nach innen und außen sicher soll. Sie schlagen eine vereinigte

Regierung vor, die das Vertrauen des Volkes genießt, Amnestie für politische Gefangene, die Autonomie Polens, die Abschaffung der Einschränkungen gegenüber Juden und mit Hinblick auf die Masse der Bevölkerung die Gleichstellung der Bauern mit anderen Schichten. Und wieder Erwarten stimmt der Reichsrat diesem Programm zu.

Nikolaus nimmt wenig Anteil am politischen Gestalten, denn am liebsten ist er an der Front, wenigstens in der Nähe. Er unternimmt mit seinen Leibkosaken Ausflüge, rudert selbst auf Flüssen und achtet ohnehin auf seine körperliche Konstitution. In seinem Sonderzug gibt es sogar ein Waggon, der als Gymnastikraum ausgestattet ist. Seiner geliebten Alexandra schreibt er, dass er täglich Übungen vor den Mahlzeiten mache, weil sie *„den Kreislauf anregen und den ganzen Organismus stimulieren."*

Der Zar, der glaubt, dass jeder waffenfähige Mann bei der Armee sein sollte, ist nun häufiger zu Inspektionen an der Front. Getrieben auch von seiner Frau und von Rasputin, die ihm einreden, dass Onkel Nikolaus Nikolajewitsch, den sein Enkel gerade zum Generalissimus ernannt hat und der den Wundermönch abgrundtief hasst, zuviel Einfluss gewinnt. Als Rasputin den Wunsch äußert, ins Hauptquartier nach Mogiljew zu kommen, um den Soldaten seelischen Beistand zu bringen, bekommt er von den Generalen zur Antwort, dass er *„sehr gern erwartet wird, aber aufgehängt."* Alexandra Fjodorowna ist empört und schreibt bittend an ihren Mann, Onkel Nikolaschka, wie sie den Oberkommandierenden nennt, von seinem Posten zu entfernen und sich selbst mit aller Strenge an die Spitze zu stellen.

Und langsam wirkt das immer wieder verabreichte Gift auf den Zaren. Denn mehr als sein Land liebt der Familienmensch seine Alexandra, die vier Mädchen und besonders den Thronfolger Alexei. So nimmt er die Niederlagen zum Anlass, den Großfürsten zu entmachten. Den Mann, der ein ausgezeichneter Soldat, ein guter Stratege und energischer Führer ist, der seine Soldaten begeistert, aber mit seinen ihn stets begleitenden Barsois nie der Front zu nah kommt, aus Angst, eine Kugel könnte seinen wie aus Stein gehauenen Körper, gegen den der Zar wie ein zarter Jüngling wirkt, treffen.

Nikolaus schickt seinen Onkel in die Kaukasusarmee und erklärt: *„Es ist mein Pflicht, meinem Vaterland zu dienen, die mir Gott auferlegt hat und er befiehlt mir, jetzt den Oberbefehl über das Heer zu übernehmen, da der Feind über die Grenzen unseres Reiches eingedrungen ist."*
Der Monarch hat im Haus des Gouverneurs Quartier gemacht, auf einer Klippe hoch über dem Dnepr und täglich um halb zehn betritt Nikolaus II. das Hauptquartier, um mit seinem Generalstabschef Michael Alexeiew* die Lageberichte durchzugehen. So meint der Zar, sich selbst betrügend, an der Verteidigung der russischen Heimat teilzunehmen. Interessant, dass er über alles informiert ist, aber seiner Gewohnheit nach nichts entscheidet, sondern nur den Strategen spielt und alles seinem General Alexeiew überlässt. Der einzige Kommandant, der mit Offensiven dem Feind ernsthafte Schläge versetzt, General Brussilow**, ist enttäuscht vom Zaren, da der *„...weder die Seele der Soldaten erreichen noch ihr Herz erwärmen, noch ihren Geist ermuntern kann, denn weder sein Aussehen noch seine Art zu reden wecken Begeisterung."*
In Erinnerung an seine Jugend, die er recht ausschweifend in Offizierskreisen verbrachte, beschließt Nikolai, seinen Sohn ins Hauptquartier kommen zu lassen. Die Zarin gehorcht ungern dem Willen ihres Mannes und lässt den Zarewitsch abreisen, gemeinsam mit seinem Lehrer Gilliard und dem Matrosen Derewenko, ohne jedoch ihrem Gatten noch tausend Ratschläge für den Sohn mit auf den Weg zu geben. Nikolaus hat seine Regierungsgeschäfte sehr zum Unwillen seiner Minister der Person übergeben, der er am meisten vertraut, seiner Frau. Sie ist seiner Meinung nach intelligent, energisch und lässt sich klug beraten. Doch wieder bewahrheitet sich, dass Liebe blind macht, denn Alexandra Fjodorowna ist unausgeglichen, regiert

Michail Wassiljewitsch Alexeiew (1857 - 1918) - russ. General, 1915 - 1917 Generalstabschef, 1917 Höchstkommandierender, nach 1917 führende Positionen in der Weißen Armee gegen die Rote Armee
**Alexeij Alexeiewitsch Brussilow (1853 - 1926) - russ. General, 1917 Oberkommandierender, trat 1920 in die Rote Armee ein und wurde 1924 Revolutionärer Militärrat.*

machthaberisch und ist fremdbestimmt durch Rasputins Einfluss. Sie lenkt nun nach des Zaren und Rasputins Willen die Geschicke des Landes. *„Solange ich in Mogiljew bin,"* schreibt der Monarch an seine Gattin, *„musst Du in unserer Hauptstadt Auge und Ohr für mich sein. Es ist Deine Pflicht, für die Harmonie unter den Ministern zu sorgen und so, mein Schatz, unserem Land einen großen Dienst zu leisten. Meine Sonne, ich bin ja so froh, dass Du endlich eine Dir angemessene Beschäftigung gefunden hast. Nun bin ich ruhig und muss mich nicht mehr mit den inneren Angelegenheiten quälen."*

Und der zehnjährige Zarewitsch in Uniform genießt die Aufmerksamkeit der Offiziere des Stabes, schläft neben seinem Vater in einem Zimmer auf einem Feldbett und fährt mit dem Zaren im Wagen zu den Truppenteilen, freut sich an den Paraden und besucht Lazarette. Täglich bringt ein Sonderkurier leidenschaftliche Briefe der besorgten Zarin, die ihren Mann als *„geliebten Engel"*, als *„Seelchen"* oder wie in ihrer Jugend schlicht als *„Nicky"* bezeichnet und unterzeichnet diese Schreiben *„Deine Sonne"* oder auch *„Deine Dich liebende kleine, alte Ehefrau".* Und wenn sie es in Petrograd nicht mehr aushält, zwingt sie die Militärs, sie selbst ins Generalhauptquartier zu fahren, wo Nikolaus seine militärische Führung vergisst und sich für Tage als verliebter Ehemann zurückzieht. General Dubinski, Mitglied des Stawka* notiert verwundert: *„Der Kaiser ist ihr vollkommen ergeben. Schon eine Viertelstunde reicht aus, zu erkennen, dass sie der Autokrat ist. Er sieht sie an wie ein kleiner, verliebter Junge seine Kinderfrau."* Und jedes Mal, wenn sie nach Petrograd zurückfährt, leidet der Zar und findet sich kaum ins militärische Tagesgeschäft zurück.

In den Lageberichten kommen anfangs gute Nachrichten aus den Kampfgebieten. Eine deutsche Offensive an der Front in Litauen wurde durch die 11. Armee gestoppt, 130 Offiziere und 7.000 Mann wurden gefangen genommen, 30 Geschütze erbeutet. Andere russische Truppenteile rücken auf Wien zu und die Kaukasusarmee unter dem dorthin versetzten Onkel,

*Stawka, russ., kurz für Ставка Верховного Главнокомандующего, dt.: Großes Hauptquartier des Oberkommandierenden der Zarenarmee im Ersten Weltkrieg

Großfürst Nikolaschka, kämpft sich von Sieg zu Sieg. Er nimmt Erzurum* und Trabzon** ein und stößt auf Persien vor. Um den Italienern zu helfen, die ernsthafte Verluste erleiden, startet General Brussilow eine Generaloffensive an der Westfront und drängt den Gegner kilometerweit zurück. Erst die Erschöpfung der Truppen hält den Vormarsch auf. Trotz der militärischen Erfolge ist die Lage durch die komplizierte Versorgung der weit von einander entfernten Fronten angespannt, große Teile Polens sind von den Deutschen besetzt und erste Anzeichen von Kriegsmüdigkeit machen sich breit. Außerdem blutet das russische Heer langsam aus. Der Krieg ist noch kein Jahr alt, da sind schon eine Million Menschenleben zu beklagen, ein Viertel der stolzen Kaiserlichen Armee des Zaren ist entweder tot, verwundet oder in Gefangenschaft geraten.

In Zarskoje Selo empfängt die Zarin einen heimlichen Gast, ihren Bruder Ernie***, den Großherzog von Hessen, um Möglichkeiten eines separaten Friedens zwischen Russland und Deutschlands zu besprechen. Da weder Nikolaus noch Cousin Kaiser Wilhelm eingeweiht sind oder gar es gutheißen, ist das ein Akt des Hochverrats der Geschwister, die diese Begegnung bestreiten. Wenn bekannt werden würde, dass der Großherzog von Hessen, ein regierender Bundesfürst des Deutschen Reiches, mitten im Weltkrieg das feindliche Russland bereist, anstatt es als deutscher General der Infanterie zu bekriegen, wäre das wegen landesverräterischer Umtriebe nicht ohne weit reichende Folgen. Außerdem ist bekannt, dass der Fürst ein erbitterter Gegner von Kaiser Wilhelm ist und sich bei ihm mehrfach vergeblich um einen vorzeitigen Friedensschluss mit Russland einsctzte.

*Erzurum - größte armenisch, kurdische Stadt Ostanatoliens; im Sommer 1915 begann die Deportation der Armenier aus der Stadt
**Trabzon - Stadt im Nordosten des Osmanischen Reiches am Schwarzen Meer, Hauptstadt der gleichnamigen Provinz
***Ernie - Ernst Ludwig Karl Albrecht Wilhelm von Hessen und bei Rhein (1868 - 1937) - Enkel der Queen Victoria, Bruder der Zarin Alexandra Fjodorowna, Großherzog von Hessen-Darmstadt 1892-1918

Für seine geheime Mission gibt es Zeugen: Als der russische Gardeoberst Larski 1916 seinem Freund, dem Flügeladjutanten des Zaren, Oberst Mordwinow, am Saimaa-See in Finnland begegnet, bemerkt er an Mordwinows Seite eine vermummte Gestalt, die als „durchreisende ausländische Hoheit" bezeichnet wird. In dem Fremden erkennt Larski aber ohne Zweifel den Großherzog Ernst Ludwig von Hessen, einen Bruder der Zarin, den er 1912 bei dessen Besuch in Zarskoje Selo getroffen hatte. Oberst Larski notierte diesen Vorfall: *„Als Mordwinow sah, dass ich den Großherzog erkannt hatte, bat er mich, es mir nicht anmerken zu lassen und darüber zu schweigen. Er teilte mir mit, dass der Bruder der Kaiserin, inkognito reise, und zwar unter dem Namen eines Prinzen Thurn und Taxis."*

Obwohl sich die Zarin patriotisch gibt, bleibt das Misstrauen in breiten Kreisen der russischen Bevölkerung, auch weil bekannt wird, dass die Zarin munter mit ihren Verwandten nicht nur in England, sondern auch in Deutschland korrespondiert. Das Deutsche Reich ist auf dem Vormarsch, denn die ausgeblutete Bauernarmee des Zaren hat wenig entgegen zu setzen gegen die hoch technisierte deutsche Kriegsmaschinerie. Und Feldmarschall Hindenburg, die Opferbereitschaft der russischen Soldaten rühmend, schreibt: *„...Man hat im großen Schuldbuch des Krieges die Seiten aufgeschlagen, auf der die russischen Verluste zu verzeichnen sind, aber die Zahl ist nicht erkennbar...Wir mussten nur ab und zu in den Russenschlachten die Hügel der feindlichen Leichen vor unseren Gräben entfernen, um das Schussfeld frei zu bekommen."*

Der Zarewitsch ist im sicheren Hauptquartier und schreibt glühende Briefe über sein Soldatenleben an seine Mutter, der langsam ihre neue Macht in ihrem Boudoir mit lila Vorhängen zu Kopf steigt. Sie vertraut nur ihren zwei Ratgebern, der Kammerfrau und Freundin Anna Wyrobowa und vor allem Rasputin. Und weil Großfürst Alexei „im Feld" wieder einmal Nasenbluten bekommt, reisen der Thronfolger und der Zar im Sonderzug nach Zarskoje Selo. Doch die Hofärzte um Professor Fjodorow können die Blutung nicht stillen und die Zarin lässt den Staretz in den Alexanderpalast kommen. Der betritt das Zimmer, macht ein Kreuzzeichen über dem Bett des Jungen, sieht den fast im Sterben liegenden Knaben mit seinem durchdringenden Blick an und sagt zu dem knienden Zarenpaar: *„Beunruhigt Euch nicht, es wird nichts geschehen!"* Und wirklich, am nächsten Tag ist der Thronfolger so munter, dass Nikolaus beruhigt ins Stawka fährt.

Wegen dieser Wunderheilung ist Rasputin nun, was er auch tut, unangreifbar. Er wirft mit Geld um sich, das er von den zwei ziemlich zwielichtigen Unterstützern namens Manus und Rubinstein bekommt. Er säuft und hurt und lässt sich in einem Militärfahrzeug chauffieren, dessen Fahrer auch sein Leibwächter ist, der ihn oft mehr trägt als stützt, wenn der Wundermönch früh morgens betrunken aus einem Nachtlokal wankt. Als sein Sekretär fungiert der Berufsspieler und Wucherer Aron Simanowitsch, der zugleich als Hofjuwelier tätig ist. Und der sorgt stets dafür, dass der Staretz genug Rubel für seinen aufwendigen wie ausschweifenden Lebensstil hat und schreibt: *„Rasputins Leben erfordert enorme Summen, und ich habe sie stets besorgt. In letzter Zeit werden ihm auf Anweisung des Zaren vom Innenministerium allmonatlich fünftausend Rubel* ausgezahlt."* Vor allem bei seinen Glaubensbrüdern beschafft sich der windige Schacherer Unsummen als Gegenleistung dafür, dass ihre Söhne aus fadenscheinigen Gründen nicht eingezogen werden und bei Lieferungen an das Militär nicht so genau hingeschaut wird, also wenn staatliche Gelder in großem Stil veruntreut werden.

Dazu bezahlt der Günstling Rasputins ein Heer von korrupten Beamten, betrügerischen Anwälten und Verbrechern. Wünsche der „Kunden" schmiert der Wunderheiler Grigori auf kleine Zettel mit einem schwarzen Kreuz, die bald in vielen Verwaltungen und Kanzleien auftauchen. So mischt sich Rasputin nicht nur in kirchliche, sondern auch staatliche Angelegenheiten immer tiefer ein. In einem Land, das mehr und mehr im Chaos versinkt. An der hart umkämpften Ostfront lassen täglich tausende Russen ihr Leben, Wirtschaft

*5.000 Rubel - eine ungeheure Summe, ein Pferd kostet weniger als 100 Rubel.

und Handel erleben einen Niedergang und viele Felder bleiben unbestellt, weil die Bauern im Krieg sind. Nikolaus ruft den Ministerrat einer sich selbst auflösenden Regierung jetzt öfter ins Hauptquartier nach Mogiljew. Die Zarin ermahnt ihn brieflich: *„Vergiss nicht, bevor der Ministerrat zusammentritt, die kleine Ikone in die Hand zu nehmen, die uns unser Freund geschenkt hat."*
Zarin Alexandra Fjodorowna ist stets müde, weil sie ständig Veronal nimmt. Sie hört nur noch auf den Staretz, ungeachtet der vielen Skandalgeschichten und Gerüchte, die über ihn in Umlauf sind. Ob ein Gärtner in einem Palast oder eine Soubrette im Theater einzustellen oder sogar ein Staatssekretär zu berufen ist, immer konsultiert sie ihren Freund.
Aron Simanowitsch notiert über den Hochmut Rasputins, seine Maßlosigkeit und seine Vulgarität: *„Schon der kleinste Vorfall reichte ihm aus, auch Damen des Hochadels mit Worten zu beschimpfen, die kein Bauer im Stall für sein Vieh verwendet. Selbst für Dirnen wäre es eine unhinnehmbare Beleidigung. Aber niemand beschwerte sich, weil man Rasputin und seinen Einfluss fürchtete. Viele umschmeichelten ihn und auch hochgestellte Damen waren sehr entgegenkommend. Sie küssten sein schmutzigen Hände, an denen Speisereste klebten und sie übersahen seine schwarzen, widerwärtigen Fingernägel. Rasputin aß immer und überall ohne Besteck mit den Händen und reichte den Damen seiner Gunst mit diesen Pfoten die besten Leckerbissen, einfach widerwärtig."*
Rasputin, der glaubt oder vorgibt, von Gott inspiriert zu sein, wirft einen schwarzen Schatten auf das Herrscherpaar und die Monarchisten sind bereit, etwas dagegen zu unternehmen. Hätte Rasputin sich damit begnügt, in der Gunst und an der Seite der Zarenfamilie zu leben, gut. Da er jedoch immer mehr Einfluss auf die politischen Entscheidungen nimmt, ist er dem Hochadel verhasst. Die Adelsversammlung protestiert energisch gegen die finsteren Mächte am Thron und in der Duma erhebt der rechte Abgeordnete Purischkjewitsch* schwere Vorwürfe gegen Rasputin: *„All dieses Übel*

*Wladimir Mitrofanowitsch Purischkjewitsch (1870 - 1920) - russ. Politiker, Monarchist, Antisemit, Mitglied des Verbandes „Echt Russischer Leute"

stammt von den dunklen, geheimnisvollen Mächten, die Grischka Rasputin lenkt." Er ruft dazu auf, dem Zaren die Augen zu öffnen und etwas gegen das Monster zu unternehmen. Als Zuschauer auf der Tribüne sitzt der junge Abgeordnete Fürst Felix Jussupow*, Sohn einer der reichsten und vornehmsten Familien Russlands. Er applaudiert dem Redner begeistert und ist beseelt von dem Gedanken, Russland von dem heiligen Teufel in Menschengestalt zu befreien. Jussupow lädt Purischkjewitsch in ein Café ein und spricht mit ihm, über sein Vorhaben. Es ist nicht schwer, weitere Mitverschwörer zu finden, denn der Hass auf den Wundermönch, dem viele Adlige in Petrograd ganz persönliche Schuld an den Niederlagen an der Front und die Chaos im Inneren geben. Es werden Pläne für den Mord ausgearbeitet und es ist kein Wunder, dass Rasputin damit rechnen muss, bald vor seinem Schöpfer zu stehen, weil er sich nach Meinung seiner Vertrauten um Aron Simanowitsch selbst das Grab schaufelt.

Nachdem dem Staretz Gerüchte zugetragen werden, dass sein Leben in Gefahr ist, schreibt er im Dezember 1916 einen bemerkenswerten Brief, in dem er sich mit der Möglichkeit seines Todes auseinander setzt: *„Ich schreibe diesen Brief und lasse ihn in St. Petersburg zurück. Ich spüre, dass ich vor dem 1. Januar aus dem Leben scheiden werde. Ich möchte dem russischen Volk, Papa, der Mutter Russlands und den Kindern, dem ganzen Russland bekannt geben, was sie wissen müssen. Wenn ich von gemeinen Mördern, insbesondere von meinen Brüdern, den russischen Bauern getötet werde, dann hast Du, Zar von Russland, nichts zu befürchten, bleibe auf Deinem Thron und regiere, und Du, russischer Zar, wirst nicht um Deine Kinder bangen müssen, sie werden noch Jahrhunderte in Russland herrschen. Wenn ich aber von Bojaren, von Adligen ermordet werde, wenn sie mein Blut vergießen, werden ihre Hände von meinem Blut besudelt bleiben, und fünfundzwanzig Jahre lang werden sie mein Blut nicht von ihren Händen waschen können. Sie werden Russland verlassen. Brüder werden*

*Felix Felixowitsch Jussupow (1887 - 1967) - Mitglied der Duma, bisexueller Schöngeist und Liebhaber der Künste, heiratete die Nichte des Zaren Nikolaus II. Irina.

Brüder töten, und sie werden einander töten und einander hassen, und fünfundzwanzig Jahr wird es keine Adligen im Lande geben.
Zar von Russland, wenn Du die Glocke vernimmst, die Dir sagen wird, dass Grigori getötet worden ist, dann wisse: Wenn Deine Verwandten meinen Tod herbeigeführt haben, dann wird keiner von Deiner Familie, das heißt, keines Deiner Kinder und keiner von deinen Verwandten, länger als zwei Jahre am Leben bleiben. Sie werden vom russischen Volk getötet werden...Man wird mich töten. Ich weile nicht mehr unter den Lebenden. Bete, bete, sei stark, denk an Deine gesegnete Familie. Grigori."
Für den, in unheimlicher Vorahnung vorausgesagten Mord, den die Verschwörer als patriotische Befreiungstat vorbereiten, stößt Großfürst Dmitri Romanow*. Mit dem unterhält der bisexuelle Jussupow, obwohl er mit einer schönsten Frauen von St. Petersburg, der Prinzessin Irina** verheiratet, engste, skandalumwitterte Beziehungen. Außerdem werden der bärenstarke Leutnant Suchotin und der Chirurg Dr. Lasowert eingeweiht und in den „Vollstreckungsausschuss Echt Russischer Leute" aufgenommen.
Die Verschwörer legen in einem leeren Lazarettzug detailliert fest, wie sie Rasputin ermorden wollen. Unbeteiligt und gleichmütig, als handle es sich um einen Kameradschaftsabend. Eine Schusswaffe erscheint zu unvorsichtig, weil das Polizeikommissariat dem Jussupow-Palais, einem der prunkvollsten in der Stadt, direkt gegenüber liegt. Deshalb kommt für einen möglichst lautlosen Tod nur Gift infrage. Anschließend soll die Leiche in einem Eisloch der zugefrorenen Newa versenkt werden.
Um den Staretz in den Palast zu locken, gibt der selbst den Grund. Er fragt Jussupow: „Ich habe so viel von deiner Frau gehört. Die junge Prinzessin Irina soll eine wahre Schönheit, die schönste Frau von St. Petersburg sein. Ich möchte sie kennen lernen. Warum stellst du sie mir nicht einmal vor?"

*Dmitri Pawlowitsch Romanow (1891 - 1942) - Enkel Alexander II., olymp. Dressurreiter, Leutnant der Leibgarde, Schürzenjäger mit Affären, u.a. mit Coco Chanel.
**Irina Alexandrowna Romanowa, verh. Jussupowa (1895 - 1970) - Nichte von Nikolaus II., Ehefrau von Fürst Jussupow, galt als ikonenhafte Schönheit

Um auch die letzten Zweifel beim misstrauischen Mönch zu beseitigen, sagt ihm Jussupow, dass er Hilfe bräuchte, um seine homosexuellen Impulse zu überwinden und eine befriedigende Ehe mit Irina genießen zu können. Es könne auch sein, dass Irina Rasputins „Wunderheilung" benötige. Er werde ein Treffen arrangieren, spät, wenn die Dienerschaft schon schläft, denn die Prinzessin, die schon viel von Grigori gehört hat, auch offensichtliche Lügen über sein unsittliches Lotterleben, muss auf ihren Ruf bedacht sein. So überredet er den Staretz, der nicht weiß, dass sich die junge Prinzessin wie jedes Jahr um diese Zeit auf der Krim erholt, möglichst heimlich zu kommen, um die ihm ständig folgenden Polizeispitzel abzulenken.

Der junge Fürst lässt für diesen Abend im Kellergeschoß des Familienpalais, abseits von dem Flügel, den er für verwundete Soldaten frei gegeben hat, ein geräumiges Zimmer herrichten. Um 23.00 Uhr ist alles bereit, die Dienstboten haben sich zurückgezogen und Doktor Lasowert füllt einige Törtchen mit tödlichem Zyankali. Jussupow will jedoch ganz sicher gehen und weist die Verschwörer an, flüssiges Zyankali in den Wein zu mischen, den er Rasputin kredenzen wird.

Dann holt Fürst Jussupow persönlich den Staretz an diesem schicksalhaften Abend aus dessen Wohnung ab. Erstaunlich, dass Rasputin dem adligen Offizier, der nicht unbedingt sein Freund oder Verehrer ist, ein verblüffendes Vertrauen entgegen bringt. Keine Spur von Hellsichtigkeit, selbst sein angeborenes Misstrauen fehlt. Im Kellergewölbe wird Rasputin zu Wein und einem Imbiss gebeten, ohne etwas zu ahnen. Er sitzt in seinem mit Kornblumen bestickten weißseidenem Hemd und schwarzen Samthosen da, schwatzt und wartet. Felix Jussupow reicht ihm die Platte mit den Törtchen, der Staretz greift beherzt zu, kaut mit Genuss und redet munter weiter.

„Weißt du, mein Kleiner, Protopopow* war heute bei mir und forderte mich auf, in diesen Tagen zu Hause zu bleiben. Er sagte, 'böse Leute hätten etwas Schlimmes ausgeheckt, man will dich töten, Väterchen Grigori'. Aber ich

*Alexander Dmitrijewitsch Protopopow (1864 - 1918) - russ. Politiker, Fabrikant, Gutsbesitzer, 1916 - 1917 Innenminister, 1918 von den Bolschewiki hingerichtet.

sagte ihm, dass er sein Maul halten solle, denn ich weiß mehr als alle und auch was böse Leute wollen."

Der Staretz verspeist ein Küchlein nach dem anderen und Jussupow wird durch diese Widerstandskraft des Alten völlig aus dem Konzept gebracht. Er bietet daraufhin den präparierten Wein an, der Rasputin endgültig töten soll. Doch Väterchen Grigori trinkt mit kleinen Schlucken und zeigt keine Anzeichen einer Vergiftung. Rasputin deutet auf die Gitarre an der Wand und fordert Jussupow auf, etwas zu spielen. *„Sing, mein Kleiner!"* Doch der Fürst sitzt wie erstarrt in seiner Uniform, seine Nerven liegen blank. Er stürzt hinauf zu den anderen Verschwörern, weil das Gift keinerlei Wirkung zeigt. Niemand ahnt, dass der Zucker in den präparierten Törtchen das tödliche Zyankali beinahe neutralisiert.

Felix Felixowitsch teilt den Wartenden mit, dass das Gift nicht wirkt und der Arzt Lasowert schüttelt den Kopf, sagt, dass die Dosis ein Pferd töten könne. Nach kurzer und heftiger Diskussion beschließt Jussupow, lieber allein zu handeln. Mit dem Revolver des Großfürsten Dmitri bewaffnet, kehrt er in den Keller zurück, wo der Staretz mit gesenktem Kopf und schwer atmend an seinem Platz döst.

Rasputin verlangt nach Madeira. Der Fürst hält Waffe hinter seinem Rücken verborgen. Als der Wundermönch aufsteht, um sich den Raum anzusehen, sieht Jussupow seine Chance gekommen und feuert. Der Staretz bricht mit einem tierischen Schrei zusammen. Die anderen Verschwörer, die den Schuss gehört haben, stürzen herbei. Sie sehen, wie Rasputin rücklings mitten im Raum mit geschlossenen Augen und verkrampften Händen liegt. Doktor Lasowert stellt den Tod fest und untersucht die Wunde. Die Kugel hatte beide Wände des Herzens durchbohrt. Das musste gefeiert werden, sie gehen nach oben und stoßen mit Champagner an.

Es ist inzwischen drei Uhr morgens. Einige Verschwörer fahren mit einem geschlossenen Wagen fort, um Rasputins Abfahrt vorzutäuschen und kehren bald zurück, um die Leiche abzuholen und in der Newa zu versenken. Jussupow beschleicht ein merkwürdiges Gefühl und er sieht noch einmal nach dem Toten. Die vermeintliche Leiche schlägt die Augen auf und durchbohrt den Mörder mit einem durchdringendem Blick. Und es geschieht das Unglaubliche: Rasputin steht auf, Schaum auf den Lippen und mit tierischem Gebrüll stürzt er auf Jussupow zu, flüstert fluchend dessen Namen und versucht, den schmächtigen Offizier zu erwürgen. Der reißt sich mühsam los und der sterbende Mönch steht schwankend da, mit einer Epaulette in der Faust, die er von der Uniform des Fürsten abgerissen hat.

Sogleich stürzt Jussupow die Treppe hinauf und schreit nach seinem Mitverschworenen Purischkjewitsch. Dieser lädt eiskalt einen Revolver, eilt hinunter und sieht, wie Grigori Rasputin schwerfällig die Treppe auf allen Vieren herauf kriecht und auf ein Hoftor zusteuert. Purischkjewitsch schießt zweimal auf Rasputin und verfehlt ihn. Er zielt erneut und trifft Rasputin in den Rücken. Der Staretz wankt und da feuert Purischkjewitsch in den Kopf des Verwundeten, der endlich leblos zusammenbricht. Vor Wut versetzt Puritschkjewitsch dem Sterbenden noch einen Stiefeltritt gegen die Schläfe. Der tödlich Getroffene robbt bäuchlings noch ein paar Meter und bleibt schließlich auf dem Hof liegen. Es ist zu Ende. Für Grigori Rasputin wird es keine dritte Auferstehung geben.

Die Verschwörer wickeln den leblosen Körper in ein Tuch und der stämmige Suchotin lädt ihn ins Auto. Die Straßen sind menschenleer. An der Petrowskijbrücke werfen sie die gefesselte Leiche in ein Eisloch, wo der Wundermönch ertrinkt.

Am 19. Dezember 1916 treibt in der Kleinen Newa in Petrograd ein Leichnam an die Oberfläche. Das entstellte Gesicht und der verunstaltete Körper sind von einer Eiskruste bedeckt, die gefesselten Hände erhoben, als wollte der geheimnisvolle Tote im eiskalten Wasser noch versucht haben, zu beten. Polizeiberichte schildern, dass Tausende Menschen das Wasser, aus dem der grausige Leichnam geborgen wurde, in Flaschen und andere Gefäße schöpfen, um damit jene magische Kraft zu trinken, über die Rasputin verfügte, von dem man sich nach seinem gewaltsamen Tod in ganz Russland Wunderdinge erzählt. Die Geheimpolizei stellt amtlich fest, der geborgene Tote ist Grigori Rasputin, ein Diener des Antichristen, ein Schurke und Scharlatan, den Millionen Russen als Heiligen verehren.

XXIV.

Ilja Repin ist enttäuscht. Auch in Russland war die Zeit vor dem Ersten Weltkrieg der Beginn eines künstlerischen Umbruchs und der Erneuerung gewesen und seine Schüler spielten dabei eine führende Rolle. Auch wenn sie sich von seiner Kunstauffassung, einer Nähe zur Realität, entfernen, weiß der Maler doch, dass jede Zeit ihre eigenen Kunst hervorbringt. Von Russland, Frankreich und Deutschland aus erobert die Avantgarde wie der Kubismus und Expressionismus ganz Europa. Leider sind es oft auch die Verfechter der Avantgarde, die einen Krieg anfangs befürworten oder in ihm positive Impulse sehen. Ihre Kriegsbegeisterung basiert wie die Hoffnung der russischen Bolschewiki auf eine reinigende Kraft und die Überwindung der alten, verknöcherten Regime. Und so kommt es, wie ihm seine einstige Schülerin Marianne von Werefkin aus München schreibt, dass viele deutsche Künstler einen patriotischen Koller haben und sich sogar freiwillig zum Kriegsdienst melden. Namen, die Repin oft nur vom Hörensagen kennt wie Max Ernst, Richard Dehmel, Otto Dix, Alfred Döblin, Ernst Ludwig Kirchner, Oskar Kokoschka, Wilhelm Lehmbruck, Ernst Toller und Georg Trakl. Doch die grausame Wirklichkeit des Krieges ernüchtert schnell die Enthusiasten. August Macke und Franz Marc, zwei Künstler, die Ilja Jefimowitsch außerordentlich schätzt, fallen an der Westfront.

Und in Koukkala nimmt der Maler wieder einmal Dobroljubows* „Die russische Zivilisation" zur Hand und liest: *„Lebendiger, aktiver Patriotismus ist gerade dadurch gekennzeichnet, dass er jede internationale Feindschaft ausschließt, und ein von solchem Patriotismus beseelter Mensch ist bereit,*

*Nikolai Alexandrowitsch Dobroljubow (1836-1861) - russ. Publizist, Literaturkritiker,
Philosoph und revolutionärer Demokrat

für die ganze Menschheit zu wirken." Und der Maler, der zu Beginn des Krieges, den die Welt bisher noch nicht gesehen hat, siebzig Jahre alt geworden war, liest weiter: *"Bekanntlich unterscheidet sich die Logik des Krieges völlig von der Logik des gesunden Menschenverstandes, Kriegslist wird gelobt als Beweis für einen auf Ausrottung der Nächsten gerichteten Verstand; Mord wird gepriesen als höchster Heldenmut der Menschen, ein gelungener Raub...erhöht den Menschen in den Augen seiner Mitbürger."*

Repin schreibt an seinen Erinnerungen, durchstöbert Berge von Aufzeichnungen und stößt dabei auch auf Werestschagins eindrucksvolles Gemälde „Apotheose des Krieges". Er hat das Bild vor Augen, auf dem Raben auf einer Pyramide menschlicher Schädel in einer verwüsteten Landschaft sitzen und das der Künstler *"allen großen Eroberern: den vergangenen, den gegenwärtigen und den zukünftigen"* gewidmet hat. Ilja Jefimowitsch Repin ruft in einem Interview nicht nur die russischen, sondern alle Künstler Europas dazu auf, mit ihrer Kunst für die edle Sache des Friedens zu kämpfen.

Im Mai 1915 lernt Ilja Jefimowitsch in Petrograd einen jungen Wirrkopf kennen, der sich als Wladimir Majakowski* vorstellt und an einer Petrograder Fachschule unterrichtet, nachdem er aus politischen Gründen von der Kunsthochschule relegiert und vom Militärdienst zurückgewiesen wurde. Repin lädt diesen jungen Mann ein, der gerade sein Poem „Облако в штанах - Wolke in Hosen" veröffentlicht hat, das heftig diskutiert wird.

Euer Traum
im Hirn ist verweichlicht bereits,
wie ein fetter Lakai auf dem speckigen Sofa, bis ich
ihn erst einmal mit dem blutigen Fetzen des Herzens gereizt
und mich sattgelacht, arrogant und bissig.
In meiner Seele fand sich von grauen Haaren kein Schimmer,
keine Greisenzärtlichkeit fand sich!
Da schrei' ich: Es donnert die kraftvolle Stimme.

*Wladimir Wladimirowitsch Majakowski (1893 - 1930) - russ.-sowj. Dichter, führender Vertreter des Futurismus in Russland, verübte 1930 enttäuscht Selbstmord

Und ich bin schön
und bin zweiundzwanzig.
Das ist ein neuer Ton in der russischen Lyrik, das ist die Sprache der einfachen Menschen, die der Straße. Kein Schimmer mehr der romantische Poesie, sondern provokativ wie sein Leben und seine Liebe. Hals über Kopf verliebte sich der Poet, dessen Stern gerade erst aufzugehen schien, in die attraktive Jüdin Elsa Kagan*, die sich schon früh für seine Dichtungen begeistert und mehr noch als er selbst die Dimensionen seiner Verse erahnt. Dort im idyllischen Lewashowo, dreißig Werst nördlich von Petrograd an der Straße nach Wyborg, begegnet er ihrer verführerischen Schwester, Lilja**, der Frau seines Verlegers von „Wolke in Hosen" Ossip Brik***.
Es ist wie eine unbegreifliche Magie, denn Majakowski verliebt sich augenblicklich und unsterblich in die schöne Ehefrau, die dieses Gefühl erwidert und seine Gefährtin und die Muse seiner Dichtung wird. Und er erfüllt ihr den Wunsch, wenn sie ihn unter Küssen bittet: „Schreib Verse für mich".
Lilitschka!
Tabakdunst hat die Stube durchräuchert;
Sie wimmelt –
Höllenpfuhl, Leibergemische.
Hier hab ich, du weißt noch,
deine Hände gestreichelt,
besessen-verzückt,
in der Fensternische.

*Elsa Jurjewna Kagan (1896 - 1970) - russ.-franz. Schriftstellerin, Schwester von Lilja Brik. 1939 mit Louis Aragon verheiratet, nach Beendigung des Liebesverhältnisses zu Majakowski unterhielt sie zeitlebens eine dauerhafte Freundschaft zu ihm.
**Lilja Jurjewna Brik (1891 - 1978) - russ.- sowj. Bildhauerin und Regisseurin, Geliebte von Majakowski, der chilenische Nobelpreisträger für Literatur Pablo Neruda nannte sie die „Muse der russischen Avantgarde".
***Ossip Maximowitsch Brik (1888 - 1945) - russ.- sowj. Avantgarde-Schriftsteller, Literaturkritiker, ab 1920 Mitglied der sowjetischen Geheimpolizei Tscheka, was zum Zerwürfnis mit Pasternak und Majakowski führte.

*Heute lehnst du kalt,
dein Herz hart gewappnet,
und morgen vielleicht schon
zischt du: „verschwinde!".
Im trüben Vorzimmer müh ich mich tappend,
dass zitternd die Hand in den Rockärmel finde.
Da renn ich raus,
werf den Leib in die Gassen,
toll vor Verzweiflung,
zerschunden und hohl.
Lass, Liebste, Beste,
du sollst mich lassen,
sag mir lieber gleich Lebewohl.*

Mehrsprachig und zur Liebe zu Goethes Gedichte und Balladen erzogen, beherscht die kluge Mädchenfrau Majakowski, was ihr Klatsch und Tratsch einbringt. Doch zu ihrer Ehrenrettung sei gesagt, dass Lilja ihren Ossip Brik sehr früh geheiratet hatte und ihre sexuelle Partnerschaft schon sehr früh endete. Das lag auch daran, dass Ossip Brik nach nur drei Ehejahren nicht mehr „*physisch an Frauen interessiert*" war. Dennoch beschloss das Paar, weiter zusammen zu leben, selbst als Majakowski in ihr Leben einbrach und Liljas Liebhaber wurde. Sie lebten nun eine offene Beziehung zu dritt, eine Ménage-à-trois.

Und dieser junge provokante Poet taucht eines Tages unangemeldet bei Repin in dessen so geordneten Welt in Koukkala auf und redet mit dem alten und erfahrenen Mann gescheit über die Liebe, so dass es das Herz des Malers erfreut, auch weil Besuche von Freunden seltener geworden sind. „*Ich, verehrter Ilja Jefimowitsch, sehe es so: Die Liebe ist das Leben, ist das Wesentliche. Aus ihr entfalten sich die Verse, die Taten und auch die Gemälde und alles Übrige. Die Liebe ist das Herz des Ganzen. Sobald dieses seine Arbeit einstellt, stirbt alles Übrige ab, wird überflüssig, unnütz.*" Gewohnheitsgemäß nimmt Repin seinen Zeichenstift zur Hand und skizziert das markante Antlitz des jungverliebten Lyrikers Wladimir Majakowski.

Ein weiterer seltener wie gern gesehener Gast besucht den einsamen Maler in Koukkala, es ist Maxim Gorki, der vorbeischaut und mit Engelszungen Ilja Repin überredet, mit ihm auf einem Literaturabend vor Studenten des Instituts für Physchoneurologie aufzutreten. Bechterew hört dort den Ausführungen des reifen Malers aufmerksam zu und schlägt ihm vor, mit an einem neuen Lehrprogramm für das Institut für Geisteswissenschaften mitzuarbeiten. Nach anfänglichem Zögern willigt Repin ein, denn er beschäftigt sich ja sowieso gerade mit seinen Memoiren und auf dem Schreibtisch stapeln sich Briefe von Freunden und Porträtierten, von ausländischen Künstlerverbänden und Museen, Urkunden von Auszeichnungen, Pressekritiken seiner Bilder und Ausstellungen. Und stundenlang liest er sich erinnernd in den Briefen vom Menschen, die ihm nahe standen und die in seinem Herzen eine schmerzliche Narbe zurückgelassen haben.

Bei Kramskoi, den er erst bewunderte, der dann sein Lehrer und später Freund wurde, liest er die gut gemeinten Ermahnungen, sich nicht in die äußere Hülle eines Porträtierten zu verlieren, sondern in sein Seelenleben einzudringen, sein soziales und moralisches Wesen zu ergründen. *„Das Porträt soll immer zwei Persönlichkeiten zeigen, den Porträtierten und durch ihn auch den Künstler. Abmalen kann beinahe jeder halbwegs talentierte Student, aber jedes Bild wird nur dann gut, wenn es vom Künstler durchdacht und durchlebt wird."*

Dem Galeristen und Großkaufmann Pawel Tretjakow hat es Repin zu verdanken, dass der Mäzen ihn schon früh gebeten und das auch großzügig gefördert hat, die russische Intelligenz zu malen, eine Galerie der „Gedankenherrscher" Russlands. Nun, im Alter entspricht Repins Hinwendung fast ausschließlich zur Porträtmalerei seinem Bedürfnis, einen unmittelbaren und lebendigen Kontakt zu klugen Menschen zu unterhalten, um so seiner Einsamkeit auf dem großen Anwesen Penaten zu entgehen.

Ein Brief an Stassow, den ihm dessen Enkel nach dem Tod des väterlichen Freundes in einem ganzen Bündel zurückgegeben hat, ist kaum noch zu lesen, die lila Tinte verblasst. Er handelt davon, wie empört Repin seine

Emotionen niederschrieb, als der Wald seiner Kindheit um Tschugujew gerodet worden war. *„In diesem Winter hat man einen großen Teil des Starowersker Waldes abgeholzt. Ich ging und fuhr oft hin, um mir diesen Frevel anzusehen. Gestern hat man eine alte Eiche abgesägt, nach Schätzung der Alteingesessenen über zweihundert Jahre alt, zwei Menschen konnten sie kaum umfassen. Als Knabe hatte ich diese schöne Eiche gezeichnet...ein gigantischer und vielästiger Baum...Man schob nun einen Keil ein und sägte noch ein bisschen...die Eiche begann sich langsam zu neigen und unter schrecklichem Lärm und Pfeifen stürzte der Koloss mit dröhnendem Aufschlag zu Boden...Im Nu verwandelte sich der stolze, prunkvolle Baum in eine flache, leblose Masse. Ich dachte, die alte Eiche war morsch, weil sie ganz zersplittert war, schlug mit der Axt darauf, und siehe da, das Holz war fest wie Eisen, vortrefflich, gesund, dunkel und alt."*
Und Stassow, der viel Belesene, machte Repin damals auf sein schriftstellerisches Talent aufmerksam wegen seiner exzellenten Beobachtungsgabe und weil der Maler bescheiden Widerspruch einlegte, schickte im Wladimir Stassow, Hüter und Gewissen der Kaiserlichen Bibliothek in St. Petersburg die Beschreibung des Sterbens eines Baumes aus Lew Tolstois Erzählung „Die drei Tode":
„Die Axt tönte unten dumpfer und dumpfer, saftige weiße Späne flogen auf das taubedeckte Gras, und durch die Schläge ließ sich ein leichtes Knarren vernehmen. Der Baum erzitterte am ganzen Körper, beugte sich nieder, richtete sich gleich wieder auf und schwankte erschrocken auf seinen Wurzeln. Fur einen Augenblick wurde alles still, doch der Baum neigte sich wieder, in seinem Stamm krachte es, und er stürzte, die Äste brechend und die Zweige senkend mit dem Wipfel in die feuchte Erde."
Ebenso plastisch wie Tolstois Schilderung war und ist nach Meinung der Kritiker auch Repins Bildsprache, freier und kühner noch als Schischkins Wälder, die wiederum so naturgetreu sind, dass man in seine Gemälde vom russischen Wald eintreten und Pilze suchen möchte.

Zum 70. von Repin erscheinen in fast allen bedeutenden Journalen Würdigungen, doch auf den hinteren Seiten, denn der Eintritt Russlands in den Krieg beherrschte die Schlagzeilen. Repin ist über das Morden der Völker erschüttert. Er hatte mit Tolstoi ausführlich über dessen Erlebnisse im Krieg im Kaukasus gesprochen und erinnert sich dessen Worte: *„Eines von beiden: Entweder ist der Krieg ein Irrsinn, oder aber die Menschen, die diesen Irrsinn begehen, sind gar nicht die vernunftbegabten Geschöpfe, für die man sie bei uns aus irgendeinem Grunde zu halten pflegt."*

Gorki bemerkt die Einsamkeit des Malers und dessen Traurigkeit und kommt, so oft er in Petrograd ist, bei Repin „nur auf ein Glas Tee" vorbei. Maxim Gorki, seit seinen Theaterstücken „Kleinbürger" und „Nachtasyl" längst eine Berühmtheit in der Theaterwelt, konnte schon 1913 anlässlich der Generalamnestie zum 300. Jubiläum der Zarendynastie der Romanows von der Insel Capri wieder nach Russland zurückkehren. Dort, so erzählt er Repin, hatte er auch Kontakt mit Wladimir Uljanow, der sich Lenin nennt. Obwohl Gorki, der ja aus den ärmsten Schichten Russlands stammt, für eine soziale Revolution ist, für die er aber die breite Massen der Russen noch nicht reif genug hält, geriet er doch mit dem Führer der Bolschewiki über grundsätzliche Fragen in einen heftigen Streit.

Der Schriftsteller hat gerade seine Erzählung „Die Beichte" geschrieben und glaubt im Gegensatz zu Lenin, dass für die einfachen russischen Menschen die Religion eine nicht zu unterschätzende Rolle spielt. Doch Lenin beharrt darauf, das „Religion Opium für das Volk" sei und wirft dem Dramatiker Gorki Abweichung vom Marxismus vor.

Repin erkundigt sich nach gemeinsamen Bekannten und fragt, woran Gorki gegenwärtig arbeitet. *„Ich schreibe gerade an einer Familientragödie aus dem Wolgagebiet, wo ich, wie Sie wissen, ja als Treidler in den Sielen hing und tagein tagaus Lastkähne unser Mütterchen Wolga hinauf schleppte für eine Handvoll von Kopeken. Meine Hauptperson, und so werde ich auch das Stück nennen, ist eine gewisse Wassa Schelesnowa, eine mit allen Wolgawassern gewaschene Besitzerin einer Reederei, deren Mann des*

Kindesmißbrauchs angeklagt ist und den sie, um nicht Schande über die Familie zu bringen, anfleht, Selbstmord zu begehen. Leider habe ich, was bei diesem Stoff auch kaum verwundert, noch kein Theater für die Aufführung gefunden."

Repin bittet seinen Gast um ein signiertes Exemplar des Poems „Lied vom Sturmvogel", das nicht nur seine Studenten der Kunstakademie abschreiben und weiter geben, sondern auch auf ihren Zusammenkünften deklamieren. Ein aufrührerisches Gedicht, das von der Kraft des Zorns, der Flamme der Leidenschaft und der Gewissheit des Sieges kündet und das deshalb auf der Liste der verbotenen Literatur der Geheimpolizei steht.

Über grauem Meerestoben
treibt der Sturm Gewölk zusammen.
Zwischen Wolken und der Gicht
gleitet stolz der Sturmverkünder,
einem schwarzen Blitzpfeil gleich.

Bald die Flut mit Flügeln streifend,
bald in Wolkenbergen taumelnd,
schreit er schrill und hell.
Und die Wolken spüren
Lust im Schrei des kühnen Fliegers.
In dem Schrei klingt Sturmessehnsucht!
Kraft des Zornes ungebändigt, Glut
der Leidenschaft und die Zuversicht des Sieges.

Alles klingt im Schrei aus Wolken.
Vor dem Sturm die Möwen bangen.
Stöhnend auf dem Meere treibend,
möchten ihre Angst vorm Sturme
auf dem Meeresgrund verbergen.

*Auch die Tauchervögel stöhnen krächzend
tief erschrocken von dem Donner.
Ihren Schwingen unerreichbar,
ist die Lust des luftgen Lebenskampfes.
Nur der kühne Sturmverkünder, frei und stolz
beherrscht die graue Wolkenwelt
überm weißen Schaum des Meeres!*

In der Kaiserlichen St. Wladimir-Universität in Kiew werden Bilder von Ilja Jefimowitsch ausgestellt, eigentlich ein guter Grund, um wieder einmal über Tschugujew zu reisen, zu sehen, ob die alte Herberge der Großmutter noch steht und was aus der Künstlerwerkstatt geworden ist. Doch im Krieg ist der Zugverkehr für Zivilisten weitgehend eingeschränkt, Militärzüge, vor allem die Lazarettzüge mit den tausenden Verwundeten und Verstümmelten haben Vorfahrt. Repin ist es recht, denn der Künstler, der früher nicht genug in Westeuropa unterwegs sein konnte, ist von einer Reisemüdigkeit befallen. Die lange Bahnfahrt durch teilweise ebene und eintönige Landschaften, der allmähliche aber schon sichtbare Zerfall der russischen Dörfer, in denen außer Greisen und Dorftrotteln kaum noch ein männliches Wesen anzutreffen ist, da ist sein Geburtsort Tschugujew keine Ausnahme, machen ihn depressiv. Das riesige Land scheint Repin endlos, öde und einsam.
Ein wenig Abwechslung bringt der junge Anton Komaschka*, der bei Repin Unterricht nimmt und dem Ilja Jefimowitsch der Einfachheit halber gleich vorschlägt, in Penaten Quartier zu beziehen, wo es nun viele freie Zimmer gibt. Der Schüler ist Repin von seinem ehemaligen Studenten Gawril Gorelow empfohlen worden. Der Meister unterrichtet und zeichnet seinen Eleven, vom dem er sich wegen dessen Talent in Zukunft einiges verspricht. Außerdem lenkt ihn dessen unbeschwertes und jugendliches Wesen von seinen eigenen trübsinnigen Gedanken ab.

**Anton Michailowitsch Komaschka (1897 – 1970) – russ.- sowj. Porträtmaler und
Grafiker, nahm selbst von 1915 bis 1917 bei Ilja Repin Unterricht.*

Repin ist ein Maler, dem stets das Wohlergehen der einfachen Menschen und die demokratische Entwicklung in seinem Lande am Herzen liegt. Das ist Inhalt seiner Werke, auch wenn es sich um historische Sujets handelt. Angefangen von den Wolgatreidlern, ein preisgekröntes Gemälde, das die unmenschliche Ausbeutung der Ärmsten der Armen zeigt über die Heimkehr eines Verbannten bis zu dem Demonstrationszug mit einer roten Fahne. Um mit seinen künstlerischen Mitteln in diesem Völkerschlachten in Europa seine Stimme zu erheben und Leid zu lindern, stimmt Ilja Jefimowitsch zu, eine Ausstellung in Petrograd zugunsten kriegsversehrter Polen zu organisieren. Daneben nimmt ihn der Alltag in Anspruch, gilt es, Gemälde für die 44. Wanderausstellung zunächst in der Hauptstadt und dann in Moskau zusammenzustellen. Für diese Expositionen beendet er endlich ein patriotische Bild, das er schon vor Jahren gemalt und in vielen anderen Varianten zwar begonnen, aber nie vollendet hatte: „Aufruf Minins* an Nishni Nowgorod". Der russische Kaufmann Minin war gemeinsam mit dem Fürsten Dmitri Posharski Führer einer russischen Volkserhebung gegen die polnisch-litauische Besetzung während der Smuta genannten Wirren Anfang des 17. Jahrhunderts. 1610 versuchte der polnische König Sigismund III., seinen Sohn Władysław IV. Wasa auf den Zarenthron zu heben und in Russland den katholischen Glauben einzuführen. 1611 sandte daher der Patriarch Hermogenus aus dem Dreifaltigkeitskloster von Sergijew Possad einen Aufruf zur Verteidigung des Glaubens und zum Widerstand gegen die polnisch-litauische Okkupation an eine Reihe von russischen Städten. Kusma Minin unterstützte diesen Aufruf im reichen Nishni Nowgorod und begann Geld und Anhänger zu sammeln. Anfang April 1612 wurde in Jaroslawl ein Volksheer mit Posharski und Minin an der Spitze gebildet, das zunächst im August 1612 das polnische Heer unter Hetman Chodkiewicz vernichtend schlug.

Kusma Minin (? -1616) – russ. Volksheld, organisierte den nationalen Befreiungskampf 1611-1612 gegen polnische Eindringlinge. Ihm ist ein Denkmal auf dem Roten Platz vor der Basiliuskathedrale in Moskau gewidmet.

Im folgenden Oktober musste sich auch die polnische Garnison von Moskau ergeben. Im Juli 1613 wurde Michail Romanow* zum Zaren gekrönt, der erste Romanow auf dem Thron, den die Familie über 300 Jahre lang verteidigte. Als Dank für seine Tat erhob der Zar Kusma Minin in den Adelsstand. Minin genoss das Vertrauen des Monarchen. Das kam auch darin zum Ausdruck, dass ihm im Jahre 1615 die Führung Moskaus anvertraut wurde, während der Zar auf einer Reise zum Dreifaltigkeitskloster war. Wenn das kein Stoff für ein patriotisches Bild war!

Daneben macht es Repin Spaß, alte Bekannte, die von ihm schon einmal porträtiert worden waren, nach Jahren wieder in sein Atelier zu bitten, wie den Schriftsteller Anatoli Koni**. Dabei versucht Ilja Jefimowitsch beharrlich, seine taube rechte Hand zu verstecken und als Koni ihn daraufhin anspricht, erwidert Ilja Jefimowitsch lachend: *„Mein Verehrtester, ich habe den kompletten Staatsrat, ein die ganze Wand füllendes Gemälde, mit links gemalt, da werde ich wohl auch noch ihr Konterfei hinbekommen."* Er will einfach nicht zugeben, dass ihm das Malen immer schwerer fällt, wenn er auch einen Gehilfen angestellt hat, der die Farben und Leinwände einkauft, die Grundierungen vorbereitet und die Rahmen auf die Staffeleien stellt.

In der Zeitschrift „Летопись***" veröffentlicht Repin ein für ihn wichtiges Erlebnis aus seinen angefangenen Memoiren, die Hinrichtung Karakosows: *„Es war ein außergewöhnlich schöner Septembertag. Ich war auf dem Weg*

*Michail Fjodorowitsch Romanow (1596 - 1645) - Großfürst von Moskau, am 21. Februar 1613 zum Zaren gewählt, heiratete 1625 Maria Dolgorukaja, die vergiftet wurde. Mit Jewdokia Streschnewa hatte er zehn Kinder, die er alle überlebte.

**Anatoli Koni (1844-1927) - russ. Staranwalt und Schriftsteller, berühmt durch Freispruch 1878 bei der Gerichtsverhandlung gegen die Terroristin Sassulitsch vom radikalen Flügel der Organisation Volkswille, die den Petersburger Stadthauptmann, General Trepow erschossen hatte. Vorbild der demokratischen Bewegung.

***„Летопись" - dt.: Chronik, Petrograder Monatszeitschrift für Literatur, Wissenschaft und Politik, erschien 1915 -1917, Gründer Gorki, gegen den Ersten Weltkrieg und Nationalismus konzipiert, um 11 000 Exemplare Auflage.

zu Kramskoi. Doch eine Woge aus Menschenleibern schob mich, den kleinen, blassen Malerstudenten, vor sich her zur Peter-und-Pauls-Festung. Auf dem Vorfeld war auf einem Podest ein Galgen errichtet. Unübersehbar die Volksmenge, die hier zusammengeströmt war. Gaffer und Tagediebe hatten sich eingefunden, alte Frauen, die immer wieder murmelnd sich verbeugend ein Kreuz schlugen und Studenten mit schwarzen Armbinden, die in der Tasche die Fäuste ballten. Und zwischen ihnen wuselten Geheimpolizisten mit steifen Hüten. Viele erwarteten, dass der Zar den Delinquenten in letzter Sekunde begnadigt. Ich nahm dieses pittoreske Bild in mich auf, hatte längst einen Bleistift und einen Block gezückt, die ich stets bei mir trug und skizzierte diese bedrückende Szene.

Seit vielen Jahren hatte es in St. Petersburg keine öffentliche Hinrichtung mehr gegeben und so musste der Henker extra aus Wilna kommen, um seinem ungeübten Kollegen der Hauptstadt beizustehen. Ein Stöhnen ging durch die dicht geschlossenen Reihen vor der Plattform, die durch eine Brigade Soldaten geschützt war, als der Verurteilte auf das Podest geführt wurde. Karakosow stieg auf das Schafott, bleich und ruhig. Als ein Richter das Urteil verkündete, rief der Pöbel: „Was soll das lange Gerede, knüpft ihn doch endlich auf!"

Dann herrschte Stille. Der zum Tode Geweihte kniete nieder und betete. Warum schrie er nicht: Nieder mit dem Zaren? Seht her, ich gehe ins Himmelreich, denn ich habe dem Teufel widerstanden. Warum nicht? Hatte man ihm etwas eingegeben?

Der Pope reichte ihm das Kreuz zum Kuss. Die Menschen schauten sich verwundert um. Wo blieb der reitende und rettende Bote des Zaren? Gefügig lies sich Karakosow die Arme auf den Rücken binden, er schaute in den wolkenlosen Himmel, als sie ihm den schwarzen Sack über den Kopf zogen. Dumpf stöhnte das Heer der Zuschauer und der Erhängte pendelte leblos am Strick. Mich überlief es kalt und mühsam bahnte ich mir einen Weg durch die Leiber der Zeugen, die lebhaft das soeben Geschehende debattierten.

Diese überirdische Ruhe des verurteilten Studenten vor seiner Hinrichtung verfolgte mich als jungen Künstler bis nach Hause, wo ich mich noch in der Nacht daran machte, aus dem Gedächtnis ein Bleistiftporträt Karakosows zu zeichnen. Das war nicht das Gesicht eines brutalen Mörders oder geifernden Fanatikers, sondern eines Menschen, der für seine Ideale und Träume das Wertvollste gegeben hat, sein Leben. Außerdem skizzierte ich eine Komposition, die Karakosow in einem Bauernwagen auf dem Weg zur Hinrichtungsstätte zeigt. Das war mehr als das gezeichnete Protokoll eines teilnahmslosen Zuschauers der Hinrichtung eines jungen Mannes, dessen Attentat auf den Zaren fehlgeschlagen war. Ich wollte, ja ich musste mit meinen Mitteln Partei ergreifen und ich glaube noch heute an die Macht der Kunst."

Auch dieser Artikel belegt, wie sehr Repin die sozialen Probleme und geistigen Bestrebungen seiner Zeit in Russland erkennt und künstlerisch umsetzt. In seinen Themen ist Repin sein ganzes schöpferisches Leben lang Neuerer, im Stil ist aber ist er konservativ und so der letzte große realistische Maler Europas. Sein Stern aber ist im Sinken und auch durch die Avantgarde der russischen Maler, die durch seine Schule gegangen sind.

XXV.

Im Januar, als die Front in Russlands Westen eingefroren ist, reist Nikolaus nach Petrograd zu einer Konferenz der Vertreter der Alliierten. Maurice Patéologue*, der der französischen Delegation angehört, vertraut seinen Politikern an: *„Was Russland betrifft, so arbeitet die Zeit nicht mehr für uns. In den Ministerien, den Räderwerken der Verwaltung ist nicht nur Sand im*

*Maurice Patéologue (1859 - 1944) - franz. Außenpolitiker, Gesandter in Russland, Autor zahlreicher Publikationen: „Memoiren eines Botschafters", „Die Zarenfamilie im großen Krieg", „Der romantische Diplomat", „Rasputin: Erinnerungen" sowie über Sissi, die traurige Kaiserin und die Dreyfus-Affäre.

Getriebe, sie zerbrechen nacheinander. Kluge Köpfe meinen, dass sich Russland unaufhaltsam auf einen Abgrund zu bewegt."
Doch der Zar ignoriert die Vorzeichen der Katastrophe, plaudert mit den ausländischen Gästen liebenswürdig und nichts sagend. Er erklärt sich einverstanden, dass nach einem Sieg der Alliierten Frankreich Elsass-Lothringen und das Saarland für sich beansprucht. Bei den Abgesandten verstärkt sich der Eindruck, dass der russische Monarch keine Freude am Regieren und als Lenker des Staates hat. Maurice Patéologue, der französische Botschafter am zaristischen Hof, beobachtet Nikolaus sehr genau und resümiert nach vielen Gesprächen mit ihm: *„Nikolaus II. herrscht ungern. Wenn er eifersüchtig seine Rechte als von Gott gewählter Autokrat verteidigt, dann nur aus religiös-mystischen Gründen. Niemals vergisst er, dass es Gott war, der ihm diese Macht verliehen hat und ständig ist ihm bewusst, dass er einst vor seinem Schöpfer für seine Taten Rechenschaft ablegen muss."* Nach einer Abfolge unendlicher Gespräche, Empfänge und Galadiners reisen die Verbündeten Russlands wieder ab.

Nun gibt es täglich Demonstrationen in Petrograd gegen den Krieg und den Hunger, immer lauter wird der Ruf nach einem Generalstreik. Die Russen haben genug, genug vom Sterben in einem Krieg, der nicht der ihre ist, genug vom Erfrieren und Hungern, während der Adel prasst, genug der Herrschaft des Zaren, des Regimes der Rechtlosigkeit und der Willkür. Русские медленно запрягают, но быстро ездят heißt ein Spruch, der wörtlich heißt, dass sie langsam anspannen, aber dann sehr schnell fahren. Die Geduld der Duldsamen ist zu Beginn des Jahres 1917 am Ende, Massenproteste erschüttern das ganze Land.

Doch ungeachtet der drohenden Stimmung erstrahlen im Februar im lange leer stehenden Alexanderpalais in Zarskoje Selo die Räume in Schein hunderter Kerzen, die aus den Kronleuchtern funkeln. Die kunstverzierten Kachelöfen sind geheizt und ein Meer von weißem Flieder, Veilchen und Mimosen verwandelt die Räume in einen Garten voller Magie. Nikolaus II. ist von der Front zurückgekehrt, um ein Galadiner für eine hochrangige britische Delegation zu geben. Aber die Stimmung ist berückt, obwohl für die Kriegszeit ein üppiges Mahl aufgetischt wird, das der französische Gesandte Paléologue bemäkelt: Nach der Gerstensuppe gibt es Forelle in Aspik, Kalbsbraten, Kiewer Hühnchen und Mandarineneiscreme, alles Sachen, die auf dem schwarzen Markt in Petrograd nicht für Gold und gute Worte zu haben sind.

Doch Nikolaus eilt zurück an die Front, obwohl ihn Alexandra bittet zu bleiben, weil die Kinder an Masern erkrankt sind. Er schlägt der Zarin vor, mit den Großfürstinnen und dem Thronfolger auf die Krim zu fahren, weil es *„...nicht lange dauern wird, bis ich zurückkehre. Doch jetzt ist mein Platz hier, schreckliche Schneestürme machen die Gleise unpassierbar und wenn die Züge nicht freikommen, müssen die Truppen verhungern und die Verwundeten erfrieren. Es ist so unsagbar furchtbar..."*

Die Situation in der Hauptstadt ist so geladen, dass nur ein Funke ausreicht, um einen Aufstand zu entfachen. Dieser Funke, der das ganze Land entflammt, ist am 7. März ein unscheinbarer Krawall bei einer Brotausliefung und der Streik der Textilarbeiterinnen. Durch die Straßen ziehende Menschenmengen, sie stehen in Schlangen vor Bäckereien und Backwarengeschäften und schreien „Brot, Brot". Am Tag darauf strömen die Petrograder im Massen auf die Straßen, der Newski ist schwarz von Menschen. Läden werden geplündert und die Polizei schreitet auf Anweisung der Duma nicht ein. Die Soldaten versichern den Demonstrierenden, dass sie nicht schießen werden.

Am 10. März legen Streik und ein Massenprotest die ganze Stadt lahm, das öffentliche Leben steht still. Eilends versammelt sich das Kabinett und noch in der Nacht wird ein Telegramm an den Zaren geschickt mit der Bitte, eine neue Regierung zu bilden, die vom Volk anerkannt wird. Doch Nikolaus ist sich der Situation nicht bewusst, ja er unterschätzt die explosive Stimmung und kabelt pathetisch zurück: *„Ich befehle, dass die Ausschreitungen, die in den Zeiten des Krieges unerträglich und Landesverrat sind, bis morgen beendet werden!"*

Befehlsgemäß rücken die Truppen der Petrograder Garnison daraufhin aus, doch die Menschenmenge ist unübersehbar und viele Soldaten weigern sich, dem Feuerbefehl der Kommandeure nachzukommen, einige Truppen eröffnen das Feuer und töten sechzig Menschen.

Der Präsident der Duma, Michael Rodsjanko, den der Monarch als den größten und dicksten Mann Russlands verächtlich beschimpfte, schickt ein noch dringenderes Telegramm nach Mogiljew, doch der Zar antwortet nicht einmal. Statt dessen beordert er vier Regimenter von der festgefrorenen Galizischen Front in die Hauptstadt, die nacheinander meutern, ihre Offiziere entwaffnen und sie bei deren Widerstand erschießen. Die Kosaken, die der Petrograder Stadtkommandant General Sergei Chabalow zur Entwaffnung der Aufständischen schickt, verweigern den Befehl und stecken sich roten Nelken an. Die Massen jubeln, verbrüdern sich mit den kampfesmüden Soldaten und setzen Regierungsgebäude und Paläste in Flammen.

Es überschlagen sich die Ereignisse. Die Arbeiter des größten Petrograder Rüstungsbetriebes streiken, worauf die Direktion 30.000 Beschäftigte aussperrt. Demonstrationen von Arbeiter- und Soldatenfrauen bedrohen die für den Krieg notwendigen Munitionsfabriken Petrograds und verbreiteten sich von der Newa bald im ganzen Land. Die Frauen, deren Männer an der Front oder gefallen sind, fordern die sofortige Beendigung des Krieges, die Herausgabe von Lebensmitteln und die Abdankung des Zaren. Wie eine Lawine erfasst der Ausstand andere Fabriken. Der Arbeiter- und Soldatenrat proklamiert den Generalstreik und auf dem Prachtboulevard des Newski demonstrieren Tausende unter roten Fahnen. Um den Zaren zu beruhigen, schreibt Innenminister Alexander Protopopow, dass die Situation in Petrograd unter Kontrolle sei. Daraufhin löst der Zar per Dekret die Duma, die nichts gegen die Aufständischen unternommen hatte, auf. Doch der Ältestenrat ignoriert den Erlass von Nikolai II. und konstituiert ein Provisorisches Komitee zur Wiederherstellung der öffentlichen Ordnung.

Doch die Revolution hat schon begonnen, in den Betrieben werden Wahlen zu Arbeiterräten abgehalten, einer Form der Selbstorganisation, die die

Arbeiter schon 1905 herausgebildet hatten. Nach diesem Vorbild entstehen in Folge Arbeiter- und Soldatenräte im ganzen Land in den Städten bis zum Ural, die den Petrograder Sowjet als ihre Regierung anerkennen.
Auch die Waage der militärischen Macht neigt sich zugunsten der Revolutionäre. Zuerst wechselt das Wolhynische Garderegiment in Petrograd die Seiten und schließt sich den Revolutionären an. Das Preobrashenskij- und das Litowskij-Garderegiment folgen und erschießen ihre zarentreuen Kommandanten. Wachen desertieren aus Zarskoje Selo. Selbst die Garde Equipage verlässt ihre Stellung am Alexanderpalast und kehrt auf Befehl ihres Kommandeurs, des Großfürsten Kyrill Wladimirowitsch* nach Petrograd zurück. Der Cousin des Zaren hat sich eine rote Armbinde angesteckt, als er seine Truppen durch die Hauptstadt führt, um vor der Duma seinen Treieid abzulegen. Er ist der erste Romanow, der den Zaren verrät.
Gemeinsam mit Arbeitern werden von Soldaten mit roten Schleifen Waffenarsenale gestürmt und Gewehre verteilt. Die Polizei wird entwaffnet, Kasernen und Amtsgebäude werden in Brand gesetzt. Über der Stadt stehen schwarze Rauchsäulen. In Lastwagen mit roten Fahnen fahren die Revolutionäre von den Menschen bejubelt durch die Straßen, stürmen Gefängnisse und befreien Gefangene. Auch das Moskauer Regiment schließt sich der Revolution an. Schließlich besetzen bewaffnete Soldaten und Arbeitern das Gebäude der Duma und noch am Abend versammelt sich im Sitzungssaal der erste Arbeiter- und Soldatenrat. Die noch immer amtierende zaristische Regierung verhängt über Petrograd den Belagerungszustand. Praktisch entmachtet schreibt der Zar ins Tagebuch: *„Ging um 3 1/2 Uhr zu Bett, weil ich noch lange mit N. I. Iwanow** gesprochen habe, den ich mit Truppen nach Petrograd schicke, um Ordnung zu schaffen".*

*Kyrill Wladimirowitsch Romanow (1876 - 1938) - russ. Großfürst, Konteradmiral, Kommandant der Palastwache; nach Ermordung des Zaren und dessen Bruder Oberhaupt des Hauses Romanow, nannte sich bis zum Tode „Kaiser im Exil".
**Nikolai Ludowitsch Iwanow (1851 - 1919) - russ. General der Artillerie, Generaladjutant im russischen Hauptquartier im Ersten Weltkrieg.

Nach einem kurzen Schlummer verlässt Nikolaus II. das Hauptquartier und fährt nach Zarskoje Selo zur Familie, nicht ohne Truppen zu seinem Schutz von der Front in die Sommerresidenz zu befehlen.
Dort hat Zarin Alexandra Fjodorowna nicht mitbekommen, dass Petrograd in den Händen der Revolutionäre ist. Fürst Golizin* will sie nicht beunruhigen, da sie wegen der Krankheit ihrer Kinder voller Sorge und sehr beansprucht ist. Er versicherte ihr, dass sie sich keine Sorgen machen bräuchte. Erst als ihre Freundin und Vertraute Lili Dehn** aus der Hauptstadt kommt, um bei der Pflege der an Masern erkrankten Töchter dem Leibarzt Doktor Botkin zu helfen, erfährt die Zarin die volle, ungeschminkte Wahrheit und begreift, in welcher Gefahr die ganze Familie ist.
Doch inzwischen hat der Aufstand auch Zarskoje Selo erfasst und wütende Demonstranten versammeln sich vor den bewachten Gittern der Parkanlagen des Palastes. Nun wird auch der Zarin der ernst der Lage klar und sie begibt sich in einfacher Schwesterntracht zu den restlichen Soldaten der Palastwache, um sich ihrer Loyalität zu versichern. Und die Zarin wartet vergeblich auf ihren Mann, denn der Zug des Zaren ist in Pskow aufgehalten worden. So schreibt Alexandra Fjodorowna ihrem Gatten einen Brief, den vertrauenswürdige Kosaken zu ihm bringen sollen, da die Telegrafenleitungen gekappt worden sind. *„Mein Herz zerspringt bei dem Gedanken, dass Du all diese Aufregungen in Einsamkeit durchleidest...Ich wollte Dir einen Aeroplan schicken, aber die Leute sind einfach fortgelaufen. Es ist abscheulich, wie schnell sich die Ereignisse entwickeln, doch niemand kann meinen gottgefälligen Glauben erschüttern, dass alles wieder gut wird...Sie wollen Dich nicht zu mir lassen, bevor Du nicht den Wisch unterschrieben hast, Verfassung oder ähnlich Schreckliches...Du bis allein, ohne Armee, wie eine*

* *Nikolai Dmitrijewitsch Golizyn (1850 - 1925) - russ. Politiker, letzter Vorsitzender des zaristischen Ministerrates.*

***Lili von Dehn (1888 - 1963) - Frau eines russischen Marineoffiziers von der kaiserlichen „Yacht" Standard und Freundin der Zarin Alexandra Fjodorowna. Sie schrieb nach der russischen Revolution von 1917 die Biographie „The Real Zarin"*

Maus in der Falle. Es ist eine himmelschreiende Gemeinheit, einen Herrscher gefangen zu setzen...Wenn Du Dich anderswo den Truppen zeigst und sie um Dich scharrst, kannst Du das Blatt wenden..."
Auf einem Abstellgleis bei Pskow wird Nikolaus II. von seinen Generalen am 15. März 1917 zur Abdankung gedrängt. Die Delegation unter dem Oberbefehlshaber der Ostfront, Nikolaus Russki, überreicht dem Zaren ein Stapel Telegramme von den Fronten, der Regierung und der Duma. Sie haben alle den gleiche Tenor. Zum Wohle des Landes müsse Nikolaus II. auf den Thron verzichten, ja sein Onkel Großfürst Nikolaus, den der Zar achtet und respektiert, bittet ihn auf Knien darum. Lange schweigt der Zar, schaut aus dem Fenster des Salonwagen. Dann rafft er seine Uniform und erklärt: *„Ich habe beschlossen, zu Gunsten meines Sohnes Alexei auf den Thron zu verzichten."* Ihm scheint wichtiger, den Krieg siegreich zu beenden, als zu herrschen. Und General Grabbe* vertraut er im Speisewagen an, dass er nun hoffe, sich seinen geheimsten Wusch des Lebens erfüllen zu können und künftig ein bäurisches Gut, am besten in England, zu kaufen.
Er dankt ab, weil er müde vom Regieren ist und in dieser Situation nicht weiter weiß. Resigniert schreibt er am Abend in sein Tagebuch: *„Rings um mich her, Verrat, Betrug und Feigheit."*
Es ist eine unruhige Nacht für Nikolaus. Am Morgen, beim Frühstück mit einem seiner Leibärzte, redet ihm Dr. Fjodorow ins Gewissen. Der zwölfjährige Zarewitsch, der noch dazu an Hämophilie leidet, kann unmöglich die Geschicke des Landes leiten und den Staat aus der Krise führen. Als dem Zaren später die Abdankungsurkunde zur Unterschrift gereicht wird, streicht er den Namen seines Sohnes und ersetzt ihn durch den seines Bruders Michail. Doch der glaubt nicht an seine Ernennung, denn Nikolaus hat vergessen oder es wurde unterschlagen, ihn von seiner Ernennung zu informieren. Die Duma lässt im Taurischen Palast keinen Zweifel daran, dass sie

**Alexander N. Graf Grabbe (1864 - 1947) - russ. Kosakengenaral vom Don mit finnischen Wurzeln. Kommandeur der Leibwache von Nikolaus II. Sein Vater, Paul Hrisztoforowitsch, kämpfte als General der Kavallerie gegen Napoleon*

gegen die Thronbesteigung eines Romanow ist und Michail II.* wird gezwungen, die Machtbefugnisse der Provisorischen Regierung zu übertragen. In seiner Ernennungsurkunde für Bruder Michail setzte Nikolaus hinzu, dass der neue Zar auf die Verfassung schwören möge. Seine letzten Ukasse als russischer Monarch sind die Ernennung des Fürsten Lwow** zum Vorsitzenden des Ministerrates und seines Onkels Großfürst Nikolai wieder zum Oberbefehlshaber der Streitkräfte. So enden mehr als 300 Jahre Romanowdynastie. Mit einem Federstrich hat sich der allmächtige Herrscher von Russland zu einem einfachen Bürger seines Landes gemacht. Am gleichen Tag erklären die Duma und der Arbeiter- und Soldatenrat den Zar für abgesetzt und die Bildung einer Provisorischen Regierung. Soldaten verhaften die Minister des Zaren und bringen sie in die Peter-und-Pauls-Festung.

Die in die Schweiz emigrierten führenden Sozialdemokraten mit Lenin an der Spitze suchen, aufgescheucht durch die Petrograder Ereignisse, Gelegenheit, schnell einen Weg nach Russland. Das erweist sich als schwierig, geht es doch durch Feindesland. Die abenteuerlichsten Pläne werden entwickelt. Lenin schlägt vor, verkleidet oder mit dem Flugzeug zu reisen. Es ist schließlich der Menschewik Julius Martow***, der vorschlägt, die deutsche Regierung um eine Transiterlaubnis zu bitten, die nach kurzen

*Michail Alexandrowitsch Romanow (1878 - 1918) - Großfürst, bis zum des 1. Weltkrieg wegen nicht standesgemäßer Liason mit einer verheirateten Frau nach Orjol versetzt. 1912 heiratete er die Geliebte Natalia Brassowa in Wien. 1914 kehrte er nach Russland zurück, wo er die gefürchtete „Wilde Division" der Kavallerie befehligte. Nach Abdankung des Bruders trat Michail II unter Zwang seine Herrschaft nicht an. Im Juli 1918 wurde er von den Bolschewiki bei Perm erschossen.
**Georgi Jewgenjewitsch Lwow (1861 - 1925) - entstammt einem der ält. russ. Adelsgeschlechter, seit 1906 Duma-Mitglied. Im Ersten Weltkrieg leitete er die Versorgungs- und Pflegedienste für Armee und Bevölkerung
***Julius Ossipowitsch Martow (1872 - 1923) - russ. Politiker, Sprecher der Menschewiki, gründete 1895 mit Lenin den Kampfbund zur Befreiung der Arbeiterklasse und 1900 die sozialdemokratische Parteizeitung „Iskra", dt.: Der Funke.

Verhandlungen gewährt wird. Zu den ersten 33 Reisenden, die in einem plombierten Wagen in Begleitung zweier deutscher Offiziere Anfang April durch Deutschland fahren und in Saßnitz ankommen, gehören neben Lenin dessen Frau Nadeshda Krupskaja und seine zeitweilige Geliebte und Kampfgenossin Inessa Armand* sowie weitere führende Vertreter der Sozialdemokratischen Arbeiterpartei Russlands wie Karl Radek** und Grigori Sinowjew***.

Die Absprachen mir dem Auswärtigen Amt Wilhelms II. setzen Lenin, als er am 16. April auf dem Finnischen Bahnhof in Petrograd eintrifft, den Verdacht aus, er handelt mit finanzieller Unterstützung Deutschlands. Auch die Provisorische Regierung, die Lenins Bedeutung durchaus richtig einschätzt, setzt das Gerücht in Umlauf, der Mann sei deutscher Agent. Vor dem Finnischen Bahnhof steigt Lenin auf ein Panzerauto und hält eine flammende Rede vor Tausenden Petrogradern, die ihm zujubeln. Er propagiert die Macht der Arbeiter, Bauern und Soldaten und fordert den Sturz der Provisorischen Regierung und eine sozialistische Revolution.

Zarskoje Selo ist total abgeschnitten, und so erfährt die Zarin erst einen Tag später von der Abdankung ihres Gatten durch den Onkel von Nikolaus II. Sie schreit den Großfürsten Pawel Alexandrowitsch**** an: *„Das sind alles Lügen, die die Zeitungen erfunden haben. Ich glaube an den gerechten Gott*

*Inès Elisabeth Armand (1874 - 1920) - russ. Revolutionärin mit franz. Wurzeln, Frauenrechtlerin. Als sie starb, folgte Lenin zu Fuß und barhäuptig dem Sarg. Inessa Armand wurde an der Kreml-Mauer beigesetzt.

**Karl Radek (1885 - 1939) - Journalist und Politiker, der in Deutschland, Polen und Russland wirkte. 1937 bei den stalinschen Säuberungen zu zehn Jahren Arbeitslager verurteilt. Er starb 1939 im Gulag.

***Grigori Jewsejewitsch Sinowjew (1883 - 1936) - sowj. Politiker, Kampfgefährte Lenins, Weggefährte Stalins; 1936 auf dessen Befehl hingerichtet.

****Pawel Alexandrowitsch Romanow (1860 - 1919) - Sechster Sohn des Zaren Alexander II., kommandierte im 1. Weltkrieg als General die Kaiserliche Reichsgarde,1918 inhaftiert und im Januar 1919 in der Peter-und-Pauls-Festung von den Bolschewiki erschossen.

und unsere treue Armee!" Ihr Gesicht ist verzerrt, Tränen stehen in ihren Augen. Sie schaut ahnungsvoll auf das Porträt von Marie Antoinette in ihrem Salon, das sie bei ihrem Aufenthalt in Paris als Ehrengeschenk bekam. Dann fasst sie sich und ruft verbittert aus: *„Dann soll eben das Volk die Regentschaft übernehmen."* Sie sorgt sich um das Leben ihres Sohnes und ist erleichtert, als Großfürst Pawel Alexandrowitsch ihr berichtet, dass Nikolaus auch ihm Namen seines Sohnes auf den Thron verzichtet habe.

Irgend jemand muss den Zarewitsch, von dem bisher alle Ereignisse ferngehalten wurden, informieren. Die Zarin bittet Monsieur Gilliard, den Lehrer ihres Sohnes, das zu übernehmen. Der Franzose beginnt recht behutsam: *„Wissen Sie, verehrter Alexei Nikolajewitsch, Ihr Vater möchte nicht länger Zar sein."* Der zwölfjährige Thronfolger versteht nicht und kreischt: *„Was reden Sie da, ja warum?"* Der Pädagoge versucht es so schonend und diplomatisch, wie es geht: *„Nun, er ist sehr erschöpft, es sind zu viele Sorgen, die in letzter Zeit auf ihn lasten, der Krieg, die Regierung..."* Und als der einzige Sohn des Zarenpaares naiv fragt, wer dann Zar wird, antwortet der Vertraute der Familie ehrlich: *„Ich weiß es nicht, vielleicht niemand mehr."*

Und da liegt der erfahrene Hofmann richtig. Denn Michail, der Bruder des Zaren, dachte nicht einmal im Traum daran, in diesem Klima des Krieges und des Chaos im Lande das Zepter zu übernehmen und dankte ebenfalls vor den Gesandten der neuen Regierung ab. Die Abordnung setzte zwei Dokumente darüber auf, für den Fall aller Fälle. In der zweiten Urkunde wird die Möglichkeit der Wiedereinführung der Monarchie offen gelassen. Als Michail Romanow ergriffen und vielleicht deshalb recht schwungvoll seinen Namenszug unter die Dokumente setzt, geht mit einem Federstrich ein Jahrtausend Autokratie in Russland zu Ende.

Nikolaus II. erfährt in Pskow von der Abdankung seines jüngeren Bruders und schreibt enttäuscht in sein Tagebuch: *„Es heißt, Mischa habe abgedankt...sein Manifest schließt mit dem Schweifwedeln vor der kostituierenden Versammlung, die in sechs Monaten gewählt werden soll. Gott allein weiß, was sie ihm angedroht haben, dass er so etwas Schändliches* *unterzeichnet...In Petrograd schwächen sich die Unruhen ab, hoffen wir, dass das anhält."*

Dann fährt der entmachtete Zar ins Hauptquartier nach Mogilew in dem Glauben, dort noch von Nutzen im Krieg zu sein. Im Salonwagen liegt ein Brief seiner Gattin. Sie schreibt: *„Mein innig geliebter Nicky, ach, wie mein schwaches Herz um Dich leidet...Ich verstehe absolut Deinen Schritt, mein lieber Held...Ich weiß, dass Du nichts unterschreiben konntest, was gegen Dein Krönungseid verstößt...Zwischen uns bedarf es keiner Worte und ich versichere, ja ich schwöre Dir, wir werden Dich wieder auf dem Thron sehen. Dein Volk und Deine Dir ergebenden Truppen werden ihn Dir zum Ruhm des Zarenreichs zurückgeben..."*

Doch Nikolaus glaubt nicht daran, bereitet sich vor, nach Zarskoje Selo zu Frau und Kinder zu reisen und ordnet im Hauptquartier seine Sachen. Seine Mutter, die Zarenwitwe trifft aus Kiew kommend ins Mogilew ein. Sie ist empört und will von ihrem gestürzten Sohn Abschied nehmen, denn sie trägt sich mit dem Gedanken, eventuell wieder nach Dänemark in ihre Heimat zurück zu gehen, sollten sich die Verhältnisse in Russland verschärfen und ihr Leben in Gefahr sein.

Nikolaus verabschiedet sich bewegt von seinen Offizieren der Stawka: *„Ich wende mich ein letztes Mal an euch Soldaten, die ihr meinem Herzen teuer seid. Unterstellt euch der Provisorischen Regierung und gehorcht ihren Führern. Gott segne euch, meine Tapferen und der heilige Georg, der große Märtyrer, wird euch zum Sieg führen."* Es ist ein Abschied voller Trauer. Unter Hurra-Rufen und Applaus besteigt der letzte Zar Russlands den Zug und möchte erst einmal allein sein. Noch auf der Fahrt notiert er: *„Eine Menge Menschen begleiten mich...Es herrscht Frost und es weht ein starker Wind...Mein Herz ist schwer, traurig und voller Furcht."*

In Zarskoje Selo hatte die Zarin General Kornilow, den neuen Stadtkommandanten von Petrograd empfangen, der von der provisorischen Regierung beauftragt ist, ihr mitzuteilen, dass sie und ihr gestürzter Gatte unter Arrest genommen werden, *„um ihre Sicherheit zu garantieren."*

Kaum ist der Unglücksbote verabschiedet, veranlasst die Zarin die Vorbereitungen für die Abreise zu treffen und lässt Kisten und Koffer packen. Gegenüber dem verbliebenen Dienstpersonal bittet sie um Diskretion und begründet ihre Anordnung damit, dass ein plötzlicher Aufbruch vielleicht erforderlich sein könnte. Aber noch ist daran nicht zu denken, den jungen Großfürstinnen setzen die Masern fürchterlich zu und auch Alexei ist wieder schwer erkrankt.

Als der abgedankte Monarch, nun als Oberst Romanow in Zarskoje Selo ankommt, wird er von den Wachen vor dem Alexanderpalast angekündigt, einfach als Nikolaus Romanow. Alexandra Fjodorowna, die nun nicht mehr Zarin ist, sondern einfache Krankenschwester, ist gerade dabei, ihre Tagebücher und wichtige Briefe, wie die von Rasputin, zu verbrennen. Sie fällt ihrem Gatten weinend um den Hals und berichtet, dass viele auch hochgestellte Mitarbeiter der Hofhaltung Hals über Kopf geflohen sind und dabei einiges Wertvolles aus dem Palast gestohlen hätten.

Bei seinem Eintreffen hat der Kommandant der Wache dem Bürger Romanow klar gemacht, dass jeder, der sich nun in Zarskoje Selo aufhält, auf Beschluss der neuen Regierung isoliert sei. So lange, bis eine Sonderuntersuchungskommission die gegen den Zaren und seine Gattin erhobenen Vorwürfe des Verrates geprüft hätten. Damit beginnt im Frühjahr 1917 die Gefangenschaft der Zarenfamilie, die mit ihrem grausamen Mord im Juli 1918 blutig ein Ende findet:

Im Sommer 1918 ist die Zarenfamilie mit einigen Angestellten im Ipatjew-Haus in Jekaterinenburg, einem geheim gehaltenen Ort, interniert. Doch schon als sie aus dem Zug in eine Kutsche umsteigen, ruft eine aufgebrachte Menge der Eskorte zu: *„Zeigt uns die Romanows!"* Der Franzose Gilliard schreibt über die Angst in der Zarenfamilie und bei ihren treuen Begleitern: *„Wir haben das Gefühl, dass uns alle Welt vergessen hat. Wir sind auf uns selbst gestellt und der Gnade unserer Bewacher ausgeliefert. Gibt es denn niemanden, der versucht, diese Familie zu retten? Wo sind die, die dem Zaren einst Treue schwörten?"*

Das streng bewachte, zweistöckige weiße „Hauses zur besonderen Verwendung" liegt auf einem Hügel im Stadtzentrum und ist von einem Garten umgeben, in dem sich schon lange keine Hand mehr gerührt hat. Ein Kommandeur der roten Garden empfängt die Gefangenen und lädt sie mit spöttischem Ton ein: *„Bürger Romanow, treten Sie ein!"* Nun wird ein Teil des Gefolges von der Zarenfamilie getrennt. Einige Zofen und Diener dürfen Jekaterinburg verlassen oder werden ins örtliche Gefängnis gebracht.

Die Lehrer Pierre Gilliard und Sydney Gibbes*, die die Zarenfamilie freiwillig in deren Verbannung begleiteten, sind als Ausländer frei. Und so verbleiben im Ipatjew-Haus außer der kaiserlichen Familie nur Doktor Botkin, der Leibarzt von Nikolaus II., der Koch Charitonow, der Diener Trupp, das Zimmermädchen Demidowa und der Küchenjungen Sjednew.

Bald wird ein Holzzaun um das massive Gebäude gezogen und auch ein Wachhäuschen wird errichtet. Der Kommandant der ausgewählten und zuverlässigen Wachmannschaft, die aus den Fabriken der Stadt rekrutiert wurden, ist Awdejew, ein Alkoholiker, brutal und beschränkt. Er bewohnt mit den Wachsoldaten das gleiche Geschoss wie die Gefangenen und wenn er dem Zaren begegnet, redet er ihn mit „Blutsauger" an. Besonders die Töchter des Zaren haben unter den gemeinen Zoten und Beleidigungen der roten Garden zu leiden, wenn diese die Großfürstinnen zur Toilette begleiten.

Nikolaus ist gerade fünfzig geworden, doch sein Bart ist von weißen Haaren durchzogen. Abgemagert zieht er seinen Offiziersgürtel um sein Soldatenhemd immer enger und die Absätze der einst feinen Stiefel sind längst schief getreten. Im Garten, an frischer Luft, dürfen sie nur im Kreis spazieren und weil der kranke Alexei nicht laufen kann, trägt ihn sein Vater auf dem Arm. Die Wachen überrascht, wie höflich und bescheiden Nikolaus mit ihnen spricht und umgeht. Ein junger Soldat berichtet darüber: *„Wenn auch Nikolaus aus dem gleichen Holz wie wir geschnitzt war, so waren Blick und*

*Charles Sydney Gibbes (1876 - 1963) - brit. Wissenschaftler, 1908-1917 Englischlehrer der Zarenkinder, nach Ermordung des Zaren wurde er orthodoxer Mönch mit dem Namen des Ermordeten russischen Monarchen Nikolaus.

Haltung doch anders als die von gewöhnlich Sterblichen. Den Grobheiten und Rüpeleien der oft betrunkenen Wachsoldaten entgegnet er höflich und geduldig. Er war stets voller Selbstbeherrschung und hatte eine Ausstrahlung, geleitet von einer inneren Kraft. Und das, obwohl seine Uniform vielfach gestopft und verschlissen war."

Und Awdejew und seine Genossen erkennen, dass der Zar und seine Sippe keine „mordsüchtigen Tyrannen" und keine akute Gefahr für die neue Ordnung, die eigentlich eher ein Chaos ist, sind. Das wir wohl auch der Grund sein, dass der Kommandant abgelöst wird und an seiner Stelle Jurowski tritt, ein ehemaliger Krankenpfleger, der noch einfältiger und brutaler ist und dem revolutionären Geheimdienst Tscheka angehört. Die Zarin Alexandra Fjodorowna, die gegenüber den Wachen eher als deutsche Generalin denn als Matuschka auftritt, ist sehr mager und isst fast nichts. Sie strickt, bestickt Handtücher und flickt die Sachen ihres Mannes und der Kinder. Als Jurowski Kommandant ihres Gefängnisses wird, quälen sie Vorahnungen und sie befürchtet, dass ihre Gefangenschaft nur mit dem Tod enden wird. Sie schreibt in ihr Tagebuch: *„Der Todesengel nähert sich!"*

Zunächst näherten sich die weißen Truppen. Trotzki*, der neue Volkskommissar im Krieg und Vorsitzende des Militärrates der Räterepublik organisiert den Kampf gegen konterrevolutionäre Truppen gnadenlos und mit aller Härte. Im November 1917 hat General Denekin** eine Freiwilligendivision gegen die Roten aufgestellt, die sich siegreich zur Wolga und zum

Leo Trozki - eigentlich Lew Dawidowitsch Bronstein (1879 - 1940) - russ. Revolutionar, marxist. Theoretiker, Volkskommissar des Auswärtigen, für Kriegswesen, Transport und Verlagswesen. Gründete die Rote Armee. 1927 von Stalin entmachtet, 1927 Exil in Mexiko, wo er 1940 von einem sowj. Agenten ermordet wurde.

**Anton Iwanowitsch Denekin (1872 - 1947) - russ. Generalltn. der kaiserlichen Armee, Kommandeur der Weißen im Bürgerkrieg gegen die Rote Armee. Geschlagen zogen sich Reste seiner Truppen 1920 auf die Krim zurück. Exil in Großbritannien, Frankreich und den USA, wo er 1947 starb. Seine sterbliche Hülle wurde 2005 auf Wunsch der Tochter nach Moskau ins Donskoi-Kloster überführt.*

Ural durchkämpft. In Sibirien schließt sich eine tschechoslowakische Einheit aus 40.000 Kriegsgefangenen unter zarentreuen russischen Offizieren den Weißen an und marschiert auf Jekaterinburg zu und kreist es ein.

Beunruhigt schickt der Stadtsowjet einen Boten nach Moskau, um Direktiven für den Umgang mit der Zarenfamilie zu erhalten. Es wäre eine Niederlage für die Revolution, wenn es gelingen würde, den Zaren zu befreien. Mit geheimen Instruktionen auch des Revolutionsführers Lenin kommt der Gesandte aus Moskau zurück.

Im Ipatjew-Haus werden die Wachen durch bolschewistische Letten und österreichische Kriegsgefangene ersetzt, bereitet Jurowski die Hinrichtung der Inhaftierten akribisch vor. Der 16. Juli 1918 ist ein verhangener, grauer Tag. Nach dem bescheidenen Abendessen nimmt Alexandra Fjodorowna wieder ihr Tagebuch zur Hand und schreibt: *„Baby (der vierzehnjährige Sohn) ist ein wenig erkältet. Tatjana liest aus der Bibel vor...Der Kommandant hat mir Eier für Baby gebracht...Nach dem Essen habe ich mit Nikolaus Bézigue* gespielt...10 Uhr zu Bett, 15 Grad."*

Kurz nach Mitternacht wird der Leibarzt des Zaren, Dr. Jewgeni Botkin, von Kommandant Jurowski geweckt. In der Stadt gäbe es Unruhen, alle sollen in den Keller gehen. Der Arzt weckt die übrigen Gefangenen, die Zarenfamilie den Diener, das Kammermädchen und den Koch. Ihnen wird befohlen, sich anzuziehen und in den Keller zu gehen, da ein Aufstand drohe und es zu Schießereien kommen könnte. Ihnen wird Sorge um ihre Sicherheit vorgegaukelt. Der Zar trägt seinen Sohn auf dem Arm, der am Bein verbunden ist. Die jüngste Großfürstin Anastasia drückt den Spaniel Jimmy an ihrer Brust und die Kammerzofe Demidowa hält Kissen an sich gepresst, in denen Schmuckstücke der Zarin versteckt sind. Bis zum angeblichen Abtransport an einen sicheren Ort müssen sie sich gedulden, erklärt Jurowski und lässt Stühle für den Zaren, seinen Sohn Alexei und die Zarin bringen. Die anderen stehen in dem Raum, den Ölfunzeln nur spärlich erleuchten.

*Bézigue - im 19. und 20. Jh. in Frankreich und im Vereinigten Königreich modernes Kartenspiel, ähnlich dem dt. „66". Bézique bevorzugte auch Winston Churchill.

Um ein Viertel nach drei betritt der Kommandant mit elf Henkern den Raum und eröffnet den Anwesenden ihr Todesurteil. *„Michail Alexandrowitsch, es wurde versucht, sie zu befreien, was nicht gelungen ist. Wir müssen Sie erschießen, machen Sie ihren Frieden mit ihrem Gott!"* Der Zar will sich erheben und fragt verständnislos *„Was sagen..."* Er kann seine Frage nicht vollenden, denn Jurowski zieht seinen Nagan-Revolver und feuert auf Nikolaus und dann auf dessen Sohn. Das ist das Signal für das Erschießungskommando, von denen jeder zuvor ein Ziel zugewiesen bekam, das Feuer auf die übrigen Delinquenten zu eröffnen. Die Salven vermischen sich mit den Todesschreien der Getroffenen, Pulverdampf vernebelt den Keller, Blut spritz auf den Boden, an die Wände und die Decke. Während der Zar auf der Stelle tot ist, Botkin, Trupp und Charitonow ebenfalls tödlich getroffen niedersinken, prallen viele Kugeln von den Großfürstinnen und der Kammerzofe ab. Bei der Überführung der Zarenfamilie von Tobolsk nach Jekaterinburg waren im Gepäck 50 Kisten mit Büchern, Kleidung, Geschirr und auch kaiserlichen Schmuck, Startkapital für einen Neuanfang im Exil nach gelungener Flucht. Die Zarin und die Kammerzofe hatten wertvolle Edelsteine und Colliers mit Brillanten in die Korsetts der jungen Frauen eingenäht, die sie nun vor den Kugeln schützen. Die noch Lebenden werden mit Bajonetten und Kopfschüssen getötet. Als letzte stirbt so Anna Demidowa. In wenigen Minuten ist das Blutbad vorbei. Nur der Küchenjunge Leonid Sjednew entgeht dem Massaker, da er einige Stunden zuvor aus dem Hause nach Wodka geschickt worden war und nicht rechtzeitig zurück kommt.

Hastig werden die Leichen auf einen Lastwagen geladen und 25 Werst entfernt in ein Waldstück mit dem Namen „Ort der vier Brüder" beim Dorf Koptjaki gebracht. Sie werden entkleidet und dabei stoßen die Mörder auf die Juwelen. Sie rasen vor Wut und zertrümmern mit Gewehrkolben die Gesichter der Toten, zerfetzen ihre Glieder mit Säbeln und Bajonetten. Dann übergießen sie die hingeschlachteten, zerschundenen Körper mit Schwefelsäure und türmen sie auf einen Scheiterhaufen. Die Überreste, es beginnt zu tagen, werfen die Meuchelmörder in den Schacht einer verlassenen

Mine. Der Chef der Mörderbande Jurowski meldet den Vollzug des Befehls aus Moskau. Eine Woche später erobern die Weißen Jekaterinburg und finden die sterblichen Überreste der Zarenfamilie und ihrer Getreuen.

XXVI.

Ilja Jefimowitsch Repin erlebt die Unruhen und schließlich die Revolution wie in einem Traum. Obwohl sein Penaten für russische Verhältnisse eigentlich vor der Haustür von Petrograd liegt, scheinen die Ereignisse um Koukkala einen Bogen zu machen. Der Meister malt am Gemälde „Puschkin am Newaufer" und wundert sich nur, dass kaum noch Freunde und Besucher vorbeischauen. Und er ist der Meinung, dass seine Kunst gerade für die einfachen Menschen, deren Würde und Schönheit bisher stets Gegenstand seiner Malerei war, auch unter den Revolutionären gefragt ist.
Damit befindet er sich im Widerstreit mit seinem verstorbenen Freund Lew Tolstoi, der zwar das absolutistische Zarentum scharf gegeißelt hatte, doch für die Zukunft unter den Revolutionären weit Schlimmeres vorausgeahnt hatte. Er war der Meinung, das eine Tyrannei nur durch die andere ersetzt werde, wie ein trauriges geflügeltes Wort in Russland nach jedem neuen Zaren die Runde machte: „...один тиран исчез, другой надел на голову корону и покрывает землю заново с тиранией...Ein Tyrann verschwand, ein anderer setzte sich die Krone aufs Haupt und überzieht das Land aufs neue mit Tyrannei."
Bereits 1904 hatte der große Romancier geschrieben: „*Der größte Feind der Menschheit ist die so genannte sozialistisch-kommunistische Erneuerung der russischen Marxisten. Sie verheißen künftige Paradiese ohne eine Besserung der Gegenwart...Sie werden das Individuum zerstören...Sie werden aus der Welt ein Chaos machen, werden Terror und Verwirrung erzeugen, die wiederum nur durch brutale Gewalt beseitigt werden können...*"

Und er sollte Recht behalten, denn alle seine Nachbarn und Verwandten, die mit ihren Charakteren in Tolstois Werken anschaulich geschildert wurden, sie hat die Revolution von ihren Gütern hinweggefegt. Und als ein hasserfüllter Mob auch das Gutshaus der Tolstois niederbrennen will und sich Sofia Tolstaja mit ihrer Tochter Tanja hastig zur Flucht vorbereiten, kommen Bauern aus den umliegenden Weilern mit Heugabeln, Sensen und Spaten bewaffnet und vertreiben das vom revolutionären Dorfkommitee aufgestachelte Bauernvolk. Das Tolstoi-Gut Jasnaja Poljana entgeht der Zerstörung und wird auch auf Betreiben Lunatscharskis* zum Staatsgut erklärt.

Aus der Tretjakow-Galerie schreibt Igor Emmannuilowitsch Grabar, der Direktor der Kunstsammlung an Repin, dass sie Probleme mit Heizmaterial hätten und um Öl beim Moskauer Stadtsowjet betteln müssen, damit die Bilder durch Kälte und Feuchtigkeit keinen Schaden nehmen. Aber sie stoßen oft auf taube Ohren, weil es jetzt „um mehr ginge, als um ein paar Bilderchen". Doch im Samoskworetscher** Revolutionskommitee hat offensichtlich ein Intelektueller etwas zu sagen, der die Anordnung erteilt, dass aus dem Besitz der Galerie nicht entfernt werden dürfte, nicht einmal das kleinste Skizzenblatt.

Nichts wird entwendet oder verkauft, im Gegenteil, in die Galerie fließt nach der siegreichen Revolution ein gewaltiger Strom an Zeichnungen, Gemälden und Skulpturen aus Adelshäusern und privaten Sammlungen wie die des Bankiers Hirschmann oder des Fabrikanten Morosow. Zwar stellt man einigen Eigentümern Papierchen aus, dass die Kunstwerke für einige Zeit in Verwahrung genommen würden und, so das Versprechen, auf die erste Forderung hin werden die Kunstgüter bald zurück gegeben.

*Anatoli Wassiljewitsch Lunatscharski (1875 - 1933) - Kampfgefährte Lenins seit Exil in Frankreich, ersten Volkskommissar für das Bildungswesen 1917 - 1929. Bedeutender marx. Kulturpolitiker, Schöngeist, auch als Schriftsteller und Dramatiker erfolgreich: „Faust in der Stadt" und „Der befreite Don Quijote."

**Samoskworetschije - dt. Hinter dem Moskwafluss - Moskauer Stadtbezirk im Zentrum - da befinden sich die Tretjakowgalerie, der Alte Arbat, das Puschkinhaus.

Repin ist erfreut, dass seine Gemälde in Moskau in Sicherheit sind und er erfährt auch von den Petrogradern Roten Garden Respekt und Anerkennung. Mit einem Automobil holt ihn eine bewaffnete Eskorte aus Penaten samt Skizzenmaterial ab, um im Taurischen Palais die Sitzung des Petrograder Rates der Arbeiterdeputierten im Bild festzuhalten. Und wieder skizziert er wie schon den Staatsrat die ganze Versammlung mit links, denn die Atrophie seiner rechten Hand behindert ihn sehr. Als im Michailowski-Theater, einer hervorragenden Opern- und Ballettbühne am Petrograder Platz der Künste im Foyer eine Ehrung für Repins 45jährigen künstlerischen Wirkens erfolgt, ahnt der gefeierte Maler nicht, dass er die Stadt seiner Erfolge und seines Ruhms nicht mehr wieder sehen wird. Artig dankt er für die feierlichen Reden und wünscht sich von den neuen Machthabern, dass für ihn die Errichtung von freien Kunstwerkstätten überall im Lande das schönste Geschenk wäre.

Als im Februar die 42. Ausstellung der Wanderer im eiskalten, verschneiten Moskau eröffnet wird, ist es für Ilja Repin unmöglich, in die alte Hauptstadt zu reisen. Dort wird sein Bild „Vera Repina" gezeigt, das er 1892 auf seinem Landgut Sdrawnewo bei Witebsk gemalt hatte und das seine Tochter mit einem bunten Herbststrauß in den Händen zeigt. Ach, was waren das für unbeschwerte Tage, denkt Repin und eine Träne rinnt über sein von Runzeln übersätes Gesicht..

In Witebsk selbst hat der Maler Moische Schagalow, der sich seit seinem Studienaufenthalt in Paris Marc Chagall nennt, die Absicht, eine Kunstschule zu eröffnen und hat sich an den Volkskommissar für das Bildungswesen Lunatscharski, einem Kampfgefährten von Lenin, um Unterstützung gewandt. Chagall hatte den gebildeten Bolschewiken in Paris kennen gelernt, der nun nicht nur den Plan unterstützt, sondern Chagall sogar zum roten Kommissar für die schönen Künste im Gebiet Witebsk ernennt.

Die erste neu gegründete Kunstschule nach der Oktoberrevolution in der russischen Provinz zieht namhafte Künstler der russischen Avantgarde wie Kasimir Malewitsch, El Lissitzky und Iwan Puni als Dozenten an.

Die kommen nicht nur wegen der interessanten Aufgabe oder weil Chagall so ein netter Kerl ist, sondern auch weil Witebsk von den umliegenden Dörfern versorgt wird und damit von Hungersnöten verschont bleibt. Der Hunger zieht wie ein Schnitter durch die vom Bürgerkrieg zwischen den vom Ausland unterstützten Weißen und den Roten geschundene junge Sowjetrepublik und kostet Millionen das Leben. Auch Repin hungert, denn inzwischen tobt ein Bürgerkrieg in Finnland und die neue bolschewistische Regierung in Petrograd verzichtet auf die Territorien des finnische Großfürstentums.

Koukkala ist nun finnisch und zwischen Penaten und Petrograd liegt jetzt eine Staatsgrenze. Repin ist bestürzt, er ist plötzlich abgeschnitten von seiner Wirkungsstätte und der Akademie und was noch schlimmer ist, von seinen Kindern und Freunden. Bedrückt schleppt er sich in sein Atelier und arbeitet an drei Bildern, darunter „Der zwölfjährige Jesus im Tempel" und zwei Porträts.

Ein Brief Lunatscharskis trifft ein mit der Bitte, zu überlegen, ob Repin nicht nach Sowjetrussland übersiedeln wolle. Auch Gorki schreibt Ähnliches, aber der Maler ist müde, will Penaten nicht verlassen, dass er mit so viel Herzblut aufgebaut hat und wo ihn jeder Baum und jeder Strauch an seine Frau Natalia Nordman erinnert. Ilja Jefimowitsch bittet Alexander Kuprin*, den er sehr verehrt. Beim Maler hat dessen Werk „Der Fluss des Lebens" starke Emotionen ausgelöst hat, auch wenn Repin nur noch wenig liest, weil sein Augenlicht nachlässt. Kuprin hatte Repin mitgeteilt, dass er Lenin getroffen hat und dem Revolutionsführer vorgeschlagen hatte, eine Kulturzeitung für die Dorfbevölkerung herauszugeben, eine Idee, die Repin unterstützt. Nun will er erfahren, wer dieser Lenin ist und ein Porträt des Schriftstellers malen, doch Kuprins Familie in Gatschina ist von weißen Truppen eingeschlossen.

Das Arbeiten fällt dem Maler immer schwerer, doch er greift wieder Themen der russischen Geschichte und sicher auch aus Heimweh nach der Steppe

Alexander Iwanowitsch Kuprin (1870 - 1938) - talentvoller Schriftsteller, letzter Vertreter des russ. Realismus. Freund Gorkis, mit dem er 1919 im Verlag Weltliteratur arbeitet, bevor er nach Frankreich emigriert.

um Tschugujew Sujets des Südens auf. So entstehen „Kreuzprozession im Eichenwald", „Freibeuter des Schwarzen Meeres", „Ukrainische Kosaken" und „Puschkin am Newaufer" und Repin sitzt nun oft vor dem Spiegel und als ausgezeichneter Porträtist erkennt er den körperliche Verfall. Den Seelenzustand des Malers spiegeln nun auch seine Bildern wieder, die nicht mehr die Qualität erreichen, wie die, auf dem Höhepunkt seines Schaffens.

Ilja Jefimowitsch schenkt dem Museum Taidemuseo in Helsinki seine Gemäldesammlung russischer Künstler und verabredet eine Personalausstellung in den kommenden Jahren. In der finnischen Hauptstadt besucht er den Künstler Akseli Gallen-Kallela*, der es als Ehre ansehen würde, von Repin porträtiert zu werden, einem Wunsch, den der russische Maler nur zu gern nachkommt.

Wieder in Koukkala beginnt Ilja Jefimowitsch seine Erinnerungen an Lew Tolstoi aufzuschreiben und steht in Verhandlungen mit Kornej Tschukowski wegen der Herausgabe seiner zeitgeschichtlich interessanten Aufzeichnungen unter dem Titel „Fernes und Nahes". Und obwohl er immer noch viel Post bekommt, die er kaum beantworten kann, fühlt er eine gewisse Ausgeschlossenheit, die ihn, dem mit seinem südländischen Temperament ein Einsiedlerleben immer fremd geblieben war, psychisch belastet.

Um ihn aufzuheitern, schreibt seine Tochter Vera ausführlich über einen Repinabend in Petrograd, an dem Nikolai Radlow**, der Bildhauer Ilja Ginzburg und sein einstiger Nachbarin Koukkala, der Schriftsteller Kornei Tschukowski teilgenommen hatten. Auf Initiative von Tschukowski und Maxim Gorki wurde im Jugendstilhaus der ehemaligen und nun enteigneten Kaufleute Jelissejew das Haus der Künste gegründet.

Wie allen anderen hungern in Petrograd auch die Schriftsteller, Intellektuellen und Künstler. Für sie hat die Stadtverwaltung nun Häuser eingerichtet, die nicht nur für Veranstaltungen und zur beruflichen Organisation dienen,

*Akseli Gallen-Kallela (1865 - 1931) - finn. Maler, Architekt und Designer, Vertreter der finn. Nationalromantik

**Nikolai Ernestowitsch Radlow (1889 - 1942) - russ.-sowjet. Schriftsteller, Zeichner

sondern auch Unterkunft und Verpflegung bieten. Das Haus der Künste auf dem Newski Prospekt 15 ist ein großes Stadtpalais am Ufer des Flüsschens Moika. Viele bekannte Literaten und Wissenschaftler leben dort in einer Wohngemeinschaft von Exzentrikern.
Die Petrograder haben schon bald eine passende Bezeichnung für dieses von Intellektuellen bewohnten Gebäude und nennen es das „Narrenschiff".
Ossip Mandelstam* schreibt in seinem Prosatext „Der Pelz": *„Wir lebten in der ärmlichen Pracht des Hauses der Künste, im Jelissejew-Haus, das auf die Morskaja, den Newski und die Moika geht. Wir – das waren Dichter, Maler, Wissenschaftler, eine seltsame Familie, ganz verrückt nach den Lebensmittelrationen, verwildert und verschlafen. Der Staat wusste nicht, wofür er uns ernähren sollte, und wir taten nichts."*
Neben Mandelstam sind im Haus der Künste auch Anna Achmatowa** und ihr Mann Nikolaj Gumiljow untergekommen. Mandelstam, Achmatowa und Gumiljow haben zehn Jahre zuvor den Begriff Akmeismus für ihre Art der Dichtung gefunden. Zu ihren Zimmernachbarn gehören unter anderem der Schriftsteller und Literaturtheoretiker Viktor Schklowski, der Lyriker Wladislaw Chodassewitsch, der Zeichner Autor Nikolai Radlow und Jewgeni Samjatin, der gerade zuvor den dystopischen Roman*** „Wir" fertig gestellt hat.

Ossip Emiljewitsch Mandelstam (1891 - 1938) - russ. Poet, 1934 in den stalinschen Säuberungen verhaftet, nach Selbstmordversuch Verbannung nach Woronesh. Erneute Haft 1938, starb halb verhungert, herzkrank und von Halluzinationen gequält im Lager Wtoraja Retschka bei Wladiwostok.

**Anna Andrejewna Achmatowa (1889 - 1966)- russ. Dichterin und Schriftstellerin, Muse von Modigliani in Paris. Ihr erster Ehemann wurde 1921 als Konterrevolutionär erschossen, ihr zweiter, Purin, starb 1953 im Gulag Workuta, ihr Sohn wurde unter Stalin verbannt, sie durfte lange Zeit nichts publizieren. Ehrendoktor der Universität Oxford, vorgeschlagen für den Literatur-Nobelpreis, 1964-1966 Vorsitzende des Schriftstellerverbandes der UdSSR.*

***dystopischer Roman - eine fiktionale, in der Zukunft spielende Erzählung mit negativem Ausgang*

Das Narrenschiff, von Radlow karikiert, treibt durch den Sturm; das Wappen auf dem löchrigen Segel steht vermutlich für Jelissejew – dem Namen der vorrevolutionären Eigentümer. An Bord befinden sich die Bewohner des Hauses und die Reisenden wissen nicht, wohin es sie treibt. Sie leben miteinander, leiden aneinander, verlieben sich ineinander.

Kaum taut der letzte Schnee in Penaten, da siedelt Repins Tochter zu ihrem Vater nach Koukkala über, um ihm in allen Dingen des Alltags zur Hand zu gehen. Die Freude des Achtundsiebzigjährigen ist grenzenlos, seine depressive Stimmung hellt sich auf. Er spürt wieder Tatendrang und auf ihre sanften Ermahnungen, sich zu schonen, erwidert er nur, dass er bis zu dem Tag malen werde, bis ihm der Schöpfer den Pinsel aus der Hand nimmt. Gemeinsam bereiten sie eine Ausstellung in Helsinki vor, auf der Repin eine Reihe von Porträts und Gemälde zu christlichen Themen ausstellen will. In der Tschechoslowakei sind gleich zwei Expositionen von Ilja Jefimowitsch geplant, darunter allein 27 Studien zu dem Gemälde „Die Saporosher Kosaken", die noch niemals gezeigt wurden.

Weil nun das Leben für ihn leichter geworden ist, ordnet er die Notizen über seinen väterlichen Freund Wladimir Stassow und sendet sie an Ilja Ginzburg. An seinen Freund und Kollegen Ostrouchow* schreibt er optimistisch: *„Ich bin, lieber Ilja Semjonowitsch, immer noch der der Alte. Keinen schritt weiche ich davon ab, hartnäckig an meinen Ideen festzuhalten und erforsche bis zu meinem letzten Tage die unerschöpfliche Welt und den unerklärbaren Zauber der Kunst. Ich habe viel Leid erfahren, aber ich gebe zu, auch viel Reizvolles und Freudiges, für das es sich lohnt, die Augen für immer zu schließen. Aber noch, mein verehrter Freund, lebe ich noch. Zwar stehe ich nicht mehr so sicher auf den Beinen, halte mich oft an der Staffelei fest, aber ich denke noch nicht daran, von Palette und Pinsel zu lassen."*

*Ilja Semjonowitsch Ostrouchow (1858 - 1929) - russ. Maler und Sammler, Mitglied der Peredwischniki; malte russische Landschaften in impressionistisch aufgelockertem Realismus. Seine Sammlung von Ikonen und *Gemälden befindet sich seit 1930 in der Moskauer Tretjakow-Galerie.*

1924 feiert die Künstlergemeinde von St. Petersburg, das seit dem Tode des Revolutionsführers Lenin nun Leningrad heißt, den 80. Geburtstag von Ilja Jefimowitsch Repin, den sie nicht vergessen haben. In Moskau wird ihm zu Ehren eine Ausstellung eröffnet, die ein Jahr später in Leningrad gezeigt werden soll. Während der Künstler Porträts des Akademikers Iwan Pawlow und der Maria Chlopushina malt, erhält er unerwartet Besuch. Tschukowski und Ginzburg besuchen ihn überraschend in Penaten und dem alten Maler kommen vor Rührung die Tränen aus den zusammengekniffenen und immer trüber werdenden Augen. Stolz erzählt er ihnen, dass in Prag wieder eine Personalausstellung seiner Werke beste Kritiken erhält.

Die beiden Freunde sind die Vorboten einer sowjetischen Künstlerdelegation unter Leitung seines einstigen Schülers Isaak Brodski, die den Künstler überreden sollen, zurück in die Heimat überzusiedeln, wo ihm alle Ehren zuteil werden sollen. Sie haben die Zeitung „Kunst der Kommune" mitgebracht mit einem Artikel von Lunartscharski und lesen laut vor: *„Dutzend Mal habe ich erklärt, das Kommissariat für Volksaufklärung solle in seiner Einstellung zu den einzelnen Richtungen im Kunstleben unparteiisch sein. Was Formfragen anbetrifft, darf der Geschmack des Volkskommissars und sämtlicher Vertreter der Staatsgewalt nicht in Rechnung gestellt werden. Allen Personen und Gruppen im Kunstbereich ist eine freie Entwicklung zu gewähren! Keiner Richtung darf gestattet werden, die andere zu verdrängen, sei sie mit erworbenem traditionellem Ruhm oder mit Modeerfolg ausgestattet!"*

Ilja Jefimowltsch dankt für die Ehre und lehnt das großzügige Angebot mit den Worten *„Das Alte altert, das Junge wächst heran, das Leben nimmt seinen Lauf und einen alten Baum verpflanzt man nicht."* Und er übergibt den Abgesandten der jungen Sowjetunion ein achtbares Geschenk für das Zentrale Revolutionsmuseum in Moskau, drei seiner Gemälde: „Niederschießung der Demonstration", „Rote Beerdigung" und „Bei den zaristischen Galgen". Enttäuscht reisen die Künstler ab und Brodski umarmt lange seine alten Lehrer, dessen kohlrabenschwarzes Haar weiß und schütter geworden ist und der so klein geworden ist, dass er in die Erde hinein zu wachsen scheint. Er weiß, das ist das letzte Wiedersehen mit dem künstlerischen Genie, das dem russischen Realismus Weltgeltung verschafft hat.

Und als die Delegation aus Koukkala abreist, nimmt Repin sein letztes großes Werk in Angriff. Er studiert die Geschichte der Saporosher Kosaken, die ihn ein halbes Künstlerleben beschäftigt haben, liest zahlreiche Bücher, sammelt Material und entwirft, wie es seine Art ist, dutzende Skizzen für das Bild „Hopak". Wenn die Augen müde sind vom Schauen und die Beine nicht mehr den nun ausgemergelten Körper des Greises tragen, setzt er sich an seinen mit Andenken und Briefen überladenen Schreibtisch und schreibt seine Erinnerungen an Modest Mussorgski. Ein Lächeln huscht über sein Gesicht, wenn er daran denkt, dass Kramskoi dem genialen Musiker immer wieder seine Wohnung ausstattete, die der alkoholkranke Komponist regelmäßig wieder vertrank. Und er erinnert sich, als wäre es gestern, wie er den vom Tode Gezeichneten im Nikolajewski-Krankenhaus auf Bitten von Tretjakow gemalt hatte und der starb, bevor die Farbe des Bildes getrocknet war. Ein Porträt, das nicht nur Repin für sein bestes hält.

Und nun steht er selbst an der Schwelle des Todes nach einem schaffensreichen Leben. Seiner Tochter zeigt er beim Spaziergang über sein Penaten, wo er begraben werden möchte. Und obwohl seine körperlichen Kräfte von Tag zu Tag schwächer werden, vollendet er das Bild „Hopak", ein Farbenwirbel eines tanzenden Saporosher Kosaken. An den Experten der Saporosher, den Historiker und Ethnografen Dmytro Jawronizki, der ihn bei diesem Bild mit seinen Kenntnissen unterstützt hat und den Repin scherzhaft „Vater der Soporosher" nennt, schreibt Ilja Jefimowitsch: *„Wie viele meiner lieben guten Freunde erwarten noch etwas von mir und preisen mich unverdient in den höchsten Tönen. Und ich weiß sehr wohl, wie freundlich sie sind und ich wäre heilfroh, wenn sie Recht behielten. Aber, ach, das ist vorbei, vergangen und ich muss mich der Macht des strengen Schicksals beugen und mein so langes und überreiches Leben beenden!"*

Kurz nach seinem vierundachtzigsten Geburtstag, am 29. September 1930, verstirbt der bedeutendste Maler des russischen Realismus, der Rembrandt Russlands auf seinem finnischen Landsitz Penaten in Koukkala, das heute wieder russisch ist und ihm zu Ehren Repino heißt, vor den Toren von St. Petersburg.

Abbildungen:
Titel – „Leo Tolstoi beim Pflügen", gemalt 1887 von Ilja Repin,
Öl auf Karton, 27.8 x 40.3 cm, Staatliche Tretjakow-Galerie, Moskau
Seite 2 – Porträt: „Ilja Repin" - Öl auf Canvas, gemalt 1902 von Boris Kustodijew,
Staatliches Kunstmuseum Wologda

Die Trilogie über Ilja Repin und die Vorgänge am Zarenhof, an der der Autor zehn Jahre seines Schaffens gearbeitet hat, umfasst die drei Bände:
„**Russlands Palette**"
„**Das Russlandgemälde**"
„**Die Farben der russischen Seele**"

Weitere Publikationen des Autors:

„Culinaria Russia" - als Co-Autor

„Duschenka - Hochzeitslieder wie Totenklagen"

„Tanjuscha - Glasherz und Schneegesicht"

„Moskauer Roulette - Mafiamord und Madonnengebet"

„Moskauer Venus" - Tagebuch eines Herumtreibers
(herausgegeben mit dem Pseudonym Genadij Neshin)
ISBN 3-8334-4474-6

„Ein Haus so himmelblau" Ein Maler- und Liebesroman
ISBN 978-3-8423-9839-9

„Palette Russlands" Repin-Romanbiografie I. Band
ISBN 978-3-7322-2643-6

„Das Russlandgemälde" Repin-Romanbiografie II. Band
ISBN 978-3-7357-4597-2

„Die Farben der russischen Seele" Repin-Romanbiografie III. Band
ISBN 978-3-7412-4909-9

„Liegengelassenes aufgehoben" Lyrikband
ISBN 978-3-7412-1395-3

MIX
Papier aus verantwortungsvollen Quellen
Paper from responsible sources
FSC® C105338